불멸의 노래
2

불멸의 노래 2: 죽음의 그림자

교회 인가   2021. 5. 4.(서울대교구)
초판 1쇄 인쇄   2023년 11월 15일
초판 1쇄 발행   2023년 11월 20일

지 은 이   류은경
발 행 인   이종주
감   수   김영수·서종태·조한건·송란희
편   집   김이수
마 케 팅   김민화

펴 낸 곳   책마실
주   소   서울 구로구 구로중앙로 198 기계공구상가 9동 221호
전   화   02-2633-4509
팩   스   02-2636-4509
이 메 일   chaekms@naver.com
출판등록   제312-2013-000006호(2013. 1. 29.)

ⓒ 류은경, 2023
ISBN   978-89-98891-05-3 (04810)
          978-89-98891-03-9 (세트)

* 책값은 뒤표지에 있습니다.
* 잘못된 책은 바꾸어 드립니다.

불멸의
노래

류은경 역사소설 **2**

죽음의 그림자

책마실

한국 천주교는 특별하다. 선교사들에 의해 전파된 세계 각국의 가톨릭 역사와 달리 한국 천주교는 성품성사를 받은 사제 한 명 없는 악조건 속에서 평신도들에 의해 자생적으로 뿌리를 내렸다.

나는 이 작품을 통해 세계 교회사에서 유례를 찾아볼 수 없는 한국 천주교의 특별한 역사를 당시의 조선 정치사와 맞물려 풀어내고자 했다. 첫 번째 장편 역사소설《이산, 정조대왕》을 집필하면서 정약용이라는 인물에 대해 관심을 갖게 되었다. 그는 천주교인이라는 이유로 고초를 겪었고 유배를 떠났다. 세종에 버금가는 성군으로 추앙받는 정조대왕도 천주교 때문에 곤란을 겪었다. 자세한 내막이 궁금했지만, 당시는 깊게 파고들 여건이 되지 않았다. 언젠가 기회가 된다면 초기 조선교회에 무슨 일이 있었는지 작품으로 다뤄보고 싶다는 생각을 했다. 두 번째 장편 역사소설《선덕여왕》을 탈고할 무렵에 유항검이라는 인물을 알게 되었다. '호남의 사도'로 불린 천주교인이다. 그의 생애를 중심으로 초기 조선교회의 역사를 소설로 풀어보자는 출판사의 제안을 받았다. 이미 나의 관심사가 된 주제여서 그 제안을 받아들였다.

그러나 작업 과정은 순탄치 않았다. 집필 도중에 병마가 찾아왔고, 우여곡절도 많았다. 그리하여 최종 탈고하기까지 12년이 걸렸다.

독자들에게 미리 밝혀둘 부분도 있다.

이 책의 주인공들인 이벽과 유항검, 강완숙이 어린 시절부터 막역한 사이였다는 설정은 작가가 상상으로 만들어낸 허구다. 그 외에도 작품의 극적인 재미를 위해 작가의 상상이 곳곳에 배치되었다. 사도세자의 서록과 천주회의 존재, 이벽이 하늘의 계시를 받는 등의 장면이 그러하다. 소현세자가 볼모로 청나라에 갔을 때 이벽의 고조부 이경상도 함께 따라갔다는 설정과 대왕대비 김씨의 입김으로 김달순이 전라감사에 임명되었다는 설정, 말복이 정약종의 책롱을 옮기다가 발각되었다는 내용도 마찬가지다.

조선왕조실록과 승정원일기에 의하면 이경상은 소현세자가 심양에 볼모로 가 있던 기간에 국내에서 관리로 재직했다. 김달순이 전라감사로 임명된 것은 정조가 생존했던 1800년 윤4월 6일이었다. 정약종의 책롱은 임대인이라는 천주교인이 신유박해가 터지자 한양 우물골에 사는 송재기의 집에서 황사영의 집으로 옮기려다가 발각되었다는 것이 역사적 사실이다. 송재기의 집으로 옮겨지기 전에는 포천에 사는 홍교만의 집에 숨겨두었는데, 홍교만은 책롱의 주인인 정약종의 사돈이자 정철상의 장인이다.

이벽의 죽음에 대해서는 돌림병으로 급사했다는 설과 독살되었다는 설이 제기되었지만, 둘 중 어느 것이 진실인지는 아직 밝혀지지 않았다. 이 작품에서는 독살설을 따랐다.

작품의 배경이 된 초대 조선교회의 신자들은 한자로 된 기도문을 사용했다. 그 뜻을 번역하지 않고 중국에서 온 그대로의 기도문을 조선식 한문 발음으로 독음하여 기도를 올린 것이다. 1837년에 조선으로 들어와 사역을 시작한 앵베르 주교는 조선 신자들이 기도문의 뜻도 모른 채 해괴한 말로 기도하는 것을 목격하고 기겁했다. 그는 제대로 된 기도를 위해 네 명의 통역에게 공동기도문을 번역하도록 했고, 조선 신자들은 비로소 기도문이 내포한 뜻을 이해하게 되었다.

독자들이 등장인물들의 심리와 상황을 좀 더 가깝게 느끼고 공감하길 바라는 마음에서 소설에서는 현대식 기도문을 사용했다. 온전한 역사를 접하고자 하는 분들의 너그러운 포용과 이해를 바라며 작업에 임했다.

12년은 긴 세월이다. 완성본이 책으로 출간되기까지 걸린 시간도 제법 길다. 가족들이 곁에서 힘이 되어주지 않았다면 버티지 못했을 것이다. 사랑하고 고맙다는 인사를 전한다.

오랫동안 원고를 기다려준 도서출판 책마실에도 감사드린다. 작품이 사장되지 않도록 여러모로 애써주고 인내해준 덕분에 오늘이 있을 수 있었다. 나를 위해 기도해주시는 천호성지의 김진소 아버지 신부님과 애틋한 나의 친구 로셀리나, 작품을 감수해주신 서종태 박사님,

천주가사를 비롯해 여러 자료를 도와주신 김영수 박사님과 한국천주교회사의 조한건 전담신부님, 편집하느라 고생한 김이수 주간님, 어려운 시기에 도와준 김효준 신부님과 수경에게도 고마움을 전한다.
그러나 고마운 이들이 어디 이분들뿐이랴. 미안한 분들 또한 많다. 인고의 세월을 거쳐 소설을 완성했으니 그걸로 인사를 대신한다.

류은경

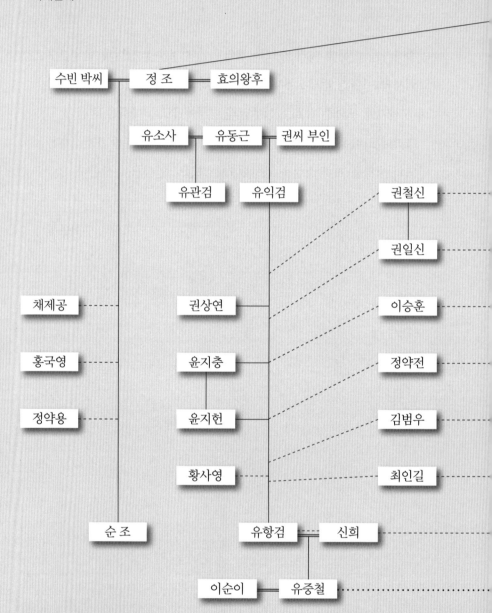

〈인물 관계도〉

· 혼인관계 ═══════
· 혈연관계 ─────────
· 우호관계 ─────────
· 적대관계 ·············

수빈 박씨 ══ 정 조 ── 효의왕후

유소사 ── 유동근 ── 권씨 부인

유관검   유익검

권철신

권일신

채제공   권상연   이승훈

홍국영   윤지충   정약전

정약용   윤지헌   김범우

황사영   최인길

순 조   유항검 ─── 신희

이순이 ══ 유중철

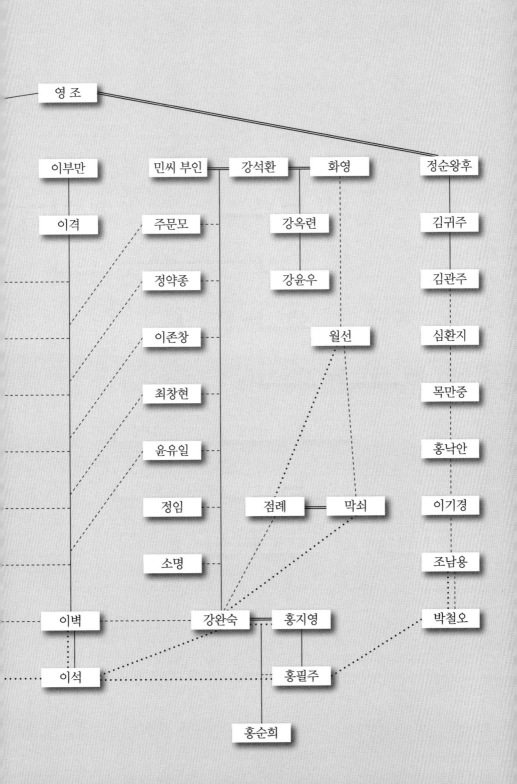

〈친인척도〉

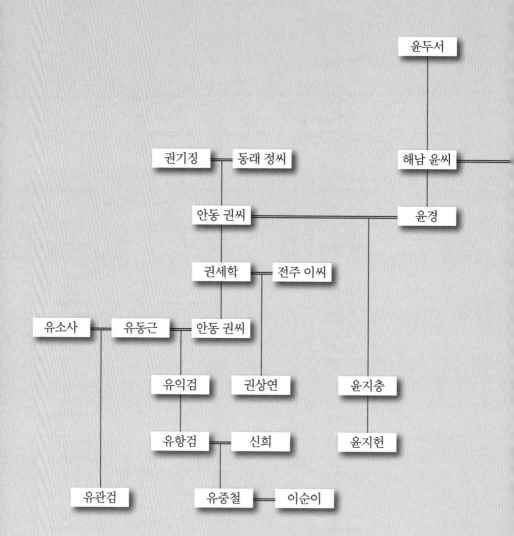

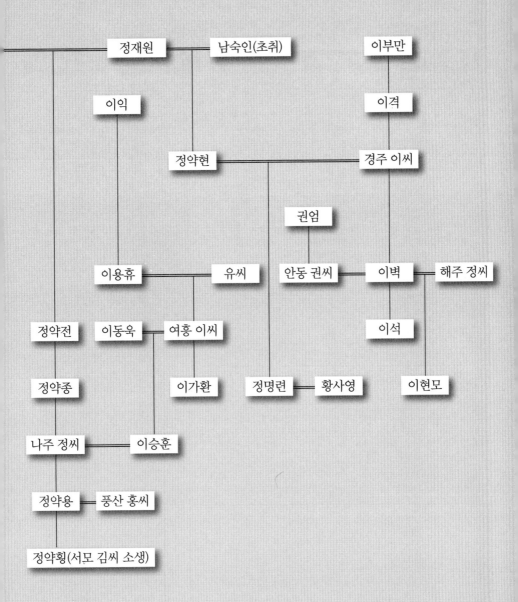

⟨붕당 분파 과정⟩

★ 득세

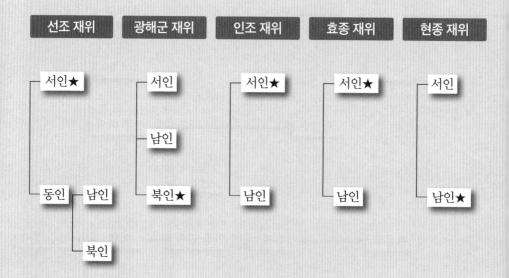

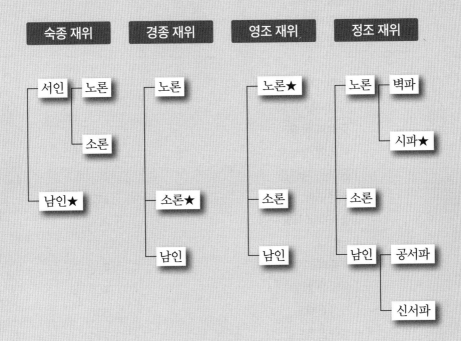

숙종 재위	경종 재위	영조 재위	정조 재위
서인 ─ 노론	노론	노론★	노론 ─ 벽파
─ 소론			─ 시파★
남인★	소론★	소론	소론
	남인	남인	남인 ─ 공서파
			─ 신서파

차례

천주가사

며칠째 쉬지 않고 폭설이 쏟아졌다. 민가의 낡은 지붕이 무너져 내리고, 마을들이 고립되었다. 양자산 서편 골짜기 주어사 스님들은 새벽 예불에 앞서 넉가래부터 챙겨 들었다.

"저희도 돕겠습니다."

사흘 전부터 절에 머물며 강학 중이던 권철신과 그의 제자들이다.

"아이고, 이를 어쩌나…."

넉가래와 싸리비를 빼앗기다시피 넘겨준 스님들이 난감한 표정으로 주지 스님을 보았다. 주지 스님이 가만히 고개를 끄덕여 보였다.

양자산 깊은 골짜기에서 굽이굽이 흘러내린 물이 비탈을 따라 개울을 이루었다. 얼음을 깨고 세수를 하면 취한 잠이 싹 달아났다. 새벽의 숙야잠을 시작으로 동틀 무렵의 경재잠을 지나 정오의 사물잠까지 공부가 이어졌다. 오후 시간을 자유롭게 보내고 해거름이면 다시 공부방에 모여 서명을 논했다.

"오늘도 어째 쉬이 그칠 것 같지 않군."

권철신이 걱정스레 새벽하늘을 올려다봤다. 함박눈의 기세가 점점 더 맹렬했다.

"그러게 말입니다. 하늘에 구멍이라도 뚫린 모양이에요."

이총억이 한숨을 내쉬었다. 좀 전에 눈을 밀어 내놓은 길이 금세 흔적도 없어졌다.

"번거롭겠지만 틈틈이 내려와서 치워두는 게 좋겠다. 안 그랬다가는 길이 어딘지도 모르게 될 게야."

"예, 스승님!"

호기롭게 외친 제자들이 세안하는 동안 개울가에 내려둔 넉가래며 싸리비를 집어 들었다.

눈을 치우며 자드락길 중간까지 올라갔다.

"저, 저기… 저게 뭐지…?"

산길 저 아래에 파란 불덩이가 하나가 하늘하늘 흔들리며 이쪽을 향해 빠르게 올라오는 것이 보였다. 정약전은 온 정신을 모아 불덩이를 쳐다보았다. 점점 가까워지는 불빛 아래로 사내들의 윤곽이 흐릿하게 보였다. 도포 차림의 키 큰 남자와 강단진 체격의 스님이었다.

정약전은 고개를 쑥 빼고 키 큰 남자를 호기심 어린 눈으로 응시했다.

"그간 강녕하셨습니까?"

이벽이 눈을 털며 인사를 건넸다.

"이 시각에 네가 어인 일이냐?"

뜻밖의 출현이어서 권철신은 어안이 벙벙했다.

"거사님의 고집이 보통이 아니더군요. 날이라도 밝은 뒤에 떠나시라고 천진암 스님들이 극구 말렸지만, 당최 고집을 꺾지 않으셨어요."

스님이 지친 얼굴로 권철신에게 말했다.

"네? 천진암에서 오시는 길이라고요?"

"거사님들도 아시다시피 법회 때문에 요 며칠 천진암이 보통 시끄러웠어야 말이지요. 마침 거사님께서 주어사로 넘어가신다는 얘기를 듣고 옳다구나 싶어 소승이 길 안내를 자처했지요."

천진암은 규모가 크고 풍광이 좋을뿐더러 절터 기운이 남달라 명승지로 이름을 떨쳤다. 덕분에 불자들의 왕래가 끊이질 않았고, 큰 법회도 왕왕 열렸다.

반면에 외딴 골짜기에 들어선 주어사는 찾는 발길이 드물어서 늘 적요했다.

그렇다 한들 거기서 여기가 어딘데….

권철신이 혀를 내두르는 것도 무리는 아니었다. 천진암에서 주어사로 건너오는 길은 깊고 험해서 호랑이 같은 맹수의 출몰도 잦았다. 그런 길을 이벽이 겁도 없이 넘어온 것이다. 그것도 눈이 퍼붓는 꼭두새벽에.

"거사님을 무사히 인도했으니 빈도는 법전에 들어가 부처님을 뵙겠습니다. 그럼 이만…."

천진암 스님이 멀어지자 권철신이 노한 얼굴로 이벽에게 물었다.

"이게 대체 무슨 일이냐?"

"스승님 사가에 들렀더니 강학을 떠나셨다고 하더군요."

그러나 이벽이 백여 리 눈길을 걸어 도착한 그곳에 스승과 문우들은 없었다. 강학 날짜와 큰 법회가 겹치는 바람에 권철신이 제자들을 이끌고 주어사로 넘어간 것이다. 이벽과 동행했던 스님이 불자들의 소란을 피해 주어사로 넘어온 것과 같은 이유였다. 강학 장소가 바뀐 사실을 이벽은 밤늦게 천진암에 도착해서야 알게 되었다.

"허면 날이 밝을 때까지 기다렸어야지!"

권철신은 진심으로 이벽을 꾸짖었다.

"스승님께 긴히 드릴 얘기가 있어서 잠시도 지체할 수가 없었습니다."

그 얘기란 것이 무엇인지 권철신은 짐작하고도 남았다.

"그래, 찾아냈느냐?"

"예! 스승님이 내주신 숙제의 답을 찾아냈습니다!"

이벽이 상기되어 고했다.

"숙제라니요?"

이총억과 김원성이 서운한 기색으로 여쭈었다. 서운하기는 정약전과 권상학도 마찬가지였다.

"벽이와 먼저 할 얘기가 있다. 좀 이르긴 하다만, 너희는 아침을 준비해라. 얘기가 끝나면 부르마."

권철신은 이벽을 데리고 요사채로 향했다.

"그래. 네가 찾았다는 답이 무엇이냐?"

"소리입니다."

"소리라?"

"사람은 누구나 소리를 듣고 살지요. 그 점을 이용하면 됩니다."

"어찌 말이냐?"

붓과 연지를 청해 뭔가를 적어 내리는 이벽을 권철신은 잠자코 지켜보았다.

"다 됐습니다."

"음, 〈천주공경가〉라…."

권철신은 나직이 〈천주공경가〉 가사를 읊조리기 시작했다.

어와세상 벗님내야 이내말씀 들어보소

집안에는 어른있고 나라에는 임금있네

내몸에는 영혼있고 하늘에는 천주있네

……

독송을 마친 권철신이 천천히 눈을 들어 이벽을 보았다.

"네가 찾았다는 답이 이것이냐?"

감흥 없는 말투였다.

"예. 4.4조를 기본으로 삼고, 17행 33구로 지었습니다."

맥이 풀린 이벽은 스승의 안색을 살폈다. 미지근한 반응 앞에서 흥
분과 기대가 스르르 잦아들었다.

"이것으로 무얼 어쩌겠다는 것이냐?"

권철신이 거듭 물었다.

"조선 곳곳마다 그곳의 독특한 민요가 있습니다. 농업과 어업에 종
사하는 백성들이 일하면서 부르는 노동요도 많습니다. 이런 민요들이
누대로 전승되고 있지요."

"그야 물론이다."

권철신은 여전히 무덤덤했다.

"그런데 민요는 글자로 적힌 가사도 없고, 악보도 없습니다."

"그걸 지은 이들 대부분이 글을 모르기 때문이지."

"그런데도 민요는 구전으로 불려오고 있습니다. 글자가 아니라 귀로 들어서 자주 부르다 보니 외워졌기 때문일 겁니다."

"마음을 건드린 것이 더 큰 이유였겠지. 하나같이 고달픈 삶이 아니더냐. 그 민초들의 가슴에 들어찬 한이야 오죽하려고. 마음에 응어리진 한을 흥얼흥얼 노래로 풀어낸 것이 바로 민요다. 그 민요를 통해 위로를 받고 용기도 얻는 게야. 그래서 민요가 그리 오래 살아남은 것이다."

"스승님 말씀대로입니다. 노래 속 주인공보다는 내 삶이 덜 고달프구나, 그러니 앓는 소리 그만하고 힘내서 다시 살아보자. 이런 마음이 민요를 부르다 보면 생겨나는 것이겠지요. 제가 간척지에서 본 사람들도 그랬습니다."

"간척지?"

"소생의 막역지우가 초남이에 살고 있습니다. 그 친구를 만나러 전주까지 갔다가 만경강 유역의 간척지 일을 돕게 되었지요."

이벽은 무너진 제방을 보수한 경험과 그곳 인부들이 입을 모아 부르던 산야 타령을 상세히 전했다.

"백 명을 훌쩍 넘기는 일꾼들이 다들 지쳐가는데 노동요를 함께 부르면서 언제 그랬냐는 듯 기운을 내더군요. 뭐랄까, 응어리진 감정이 한꺼번에 폭발하는 느낌이었습니다."

"그래. 민요는 그런 힘을 갖고 있지."

"〈천주공경가〉도 그럴 겁니다. 듣는 이의 귀에 착착 감기는 음률에 가사를 붙여 사람들에게 들려주면 널리 퍼지지 않겠어요."

"천주가사를 통해 천주교를 알게 한다?"

"예! 민요처럼 글자가 아니라 입으로 가르치고 귀로 배우게 하는 겁니다."

"일리가 없지는 않구나."

권철신의 입가에 슬그머니 미소가 걸리는 것을 이벽은 놓치지 않았다. 이벽의 가슴에서 희망의 불꽃이 다시금 타올랐다.

"스승님! 이보다 좋은 방법은 없어 보입니다."

이벽의 목소리에 자신감이 넘쳤다. 그때 권철신이 다시 찬물을 끼얹었다.

"역부족이다!"

"방금 제 의견에 일리가 있다고…."

이벽은 어리둥절한 가운데 실망이 솟구쳤다.

"하나의 종교에는 방대하고 심오한 교리가 담기게 마련이다. 천주가사로 교리를 요약해서 전달할 수는 있겠으나 분명 한계가 있을 게다. 네가 지은 〈천주공경가〉만 해도 그렇다. 천주가 으뜸이라면서 왜 천주가 으뜸인지, 영혼이 어떻게 불멸할 수 있는지 설명은 없지 않으냐. 듣는 이의 심금을 울린다거나 생각을 깨울 공감이 느껴지질 않아."

권철신은 심중의 의구심을 털어놓았다.

"하지만 천주님의 존재는 알게 될 겁니다!"

이벽의 입이 바짝바짝 말랐다.

"낯선 신에 대한 호기심만으로는 종교를 흥성시킬 수 없다."

"그런 호기심이 어딥니까? 천주교란 종교가 있는 줄도 모르는 백성이 태반입니다."

"공감대가 없는 호기심은 젖은 땅에 피우는 불씨나 다름없어."

"허면 모두가 공감할 만한 가사를 지으면 되지요."

"그렇다 한들 가사다. 가사로는 교리를 세밀하게 설명하지 못해. 교리를 본격적으로 공부하려는 이들의 욕구는 더더구나 채워줄 수 없지. 이 점은 어찌 해결할 테냐?"

"《천주실의》나 《칠극》처럼 조선에 들어와 있는 서학서를 필사하여 배포하면 됩니다."

"설령 책으로 만든들 백성들 대부분이 문맹인데 어찌 읽힌다는 거냐?

"언문본을 따로 지어 배포하면 됩니다."

"교리를 언문으로 풀어 가르치겠다?"

권철신의 눈동자가 반짝 빛났다.

"그것으로도 부족한 부분은 교리공부 모임을 만들어 채우면 됩니다. 그러자면 우리가 먼저 교리에 해박해야겠지요."

천주교의 '천'자도 들어보지 못한 백성들이 천주가사를 어떻게 받아들일지는 장담할 수 없겠으나 시도는 해볼 만하다고 권철신은 생각했다.

"…해보자."

권철신이 긴 침묵을 깨고 드디어 결단을 내렸다.

"믿고 따를 만한 교리라고 판단이 서면 천주교 전파에 내 힘을 보태마. 가뜩이나 힘든 삶을 사는 민초들에게 조금이나마 위안을 줄 수 있다면 응당 그리 해야지."

권철신의 표정이 한결 편안해 보였다. 이벽은 그간의 일들이 주마

등처럼 스치며 눈물이 솟았다.

한 달 보름 가까운 시간이었다. 스승이 내준 숙제를 풀기 위해 저자를 떠돌다가 전주까지 내려갔고, 그곳에서 주어사로 오기까지 참으로 많은 사람을 만났다. 고민에 고민을 거듭하면서 수도 없이 좌절하기도 했다.

"벽아…."

제자의 눈물에서 그간 겪었을 고충이 전해왔다. 권철신은 마음을 담아 이벽에게 한 가지 제안을 했다.

"강학의 성격이 바뀌었으니 모임 이름도 새로 짓는 것이 좋겠구나. 서학을 연구하는 강학이니 '서학교리연구회'라고 하면 어떠하겠느냐?"

"좋습니다!"

"나가서 문우들을 불러오너라. 함께할 것인지 물어봐야겠다."

● ● ●

대청마루에 여명이 밝았다. 살그머니 방문을 열고 나와 인기척이 없는 것을 확인한 완숙은 마당을 가로질러 대문을 빠져나왔다.

완숙은 개천을 따라 달리다가 큰 은행나무가 있는 둔덕으로 올랐다. 눈 쌓인 길이 미끄러워 몇 번이나 넘어졌다.

"헉헉…."

가쁜 숨을 몰아쉬며 마지막이 될 새벽 풍경을 바라보는 완숙의 눈동자가 불안하게 흔들렸다. 오래전부터 작정한 일이지만, 막상 행동으로 옮기자니 막막한 가운데 두려움이 파도처럼 일어났다.

'이게 최선이야. 마음 약해지면 안 돼.'

완숙은 스스로 다독이며 한눈에 드는 나뭇가지를 점찍었다.

'좋아. 저거야. 한 번에 끝내자.'

완숙은 눈 속을 헤집어 큼지막한 돌멩이를 찾아내고는 힘껏 잡아당겼다.

"아악!"

비명이 완숙의 몸과 함께 풀쩍 솟구쳐 올랐다. 붕대가 감긴 손에서 시작된 극심한 통증이 등줄기를 타고 온몸으로 퍼져나갔다.

'미치겠네….'

언 돌을 떼어내기 위해 무리하게 힘을 가한 탓인지 붕대 속의 오른손이 불에 넣었다 뺀 것처럼 욱신거렸다.

홍지영과의 혼인을 종용하던 아비 앞에서 의절을 선언하며 티눈을 도려낸 뒤로 상처를 돌보지 않았다. 그러자 상처가 퉁퉁 붓고 농이 차올랐다. 그 피고름을 입으로 빨아내고 약을 바른 뒤 붕대를 감아준 사람이 있었다. 시어머니 정 노인이었다.

"아녀자는 손이 고와야 하건만… 어쩌자고 이 지경까지 되었어…. 또 덧날 테니 건드리지 말아라."

독이 오른 손가락에서 시작된 열이 온몸으로 퍼져 끙끙 앓던 중이었다. 시모는 손등까지 번진 염증을 가라앉히느라 완숙을 붙들고 며칠 밤을 지새웠다.

"내 배로 났지만 나도 속상할 때가 많은 아들이다. 너야 오죽하겠냐만 기왕 부부로 맺어졌으니 한번 살아봐야지. 아범 대신 내가 더 잘하

마. 그러니 제발 나쁜 생각일랑 마라."

아예 상처에 손을 대지 못하도록 붕대를 칭칭 감으며 시모는 완숙을 달랬다. 그런 시모의 자애로움에 완숙은 코끝이 시큰했다. 그때마다 신방을 차리던 날을 떠올렸다.

대례를 생략한, 혼례 같지도 않은 혼례를 치르고 덕산으로 신행을 왔다. 은행나무집 대문을 넘어서면서 완숙이 맨 처음 본 것은 정임이 그 집의 노비가 되어 폐백 준비를 거드는 모습이었다. 울먹이는 정임과 딱 마주치자 완숙은 피가 거꾸로 솟았다. 그러나 홍지영과 용춘이 보여준 행태를 봤을 때만큼은 아니었다.

용춘은 완숙 부부가 정 노인에게 예를 올리는 모습을 히죽이며 지켜보았다. 완숙은 수치심으로 부들거렸지만 냉정하려고 애썼다.

폐백이 끝나기 전에 엉덩이를 털고 일어난 용춘은 흔들흔들 춤까지 추어가며 대문을 나서더니 이윽고 기생과 사내들 한 무리를 이끌고 되돌아왔다. 신방으로 들어간 그들은 홍지영까지 불러들이더니 왁자지껄 술판을 벌였다. 저녁까지 이어진 술자리는 홍지영과 용춘이 일행을 데리고 우르르 밖으로 나가면서 끝났다.

시모는 완숙의 눈치를 살피랴, 손주를 챙기랴 정신이 없었다. 술이 불콰해져 대문을 나서는 아비를 막아섰다가 무지막지한 발길질에 채인 필주가 대문 앞에 쓰러진 채 엉엉 울었다. 소명이 질겁해서 눈물을 터트렸고, 정임은 그런 소명을 붙들고 당장 강석환에게 달려가 완숙이 겪은 일을 그대로 고해달라고 부탁했다. 강석환이 이 사실을 알면 혼사를 없던 일로 할 것이라고 정임은 철석같이 믿는 눈치였다.

완숙은 신방에 홀로 앉아 밤이 아침으로 변하는 걸 보면서 첫날밤을 이렇게 보낼 수 있어서 오히려 다행이라고 안도했다.

– 너와 나의 인연은 이것으로 끝이다. 넌 이제부터 홍가네 집안 여인으로 사는 거야. 살다 혹 힘든 일이 있어도 이 집으로 돌아올 염 일랑 절대 품어선 안 된다. 소식도 전하지 마라. 죽어서도 그 집 귀신이 되어야 한다.

친부가 홍지영과의 혼사를 결정하며 야멸스레 내뱉던 말이 완숙의 가슴 속에 또렷이 살아있었다. 그러지 않아도 완숙은 친가로 돌아갈 생각 따위 추호도 없었다. 자신을 딸처럼 여기겠다던 시모의 절절한 진심이 마음에 걸리기는 하였으나 홍지영과의 부부 연을 계속 이어갈 마음은 더더욱 없었다.

'그 자랑 살을 섞으며 사느니 차라리 죽는 게 나아.'

완숙은 눈여겨 둔 은행나무 가지 아래에 밟고 올라서기 좋도록 단을 쌓았다. 뒤이어 무명 끈을 허리에서 풀어 나뭇가지에 걸치고는 망설임 없이 올가미를 목에 걸었다. 디딤돌을 차서 쓰러뜨린 순간이었다.

우지끈!

멀쩡하던 나뭇가지가 부러지면서 완숙은 땅으로 떨어져 굴렀다.

'이상하네….'

이리 굵고 싱싱한 나뭇가지가 맥없이 부러지다니? 누군가가 내 죽음을 막으려고 일부러 꺾어버린 걸까. 아냐! 그럴 리 없어!

완숙은 고개를 저었다. 신이 정말로 존재한다면 이런 기막힌 인생을 모른 척할 리 없었다.

어느덧 날이 밝아오고 있었다. 마음이 급해진 완숙은 더 튼튼해 보이는 나뭇가지를 골라 무명 끈을 걸고 올가미에 목을 맸다. 이제 디딤돌만 차 내리면 끝이었다.

강석환, 홍지영, 용춘, 화영이 차례로 떠올랐다. 이들에 대한 복수심이 두려움을 불살라버렸다.

'내 죽음이 부디 당신들한테 죽음보다 더한 고통이기를….'

한마디 저주를 쏟아낸 완숙은 미련 없이 몸을 던졌다. 무명 끈이 너울대는가 싶더니 올가미의 벼리가 바짝 조여졌다.

"컥!"

완숙이 외마디 신음을 지르는가 싶더니 새파랗게 질려 발버둥 치기 시작했다.

이런 게 죽는 거로구나….

참 이상한 일이었다. 정작 육신에 고통이 엄습하고 죽음이 멀지 않다고 여겨지자 살고 싶다는 생각이 무섭게 휘몰아쳤다.

살려주세요! 누가 좀 도와주세요!

완숙은 허공에 매달린 채 목에 감긴 줄을 필사적으로 잡아 뜯으며 발버둥질했다. 끔찍한 고통에서 벗어나고 싶었다.

천주님! 저 좀 살려주세요!

완숙은 정신이 아득해지며 저도 모르게 외쳤다.

쩌억!

완숙을 매달고 있던 나뭇가지가 우지끈 부러지면서 완숙은 눈 쌓인 땅으로 곤두박질쳤다.

화르르 쏟아진 눈가루가 바람에 날리며 햇살을 받아 반짝였다.

'살았어…. 나 안 죽었어….'

그때 누군가 부르는 노랫소리가 아득하게 들려왔다. 완숙은 울음을 터트리다 말고 귀를 쫑긋 세웠다. 소리 난 쪽을 바라보니 웬 사내가 부러진 나뭇가지 끝에 아슬아슬하게 걸터앉아 있었다.

"도, 도련님…?"

사내와 눈길이 마주치자 완숙은 깜짝 놀라 벌떡 일어섰다. 그녀를 내려다보는 다정한 눈빛과 귀에 익은 음성에서 완숙은 8년 전에 헤어졌던 한 청년을 떠올렸다.

'벽이 도련님이 어찌 여기에?'

찬란한 빛이 그의 몸에서 뿜어나왔다. 그가 처음 듣는 노래를 불렀다. 사이사이 나오는 '천주'라는 말에 가슴이 뛰었다. 그가 노래로 천주님을 칭송한다는 것이 느껴졌다.

대체 이게 꿈인가? 생시인가?

완숙은 놀란 입을 벌린 채 두 발로 나뭇가지를 딛고 서는 이벽을 올려다봤다. 이벽이 갑자기 괴로운 표정으로 목덜미를 감싸더니 몸을 비틀기 시작했다. 흡사 독살 당한 주검 같았다. 얼굴빛이 삽시간에 푸른빛에서 검보라색으로 변한 이벽은 전신에 경련을 일으키며 목덜미와 가슴팍을 쥐어뜯었다. 밭은기침을 격하게 내뱉는 이벽의 입과 코와 귀에서 검붉은 피가 쿨럭쿨럭 쏟아져 나왔다.

"어, 어…."

눈으로 보고도 믿기지가 않아 완숙이 말을 잇지 못하는 사이, 피를 토하며 비틀대던 이벽의 몸이 빠르게 희미해졌다. 제대로 이야기를 나눠보지도 못했는데 공기 중으로 증발하는 수증기처럼 사라지고 있었다. 완숙이 외쳤다.

"도련님! 가지 마세요! 제발 가지 마세요!"

• • •

유난히 눈이 많은 겨울이 물러갔다. 마을이 갈산진 쪽으로만 열려서 한감개로 불리는 대감마을에도 봄기운이 완연했다. 아지랑이 어른대는 들에는 봄갈이가 한창이었다. 파릇한 봄나물이 지천으로 깔린 산문 근처는 아낙들의 차지였다.

"누구지?"

어미를 따라나선 아이들이 질척대는 길 가운데 옹기종기 모여앉아 흙장난 삼매경에 빠져 있다가 낯선 나그네가 다가오자 엉거주춤 일어나 가장자리로 물러났다.

"고맙다."

길을 터준 아이들에게 빙긋 웃어 보인 나그네가 흙범벅의 짚신을 끌고 마을 안으로 들어갔다.

"이곳이로군."

권철신의 집에 도착한 이존창은 봇짐에서 새 짚신과 버선을 내어 갈아 신었다.

"계십니까?"

발걸음도 가볍게 대문 앞으로 가 선 이존창이 설레는 음성으로 집 안에 대고 물었다. 답이 돌아온 것은 대문 안이 아니라 등 뒤에서였다.

"뉘시오?"

어딘지 날이 서 있는 음성이었다. 이존창은 흠칫 놀라 뒤를 돌아봤다. 노파를 업은 중년의 사내가 이웃집과 면한 토담을 휘어 돌아 바깥마당으로 들어서며 이존창을 쏘아봤다.

"아, 예. 저는….'

얼른 허리를 숙여 보인 이존창은 사내에게로 걸어가 제 소개를 했다. 사내의 어깨 위로 두 눈만 빼죽 내놓고 이쪽을 째려보던 노파가 느닷없이 빽 소리를 질러댄 것은 몇 마디 꺼내놓지도 않았을 때였다.

"가!!"

"예? 가라니요?"

뜨악하게 노파를 건너다보던 이존창이 이내 속으로 혀를 찼다.

'허! 치매증이 제대로 오셨나보구먼….'

백설이 내려앉은 머리카락 하며 살갗에 깊이 잡힌 주름, 얼굴에 만발한 검버섯으로 보아 칠십은 족히 넘겼을 노파였다. 괴이하게도 노파는 어린아이나 착용하는 색동저고리와 분홍치마를 몸에 걸치고 있었다. 게다가 검은 비단에 솜을 넣어 만든 굴레까지 머리에 눌러쓰고 있었다. 나이에 걸맞지 않은 옷차림을 자식이 챙겨 입혔을 리는 만무했다. 소녀적으로 기억이 회귀한 노파가 저 옷을 입겠노라 십중팔구 고집을 부렸을 테고, 노파의 아들로 보이는 저 중년 사내는 마지못해 어미의 소원을 들어줬으리라.

'아들이 맘고생이 심하겠군….'

이존창은 노파에게 향했던 시선을 중년의 사내에게로 옮겼다. 치매에 걸린 노파와 계속 얘기를 나눠봤자 대화가 제대로 될 리 없었다.

"혹시 이 댁에 사시는 분인가요? 저는 녹암선생을 뵈려고 먼 길을 왔습니다만….”

뭐가 그리 못마땅한지 입술을 삐죽이며 이존창을 째려보던 노파가 '녹암'이라는 단어에 돌연 겁먹은 얼굴이 되었다.

“오라버니는 집에 없어! 그치, 아버지? 오라버니는 어야 가고 없지, 응?”

노파는 안절부절 어찌할 바를 모르며 사내의 어깨를 마구 흔들어 댔다.

“예, 어머니. 형님은 어야 가시고 아니 계십니다.”

사내가 다정한 말투로 대답했다.

“오, 이런!”

권철신을 형님이라고 칭하는 것으로 보아 사내는 권철신의 아우 권일신이 틀림없었다. 그런 그가 어머니라고 부르고 있으니 저 우스꽝스런 차림의 노파는 권철신 형제의 모친이 분명했다.

“이암 권일신 선생이신지요?”

“그렇소만… 댁은 뉘시오?”

“저는 여사울에서 온 이존창입니다. 허락해주신다면 녹암선생을 기다렸으면 하는데요.”

그때였다. 노파가 당장이라도 뛰어내려 달려들 듯 거부반응을 보였다.

“싫어! 가! 아버지, 저 사람 가라고 해요, 빨리요!”

갈퀴 같은 손가락으로 이존창을 가리키며 노파는 고래고래 소리를 질러댔다.

“저어, 어르신! 제 말씀을 좀 들어보시고….”

이존창의 말을 권일신의 모친이 싹둑 잘랐다.

"싫다니까! 가! 가! 싫어! 싫다고!"

"진정하세요, 어머니….."

노모의 마른 엉덩짝을 토닥이며 사정조로 달래던 권일신이 긴 탄식을 쏟았다. 이젠 익숙해질 법도 하건만 이런 상황이 발생하면 여지없이 억장이 무너졌다.

조부는 생전에 모친을 끔찍이 아꼈다. 그랬던 조부와의 행복했던 시간으로 되돌아가고 싶었던 걸까. 지난해 늦가을에 치매가 발병한 뒤로 모친의 기억은 어린 시절로 회귀했다. 그때부터 노모는 장남 권철신을 이른 나이에 죽은 오라버니라고 믿었고, 조부를 빼닮은 차남 권일신을 아버지라고 착각하며 좀처럼 떨어지려 하질 않았다. 형을 모시고 매번 천진암에 올랐던 권일신이 작년 11월을 끝으로 강학에 불참하게 된 이유였다.

권일신은 노모를 위해 모든 것을 포기했다. 우선은 살아계신 모친을 기쁘게 해드리는 것이 효라고 생각했다. 요즘 노모가 가장 좋아하는 일은 바람을 쐬러 밖으로 나가는 일이었다. 불과 몇 달 전까지만 해도 정정했던 노모의 갑작스러운 변화를 여전히 받아들이기 힘들었다. 자신을 아버지로 믿고 있는 노모가 진짜 제 딸인 것 같은 착각에 빠지기도 했다. 어린애로 변해버린 모친에게 항상 좋은 것만 주고, 기쁨만 느끼게 해주고 싶다는 마음 또한 날로 강해졌다.

한편으론 인간의 육신이 얼마나 나약한 것이고, 정신은 또 얼마나 깨지기 쉬운 것인가를 절감했다. 그 영향이었을 것이다. 사후세계에 대해 생각하는 일이 잦아졌다. 그 영역을 관장한다는 천주가 인간에게 가르침을 남겨놓았다고 했다. 노모를 보살피느라 강학에 참석은 못했지만, 잠자는 시간까지 아껴가며 교리서를 탐독했다.

그런 시간이 쌓일수록 권일신은 천주교에 빠져드는 자신을 느꼈다. 그가 평소 추구해온 가치를 천주교가 교리로 다루고 있기 때문이었다. 십계에서 언급한 부모 공경도 마찬가지였다. 권일신에게 부모 공경은 부모가 원하는 바를 가능한 들어주는 것이다. 그런데 노모가 낯선 손님의 방문을 허락지 않고 있었다.

"어머니께서 이리 싫어하시니 안으로 들라고는 못 하겠소. 그럼, 다음에….."

통사정에도 권일신이 더는 눈길도 주지 않자 이존창은 꿇어앉아 애원했다.

"제발 사정 좀 봐주세요! 한 사람의 목숨이 달린 일입니다!"

권일신이 흠칫 놀랐다.

"사람의 목숨이라 하였소?"

"예! 사람이 죽고 사는 문제입니다!"

권일신은 잠시 이존창을 바라보더니 마음을 고쳐먹었다.

"어머님을 방에 모시고 올 테니 대청에 앉아 계시오."

권일신이 속삭이듯 말했다.

이윽고 돌아온 권일신은 이존창을 말없이 바라보았다.

'별난 사람이로군.'

행색으로만 보면 영락없이 겨우 거지 신세를 면한 촌부였다. 그러나 귀한 안경을 걸치고 있는 것 하며, 안경 너머 형형한 눈빛은 범상치 않았다. 나이라야 갓 서른을 갓 넘겼을 법한데 하얗게 새어버린 머리칼과 눈썹이 예사롭지 않아 보였다.

이자의 정체가 무엇인고….

"형님과는 안면이 있으시오?"

권일신이 차를 따르며 물었다.

"아닙니다. 실은 이벽이라는 청년이 녹암선생과 함께 있다는 얘길 듣고 이리 찾아뵈었습니다."

권일신이 흠칫 놀라 이존창을 건너다봤다.

"광암을 만나러 왔단 말이오?"

"광암에게 물을 말도 있고, 녹암선생께 인사도 드릴 겸 나선 길입니다."

권일신의 표정이 차갑게 굳었다.

"광암에게 물을 말이란 게 무엇이오? 혹 천주교에 관한 것이오?"

"그렇습니다만…."

"그 얘기라면 내게 하시오."

"예?"

"그동안 댁 같은 사람들을 자주 봐왔소. 처음엔 정말로 천주교를 배우고 싶어서 이곳에 온 사람들인 줄로만 알았소. 헌데 그게 아니더란 말이지. 하여, 내가 먼저 들어보고 판단해야겠소. 진짜 속내가 뭔지."

"제 종수씨가 어려서 광암과 친분이 있어 천주교를 알게 되었다더군요."

"광암과 말이오?"

"예. 그간 고달픈 일들이 계속 몰아쳤던지라 어린 시절에 알았던 천주교를 까맣게 잊고 지냈다고 합니다. 헌데 일련의 사건을 겪으면서 잊었던 기억이 살아났다고 하더군요. 그 일로 광암에게 꼭 물어볼 것이 있다고 했습니다. 그 질문을 제가 대신 광암에게 묻고자 이리 찾아뵈었습니다."

"그게 무엇이오?"

"종수씨가 천주가사를 들었다고 했습니다. 그 천주가사가 뭔지 알고 싶다는군요."

"바, 방금 뭐라 했소?"

권일신은 소스라치게 놀랐다.

"그대의 종수씨가 천주가사를 알고 있단 말이오?"

권일신이 긴장한 낯으로 바투 다가앉았다.

"그렇습니다."

"어찌 말이오?"

"실은 그게…."

자결 사건 이후, 완숙은 이벽이 천주가사를 들려주었다며 만나러 가겠다고 나섰다. 그것을 정 노인이 겨우 말려놓고는 이존창을 찾아와 지금은 며느리가 아프니 그 일을 대신 해주도록 부탁해왔다.

이존창이 그길로 완숙을 찾아가 물었다.

"무얼 보고 무얼 들었는지 말해주시오. 종수씨한테 무슨 일이 있었는지를 알아야 내가 도울 수 있지 않겠소?"

완숙이 모든 것을 털어놓자 그는 간곡한 말로 안심시키고 봇짐을 꾸려 포천으로 떠났다. 그러나 이벽은 집에 없었고, 가족도 모두 그의 행방에 대해 함구했다.

빈손으로 덕산으로 돌아온 이존창에게 완숙은 전주 초남이를 들먹였다. 이벽과 절친한 항검이라면 행방을 알 수 있을 성싶었다. 그길로 전주로 갔다. 이존창이 건넨 완숙의 편지를 받아본 항검은 이벽의 한 양 수표동 집을 알려주었다.

이존창은 곧장 한양으로 향했다. 그러나 거기에도 이벽은 없었다. 집을 지키고 있던 이벽의 부인을 졸라 그의 행방을 겨우 알아냈다.

"헌데 당혹스런 점이 있습니다."

"뭐가 말이오?"

"녹암 선생은 워낙 고명한 분이라 뵈러 오는 사람들이 많을 텐데 과민하다 싶을 정도로 저를 경계하시니 말입니다."

권일신이 한숨부터 쉬었다.

"별의별 사람이 다 찾아옵니다. 그들로부터 험한 꼴도 무수히 당한 터라 누가 천주교 얘기만 꺼내면 덜컥 겁부터 난다오."

권철신과 이벽의 주도하에 서학교리연구회가 시작된 뒤로 녹암계 문도들은 천진암에 모여 《천주실의》와 《칠극》 탐구에 집중했다. 이벽이 폭설을 뚫고 주어사에 도착한 새벽, 정약전과 이총억, 권상학 등이 서학교리연구회 동참 의사를 밝혔다.

이벽이 권철신이 낸 숙제를 풀기 위해 전국 각지를 돌아다니는 동안 몇 차례 더 강학에 참석한 정약종과 정약용은 언제부턴가 권철신의 수업에 불참했다. 정약종은 도교에 빠졌고, 정약용은 과거 공부에 매진한다던. 이벽이 〈천주공경가〉를 들고 천진암을 찾아왔을 때 두 사람이 보이지 않은 연유였다.

아우들의 근황을 스승에게 전하면서 정약전은 얼굴을 들지 못했으나 권철신은 딱히 개의치 않는 눈치였다. 무릇 마음이란 강물과 같아서 막으면 고이는 법이고, 그렇게 고이다 보면 종국엔 저 밑바닥까지 썩게 마련이었다. 그것이 무엇이든 간에 흘러가는 대로 내버려 두는 것이 자연스럽고 현명한 대처일 터였다. 첫 교리연구회에는 참석했으나 내내 불만스러운 얼굴로 말이 없던 김원성이 결국 강학을 탈퇴하겠다고 밝혀왔을 때도 잡지 않은 이유였다.

떠나는 사람이 있으면 찾아오는 이도 있는 법.

김원성의 빈자리를 홍낙민과 이승훈, 윤유일이 메웠다. 태어나기는 경기도 여주의 점들(지금의 금산리)에서 태어났으나 이웃마을인 양근의 한감개로 이주한 윤유일은 권철신의 영향을 크게 받으며 성장했고, 자연스레 문하로 들어가 제자가 되었다. 그 스승이 갑자기 유교 대신 천주교를 연구한다고 선포하자 그게 무슨 학문인가 싶어 교리서를 들여다보았다가 새로운 종교에 매료된 상태였다. 윤유일은 자신이 작은 스승으로 모시는 권일신과 자주 모여 토론을 벌이기도 했다.

학습의 내용이 쌓여갈수록 연구회 일원들은 천주교가 조선에 꼭 필요한 종교라고 인정하지 않을 수 없었다. 권일신도 같은 생각이었다. 훗날 천주교 전파가 용이하도록 천주가사를 미리 지어두어야 한다는 이벽의 주장에도 공감을 표했다. 그들은 머리를 맞대고 또 다른 천주가사를 지었고, 밤잠을 아껴가며 교리서를 필사했다.

권철신의 제자들은 천주가사와 교리서 필사본을 가지고 인척들과 문우들을 은밀히 찾아다니며 전교하기 시작했다. 십여 명에 불과하던 회원이 삽시간에 수십 명으로 늘어났다. 무엇보다 이윤하가 뜻을 같이하겠다고 밝혀온 점이 고무적이었다. 그는 이수광의 7대손이며 이익의 외손자이자 권일신의 처남이다.

하지만 호사다마랄까. 누이로부터 조카 이승훈이 천주교에 푹 빠졌다는 소식을 전해 들은 이가환이 권철신에게 장문의 서신을 수차례 보내 비난을 퍼부었다. 제자들을 바르게 이끌어야 할 스승이 사교로 후학들을 위험에 빠뜨린다는 것이다. 권철신은 천주교가 유교의 부족한 점을 보완해줄 것이라며 답신을 보냈다. 이에 이가환은 재차 반박을 가했다.

성호학파의 두 핵심인물이 서신으로 공박을 벌이자 그들을 따르는 문도들 사이에서도 천주교에 관한 논쟁이 오갔다. 그중 몇몇은 대감마을까지 내려와 당장 강학회를 중지하지 않으면 조정에 투서를 넣겠다고 협박했다. 개중에는 칼을 찬 무뢰배들을 끌고 와 으름장을 놓고 가는 이들도 있었다. 남인 학자 중에서도 안정복은 보수 성향이 강했다. 이가환의 추종자들 중에서 다소 과격한 이들이 스승 몰래 찾아와 행패를 부리는 것일지도 모른다고 권일신은 추측했다. 그대로 뒀다가는 사태가 정말로 심각해질지도 모른다는 불안이 권일신을 잠 못 들게 했다. 무뢰한 그자들을 관아에 고변할 마음을 먹기까지 했다.

그러나 실행에 옮기지 못하고 그 계획은 무위로 끝났다. 당사자들이 하나같이 신분을 말하지 않는 데다 관아에 고변할 틈도 주지 않고 달아나 버리는 통에 그들의 정체를 끝까지 밝혀낼 수 없었다. 그들 역시 옳다고 믿는 바를 실행에 옮기는 것이므로 문제를 크게 만들어서는 안 된다는 권철신의 반대도 있었다. 권일신은 형의 의견을 묵살할 수 없었고, 결국 신고를 포기했다. 강학이 열리는 날마다 사가에 남은 권일신이 노심초사 불안에 떠는 이유였다. 강학회를 반대하는 이들이 언제 또 들이닥쳐 소란을 부릴 지 알 수 없었다.

"그나저나 여사울이라면 충청도가 아니오? 내포 쪽에는 전교가 아직 안 된 걸로 아는데⋯ 우리 교리회 일원 중에 예산 출신이 한 분 있긴 하지만 서울로 이사해 살고 있다오."

"예산 출신이 있다고요? 혹시 그분 성함을 알 수 있을까요?"

이존창이 반색하며 물었다.

"홍낙민이라고 하오만⋯."

"그분이 천주학을 한단 말입니까?"

이존창이 놀란 눈을 떴다.

"아는 사람이요?"

"알다마다요!"

강완숙의 남편 홍지영은 덕산에서 알아주는 양반 홍철한의 아들로, 홍낙민의 서팔촌손이다. 이존창과 마찬가지로 홍낙민 역시 홍지영의 먼 친척이 되는 셈이다.

"허면 홍유한 선생도 아시겠구려."

성호 이익의 제자인 홍유한은 사도세자가 참변을 당한 영조 32년에 서울을 떠나 예산 여천으로 낙향했다가 9년 뒤에 영남 순흥부의 배나무실로 이주해 살며 천주교를 홀로 연구하는 중이었다. 그의 7촌 조카가 홍낙민이다. 홍유한이 예산을 떠나기 전까지 그에게 학문을 배운 홍낙민이 교리연구회 일원들에게 홍유한의 존재를 말해주어 알게 된 사실이다.

"그분을 강학에 동참시키기 위해 배나무실까지 찾아갔지만 우리 연구회 회원들을 아예 만나주지도 않았다오."

홍유한은 외부와의 접촉을 철저히 끊은 채 독자적으로 수계생활을 이어갔다. 홍유한의 입장을 존중해주는 것이 옳다고 여긴 권철신 등은 그 뒤로 다시 찾아가 귀찮게 굴거나 하지 않았다.

"혹시 홍유한 선생한테 천주교 얘기를 들은 것이오?"

"아닙니다. 천주교가 조선에 들어와 있다는 얘기도 종수씨한테 처음 들었는걸요."

도성에 사는 홍낙민을 한번 만나러 가봐야겠다는 생각을 하며 이존창이 말했다.

"그대의 종수씨는 어디서 천주가사를 들었다고 하던가요?"

권일신이 물었다.

"광암이 들려주었다고 했습니다."

"광암이 직접 말이오?"

"예. 어와세상 벗님네야, 이내말씀 들어보소. 집안에는 어른 있고, 나라에는 임금있네…. 이리 시작되는 가사라고 했습니다."

"오, 세상에! 그건 광암이 지은 〈천주공경가〉라오!"

"〈천주공경가〉요?"

"그렇소. 헌데 이상하군요."

"무엇이 말입니까?"

"그대의 종수씨가 〈천주공경가〉를 들었다던 때가 언제요?"

"자결을 시도했던 그날 일이니까 작년 섣달그믐 즈음일 겁니다."

"작년 섣달 그믐이라… 그때라면 광암은 천진암에 있었소. 형님께서 모두를 데리고 사가로 내려오신 날이 그믐날이라 똑똑히 기억하고 있다오. 헌데 덕산 근처에는 가지도 않은 광암을 그대의 종수씨가 봤다니… 뭔가 앞뒤가 맞질 않는구려."

"그게…."

완숙이 목격한 이벽의 실체가 환영이었노라고 실토하려는 찰나였다.

"녹암! 당장 나와 보게, 녹암!"

거친 말발굽 소리가 대문 밖에 와 멈추는가 싶더니 쩌렁쩌렁한 고함을 앞세운 노인이 사랑마당으로 불쑥 들어섰다.

"아니, 공께서 여긴 어인 일이십니까?"

권일신이 허둥지둥 마당으로 내려가 노인을 맞았다.

"시급을 다투는 일이 있어 저 사람들을 대동하고 달려오는 길이네!"

남인계 문신이자 시로 이름이 높은 여와 목만중이 대문에 대고 소리쳤다.

"뭣들 하는가? 대충 정리하고 속히 들어오게!"

"예!"

이윽고 젊은 선비 둘이 부리나케 달려왔다.

"자넨 원성이가 아닌가? 이게 얼마 만이야?"

권일신은 젊은 선비 중 하나를 알아보고 반갑게 인사했다.

"그간 강녕하셨습니까?"

다정한 권일신의 태도와 달리 목례를 올리는 김원성의 낯빛이 냉랭했다.

"나야 뭐…. 자네야말로 요즘은 어찌 지내고 있는가? 강학을 그만뒀다는 얘기는 형님께 들었네."

"그 강학 때문에 이리 달려오는 길입니다."

한껏 치장한 젊은 선비가 손바닥에 묻은 흙을 탁탁 털어내면서 김원성 대신 퉁명스레 답했다. 얼마 전부터 친분을 쌓게 된 김원성에게 이끌려 목만중이 여는 시회에 참석했다가 양근까지 동행한 남인 선비 홍낙안이었다. 노여운 눈길로 집안을 둘러보던 목만중이 보일 사람이 보이지 않자 이맛살을 잔뜩 찡그렸다.

"아니, 내가 왔는데 어째 코빼기도 보이질 않아? 녹암! 안에 없는가?"

목만중이 성난 보폭으로 마당을 가로질렀다.

"형님은 아니 계십니다. 앵자봉에 오르신 지 보름째 됩니다."

권일신은 목만중을 쫓아가며 아뢰었다.

"뭐라?!"

마당의 흙을 짓밟으며 사랑채로 향하던 목만중이 어깨를 휙 틀더니 권일신을 태워버릴 듯 노려보았다.

"우리 남인들 신세가 풍전등화에 처했거늘, 그 망할 놈의 강학을 또 열었단 말인가! 당장 사람을 보내 녹암을 모셔오게! 한시가 급해!"

"소릴 좀 낮추시지요."

권일신은 안채의 합문을 돌아보며 안절부절 어찌할 바를 몰랐다. 목만중의 고함소리가 안채까지 날아갔는지 여종들이 삼삼오오 몰려와 이쪽을 힐끔대고 있었다. 이 소란에도 노모는 오수에서 깨지 않았는지 천만다행 그들 틈에 끼어있지 않았다. 하지만 소동이 계속된다면 노모의 귀에도 그 소리가 들릴 것이고, 경기를 일으킬 것이 분명했다. 서학교리연구회를 반대하는 이들이 찾아와 언성을 높일 적마다 발작을 일으켰던 노모가 아니던가.

"진정하시고 들어가서 말씀하시지요."

권일신은 사색이 되어 목만중의 소매를 잡아끌었다. 그 손길을 매

몰차게 뿌리친 목만중이 재차 고함을 질러댔다.

"홍국영이 중전마마를 시해하려다가 발각됐네! 자네 같으면 진정할 수 있겠나?"

"그, 그게… 무, 무슨 말입니까?"

청천벽력 같은 소식에 권일신의 두 다리가 휘청했다.

"시해라니요?"

되묻는 이존창의 목소리가 떨려 나왔다.

"홍국영이 독이 든 음식을 중전마마 수라상에 올렸다고 합니다."

"지금 도성이 그 일로 발칵 뒤집혔습니다."

김원성에 이어 홍낙안이 심각한 표정으로 말했다.

"중전마마는 어떠하십니까?"

놀란 정신을 겨우 수습한 권일신은 효의왕후의 용태를 물었다.

"내전께서 수저를 드시기 전에 기미상궁이 발견해서 흉사는 막았네."

목만중이었다.

"아아…. 다행입니다."

권일신은 가슴을 쓸어내렸다. 순간, 목만중의 흰 눈썹이 매섭게 치켜 올라갔다.

"다행이라니? 그 흉측한 인사를 번암이 측근으로 두었던 걸 몰라서 하는 소리야?"

"물론 알고 있습니다만…."

목만중의 힐난에 권일신은 말꼬리를 흐렸다.

"그런데도 다행이란 소리가 나와?"

목만중은 진저리를 쳤다. 일찍이 소과에 급제하고도 10여 년이 지나서야 대과에 응시하여 관직에 나갔다. 생활고 때문이었다. 관직에 나선 지 4년째에 목만중은 귀양을 떠나고 말았다. 사도세자가 기거하는 동궁전으로 관원을 들이지 말라는 어명을 거역한 바람에 함경도로 유배에 부쳐진 것이다. 그러고는 벼슬이 끊겼다.

10여 년이 흘러 임금이 승하했다. 벼슬이 끊긴 채 풀뭇골에서 종종 시회나 열며 야인의 삶을 살아오던 목만중의 머리에도 백설이 내렸다. 여전히 출세에 목마른 그였다. 시회를 핑계로 채제공의 주변을 맴돌며 한자리 꿰찰 날을 손꼽아 기다려온 것도 그래서였다. 그런데 생각지도 못한 독살사건이 터지고 만 것이다.

"이번 참사로 불똥이 번암한테 튈 걸세! 번암 덕분에 겨우 조정에 진출했던 남인 신료들도 설 땅을 잃게 될 게야! 사정이 이러할진대 녹암은 사교나 가르치고 있다니! 노론이 이 사실을 알면 어찌 될 성싶은가? 번암의 힘이 되어주지는 못할망정 그분의 약점이 되어서야 쓰겠는가 말이야!"

"그, 그거야….”

"그거는 무슨 그거야! 잔말 말고 녹암이나 데려오게! 번암을 구하려면 지금 서둘러도 부족해! 허니 당장 출발하게! 무조건 가서 녹암을 데려와! 어서!"

● ● ●

창덕궁 합문 밖은 홍국영을 죽음으로 다스려야 한다는 신료들의 성토로 연일 시끄러웠다. 채제공에게 책임을 물어야 한다는 이들도 적지 않았다. 그악스럽게 쏟아내는 원성이 성정각까지 날아들었다.

성정각은 동궁에 속한 공간으로 세자가 학문을 연마하는 곳이다. 정조가 집권한 이래로 한동안 후사가 없어 비워 놓은 이곳을 임금이 간혹 찾고는 했다.

"그 말씀은 교리연구회를 해체하란 뜻이옵니까?"

은밀히 성정각으로 스며든 권철신은 뜻밖의 어명에 당황한 기색을 감추지 못했다.

"제대로 들었네. 번암을 끌어내리려 혈안이 된 저들이네. 더는 꼬투리를 잡혀서는 아니 되네. 그러니 당장 그 모임을 해산하게."

"으음…."

문득 조갈이 들린 권철신이 마른 침을 삼켰다. 옆에 앉은 이벽도 목이 바짝바짝 탄다는 표정이었다.

목만중의 채근을 받고 천진암으로 올라온 권일신을 따라 대감마을로 하산하던 중에 입궐하라는 어명을 받들었다. 이미 권일신을 통해 저간의 소식을 접한 터이지만, 권철신과 이벽은 어명이 당혹스러웠다.

"소인의 짧은 소견으로는 선후책이 뒤바뀐 듯하옵니다."

이벽이 조심스럽게 아뢰었다.

"무슨 소리냐?"

"번암 대감을 궁지로 본 것은 소인들이 결성한 교리연구회가 아니라 홍천의 죄인이 아니옵니까? 국모를 시해하려 한 대역 죄인이니 참형을 선고함이 마땅하옵니다. 하온데 전하께서는 죄인을 처벌하시는

대신 본향안치로 끝내셨사옵니다. 이렇듯 홍천의 죄인을 감싸고 계시
니 누군들 반발하지 않겠사옵니까?"

아닌 게 아니라 가히 대역죄를 지은 홍국영에게 임금은 지나친 아
량을 베풀었다.

"번암 대감을 지키고자 하신다면 지금이라도 홍천의 죄인을 단죄하
십시오. 전하의 칼끝이 향할 곳은 저희 서학교리연구회가 아니라 홍
천의 저 죄인이옵니다."

이벽은 간곡히 간언했다.

"홍국영이 죽는 것으로 끝날 일이 아님을 과인이 알기 때문이다. 홍
국영 다음엔 번암의 목숨을 요구하고 나올 것이야."

정순왕대비를 비롯한 저들은 능히 그러고도 남았다. 이산은 신료들
이 정사는 뒷전으로 미뤄두고 홍국영의 지난 죄상을 들추는 일에 골
몰하는 꼴을 보다 못해 자중할 것을 엄명했지만, 그것이 무색하게 오
늘도 홍국영을 처형하라 아우성을 쳤다.

"결국 저들이 원하는 건 홍국영이 아니라 과인의 몰락이다. 수족을
모조리 잘라낼 작정이겠지. 서학교리연구회 해산을 명하는 것도 그
때문이다. 이번 사태가 잠잠해질 때까지 번암을 조정에서 물러나 있
게 할 생각이다. 마침 번암도 사직을 청해왔다. 뒷날에 대비해 만사를
조심하고 또 조심해야 한다."

"전하께오서 염려하시는 바가 무엇인지 모르지는 않사오나 서학교
리연구회는 말 그대로 서학을 연구하는 모임이옵니다."

이벽은 부복한 채 간절히 아뢰었다.

"아직까지는 교리연구 모임에 지나지 않지. 허나 언제까지 그러리

란 보장이 없다는 것 또한 잘 알고 있다. 금대가 과인을 찾아와 충언을 올리고 간 것도 그래서였을 터이고."

"금대가 전하를 찾아뵈었다고요?"

권철신이 놀라 여쭈었다.

"그렇다네. 지난달 즈음이었을 걸세. 전도가 양양한 남인 선비들이 사교에 현혹되어 있다면서 걱정이 이만저만이 아니었어. 어느 정도인지 궁금하여 사람을 시켜 조사를 해봤더니 벽이의 이름이 등장하더군."

반가움보다 미안함이 앞섰다. 정순왕대비의 함정에 빠져 사도세자의 서록을 불태웠던 기억이 새삼 떠올랐고, 자신을 도와주었던 이들을 끝내 외면했던 과거가 떠올라 기분이 좋지 않았다.

"네가 어떤 심정으로 녹암을 설득하고 그 모임에 열심인지 능히 짐작하고도 남는다. 너의 옛 스승 예원이 그러했듯 너 역시 천주교를 통해 조선을 바꿔보고 싶은 거겠지. 천주가사를 지은 것도 그래서일 테고…."

"그, 그것을 전하께서 어찌…."

"필사한 교리서를 가가호호 배포하여 천주의 위대함과 공평함을 만백성에게 알리겠단 계획을 세우고 있다지? 그 일을 서학교리연구회가 주도하고 있다고 들었다."

"……."

"……."

차마 입을 열지 못하는 두 사람을 이산은 고통스럽게 바라보았다.

"사람이라면 응당 지켜야 할 도리를 천주교가 가르치고 있음을 과인도 모르지 않아. 그 가르침대로 조선을 바꿔나가면 좋겠다는 생각을 과인도 잠깐 한 적이 있지. 허나 아직은 아니다."

"하오면 언제쯤…."

권철신의 물음에 이산은 길게 한숨을 내쉬었다.

"알다시피 짐은 그간 품어온 원대한 꿈을 아직 꺼내보지도 못했네. 허나 언제까지 이럴 순 없네. 힘을 모으고, 그 힘을 통해 조선을 바꿔나갈 것이네."

"그때가 오면 소신들을 정말로 막지 않으실 겁니까?"

권철신은 희망의 끈을 놓지 않고 여쭈었다.

"유교를 국시로 하는 조선의 임금이 천주교를 드러내놓고 찬성할 수는 없는 노릇일세. 허나 과인은 천주교를 억압하고 싶지는 않네. 숨 막히는 신분 사회에서 백성들 숨통은 하나쯤 터놔야지."

"지당하시옵니다!"

비로소 이벽의 얼굴이 환해졌다.

"그럼에도 아직은 그 시기가 아닐세. 무엇보다 내가 준비가 덜 되었어. 능력 있는 남인들이 초야에서 나와 홍패를 차고 당각에 오른다면 과인에게 더 없는 의지가 되어줄 걸세. 그러니 우선 급제들을 하게. 그 일이 가장 시급해."

"전하께서는 출사하라 명하시지만, 저희 대부분은 벼슬에 뜻이 없습니다."

"내 계획을 들으면 생각들이 달라질 걸세."

이산은 권철신과 이벽을 향해 약속했다.

"녹암의 제자들이 과거에 급제했다는 소식이 들려오면 과인도 더는 막지 않겠네. 자네들의 교리모임을 말이야."

권철신과 이벽은 제 귀를 의심했다. 왕 역시 천주 아래의 존재로 여긴 탓에 천주교는 조선에서 사교로 배척되었다. 그 점을 누구보다 잘 아는 임금이 천주교 모임을 허락한 것이다.

"천주교를 용인하시면 전면적인 반대에 직면하실 것인데, 감당하시겠습니까?"

이벽이 여쭈었다.

"조선을 위하고 백성을 위하는 길이라면 그 또한 받아들여야겠지."

"전하의 성의에 몸 둘 바를 모르겠사옵니다!"

권철신은 크게 감동했지만, 이벽은 여전히 혼란스러웠다.

● ● ●

이벽은 이존창에게 부탁하여 덕산 주막에서 항검과 완숙을 만났다. 항검은 오랜만에 보는 완숙이 반가웠다. 열두 살 소녀는 어느덧 성숙한 여인이 되었다. 혼인한 줄 알면서도 항검은 완숙의 쪽진 모습이 낯설었다.

"열어봐라."

이벽은 항검과 완숙 앞으로 보따리를 밀어놓았다.

"뭔데?"

"이것들을 너희한테 보여주고 싶어서 이리 보자고 했다. 풀어보렴."

이벽은 애틋한 눈길로 두 사람을 건너다보며 말했다. 항검이 미안한 표정을 지었다.

"나는 아무것도 준비하지 못했는데….”

"저도요….”

완숙도 어찌할 바를 몰랐다.

"내가 부른 자린걸. 먼 길 와준 것만으로도 고맙지.”

"이게 다 뭐야?”

보자기를 풀던 항검은 의아했다. 양쪽 끝단에 나무 축을 끼워 말아 놓은 두루마리와 서책 두 권이 나왔다.

"그 두루마리는 완숙이한테 주는 선물이란다.”

"도련님! 이건…!”

완숙은 두루마리를 활짝 펼쳐 거기 적힌 제목을 발견하고 기쁨을 감추지 못했다.

"네가 들었다던 〈천주공경가〉란다. 단원한테서 네 얘길 들었을 때 곧장 달려와 전문을 알려주고 싶었다만 그간 경황이 없어 그러질 못했구나.”

어전을 물러 나온 뒤 혼란스러운 머릿속을 정리하느라 닷새가량 집에 틀어박혀 생각에 생각을 거듭했다. 이벽은 엿새째 아침이 밝을 무렵 붓을 들어 〈천주공경가〉를 적었다.

"여기서 나가는 즉시 나는 천진암으로 들어가 못다 한 공부를 계속할거다. 천주님께서 나를 그분의 종으로 택하셨으니 그분이 맡기신 소임을 완수할 거야. 완숙이 너 역시 그분께서 그분의 자녀로 택하신 게 틀림없다. 그렇지 않다면 내 환영을 통해 〈천주공경가〉를 들려주셨을 리가 없어.”

이벽에게 완숙은 묻고 싶은 것이 있었다.

"근데 도련님, 혹시 어디 아프세요?"

"마음 아픈 거 말고는 괜찮다만, 그건 왜?"

"아, 아니에요."

완숙은 목까지 올라온 말을 꿀꺽 삼켰다.

"싱겁긴…."

피식 웃고 난 이벽이 진지하게 부탁했다.

"천주님께서 너를 긴히 쓰고자 하신 것 같다. 널 살리신 뜻이 있을 테니 앞으론 절대 나쁜 생각은 하지 말아라. 그 가사를 보면서 마음을 다잡도록 하고."

"나쁜 생각이라니?"

묻는 항검에게 완숙은 자결하려던 순간의 상황을 털어놓았다.

"천주라는 그분이 완숙일 살려줬다고?"

"그러셨다는구나."

"에이, 설마?"

"저만 경험한 게 아니어요. 벽이 도련님도 천주님의 계시를 들은 적이 있대요."

"뭐? 형도?"

이벽은 오래전에 포천 본가 서고에서 겪은 신비를 털어놓았다.

"어, 어떻게 그런 일이…."

"그래. 믿기지 않을 거다. 나도 처음엔 그랬으니까."

스승의 목숨을 앗아갔던 서록이 불태워지고, 온갖 악행을 자행했던 조남용이 승진하여 도성으로 떠나갔을 때만 해도 천주에 대한 원망이 들끓었다. 그러나 새 임금이 즉위한 뒤 조남용을 비롯하여 스승의 죽음에 연루된 악인들은 단죄되었다. 일련의 과정을 지켜보면서 천주를 향했던 원망과 의심이 눈 녹듯 사라지는 것을 이벽은 느꼈다. 그리고 천주를 향한 공경이 가슴에 들어찼다.

"천주님은 분명 계신단다. 천주님은 이곳 조선을 특별히 사랑하고 계셔. 내가 너희 둘을 여기로 부른 것도 그래서란다."

이벽은 보자기에서 《만물진원》을 꺼내 완숙에게 건넸다.

"이것도 절 주시는 거예요?"

"그래. 천주님이 얼마나 대단한 분인지 제대로 알려면 〈천주공경가〉로는 부족할 거야. 그 책은 천주께서 만물의 근원임을 설명해주고 있단다. 다 읽고 나면 천주님이 훨씬 가깝게 느껴질 거야."

"고마워요, 도련님!"

이벽은 다른 서책 하나를 항검에게 내밀었다.

"이건 항검이 널 주려고 가져왔단다."

"《칠극》? 이것도 천주교 책이야?"

항검은 표지에 적힌 글자를 물끄러미 내려다봤다.

"천주교에서는 죄의 일곱 가지 근원을 '칠죄종'이라고 한단다. 그것을 피하려면 일곱 가지 덕목, 즉 '칠추덕'을 지니고 있어야 하지. 방금 네가 받은 《칠극》은 칠죄종과 칠추덕에 대해서 적어놓은 교리서란다."

저 책들과 함께 가보로 내려오는 《천주실의》는 지금 이벽의 품에 있다.

"천주님은 당신의 복음이 조선에 전파되길 원하셔. 살아갈 희망을 잃고 고통스러워하는 이 나라의 백성들이 그분의 말씀 안에서 구원받기를 바라시는 거지. 그분의 뜻대로 되려면 그분을 대신해 복음을 전파할 일꾼들이 필요해. 성상께서 친히 어전으로 불러 엄명을 내리셨음에도 불구하고 내가 교리 공부를 멈출 수 없는 이유다."

"전하를 뵈었다고?"

"그게 정말이에요, 도련님?"

믿을 수 없다는 표정의 두 사람에게 이벽은 임금을 알현한 일을 말해주었다.

"그간 우리는 서학교리연구회를 결성해서 천주교 공부를 하고 있었어. 헌데 전하께서 그 모임을 해산하라고 명하시더구나."

어명을 받은 스승 권철신은 대감마을로 돌아가자마자 제자들에게 보내는 서찰을 썼다. 천주교 연구를 중단하고 과거 준비에 전념할 것을 당부한 서찰이다.

"허나 나는 어명을 따르지 않을 생각이다."

이벽은 결연히 제 뜻을 밝혔다. 항검이 하얗게 질렸다.

"형! 어명불복죄는 사형이야!"

"목숨을 잃는 한이 있어도 나는 내 길을 갈 거야."

"하지만 형!"

"천주님께 그리 하겠노라고 약속드렸다. 어명보다 나는 천주님과의 약속이 더 중요해."

"…저는 좀 이해가 안 돼요."

완숙은 뭔가 혼란스럽다는 얼굴로 이벽을 보았다.

"뭐가 말이냐?"

"예전에 예원 나으리가 그러셨거든요. 천주님께서는 서로 사랑해야 한다고 가르치셨대요. 여인도, 가난한 이도, 심지어 죄인까지도 핍박하지 말고 내 몸처럼 사랑해야 하는 건 모두가 천주님이 사랑하는 자녀이기 때문이라고요. 아무리 신분이 높아도, 제아무리 천한 신분이어도 그분 안에서는 동등한 자매요, 형제라고 하셨어요. 그래서 귀천이 없이 서로 사랑해야 한다고 하셨어요. 그리 훌륭한 생각을 지니신 분을 받드는 종교라면 틀림없이 교의도 참될 거예요. 헌데 임금님께서는 왜 천주교를 막으실까요? 제가 모르는 나쁜 점이라도 천주교에 있나요?"

"절대 그렇지 않단다."

"허면 왜…."

"완숙이 너는 명민한 아이니까 그 책을 보고 나면 전하께서 왜 천주교를 막으려 하시는지 이해하게 될 거다. 항검이 너도 마찬가지야. 내가 준 교리서를 읽으면 천주교가 추구하는 도리가 절대로 이 땅에 해로운 것이 아님을 깨닫게 될 거다."

"솔직히 난 이런 거에 관심 쏟을 여유가 없어."

항검은 결심을 굳힌 듯 서책을 이벽에게 도로 주었다.

"지금 나한테 절실한 건 종교가 아니라 땅이야. 내 아들이 태어나고 보니 땅 욕심이 더 커졌거든."

"제수씨가 해산하셨구나! 잘했다!"

이벽은 항검이 천주교를 거부한 것이 안타까웠지만, 항검의 손을 덥석 잡고 진심으로 축하했다. 완숙도 제 일처럼 기뻤다.

"정말요? 항검 도련님이 진짜 아버지가 되셨어요?"

"그렇다니까. 하하하!"

항검은 아들이 태어나던 날의 일을 얘기해주었다. 그날, 이벽이 꾸었던 태몽처럼 한 떼의 백학 떼가 산방의 지붕 위를 한참 맴돌다 날아갔다.

"아기 이름이 뭔데요?"

"유중철. 아버님께서 직접 지어주신 이름이란다."

"중철이….'

조용히 되뇌고 있자니 후사를 눈 빠지게 기다리고 있는 부친과 아내의 얼굴이 자연히 떠올랐다. 갖은 노력에도 회임의 기미가 보이지 않아 죄인처럼 얼굴을 못 드는 아내를 보고 있자면 이벽은 안쓰러워서 콧등이 다 시큰해졌다. 생명은 하늘에서 내리는 것이건만 죄 없는 아내를 닦달하는 부친이 서운하기도 했다.

항검은 아들의 든든한 배경이 되어주고 싶었다. 그러자면 지금보다 더 많은 땅이 필요했다.

"난 이미 벼슬을 포기한 몸이야. 형님도 언제 급제할지 모르는데 땅이라도 있어야 하지 않겠어? 이미 새 개간지도 물색해뒀어. 그걸 옥답으로 바꾸자면 앞으로 정신없이 바쁠 거야. 그래서 천주교를 사양하는 거니까 형이 날 좀 이해해줘."

이벽은 재물 욕심으로 가득한 항검의 눈빛이 염려스러웠다.

"자고로 하늘에 뜬 해가 과도하게 뜨거우면 풀은 마르고 꽃은 시들게 되어있다. 재물에 대한 욕심도 너무 과하면 사람을 망칠 수 있어."

설령 그 욕심으로 인해 자신의 삶이 망가진다 해도 만석꾼이 되겠다는 포부를 접을 생각이 항검에게는 없었다.

"형도 알잖아. 벼슬 없는 양반이 믿을 건 땅뿐이란 걸."

"어쩌다 네가 이리 변한 것이냐?"

이벽은 항검이 낯설게 느껴졌다.

"형도 아버지가 되면 나처럼 될걸."

"아니. 난 물욕을 버린 지 오래다."

"형이 특이한 거야. 그 순한 지충이도 아버지가 되니까 독기 같은 게 생겼어."

다들 올리는 결혼을 마냥 미뤄둘 수 없다고 권씨 부인이 독촉한 결과였다. 혼삿말이 오갔던 얌전한 처자와 혼례를 올렸던 지충은 얼마 전 딸을 얻었다. 가장이 되었다는 책임감 때문일까. 지충은 밤잠을 미뤄가며 과거 공부에 매진했다. 가난한 선비가 식솔을 굶기지 않으려면 관직에 나가 녹봉을 받는 길밖에 없다고 판단한 모양이다. 언제까지 항검에게 신세를 질 수 없다는 부담감도 작용했으리라. 지충의 혼례에 자극받은 걸까. 상연도 분주히 짝을 찾았다.

"혼자였을 때야 뭐든 못하겠어. 하지만 이제는 상황이 달라졌는걸. 나만 바라보는 가족들을 두고 내가 원하는 대로 살 수야 없지. 혼인은 현실이니까. 신앙을 쫓을 여유 따위 없어."

"네 결심이 그리 확고하다면 더는 권하지 않으마. 허나 이건 꼭 기억해다오."

"뭘?"

"천주님은 너 또한 기다리고 계신단다. 네가 어떤 잘못을 해도 그분은 너를 용서하시고 안아주실 거야. 그러니 언제고 마음이 바뀌거든 날 찾아오렴. 내가 그분께 널 인도해주마."

시작되는 음모

화빈 윤씨는 남원이 본관인 윤창윤의 딸로, 정순왕대비의 뜻에 따라 후궁에 간택되었다. 서학교리연구회가 해산되던 1780년, 화빈의 첩지를 받은 그녀는 경수궁으로 불렸다.

정순왕대비와 노론은 화빈 윤씨가 속히 왕자를 잉태하기를 매일같이 기도했다. 그러나 임금이 싸늘히 외면하자 초조해진 화빈은 상상임신 소동을 벌여 모두를 경악시켰다. 그러는 와중에 궁녀 성씨가 임금의 승은을 받았다.

노론의 혈통으로 왕위를 이으려던 저들의 음모를 비웃기라도 하듯 임금은 성씨에게 상의 첩지를 내리고 총애했다. 성씨는 곧 회임했고, 축하할 일들이 이어졌다.

채제공이 한성판윤으로 조정에 복귀한 데 이어 원자가 태어났다. 나라 안이 원자의 탄생으로 떠들썩한 가운데 이승훈 등 녹암의 문하가 줄을 이어 과거에 급제했다. 정약전, 정약용 형제와 지충은 나란히 진사시를 통과했다. 진산에서 오매불망 희소식이 들려오길 기다리던 권씨 부인과 지충의 처는 감격의 눈물을 흘렸다. 벼슬 없는 양반이라고 멸시를 당해온 유동근의 장남 익겸은 생원시를 통과했다. 1783년 봄날에 찾아온 경사였다.

이벽은 몇 해 동안 천진암에 들어가 두문불출했다. 항검은 그동안 전답을 크게 늘렸다. 비록 벼슬이 없어도 감히 누구도 업신여기지 못할 만큼 거부를 이룬 항검의 뿌듯함은 나날이 커져갔다.

그러나 인간의 힘으로 막을 수 없는 자연재해가 이태에 걸쳐 조선을 강타했다. 기록적인 폭우와 가뭄, 해일을 몰고 온 태풍으로 조선의 땅 곳곳이 상처를 입었다. 타는 듯한 태양 아래 까맣게 타들어 가던 농작물과 거북등처럼 쩍쩍 갈라졌던 전답들이 물에 잠겼다. 강가에 면한 논의 물골을 내기 위해 빗속을 뚫고 나온 촌부가 황토물에 휩쓸리기도 했다. 항검이 개간한 김제의 논도 물난리를 면치 못했다. 항검이 정신없이 초남이와 김제를 오가는 가운데 마침내 비가 그치고 구름 사이로 오색 무지개가 떴다. 그 무렵, 익겸의 아내와 완숙이 아이를 가졌다.

정조 7년(1783) 가을.

원자가 첫돌을 맞았다. 외소주방 너른 뜰이 백설기와 면상을 차려 내는 궁인들로 북적였다. 시루에서 갓 쪄낸 돌떡을 맨 먼저 정순왕대비의 경복전에 올렸다. 임금이 몸소 원자를 안고 왕대비전에 들었다.

"주상께서 이 외진 곳까지 어인 일이시오?"

정순왕대비는 분합문을 들어서는 임금을 향해 불쾌감을 감추지 않았다.

'끄응⋯. 한바탕 불벼락이 떨어지겠구나.'

지밀상궁은 임금을 뒤따라 들어서며 상전의 눈치를 살폈다. 임금이 하사하는 돌떡을 절대로 침소에 들이지 말라는 정순왕대비의 엄명이 있었다. 하지만 왕대비가 돌떡을 돌려보냈다는 소리가 외소주방에서 흘러나오면 궁인들의 입방아에 오를 터였다. 그래서 미리 경복전 문 앞을 지키고 있다가 떡을 받아 왕대비에게 올리는 척만 하고 아랫것들에게 나눠줄 심산이었다. 그런데 임금이 몸소 외소주방 나인을 이끌고 경복전에 행차한 것이다.

"원자는 왕대비마마께 예를 올리거라."

이산은 원자를 품에서 내려 함께 허리를 숙였다.

"대신들에게만 원자를 보이는 것은 할마마마께 대한 도리가 아닌 듯하여 이리 찾아뵈었사옵니다."

"하!"

임금과 원자 앞에 떡 버티고 서서 싸늘한 눈초리로 쏘아보던 정순왕대비가 턱을 외로 치켜들고 실소를 올렸다.

"누구보다 원자를 궁금해하실 것이기에 소손이 데리고 왔사옵니다."

"좌정하시구려."

원자를 싸늘하게 쏘아보던 정순왕대비의 눈꼬리가 파르르 떨렸다.

'저것은 사도세자가 첫돌에 입었던 그 옷이 아닌가!'

이 원자가 장차 왕위를 이을 것이니 어디 막으려면 막아보라는 선전포고임을 정순왕대비는 묻지 않아도 알았다.

"선왕께서 태어나신 날과 제가 태어난 날이 한날이더니 원자 또한 같은 날 태어났사옵니다. 우연치고는 참으로 절묘하지 않사옵니까?

선왕들께서 원자에게 종묘사직을 맡기고자 하시는 뜻이라고들 입을 모으고 있사옵니다. 할마마마께서도 그리되도록 각별하게 돌봐주시길 바랍니다."

"이 할미가 어련히 알아서 처신하려고요. 그 때문에 부러 행차하셨단 말이오?"

"그럴 리가 있겠사옵니까? 상의 드릴 일이 있어 겸사겸사 찾아뵈었습니다."

"상의라? 내게 말이오?"

"얘기가 길어질 수 있으니 우선 음식부터 드시지요. 내시감은 원자를 데려다주고 지밀상궁은 면상을 내오라."

"예, 전하…."

이윽고 주칠원반이 정순왕대비 앞에 놓였다. 신선로를 중심으로 편육과 회, 전유화와 채, 나박김치와 장김치, 동치미, 유밀과와 다식, 강정과 생실과가 세 줄의 원을 이루도록 정갈하게 차려낸 면상이었다.

"원자가 장수하길 기원하는 마음으로 면상을 모두에게 하사했사옵니다. 할마마마께서도 식기 전에 어서 드시지요."

"예나 지금이나 둔한 건 변함이 없구려. 원자까지 대동하고 와서 이것들을 들이밀면 내가 억지로라도 먹을 것이라 여기시었소?"

노여움을 주체할 길 없어 정순왕대비는 온몸이 끓어올랐다.

"응당 드셔야지요."

이산은 태연하게 웃으며 면상을 정순왕대비 앞으로 바짝 밀어놓았다.

"이걸 먹고 내가 급체라도 해야 주상은 흡족할 모양이오? 그렇지 않다면 어서 하고 싶은 말씀이나 하고 가시오."

이산은 정순왕대비의 시선을 피하지 않고 정면으로 마주 보았다.

"할마마마께서 그리 나오시니 소손도 단도직입적으로 말씀 올리겠사옵니다: 원자의 세자 책봉례를 내년 여름에 거행할까 하옵니다."

정순왕대비의 심장이 쿵 하고 내려앉았다.

"그, 그리 빨리 말이오?"

"예."

"원자의 나이 고작 두 살이오! 전례가 없는 일이오!"

아직 시간이 있다고 느긋하게 생각해온 정순왕대비는 목청을 높였다.

"오늘 원자를 본 신료들이 간청하더군요. 나라의 경사이니 하루라도 빨리 거행하여 신민의 소망에 부응해달라고요. 신료와 백성이 한목소리로 바라는 일이온대 미루는 것이 능사는 아닌지라 받아들이기로 했사옵니다."

"신료들이 모두 한뜻으로 주청 드렸단 말이오?"

정순왕대비는 둔기로 뒤통수를 얻어맞은 기분이다.

"그렇사옵니다. 관상감에 길일을 택하라 일러두었사옵니다. 하오니 할마마마께서도 책봉례가 차질 없이 준비되도록 물심양면으로 도와주시옵소서."

"으음!"

정순왕대비는 입술을 질끈 깨물었다. 측근들까지 가세하여 책봉례를 주청하다니.

내 이것들을 그냥 두지 않으리라….

"…집사 어르신, 다시 여쭤봐 주십쇼!"

깊은 가을밤의 한기 속에서 잔뜩 어깨를 웅크리고 연신 하품을 해 대던 가마꾼들이 짜증 섞인 목소리로 집사를 보챘다. 마당에 사인교를 대령한 채 박철오의 하명을 기다린 것이 벌써 두 시각째였다. 그들만큼이나 지루한 심정으로 섬돌 앞을 바장이던 집사가 더는 안 되겠다는 듯 장지문을 향해 조심스럽게 아뢰었다.

"대감마님, 곧 인정입니다."

그러나 그림자가 어른대는 장지문 안에서는 여전히 반응이 없었다.

"끄응!"

가마꾼들의 면상이 일제히 구겨졌다. 가마를 메고 종일 뛰어다닌 통에 삭신이 쑤셨다.

가마꾼들의 강한 불만이 방문을 뚫고 방 안의 그에게까지 고스란히 전해졌으나 박철오는 조금도 개의치 않았다. 지금 그에게 닥친 위난에 비하면 저들의 피곤과 추위 따위는 행복한 투정에 불과했다.

"휴우…."

경상에 놓인 서찰 위로 무거운 한숨이 덮쳤다. 퇴청하여 막 관모를 벗었을 때, 원자의 세자 책봉례를 저지할 방도를 찾아오라는 정순왕 대비의 밀명이 그에게 전달되었다. 박철오는 묘안이 좀처럼 떠오르지 않았다.

어찌하면 좋은가….

저물어가는 노을로 붉게 물들었던 방문이 까맣게 변하고 나서야 그의 고민은 가까스로 끝이 났다. 박철오는 집사를 심환지에게 보냈다. 그리고 가마꾼들을 불러들였다.

하지만 약조한 시각이 가까워올수록 자신의 결정이 정말 최선책인지 회의가 들었다. 손발이 되어 움직여줄 관리들이 혹여 역심이라도 품는다면 칼바람을 피할 수 없을 터였다. 박철오는 가마꾼들이 버티고 있는 앞마당을 피해 뒷문을 통해 조용히 사랑방을 나갔다. 그리고 등롱도 없이 집 뒤편의 사당으로 스며들었다. 혹여 발생할지도 모를 그때를 대비하기 위함이었다.

가묘 안으로 숨어든 박철오는 부친의 위패 앞에 놓인 제사상에 촛불을 밝히고는 제사상 밑의 마룻바닥 나무판을 조심스럽게 떼어냈다. 그 속에서 비밀 장부를 꺼내든 박철오는 장부에 적힌 인적사항을 두루마리에 옮겨 적었다. 박철오는 붓을 내려놓으면서 중얼거렸다.

"그러셔서는 아니 되었습니다. 결국, 이 일은 전하께서 자초하신 겁니다. 하오니 뒷감당도 몸소 지셔야 할 겁니다."

그때 가마꾼을 돌려보낼지 묻는 집사의 목소리가 방문을 두드렸다.

"곧 나간다."

도포의 앞섶을 열고 인명부를 깊숙이 찔러 넣은 박철오는 화로의 남은 불씨를 뒤적여 경상 위에 놓아둔 정순왕대비의 밀서를 집어넣었다. 종이 끝에 작은 불꽃이 이는가 싶더니 삽시간에 활활 타올랐다. 박철오는 밀서가 한 줌 재로 변하는 것까지 확인한 뒤에야 몸을 일으켰다.

그로부터 반점 뒤였다. 박철오를 태운 가마가 어둠이 깔린 북촌 거리를 쏜살같이 달려 어느 기와집 앞에 당도했다.

"어서 오십시오, 대감."

도포 차림의 남자들이 박철오가 방문 안으로 들어서자 일제히 일어나 예를 차렸다. 오늘 아침 박철오와 더불어 원자를 알현했던 벽파의 대신들이었다. 그들 가운데 낯익은 얼굴들이 끼어 있었다. 사도세자의 서록을 찾아 전주까지 내려갔다가 허술하게 일을 처리해 정순왕대비의 미움을 산 김관주였다.

"오랜만에 뵙습니다."

박철오는 김관주에게 고개를 숙였다.

"신수가 아주 좋아 보이는구려. 대감은 그간 잘 지내셨나보오?"

"예, 저야 뭐…."

씁쓸한 표정으로 말꼬리를 흐린 박철오는 김관주의 양 옆에 서 있는 두 사내에게 차례로 목례를 보냈다. 김관주의 형제들인 용주와 일주가 거만한 눈길로 박철오를 힐끗 쳐다보고는 대꾸도 없이 고개를 휙 돌렸다.

"으음…."

박철오의 낯짝이 모멸감으로 붉으락푸르락했다. 저런 자들과 머리를 맞대고 대의를 도모할 생각을 하니 울화통이 치밀었지만, 지금은 사사로운 감정을 앞세울 때가 아니었다. 오라비 김귀주의 죽음 이후로 데면데면했던 친가 쪽 인물들을 정순왕대비가 모두 소환할 정도로 사태는 긴박했다.

"내가 말한 물건은 가져왔는가?"

먼저 도착해 있던 심환지의 옆으로 가 앉으며 박철오가 나직이 물었다.

"예."

"마마께서 대로하셨으니 이 일을 어찌하면 좋습니까?"

박철오를 따라 좌정한 방 안의 남자들이 한숨을 푹푹 내쉬었다. 그때 밖에서 왕대비의 도착을 알렸다.

자리에 앉자마자 정순왕대비가 일갈했다.

"싹부터 꺾어놓지 않으면 나중에는 도끼를 써야 한다고 했소. 화근은 애초에 뽑아버려야 하거늘…. 어디 대책이나 들어봅시다."

"……."

방 안의 남자들은 서로의 눈치를 살필 뿐 선뜻 입을 열지 않았다. 원자의 세자 책봉례는 당장은 아니라도 언젠가는 치르게 될 예식이었다. 그 예식을 막을 길은 하나뿐임을 방 안의 모두가 알았다. 하지만 모반이 실패하는 날에는 모가지가 날아갈 게 뻔했다. 다들 제 손에 먼저 피를 묻히고 싶지 않다는 듯 왕대비의 눈길을 피하기에 바빴다.

"저 한심한 꼴들이라니!"

정순왕대비가 혀를 차며 박철오를 바라보았다.

"호판은 어찌하면 좋겠소?"

"여기 모인 분들의 생각과 같사옵니다."

박철오는 좌중을 한 사람씩 응시하며 말했다. 다들 꽁무니를 빼다고 마냥 시간을 끌 수는 없는 노릇이었다. 그렇다고 자기 혼자 진창에 빠지고 싶지도 않았다.

"생각이 같다? 허면, 이 사람들이 어떤 생각을 하고 있는지 호판은 알고 있다?"

"그러하옵니다."

"말해보시오."

"원자 아기씨를 후사로 삼을 수 없다고 생각들 하실 겁니다. 아니 그렇습니까?"

"음… 그, 그것이…."

좌중은 우물쭈물 말을 아꼈다.

"똑바로 말하시오! 호판의 의견과 다르다는 뜻이오?"

정순왕대비의 고함이 낯짝을 후려갈겼다.

"아니옵니다, 마마!"

"아니다? 그럼 다들 원자를 없애는 데 동의한다는 말이오?"

"예? 예에…."

좌중이 머리를 주억댔다. 이로써 이 방에 모인 모두가 역모의 한 배를 탄 셈이다. 혼자서 총대를 메는 불상사를 모면한 박철오는 회심의 미소를 지었다.

"그것들을 내오너라."

지밀상궁이 보따리를 풀자 공책, 휴대용 필통, 단검, 흰 수건이 나왔다.

"받으시지요."

지밀상궁이 정순왕대비 앞에 있는 김용주에게 그것들을 건넸다.

"무엇이옵니까?"

"목숨을 걸고 한 배를 타겠다는 혈판장일세. 각자의 성명을 적고 피로써 수결하게. 그래야 나중에 딴소리들을 하지 않을 것 아니겠나?"

"하아…."

방 안 여기저기서 신음이 터졌다. 하지만 이미 돌아올 수 없는 강을 건넌 마당이다.

방안을 한 바퀴 돌아온 혈판장의 서명을 확인한 정순왕대비가 명했다.

"자, 이제 방안을 내놓아 보시오."

박철오의 눈짓에 심환지가 장부 하나를 지밀상궁을 통해 왕대비에게 올렸다.

"이건 재결 장부가 아니오?"

정순왕대비는 난데없다는 표정이다. 재결 장부는 자연재해를 입은 전답을 기록한 장부다.

"그렇사옵니다. 호조에서 빼내온 것입니다."

"이것으로 무얼 하자는 게요?"

정순왕대비가 박철오와 심환지를 번갈아 보았다.

"올해 발생한 재해로 경작할 수 없게 된 진전을 각도 관찰사들이 조사해 호조에 보고한 바 있사옵니다. 그중에서도 주요 곡창지대만을 뽑아 재결 목록을 적어놓은 것이 마마께 올린 그 장부입니다."

"그러니까 저 장부로 무얼 하겠다는 얘기요?"

김일주가 답답하다는 듯 끼어들었다.

"이번 거사 준비는 자금 확보가 급선무일 것입니다. 목숨을 담보로 군사를 움직이는 일이라서 막대한 자금이 필요합니다."

"이 장부로 그 자금을 충당할 수 있다는 말이오?"

"그전에 마마와 여러분께 양해를 구해야 할 것이 있사옵니다."

"말해보시오!"

박철오가 인명부를 꺼내 정순왕대비에게 올렸다.

"우리 대신 자금을 모아줄 자들의 명단입니다. 현장의 모든 일은 그자들에게 일임하시되, 거둬들인 자금의 3할은 내줘야 할 것입니다."

"대체 왜 그래야 하오?"

김관주가 안면을 찡그렸다.

"대가 없이 목숨을 내놓을 사람은 없습니다. 거절하지 못할 미끼를 던져주지 않으면 멸문지화를 당할지도 모를 이 일에 누가 가담하겠습니까?"

"혹시 딴 속셈이 있는 건 아니오?"

김관주가 눈을 가늘게 뜨고 박철오를 의심쩍게 쳐다봤다.

"다른 속셈이라니요?"

박철오는 불쾌하다는 듯 되물었다.

"호판 쪽 사람들로 인명부를 채워놓은 건 아니냔 말이오?"

거액의 돈이 걸린 일이다. 방 안 사내들 사이에서 의심이 연기처럼 일어났다.

"호판께서는 그런 분이 아닙니다."

묵묵히 자리를 지키던 심환지가 박철오를 변호하고 나섰다. 그런데도 좌중의 소란은 좀처럼 잦아들지 않았다.

"자자, 다들 그만두시오. 우리끼리 의심하고 다툴 때가 아니오."

정순왕대비는 경상을 두드려 소란을 끝냈다.

"호판은 그 돈이 이자들의 수중에 들어간 증거를 확보해 두시오. 나중에 딴말이 나올 수 있으니 말이오."

"여부가 있겠사옵니까."

여유를 찾은 박철오가 좌중을 느긋하게 둘러보았다.

"이제 인명부에 적힌 이들을 설득하는 일만 남았습니다. 누가 누구를 책임지고 설득할지 정하지요. 떨어지는 고물이 적지 않으니 다들 거절하긴 어려울 겁니다. 그래도 혹시 모르니 거사에 관한 일은 절대로 내비쳐서는 아니 됩니다."

"우리가 그 정도 생각도 없는 줄 아시오?"

호언장담과는 달리 방 안의 사내들이 인명부를 심란하게 건너보았다. 심환지는 속으로 한숨을 폭 내쉬었다.

홍국영이 중전 독살을 시도한 그해, 심환지는 정순왕대비의 밀명을 받고 삼사를 주도하여 홍국영의 처벌과 채제공의 연대책임을 주장했다. 그리하여 채제공을 조정에서 내쳤지만, 그 여파로 심환지 역시 파직되고 말았다.

노론은 임금의 개혁을 막으려 필사적이었고, 임금은 노론의 저항을 무력화하려고 갖은 애를 다 썼다. 임금의 독주를 막기 위해서는 거사가 불가피하다고 박철오는 서찰에 적었다. 심환지가 박철오의 명대로 호조에서 재결장부를 빼내온 이유였다. 그러나 이런 식으로 사용될 줄은 미처 생각지 못했다.

이건 아니질 않은가⋯. 우리 노론이 살자고 백성의 재산을 갈취하는 건 정말 아니질 않은가⋯.

절망과 부끄러움과 갈등이 심환지의 마음 안에서 회오리쳤다.

● ● ●

북촌 안가의 회합일로부터 한 달여가 지났을 무렵, 꽃수를 놓은 듯

색색의 낙엽이 군데군데 박힌 얼음을 깨고 푸성귀를 씻어 마당으로 나르느라 완숙의 집 노복들은 식전부터 부산했다. 한쪽 손으로 등허리를 받친 완숙이 그들의 틈에 끼어 느릿느릿 움직였다.

"아이고, 아씨!"

광주리에 가득 담긴 물기 빠진 무 배추를 발채에 싣고 안마당으로 들어간 노복이 빈 지게를 지고 개천가로 돌아오다 완숙을 발견하고 헐레벌떡 달려왔다.

"아씨! 홑몸도 아닌데 무리하시면 안 됩니다요! 이것들아! 아씨께서 달라고 하셔도 드리면 안 된다고 했지! 아씨한테 탈이라도 생기면 너희가 책임질 거냐, 엉?"

물방울이 뚝뚝 떨어지는 가지를 완숙의 손에서 낚아챈 염 서방이 정임과 소명을 향해 눈을 부라렸다. 무 씻기를 마친 정임과 소명이 퍼렇게 굽은 손가락으로 가지 꼭지를 딴 뒤 냇물에 씻어 완숙에게 건네고 있었다.

"하지만 아씨께서….."

염 서방의 호통에 움찔 놀란 두 여종이 자기들도 난처하다는 표정으로 웅얼거렸다.

"뭐라 하지 마, 염 서방. 내가 천주님 얘기 더 들려주고 싶어서 하지 말라는 데도 안 가고 얘들 옆에 있는 거야."

완숙의 만류에 염 서방은 푹 한숨을 쉬었다. 지난 3년 동안 완숙은 틈만 나면 노복들에게 천주 이야기를 들려주고는 했다. 만물을 창조한 분이 다름 아닌 천주이며, 인간도 그분의 손길과 숨을 통해 태어났다고 했다. 인간은 천주의 분신과도 같은 존재이고, 따라서 사람은 누구나 그분의 자녀가 된다고도 했다. 완숙은 상전이라고 유세도 떨지 않고, 노비들을 함부로 대하는 법도 없다. 오히려 소매를 걷어붙이고 몸종들의 허드렛일까지 도왔다.

비록 반쪽짜리 양반이기는 하나 여느 양반과는 달라도 너무 다른 완숙의 언행에 염 서방을 비롯한 노복들은 몸 둘 바를 몰랐다.

"산모가 찬물에 손을 대면 안 됩니다요. 여기 일은 쇤네들이 알아서 할 테니 얼른 들어가십쇼, 얼른요."

염 서방은 어찌할 줄 몰라 하며 대문 쪽을 힐끔댔다. 집안의 큰 마님이 필주를 데리고 이쪽으로 걸어왔다.

"운동 삼아 살살 움직이는걸요. 어머님께서도 승낙하셨어요. 그렇죠, 어머님?"

완숙은 다가오는 정 노인에게 다정한 목소리로 여쭈었다.

"……."

부풀어 오른 며느리의 배를 걱정스럽게 쳐다볼 뿐, 정 노인은 이렇다저렇다 말이 없었다. 며느리가 회임한 지 넉 달째였다. 정 노인은 며느리가 몸조리에만 신경 쓰기를 바랐지만, 완숙은 잠시도 가만히 있는 법이 없었다. 며느리는 집안일을 챙기는 중에도 인근 아낙들과 아이들을 모아놓고 천자문을 가르쳤고, 사흘 건너 하루 열리는 글방에서 천주교도 가르친다고 했다. 그게 벌써 두 해째였다.

은행나무에 목을 맸던 3년 전만 해도 며느리는 늘 우울을 얼굴에 달고 살았다. 그런데 천주교 교리 책을 얻어온 뒤로는 표정이 한결 밝아졌다. 살아갈 의욕을 되찾은 모습이다. 어디 그뿐이던가. 아들을 대하던 냉담한 태도도 확실히 달라져 필주의 아우를 보게 되었다. 그렇다고는 해도 쌀쌀한 날씨에 한데서 김장까지 거드는 며느리를 마냥 두고 볼 수는 없는 노릇이다.

"네가 하도 원해서 허락은 했다만 아무래도 이건 아닌 것 같아 말리러 나왔다. 뱃속 아이도 생각해야지."

"어머니, 할머니 말씀이 맞아요. 제 동생이 아프기라도 하면 안 되잖아요. 그럼 제가 너무 속상할 것 같아요. 어머니는 그만 들어가서 쉬세요. 제가 어머니 대신 도울게요."

필주는 저만 믿으라는 듯 가슴을 팡팡 쳐댔다.

"아이고, 되련님까지 왜 이러셔유."

아직 씻지 않은 가지가 그득 담긴 광주리로 씩씩하게 걸어가는 필주에게 허둥지둥 달려간 염 서방이 질색하며 막아섰다.

그때였다.

"지들 왔슈, 아씨!"

머리에 흰 수건을 쓴 예닐곱 명의 아낙들이 떼로 몰려와 꾸벅 인사를 올렸다.

"어머! 다들 웬일이세요?"

완숙은 놀란 얼굴로 여인들을 맞았다.

"웬일은요! 일이 있어 왔쥬. 히히!"

의미심장한 눈길을 주고받으며 킥킥 웃던 아낙들이 정 노인에게 머리를 조아렸다.

"오늘은 일찍 기상하셨네유, 큰 마님. 식사는 하셨쥬?"

"그럼, 먹었네. 우리 며늘아기 글방에 나오는 사람들인가?"

정 노인은 웃음기 띤 얼굴로 아낙들의 인사를 받았다.

"야, 맞구먼유."

"오늘 수업은 없다고 전하랬는데…. 정임이랑 소명이한테서 못 들었어요?"

개천 저만치로 따로 불려가 염 서방에게 타박을 듣고 시무룩해져 터벅터벅 돌아오던 소명과 정임이 자기들 이름이 나오자 귀를 쫑긋 세우고 무슨 얘긴가 듣다가 정색하고 달려왔다.

"저는 빠짐없이 전했어요, 아씨!"

"저도요!"

둘 다 억울하다는 표정들이었다.

"담날로 미뤘다는 얘기는 진즉에 들었구먼유. 근디 아씨네서 김장을 하신다니 그냥 있을 수가 있어야쥬."

"암유, 암유! 애들 아침밥 후딱 멕여놓고 부리나케 오는 길이구먼유."

"병수 어멈이랑 천안댁도 좀 이따 올 거유."

아낙들의 말에 필주의 얼굴이 환해졌다.

"와! 진짜요? 다행이다! 어머니는 그냥 보고만 계세요! 글방 아주머니들이 더 온다잖아요. 할머니가 그러시는데 어머니가 무리하시면 애도 힘들댔어요."

필주는 아우가 있는 불룩한 아랫배를 걱정스럽게 쓰다듬으며 간절함이 담긴 눈빛으로 완숙을 올려다봤다. 그런 필주가 기특해서 완숙은 절로 미소가 나왔다.

"애기가 그리 걱정 돼?"

"그걸 말이라고 하세요? 제 동생인걸요. 두고 보세요. 애기 태어나면 제가 다 키울 거예요. 기저귀도 갈아주고요, 같이 놀아도 주고요, 잠도 재우고요. 또 뭐가 있더라… 아! 어머니처럼 글도 가르쳐줄 거예요!"

"정말?"

"그렇다니까요!"

"멋진 형아네."

완숙은 어린 아들의 마음 씀씀이 대견했다.

"날이 차다. 그만 들어가자꾸나."

정 노인이 완숙의 팔을 잡아끌었다.

소매를 걷어붙인 아낙들은 아직 씻지 않은 푸성귀가 무더기로 쌓인 개천가로 몰려갔다. 아낙들의 뒷모습을 응시하는 완숙은 가슴이 벅차올랐다.

이벽으로부터 그녀를 살려준 은인이 천주님이라는 얘기를 들었다. 그녀 자신 이벽과 같은 확신이 들었다. 자신을 살려준 천주의 은의를 조금이나마 갚고 싶어 시작한 글방이었다. 그런데 학생들이 모이질 않았다. 그녀를 돕기 위해 여사울에서 덕산까지 넘어온 이존창은 오지 않는 사람들을 멀뚱히 기다리다가 해가 기울 즈음이 되면 전날까지 읽었던 교리서의 내용에 대해 주절주절 얘기를 늘어놓다가 다 저녁때가 되어서야 돌아갔다. 완숙이 이벽으로부터 선물받은 《만물진원》, 항검이 거부하는 바람에 그녀의 차지가 된 《칠극》, 그리고 이존창이 도성까지 올라가 홍낙민으로부터 받아온 《진도자증眞道自證》이 교재가 되어 주었다.

이벽을 만나러 양근을 방문했던 몇 해 전에 권일신으로부터 홍지영의 친척 홍낙민이 천주교를 공부 중이라는 이야기를 들었던 이존창은 완숙이 글방을 시작하자 도성까지 일부러 올라가 한 수 가르침을 청했다. 정조의 하명을 받은 권철신이 교리연구회를 해산시켰다는 사실을 까맣게 모른 채였다. 홍낙민은 스승의 명을 따를 수밖에 없다면서 이존창의 청을 정중히 거절했다. 대신, 자신의 공부를 위해 필사하다가 중단한 《진도자증》을 빌려주었다. 그 미완성 필사본과 완숙이 지닌 교리서를 서로 돌려보며 두 사람은 천주교를 이해해나갔다. 그렇게 깨우친 교리를 더 많은 이웃에게 들려주고 싶었다. 그러나 들어주려는 사람이 없어 두 사람만 교리 공부를 계속하는 형국이 되고 말았다.

떡을 만들어 글방을 찾는 이들에게 나눠주기로 한 것은 완숙이 생각해낸 꾀였다. 글방을 열겠다던 완숙의 청을 흔쾌히 수락한 정 노인이 며느리의 손님 접대에 발 벗고 나섰다. 정임과 소명도 간만에 활기를 찾은 완숙을 기쁘게 바라보며 일손을 거들었다.

완숙의 글방에 가면 떡을 먹을 수 있다는 소문이 이웃 마을까지 퍼졌는지 글방을 찾는 학생들이 해마다 늘어나더니 이제는 스물이나 되었다. 덕분에 수업이 있는 날이면 완숙의 좁은 방은 콩나물시루처럼 미어터졌다. 완숙의 자결 소동 뒤로 어지간한 일이 아니면 목청을 높이지 않던 홍지영이 문턱이 닳도록 드나드는 아녀자들에게 욕지거리를 해대기 시작한 것은 그러던 중이다. 용춘은 한술 더 떠서 글방을 찾는 아낙들을 희롱하기까지 했다. 사정을 들은 이존창이 완숙의 동네 초입에 버려진 폐가를 말끔히 수리하여 글방으로 쓰라고 내주었다.

김장을 끝낸 아낙들이 멍석에 한 자리씩 차지하고 앉아 새우젓을 찍은 수육을 김장김치에 싸서 달게 먹었다. 그때였다. 어디서 또 낮술을 들이켰는지 불콰하게 취한 용춘이 불쑥 대문 안으로 들어서다가 완숙을 보고 면상을 찡그렸다.

"지영이 안에 있죠?"

굳이 대답을 듣고자 물은 건 아니었는지 용춘은 완숙을 지나쳐 홍지영의 사랑방으로 비틀비틀 걸어갔다.

"……."

몇 년 사이 허리가 굽으며 곱사등이 더욱 도드라져버린 용춘을 완숙은 매섭게 쏘아봤다. 천주가 제일 중요하게 여기는 것이 사랑이고 용서라는 글을 교리 책에서 읽은 뒤로 대못처럼 가슴에 박힌 증오와 미움을 뽑아버리고자 무던히 노력했다. 그런데도 완숙 역시 인간인지라 용춘을 볼 때마다 저도 모르게 싫은 감정이 불뚝불뚝 솟구쳤다.

"용춘 아저씨는 왜 왔대요?"

졸음이 묻은 눈을 비벼대며 섬돌을 내려오던 필주가 정신이 번쩍 들어 완숙에게 달려왔다. 용춘이 아비를 불러내기만 하면 크고 작은 사건들이 꼭 터지고는 했다. 그 사실을 익히 아는지라 필주의 눈동자가 불안하게 떨렸다.

"낸들 알겠니? 요 며칠 잠잠하다 했더니 그예 또 찾아왔구나. 귀신은 뭐 하나 몰라. 저런 인간 안 잡아가고…."

정 노인이 고개를 설레설레 저었다. 그녀가 낮게 구시렁댄 소리가 용춘의 귀에까지 날아간 모양이다. 핏줄 선 눈을 휙 돌려 이쪽을 무섭게 노려보던 용춘은 의미 모를 미소를 씩 짓더니 이내 사랑방 문을 벌컥 열어젖혔다.

"이봐, 지영이! 지금 한가롭게 자고 있을 때가 아냐! 벌이가 쏠쏠한 일거리가 생겼으니 얼른 일어나게!"

용춘은 독기가 오른 얼굴로 모두가 들으라는 듯 큰 소리로 말했다. 이불을 걷어찬 채 배를 드러내고 큰 대자로 누워있던 홍지영이 그 소리에 벌떡 일어났다.

"무슨 일인데? 내가 뭘 하면 되나?"

잽싸게 방을 가로질러 달려온 홍지영이 반색하며 물었다.

"들어가서 얘기하자구."

당장이라도 튀어나올 기세인 홍지영을 방으로 밀어 넣은 용춘은 방문을 쾅 소리 나게 닫았다. 뭔가 못된 짓을 꾸미고 있는지 완숙을 힐끗 돌아보는 용춘의 눈초리가 고약했다.

"어머니, 용춘이 아저씨가 아버지 꾀어내기 전에 어머니가 들어가서 좀 말리세요."

필주가 완숙의 치맛자락을 잡아당기며 우는 소리로 부탁했다.

"그래, 아가야. 네가 좀 들어가 봐라."

정 노인도 불안한지 완숙을 채근했다.

완숙은 수육과 김장김치를 소반에 담아 사랑방으로 향했다.

"저기…."

툇마루로 올라선 완숙이 기척을 내다 말고 안에서 흘러나오는 소리에 귀를 기울였다.

"…장마 피해 안 입은 땅 주인들 있잖나? 그 사람들 만나서 이름만 빌리면 돼."

"이름은 뜬금없이 뭐 하게?"

"척하면 착 아니겠어? 관아에서 토지세를 꿀꺽, 하겠다는 거잖아."

"그게 뭔 소리여?"

"이번에 수해 안 입은 땅임자들 있잖나. 그 사람들 모르게 관아에서 재결을 신청해 놓으려는 거지."

"재결이 아닌 땅을 재결이라고 나라에는 신고해놓고 그 사람들이 낸 토지세를 가로채겠다고? 다른 곳도 아니고 관아에서?"

그제야 이해가 된다는 듯 용춘의 말을 되짚는 홍지영이다.

'마, 말도 안 돼!'

완숙은 소반을 툇마루에 내려놓고 문살에 찰싹 귀를 붙였다.

"바로 그거야! 피해 안 입은 땅을 찾아서 그게 누구 땅인지 이름만 건네주면 마지기 당 얼마씩 수고비 조로 우리한테 주겠다는 거야. 어때, 구미 당기지? 할 생각 있어?"

"당연하지! 이름만 몰래 알려주면 되는 거잖아."

"그렇지!"

"하세! 별로 어렵지도 않은 일이네, 뭐."

"안 돼요!"

외마디 소리와 함께 완숙이 방문을 벌컥 열었다.

"저 사람 말에 혹하지 마세요! 저 사람 말을 따르면 안 돼요!"

방으로 뛰어들어간 완숙이 용춘의 팔을 잡아 강제로 일으켜 세웠다.

"나가세요! 못된 짓 그만 꾸미고 당장 여기서 나가라고요!"

"당신이야말로 상관 말고 빠져! 헉!"

완숙의 쪽머리를 우악스럽게 그러쥐고 문 쪽으로 가던 홍지영이 돌연 식겁한 표정이 되어 그 자리에 흠칫 멈춰 섰다. 김장김치를 가지러 왔다가 집안에서 오가는 고성을 듣고 한달음에 달려온 이존창이 섬돌 너머 마당에서 이쪽을 무섭게 노려보았다.

"어디 할 짓이 없어서 세금을 가지고 장난을 쳐!"

"상관 마십쇼!"

"그 일로 억울한 이들이 생길지도 모르는데 어떻게 상관을 안 한단 말인가?"

"그것도 다 지들 팔자죠."

"그걸 지금 말이라고 하는 건가?"

용춘을 쏘아보는 이존창의 눈에서 불길이 치솟았다.

"재결은 수해를 입은 농민들을 나라에서 구제해주는 제도일세. 그 걸로 장난을 치다니! 조사라도 나오는 날엔 어쩌려고?"

"아무것도 모르면 잠자코 계십쇼. 저한테 일을 시킨 관원 나리 말로 는 뒤를 봐주는 나리들이 조정에 계시다고 했습니다. 그분들이 알아 서 조사 나오는 걸 막아줄 거라고 했단 말입니다."

용춘은 태산처럼 버티고 앉은 이존창에게 비웃음을 날렸다.

"그, 그게 무슨 말인가? 조정 대신들까지 연루되었단 말이야?"

이존창은 경악했다. 아차, 싶어진 용춘이 슬그머니 화제를 돌렸다.

"어이구, 아침을 걸렀더니 출출하네. 아까 제수씨가 수육을 가져왔 던데… 형님도 식전이면 같이 드시렵니까?"

"말 돌리지 말고 아는 대로 털어놓게!"

"돌았습니까? 제가 그걸 말하게요?"

"하기 싫으면 말게! 내가 직접 관아로 가서 알아보겠네! 누가 그 같은 짓을 하고 있는지!"

쿵!

용춘은 성난 주먹으로 방바닥을 거세게 내리쳤다.

"이래라저래라 하지 마십쇼! 잘난 체는 그만하시라고요!"

"기어이 그 일을 하겠다?"

"그래요! 됐습니까?"

"죄를 지으려거든 자네 혼자 짓게! 왜 엄한 지영이까지 그 일에 끌어들여, 끌어들이길!"

"빠지고 싶으면 빠지라 하십쇼! 저 친구 아니어도 같이 할 사람 널렸으니까요!"

용춘이 벌떡 몸을 일으켰다.

"이, 이봐, 용춘이! 이렇게 가면 어떡해!"

당황한 홍지영이 용춘의 팔을 잡고 매달렸다.

"이거 놔! 자네 형님이 저리 말리시잖아! 더는 욕먹기 싫네! 자넨 이 일에서 빼줄 테니까 나한테 들은 얘긴 못 들은 걸로 해!"

"하, 하지만 용춘이!"

홍지영은 문가로 성큼성큼 걸어가는 용춘을 허둥지둥 뒤쫓았다.

"가게 내버려 두게!"

아랫목을 박차고 일어난 이존창이 홍지영의 뒷덜미를 잡아챘다. 홍지영이 우는 소리로 하소연을 해댔다.

"형님, 진짜 왜 이러십니까? 저도 숨 좀 쉽시다! 오죽하면 용춘이가 저한테 돈벌이를 물어다 줬겠어요? 어머니가 곳간 열쇠를 필주 어미한테 넘긴 탓에 제가 맘대로 돈을 쓸 수가 없어요. 친구들한테 술을 살 수가 있나, 풍경 좋은 곳에 놀러갈 수가 있나, 본가에서 대주던 돈까지 딱 끊겨서 제가 죽을 맛이란 말입니다!"

용춘의 꾐에 빠져 흥청망청 돈을 써대는 홍지영을 보다 못한 완숙이 옥계리로 건너가 시아버지 홍철한에게 부탁한 뒤부터였다. 며느리로부터 홍지영의 행실을 전해 들은 홍철한은 가문의 수치라며 노발대발했고, 홍지영이 정신을 차릴 때까지 다달이 보내주던 생활비를 중단하겠노라고 약속했다.

시부의 결정에 적이 놀란 것은 완숙이다. 며느리가, 그것도 첩 자식의 아내가 찾아와 당돌하게 지아비의 허물을 털어놓았다. 권위적이고 고지식한 양반이었다면 호통과 함께 내치고도 남을 일이다. 그런데 홍철한은 완숙의 말을 처음부터 끝까지 진지하게 들어주었다. 완숙에게 위로와 격려를 건네기까지 했다. 완숙으로서는 든든한 아군이 늘어난 셈이다.

홍지영은 외톨이 신세가 되었다. 당장 돈줄이 막히자 용춘의 태도가 맨 먼저 변했다. 하루가 멀다며 들락거리던 발길이 뚝 끊겼고, 저자에서 마주쳐도 외면하기 일쑤였다. 그런 그에게 매달리며 홍지영은 통사정했다. 돈벌이 될 만한 일이 있으면 그게 뭐든 다 할 테니 제발 알려달라는 부탁이었다.

"그만하면 정신을 차릴 때도 됐잖나! 종수씨 복중에 있는 아기도 생각해야지! 아비가 되어 올바로 사는 모습을 보여주지는 못할망정 남을 등쳐서 술값 벌 궁리나 하다니! 아이들 보기에 부끄럽지도 않은가!"

이존창은 산처럼 버티고 서서 홍지영을 질책했다.

방 한쪽에 서서 돌아가는 상황을 지켜보던 완숙은 심장이 두근거렸다. 그를 오래 봐왔지만, 지금 같은 떨림은 처음이다.

"마, 마실 걸 좀 가져올게요."

볼이 붉어진 완숙은 도망치듯 방을 빠져나갔다. 그런 완숙을 수상쩍은 눈초리로 쫓던 홍지영은 이존창이 어깨를 움켜쥐자 비명을 올렸다.

"헉! 형님! 아파요!"

"순순히 이리 와서 앉게."

"저 좀 그만 괴롭히십쇼. 다들 하는 짓을 좀 했기로서니 그게 뭐 대수라고 저를 이리 잡습니까, 잡기를요!"

"다들 하는 짓이라니! 말이 되는 소릴 하게!"

"용춘이가 그랬습니다. 재결로 장난치는 게 여기 내포 일만은 아니래요. 이름값 받아내는 건 애교라고 했습니다. 심한 곳은 토지대장에 손을 대는 수령까지 있대요. 문서를 조작해서 땅을 강제로 뺏는 곳도 있다는 걸요."

"그 말 누구한테 들었나? 진짜 그런 말도 안 되는 행태가 자행되고 있단 말이야?"

"저기 아래쪽 지방 어디라고 했던 것 같은데… 흘려들어서 잘 모르겠습니다."

"으음…."

이존창의 얼굴이 잔뜩 흐려졌다. 심상치 않은 일이 벌어지고 있다는 느낌이 강하게 들었다.

전라감영의 경계를 서던 병사 하나가 짧은 비명을 내지르며 후다닥 돌계단을 뛰어 올라갔다. 초저녁부터 드리워 있던 먹장구름이 기어이 거센 빗줄기를 쏟아부었다. 수문병이 재빨리 내어준 포정문 처마 밑으로 몸을 피한 병사는 따끔거리는 팔뚝을 문지르며 돌계단 너머를 응시했다. 흰 바지저고리 차림에 상투를 풀어헤친 유동근이 포정문 앞에 부복한 채 몇 시간째 울부짖었다.

"관찰사 영감! 억울합니다! 항검인 아무 죄도 짓지 않았습니다! 제발 그 아이를 풀어주십시오!"

빗속에서 애타게 관찰사를 불러대는 유동근의 노구가 삽시간에 푹 젖어 들었다. 오들오들 전신을 떨어대면서도 유동근은 꿈쩍도 하지 않았다.

육모방망이를 치켜든 감영의 병사들이 초남이에 들이닥친 것이 열흘 전이었다. 허리 뒤로 팔이 꺾인 항검이 오라에 묶여 끌려나가자 유동근은 황급히 병사들을 막아섰다. 아들의 죄명이 뭔지 따져 묻는 유동근에게 군관이 말했다.

"죄인을 체포하여 압송하라는 관찰사 영감의 영이 있었소!"

그 말만 되풀이할 뿐, 군관은 유동근의 말은 들은 척도 하지 않았다.

"뭔가 착오가 있는 게 분명하오! 내가 무슨 법을 어겼단 말이오?"

항검은 개처럼 끌려가면서 억울함을 호소했다. 김제의 전답이 올해 닥친 가뭄으로 소출이 형편없던 것을 빼면 매해 농사는 성공적이었다. 전국의 농지들이 자연재해로 피해를 크게 입었을 때도 항검이 소유한 땅들은 무탈했다. 아니, 무사한 정도가 아니라 수확한 작물의 양도 여느 농가들보다 몇 곱절 많았다. 소작농들도 말썽 한 번 부리지 않았다. 수십의 마름들은 항검의 일에 제집 일인 양 열심이었다. 그 덕분인지 전답은 해마다 수를 불려갔다. 하늘이 돕지 않았다면 불가능했을 축재였다. 이렇듯 재물이 넘쳐나고 만사가 형통인 마당에 뭐가 아쉬워서 법을 어긴단 말인가.

중철이 태어난 뒤로 과하다 싶을 정도로 땅 욕심이 많아진 아들이었지만, 정도에 벗어나는 짓은 하지 않았다. 도리어 소작농들에게서 소작료를 덜 받았고, 가을걷이가 끝나면 굶주린 사람들에게 곡식을 나눠주기도 했다. 그런 아들이 옥사에 갇히자 유동근은 크나큰 충격에 휩싸였다. 자리보전을 한 채로 혼절했다 깨어나기를 반복하는 부친을 보다 못한 익검이 상연에게 연락을 취했다. 진산에서 건너온 상연과 함께 익검은 하루가 멀다 하고 감영을 찾아가 아우의 죄명을 물었다.

생뚱맞게도 항검의 죄명은 관문서 증감죄였다. 항검이 관헌의 도서원을 매수하여 이미 재결 장부에 오른 피해 면적을 두 배나 많게 조작했다는 것이다. 익검과 상연은 도서원이 변조했다는 문건을 직접 볼 수 있게 해달라고 강력히 요구했다. 그러나 관찰사는 범죄의 증거물을 함부로 보여줄 수 없다고 거절했다.

"영감! 항검인 결백합니다! 하오나 그 아이가 만일 죄를 지었다면 그에 합당한 벌을 받게 할 것입니다! 이 늙은이가 목숨으로 약조하리다! 그러니 제발 항검일 풀어주시오! 죄를 짓지도 않은 양반을 가둬두는 것도, 무고한 이를 유배형에 처하는 것도 명백한 불법이오! 부디

이 늙은이의 소리에 귀를 기울여주시오, 영감!"

유동근의 피맺힌 절규가 엄청나게 퍼붓는 빗속에서 쩌렁쩌렁 울려 퍼졌다. 어디 간다는 얘기도 없이 사라진 유동근을 찾아 사방을 헤맸던 익검과 상연이 혹시 하고 감영까지 와 봤다가 사색이 되어 뛰어왔다.

"여기서 뭐 하시는 겁니까, 아버님!"

"뭐 하러 왔느냐…. 돌아들 가거라…."

"아버님이 이러고 계시는데 저희만 어찌 갑니까?"

익검은 유동근의 깡마른 어깨를 끌어안았다. 오랜 투병 탓에 뼈마디만 남은 아버지의 몸이 불덩이처럼 뜨거웠다.

"상연아! 안 되겠다! 네가 좀 업어라! 이러다 정말 큰일 치르겠어!"

그러나 유동근은 여전히 움쩍도 하지 않았다.

"이대로 갈 순 없다…. 항검이 저 안에 있질 않니…."

고집을 부리는 유동근을 보다 못한 상연이 고모부를 번쩍 안아 올렸다.

"항검인 저희가 무슨 수를 써서라도 빼낼 겁니다. 그러니 제발…."

익검이 울먹였다.

"안 된다…. 가더라도 관찰사 영감을 보고 가야 해…."

몇 시간 동안 그렇게 불러도 꼼짝 않던 포정문이 수문병의 손에 의해 열린 것은 그 순간이었다. 격심한 추위와 펄펄 끓는 열로 바들바들 떨던 유동근의 몸이 순간 긴장하여 딱딱하게 굳었다.

"관찰사 영감께서 하실 말씀이 있으시답니다. 세 분 다 들어오시지요."

합문 사이로 나타난 감영의 수통인이 따라오라는 손짓을 남기고 돌아섰다.

"이제 되었다…. 이제 되었어…."

유동근은 포정문을 향해 휘적휘적 걸어가면서 흐느끼는 소리로 중얼댔다.

"어찌하면 좋습니까? 관찰사가 기어이 고숙께 그 얘길 꺼내려나 봅니다."

상연은 착잡하게 익검을 돌아봤다.

"설마 그럴 리가 있겠느냐? 일단 들어가 보자꾸나."

● ● ●

여름철 장마 때나 내릴 법한 폭우가 이틀째 쏟아지고 있었다. 칠흑 같은 암흑을 그악스럽게 긁어대는 빗소리에 누군가 고래고래 내지르는 악다구니가 끼어들었다.

"이 나쁜 놈들! 내가 그 땅을 어떻게 마련한 건데 네놈들이 탐을 내느냐! 내가 순순히 포기할 것 같으냐? 유배가 아니라 더한 걸로 협박해 봐라, 이놈들아! 절대 안 내놓는다! 이 도둑놈들아!"

옥사의 나무 기둥을 붙잡고 난폭하게 흔들어대며 항검은 고함을 질러댔다. 관찰사가 김제의 땅 스무 마지기에 눈독을 들이고 있다고 했다.

"네 기막힌 심정을 모르지 않는다. 그렇지만 항검아, 땅은 또 사면 돼. 우선 너부터 살고 봐야지."

상연은 흥분해 날뛰는 항검을 달래느라 진땀을 뺐다. 익검이 상연을 거들고 나섰다.

"상연이 말이 옳다. 땅보다 중한 게 사람이야. 아버님 생각도 해야지. 아버님 용태가 예사롭지가 않아."

"아버님이 왜?"

"관찰사를 만나고 오신 뒤로 위중해지셨어."

"내가 여기 갇힌 동안 대체 무슨 일이 있었던 거야?"

"실은 관찰사가 네 땅 얘기를 했단다."

이번에 문제가 불거진 김제의 옥답 스무 마지기에 대해서였다. 관찰사는 자신이 지명한 사람에게 소유권을 이전해주면 항검을 무혐의로 풀려나게 해주겠다고 거래를 제안해왔다. 그 얘기에 화병이 난 부친이 쓰러졌다. 천만다행으로 밤새 의식은 돌아왔지만 열은 좀처럼 내리질 않았다.

"일이 이 지경이 되도록 형은 뭐 한 거야!"

익검에게 원망을 쏟아내는 항검을 상연이 말렸다.

"형님한테 뭐라 하지 마. 고숙이 그 얘길 모르게 하려고 형님도 애 많이 쓰셨어."

상연은 무거운 음성으로 덧붙였다.

"임금께 상소하겠다고 관찰사한테 으름장까지 놨었어. 근데도 눈썹 하나 깜짝 않더라. 뒤를 봐주는 자들이 조정의 실세인 게지. 이럴 줄 알았으면 처음부터 너한테 다 털어놓을걸. 그럼 고숙도 저리 쓰러지시진 않았을 텐데…."

뒤늦게 후회하는 상연의 큰 눈에 물기가 흥건했다.

"그런 일이 있었는데도 나더러 땅을 포기하라고? 말이 되는 소릴 해!"

"달리 방도가 없잖니. 땅을 넘겨주지 않으면 넌 꼼짝없이 유배를 떠나야 해."

"자기 제안을 네가 받아들이면 양안을 더는 건드리지 않겠다고 약조했어. 추후 네가 올리는 입안은 무조건 통과시켜준다고도 했다."

상연은 끓어오르는 감정을 간신히 억누르며 관찰사의 말을 전했다. 항검이 울화통을 터트렸다.

"그 말을 형은 믿어? 그런 놈들이 한 약속을 믿으라고?"

"하지만 항검아…."

"유배 가는 한이 있어도 피 같은 내 땅을 그놈들에게 줄 수는 없어! 아버님께서도 내가 그놈들에게 땅을 뺏기는 걸 원치 않으실 거야!"

항검은 이를 갈며 외쳤다.

유동근의 와병 소식에도 좀처럼 뜻을 굽히지 않는 항검을 보면서 익검과 상연은 아득한 절망을 느꼈다.

뜻밖의 복병

　권철신의 사저 마당에 쌀자루 여남은 개가 부려졌다. 홍국영이 중전을 독살하려다 발각된 그해에 이벽을 만나러 대감마을에 갔다가 처음 면을 튼 뒤로 시간이 날 적마다 왕래하며 권철신 형제와 친분을 쌓았던 이존창이 쌀자루를 싣고 예고도 없이 방문한 것이다.

　"웬 것들인가?"

　권일신은 두 눈이 동그래져 이존창에게 물었다.

　"어려움을 겪고 계시다 들었습니다."

　권일신의 서찰을 전하러 여사울에 들렀던 그댁 노비가 상전의 안부를 묻는 이존창에게 권철신 형제에게 닥친 우환을 털어놓았다. 지난 여름 조선을 휩쓴 가뭄과 병충해를 권철신의 논밭도 비껴가지 못했다고 했다. 설상가상으로 추수를 앞두고 덮친 태풍에 쓰러진 벼가 죄다 썩어버려 겨울을 버틸 곡식은 고사하고 당장의 끼니가 급해 권일신이 여기저기 쌀을 꾸러 다닌다고 했다. 그렇지 않아도 권철신을 만나 긴히 상의할 일이 있던 이존창은 옳다구나 싶었다. 햅쌀 자루를 싣고 가 은근슬쩍 그 얘기를 꺼내볼 요량이었다.

"자네도 힘들게 지은 농사가 아닌가. 마음만 받겠네. 도로 가져가 게."

"형님 말씀을 따라주게. 우린 우리가 알아서 할 수 있어."

펄쩍 뛰며 사양하는 권철신 형제를 간신히 설득한 이존창은 머슴들을 시켜 쌀자루를 곳간으로 들였다. 먼 길을 온 손님이 시장할 것 같아 권일신은 점심 채비를 서둘렀다.

구수한 숭늉까지 뚝딱 해치운 이존창은 빈 그릇을 밥상에 조용히 내려놓았다.

"잘 먹었습니다."

"내년 농사가 끝나면 자네한테 받은 양곡부터 꼭 챙겨서 보내주겠네."

"그러실 필요 없습니다. 돌려받을 마음으로 드린 게 아니에요."

이존창이 손사래를 쳤다.

"아니야. 거저 받을 수야 없지."

권일신이 물러서지 않았다.

"하오면 수업료라고 여겨주십시오."

"수업료라니?"

이존창이 권철신의 안색을 살피며 말했다.

"녹암께서 허락만 해주신다면 문하로 들어가 공부를 제대로 해보고 싶습니다."

"자넨 이미 각종 경전에 도통했다고 들었네. 그런 자네가 무얼 더 배울 게 있다고?"

권철신이 의아한 낯으로 묻자 이존창은 얼른 문 밖의 기척을 살폈다.

"그간 말씀을 안 드렸는데, 실은 지난 몇 해 동안 은밀히 해오던 공부가 있습니다. 두 분께서도 아시는 천주교입니다."

"자네가 천주교를 공부하고 있다고?"

권철신은 적이 당황한 얼굴로 되물었다.

"예. 광암이 천진암에 들어가기 전에 종수씨에게 《만물진원》과 《칠극》을 선물했지요. 그 책과 제가 빌려온 《진도자증》 필사본으로 그간 공부를 해왔었습니다."

이존창은 홍낙민을 찾아가 미완성 필사본을 받아왔던 경위를 설명했다.

"낙민이가 공연한 짓을 했구먼…."

곤혹스런 표정이 권철신의 안면에 번졌다.

"제가 하도 졸라서 마지못해 내준 것이니 나중에라도 뭐라 하지 마십시오. 헌데 그 책들만으론 많이 부족함을 느낍니다. 톱니가 군데군데 빠진 것처럼 뭔가 아귀가 맞지 않는 것도 있고, 여전히 이해가 안 되는 부분이 많아요."

읽고 있던 입문서를 모조리 독파한 뒤 또 다른 교리서를 빌려보기 위해 천진암으로 향했던 때가 지난해였다. 다른 제자들은 권철신의 명을 받들어 천주교 공부를 중단했지만, 남편은 천진암에 들어가 독학 중이라는 이야기를 이벽의 부인 유화당 권씨에게 듣고 난 후였다. 유화당 권씨는 마침 지아비에게 전할 물건이 있다면서 이존창에게 보따리 하나를 내밀었다. 갈아입을 새 옷과 육포가 들어 있다고 했다. 가끔은 집에 다녀갔으면 좋겠다는 당부도 꼭 전해달라고 했다. 이존창은 유화당 권씨가 쥐어준 보따리와 당부를 들고 천진암으로 향했다. 하지만 그곳에 이벽은 없었다. 그곳 스님들 말로는 어디로 간다는 말도 없이 산사를 내려갔다는 것이다.

"광암의 행적을 수소문해봤지만, 하늘로 꺼졌는지 땅으로 솟았는지 당최 알 수가 없더군요. 광암 대신 딱히 물어볼 사람도 없었어요. 제 갈증을 풀어줄 누군가가 없을까 궁리하던 차에 녹암선생이 떠올랐습니다. 녹암께서는 서학교리연구회에 직접 참석했으니 저보다는 천주교에 해박하시겠지요. 하여, 이리 청을 드립니다. 저를 제자로 받아주시면 감사하겠습니다."

이존창이 고개를 숙이며 정중히 부탁했다. 권철신이 단호하게 머리를 가로저었다.

"미안하네. 그 청은 못 들은 것으로 하겠네."

궐 안의 임금과 약조한 바가 있질 않던가. 과거에 급제한 제자들이 여럿이었으나 정계에까지 진출한 제자는 아직 없었다. 그 자신 몸을 사리고 천주교를 멀리하고 있었다. 그런데 천주교를 진심으로 공부하고자 하는 이가 나타났다. 서학교리연구회를 만들었을 당시 제자 이벽이 예견했던 일이 현실로 이뤄진 것이다.

"나는 자네를 도울 수 없네. 자네뿐 아니라 다른 누군가가 와서 청을 한다고 해도 내 대답은 똑같을 게야. 우리가 지금 할 수 있는 일은 하나야. 분란을 만들지 않고 조용히 때를 기다리는 것뿐이네. 그러니 자네도 지금은 마음을 접는 편이 좋겠어."

"하오나 형님, 벽이한테는…."

권일신이 뭔가 할 말이 있다는 듯 끼어들었다.

"이보게, 아우!"

권철신은 언성을 높여 아우의 말을 막았다. 두 사람 사이의 미묘한 긴장감을 의구심 서린 눈으로 지켜보던 이존창이 거듭 청했다.

"공께 큰 가르침을 받고 싶습니다. 언제든 마음이 바뀌시면 소인을 제자로 불러주십시오."

"으음…."

밥상머리에 불편한 침묵이 감돌았다. 이존창이 화제를 돌렸다.

"그나저나 실농하신 토지는 재결을 받으셨습니까?"

"물론이네."

권일신이 답했다.

"걱정했는데, 다행입니다."

"피해를 본 농가라면 응당 구제를 받아야지. 공연한 걱정을 하는가?"

"재해를 입은 민결을 가짜로 올리고 중간에서 이득을 취하는 관리들이 있어 드리는 말씀입니다."

"그럴 리가 있는가?"

"제가 사는 내포지방만 해도 빈번하게 벌어지는 일인걸요. 부당하게 세금을 강탈당하거나 의무적으로 내야 할 세금을 피해가는 이들이 허다했습니다."

"그게 사실인가?"

"특별히 하는 일 없이 세월을 좀 먹는 서얼 출신 한량들이 관속들과 결탁하여 무고한 농민들에게 해를 끼치고 있습니다. 재결과 상관없는 농토의 주인들을 일일이 찾아다니며 이름을 받아다가 호방에게 주면 받아온 이름 수만큼 돈을 받는 모양입니다."

완숙의 집에서 용춘에게 그 이야기를 듣고 이존창은 친분이 있는 관아의 아전에게 은밀히 접근해 사실을 확인했다. 완숙에게 생긴 미묘한 감정의 변화를 까맣게 모른 채였다.

"더욱 큰일인 것은 같은 폐해가 내포 곳곳에서 자행되고 있다는 겁니다. 호조에 보고해 놓은 재결지가 200결에 육박하는데 실제로 피해를 본 민결은 그 반도 안 된다고 하더군요."

"오, 맙소사…."

권철신의 얼굴에서 핏기가 사라졌다.

"그뿐이 아닙니다. 수해로 땅이 쓸려가 농토를 쓸 수 없게 되어 재결을 받게 해달라고 관아에 신청했지만, 승인이 떨어지지 않아 울부짖는 이들도 많았습니다. 당장 먹을 것이 없어 굶주리는 판에 부당하게 매겨진 세금을 마련해야 하니 피가 거꾸로 솟는 게 당연하지요."

"허어! 이런 말도 안 되는…!"

권일신은 믿을 수 없다는 얼굴로 연신 도리질을 해댔다.

"내포만의 문제였으면 좋겠는데 저 아래 호남에서도 재결로 인해 억울한 경우를 당한 이들이 속출하고 있는 모양입니다. 그래서 말인데… 이곳 양근에선 재결 처리가 어떻게 이뤄지고 있는지 두 분께서 한번 알아봐 주시겠습니까?"

"쉬운 일은 아니겠지만 인맥을 동원하면 불가능한 일도 아니네. 허나 설마 이곳에서까지 그런 일이 자행되고 있겠는가?"

권철신은 양근의 관리들을 믿고 싶었다.

"아무래도 돌아가는 정황이 심상치가 않습니다. 좀 더 조사를 해봐야겠지만 만약 사태가 심각하다면 투서라도 넣어 잘못을 바로잡아야 하질 않겠습니까?"

투서라는 말에 권철신 형제가 바짝 긴장했다.

"물증도 없이 투서를 넣었다가는 오히려 화를 당할 수 있어."

"허니 은밀히 넣어야겠지요. 안 그랬다가는 관속들이 증거물을 훼손할 수도 있으니까요."

"증거물?"

되묻는 권철신에게 이존창이 말했다.

"관청에서 비치하고 있는 재결장부가 우선 증거물이 되겠지요. 이름을 도용당해 안 내도 되는 세금을 물게 된 당사자들, 그리고 그 사람들이 전결을 냈다는 사실을 증언해줄 지인들도 결정적인 단서가 되겠지요. 이름을 도용당한 사람들은 분명 재결 장부에 올랐을 겁니다."

"죄상이 드러나면 처벌을 피할 수 없을 터, 그자들도 그 점을 모르고 있지 않을 걸세. 그런데 장부를 그리 허술하게 작성해 놓았겠는가?"

권일신이었다.

"그거야 뚜껑을 열어보면 알게 되겠지요. 어쨌거나 재결에 관한 비리는 반드시 밝혀져야 합니다. 안 그러면 더 큰 불행을 초래할 수 있어요. 이 나라 조선에 일대 파란이 일어날 수도 있다는 얘깁니다."

"일대 파란이라니? 그건 또 무슨 소린가?"

"실은…."

잠시 뜸을 들인 이존창이 바짝 다가가 속삭였다. 이내 권철신 형제의 얼굴에서 핏기가 사라졌다. 공포로 심장이 오그라드는 기분이다.

적막하던 성균관이 돌연 시끄럽고 어수선했다. 예고도 없이 임금이 행차한 까닭이다.

"전하!"

임금의 행차가 성균관에 이르자 대사성 이하 관원들이 황황히 나와 조아렸다.

"전하! 그간 강녕하셨사옵니까?"

명륜당 뜨락으로 몰려나온 유생들이 관원들과 엎드려 예를 올렸다.

"지난번 과장에서 서책을 지니는 폐단을 엄금한 일로 유생들의 불만이 많다고 들었다."

임금이 담담한 어투로 말했다.

"그, 그럴 리가 있겠사옵니까?"

대사성과 유생들은 뜨끔한 표정이 되어 옹송그렸다. 콧대 높은 그들이 임금의 눈치를 보며 쩔쩔매는 데는 그럴 만한 이유가 있다.

본디 과장에서는 서책의 반입을 엄격히 금했다. 그런데도 많은 선비가 책을 지닌 채 시험을 치렀다. 과거 응시자가 아닌 사람이 과장에 들어가는 것 또한 엄금하고 있었지만 수종에게 책을 들려 동행케 하는가 하면, 옆에 앉혀놓고 과제의 답안에 맞는 문구를 찾게 하는 일도 허다했다. 과거의 여덟 가지 폐단에 속하는 수종협책과 입문유린이다. 주로 명망가 자식들이나 성균관 유생들이 법을 비웃듯 이런 행동을 일삼았다.

그리하여 엄숙하고 조용해야 할 과장 안이 책장 넘기는 소리로 시끄러웠다. 시권을 조작해서 대리시험을 보게 하는 이가 있는가 하면, 남의 글을 몰래 베껴 쓰거나, 과장 밖에 사람을 두었다가 답안을 대신 쓰게 한 뒤 과장 안으로 다시 들여오는 이들도 허다했다. 미리 써놓은 답안을 준비해 갔다가 과장에서 나눠 준 답안과 재빨리 바꿔치기하는 응시자도 있었다. 과장을 엄격히 감독해야 할 관원들마저 부정을 저지르는 응시자들에게 뒷돈을 받고 그런 행태를 눈감아 주기까지 했다. 더욱 기가 찰 노릇은 과장 앞을 지키는 나졸들이 과장을 드나들며 답을 알려준다는 사실이다.

이렇듯 과거의 문란함이 도를 넘자 임금은 수종협책과 입문유린을 엄금하는 하교를 내렸다. 지난가을의 일이었다. 그 하교를 어겼다가 잡혀간 선비가 부지기수였다. 그중엔 성균관 유생도 적지 않았다. 하여, 임금은 부정행위를 하다 적발된 유생들의 원점을 삭감시키고, 반성문을 제출하도록 명했다. 또 같은 일이 반복되면 퇴학시키겠노라 엄포도 놓았다. 성균관의 대사성과 유생들이 임금의 행차를 마냥 반갑게 맞지 못하는 연유였다.

"듣자 하니 마침 오늘이 윤차를 보는 날이라더군. 유생들의 실력이 어느 정도인지 궁금도 하고, 시험에 임하는 태도가 예전과 달라졌는지 보고도 싶어 확인 차 와봤다."

"이런⋯!"

이번엔 또 무슨 꼬투리를 잡으려나 싶어 긴장된 낯으로 귀를 기울이던 관원과 유생들이 갑작스러운 왕의 참관 통보에 낭패감을 숨기지 못하고 소란스레 술렁댔다.

좌중을 진정시킨 대사성이 아뢰었다.

"전하! 친히 왕림하시니 더없는 영광이옵니다!"

하지만 대사성의 낯에도 꺼리는 빛이 역력했다. 백성들에게는 한없이 자애로웠지만, 관리들에게는 매정하다 싶을 정도로 엄격하게 구는 임금이었다. 그런 임금을 모시고 시험을 치르자니 숨이 턱 막혔다.

"마침 시작하려던 참입니다. 드시옵소서."

유생들이 좌정하자 이산은 천천히 입을 뗐다.

"이번 윤차의 주제는 짐이 정하겠다."

"성은이 망극하옵니다."

이윽고 어제가 떨어졌다.

"그대들은 나라의 동량이니 '청렴'이 좋을 듯하네. 어떤 글이 되어도 무방하니 마음껏 제술하라."

한 시각이 지나고 유생들이 제출한 시권이 임금 앞에 쌓였다. 이산은 시권을 하나씩 들어 신중하게 읽어나갔다. 용안에 희비가 수시로 교차했다.

"옳도다…."

누군가의 시권을 읽어나가며 이산이 감탄사를 연발하는가 싶더니 노기로 푸들거렸다. 좌중이 수군거리는 가운데 이산은 남은 시권을 차례로 들어 올렸다.

"수고들 했네."

마지막 시권까지 다 읽은 이산은 따로 빼놓은 시권의 이름 가림 표를 뜯어냈다.

'…역시 그랬군.'

이산의 눈길이 명륜당 안을 휘 둘러보는가 싶더니 구석에 가서 멈쳤다. 이산은 빙그레 웃으며 말했다.

"이번 윤차의 으뜸은 정약용이다."

임금은 여기저기서 터져 나오는 탄성과 불평불만의 소리를 누르고 약용에게 대통을 준 까닭을 밝혔다.

"무릇 관리들이 청렴하면 백성의 삶이 윤택해지고 나라 안의 모든 문제가 해결되는 법. 약용은 청렴의 등급을 셋으로 나누고, 그것들을 지키기 위해 관리들이 금해야 할 세 가지 요소와 그 세 가지를 어길 때 벌어지게 될 병폐까지 세세히 기술했느니라. 허나 과인이 약용에게 대통을 준 것은 앞서 말한 내용 때문이 아니다. 상재생 정약용이 맨 마지막에 기술한 글귀가 대통을 준 이유다. 약용은 직접 유생들에게 그 내용을 밝히라."

임금의 명을 받은 약용은 졸음이 싹 가셨다.

"청렴결백한 관리의 첫째 요건은, 국가에서 백성을 규휼하려고 내는 물품을 훔치거나 곡식을 유용하지 않는 것입니다. 또 형을 집행하는 데 있어 죄와 벌을 돈으로 사고팔아서는 아니 되며, 사사로운 이익을 위해 과도한 세금을 부과하거나 차액을 착복해서도 아니 됩니다. 이를 지키지 못할 것 같으면 차라리 벼슬을 내려놓고 집으로 돌아가야 합니다."

능행에 따라나섰다가 명륜당까지 임금을 시위해온 대신들이 따갑게 와 닿는 정약용의 시선을 슬그머니 피했다. 상대의 속내를 꿰뚫듯 날카롭게 빛나는 정약용의 눈길이 임금의 융복으로 옮겨가 꽂혔다.

"군사軍師의 자리에 계신 성상 또한 국록으로 일신을 영위하고 계시옵니다. 그렇기에 휘하의 신하에게만 청렴을 요구할 것이 아니라 성상께서도 몸소 청렴을 실천하셔야 합니다. 백성들이 억울하게 세금을 징수당하고 있는지 끊임없이 살피셔야 하고, 부정을 저지른 관리가 있다면 반드시 찾아내 엄히 죄를 물으셔야 하옵니다. 이것은 성상께서 지켜야 할 최소한의 청렴에 속하옵니다. 하오나 실상은 이와 정반대여서 관속들이 한통속이 되어 재결 수효를 속이고, 부당하게 세금을 착복하고 있는데도 성상께서는 부정을 저지른 관속을 벌로써 다스리지 않고 계시옵니다. 청렴하지 못한 성상께서 신하들에게 청렴을 논하고 계시오니 어불성설이란 바로 이를 두고 하는 말일 것이옵니다, 라고 적었사옵니다."

임금을 향한 정약용의 힐난이 명륜당을 울렸다. 정작 말하는 정약용은 태연한데, 듣는 신료와 유생들이 식은땀을 흘리며 임금의 기색을 살폈다.

"네가 적은 글귀에 대해 자세히 설명해 보아라. 과인이 놓치고 있는 것이 무엇인가?"

"번작反作이란 아전들이 백성들로부터 거둔 환곡을 마음대로 써버리고 그렇게 해서 생겨난 부족분을 채워놓고자 농민들에게 강제로 금품을 거둬 분식하는 것을 뜻하옵니다. 포흠逋欠이란 관청의 물건을 함부로 써버리는 것을 의미합니다. 견물생심이란 말이 있습니다. 환곡과 같이 현물을 취급하는 관리들은 특히나 이 격언을 무섭게 여겨 번작과 포흠의 유혹에 빠지지 않도록 경계, 또 경계해야 마땅하옵니다. 하오나 불행히도 청렴과 도덕성이 결여된 토호와 아전들이 전국에 독버섯처럼 퍼졌고, 그들의 비행이 극심해져 국고에 들어가는 곡총穀總이점점 축나는 실정이옵니다. 사정이 이러할진대 근래에 발생한 재해로 기근과 흉년까지 겹쳐 백성들의 원성과 절규가 하늘에 닿을 지경입니다. 백성의 구휼에 앞장서야 할 관리들이 재해를 허위로 보고하여 조정을 기만하는가 하면, 분식한 재결로 농간을 부린 탐관오리들이 탈취한 세금으로 배를 불리고 있사오니 이 어찌 개탄스럽다 하지 않겠사옵니까? 하물며 성상께서는 이러한 실정을 까맣게 모르고 계시옵니다. 그러니 성상께서는 청렴을 언급하실 자격이 없사옵니다."

"으음…."

이산의 옥수가 분노로 후들후들 떨렸다. 의정부와 육조에서 상달한 보고에 의하면 각 지역의 재결 처리가 공정하고 투명하게 진행되었다고 했다.

"허면 신료들이 과인에게 거짓 보고를 올렸다는 말인가?"

"그것까지야 소생이 정확히 알 수 없사오나 명확히 드릴 말씀은 있사옵니다. 탐오를 징계하고 고을을 바로 다스려야 할 읍재른후가 억울함을 호소하는 민초들의 하소연에 귀를 닫고 오히려 법을 범하는 사실이옵니다. 관아에서 억울함을 모른 척하니 일개 유생인 저를 찾아와 상소해 달라고 청하는 이들까지 생겨나고 있사옵니다."

"뭐라? 너를 찾아와 하소연을 해?"

"그러하옵니다."

성균관은 매달 초순과 하순에 하루씩 휴관했다. 정기휴일을 맞아 유생들은 세탁을 하거나 사가로 가서 가족을 만났다. 정약용은 숭례문 안쪽의 형제샘으로 향했다가 지충과 상연을 만났다.

항검을 태운 호송 마차가 한 점으로 사라질 때까지 울면서 배웅한 상연은 밤낮없이 말을 달려 지충을 찾아왔다고 했다. 대과를 준비하느라 도성에 머물던 지충은 상연으로부터 이종에게 닥친 불행을 듣고 나서 정약용의 얼굴이 맨 먼저 떠올랐다. 이들은 드디어 정약용을 만나자 눈물로 도움을 청해왔다. 항검의 무고함을 임금께 고해달라는 것이다. 유배지로 떠나는 항검을 간신히 배웅한 유동근이 아들을 보내고 나자 기어이 쓰러져 사경을 헤매고 있다고 했다.

정약용이 시권에 재결의 비리를 언급한 것은 두 사람의 부탁 때문도, 형 정약전의 종용 때문도 아니다. 상연과 지충은 항검이 억울하게 누명을 쓴 이유가 따로 있을 것이라고 했다. 김제 농부들의 재결 문제를 항검이 나서서 해결해 준 적이 있는데 그 일로 앙심을 품은 방백과 아전들이 한통속이 되어 항검에게 누명을 씌운 것이 틀림없다고 믿고 있는 눈치였다. 항검에게 뒷돈을 받고 문기를 변조했다고 허위자백한 도서원 또한 그들과 한패였으리라는 게 상연의 의견이다. 그렇지 않고서야 허위자백한 그 도서원이 장 스무 대라는 비교적 가벼운 형벌을 받고 풀려날 리가 없다는 것이다.

조세를 과도하게 징수하는 것만큼이나 경계해야 할 것이 부당한 형률의 집행이다. 전주부의 관속들은 관문건을 조작한 것으로도 모자라 대명률의 전례를 철저히 무시한 채 무고한 이를 사사로이 유배형에 처했다. 정약용이 비분강개한 이유였다.

"지금 전주부에서는 부패한 관속에게 항거한 민인을 사사로이 처벌하여 먼 지방으로 유배를 보내는 일이 자행되고 있사옵니다. 하온데도 성상께서는 그에 대해 조금도 인지하고 계시지 못하오니 이 어찌 통탄할 일이 아니겠습니까? 이는 군자의 청렴이 제대로 지켜지지 않았기에 발생한 비극이옵니다. 하오니 조세가 바르게 징수되고 있는지 각 도에 감찰을 파견하옵고, 잘못된 형벌 집행으로 억울함에 처한 백성이 없는지 두루 살피시옵소서. 백성을 수탈하고 형벌을 사사로이 집행한 수령을 적발하여 엄하게 처벌하는 것이 마땅하다 사료되옵니다. 삼남 가운데 호남의 폐단이 더욱 심하니 시급히 결단을 내리시어 억울함에 처한 백성들을 구제하옵소서!"

이산은 숙연하게 정약용의 말을 경청했다. 정약용의 시권에 전날의 투서가 겹쳐 보였다. 누군가 집무실 탁자에 놓아둔 투서를 새벽까지 보고 또 보다가 오늘 아침 능행을 떠난 터였다.

"…상재생 정약용은 일어나라."

"예, 전하!"

"곤경에 처한 백성이 없는지 두루 살펴야 할 자리에 있는 과인이 미처 간파하지 못한 사실을 정약용은 허심탄회하게 짚어주었다. 장차 조정에 나가 백성들의 입이 되어줘야 할 그대들이 본받아야 할 태도다. 후환을 두려워하지 않고 과인의 잘못을 간언한 정약용을 가상하게 여겨 상을 내리노라."

분합문 밖으로 배웅을 나오려는 유생들을 만류한 이산은 명륜당 뜨락을 벗어나자 내시감에게 은밀히 영을 내렸다.

"너는 즉시 번암에게 가서 성정각으로 들라 전하라."

● ● ●

"주상이 어사를 급파했다니? 이게 대체 무슨 소린가!"

정순왕대비의 쇳소리가 경복전 지붕을 뚫을 기세였다.

"그게… 소신들이 집중적으로 허결을 받아낸 고을들만 골라서….."

정순왕대비의 손에 들린 찻잔이 파들파들 떨렸다.

암행어사를 파견하려면 거쳐야 할 절차가 복잡했다. 어사 후보를 추천받는 어사가합인御史可合人, 후보자를 뽑아 보고하는 초계抄啓, 그리고 시찰할 군현을 뽑는 추생抽栍을 거쳐야 했다. 그런데 임금은 이 모든 절차를 생략하고 내포와 전주에 어사를 급파한 것이다.

"주상이 점쟁이라도 된단 말인가? 다른 고을을 다 놔두고 하필 그곳들을 콕 찍어서 암행을 보낸단 말인가!"

"투서가 있었다고 하옵니다."

김관주가 아뢰었다.

"투서? 어떤 투서 말인가?"

"소신이 박아놓은 심복도 거기에 대해선 아는 게 없다고 했습니다. 어사 파견에 대해 승정원 사람들이 말하는 걸 얼핏 들었다고만…."

"그걸 지금 보고라고 하는 건가!"

박철오와 심환지의 도착을 아뢰는 소리가 내실 밖에서 들려온 것은 그때였다.

"호판은 그동안 무얼 한 것이오!"

정순왕대비는 박철오가 자리에 앉기도 전에 호통을 쳤다.

"면목이 없사옵니다."

하지만 면목이 없다는 사람치고는 박철오의 태도가 느긋했다.

"고작 한다는 말이 그것이오? 어쩌다 이 지경까지 오게 된 건지 설명을 해보시오!"

정순왕대비가 다담상을 내리친 서슬에 찻잔이 엎어져 찻물이 박철오에게 쏟아졌다. 박철오는 찻물을 손으로 털어내며 담담히 아뢰었다.

"투서가 있던 마당에 성균관 유생 중 하나가 성상께 간언까지 올리는 바람에 감찰을 서두르신 듯하옵니다."

"어느 놈이 그런 짓을 했단 말인가?"

"진주 목사를 지낸 정재원의 아들, 약용이옵니다."

"그자라면 지난번 성상께 중용을 강의한 남인 유생이 아닙니까?"

심환지가 뜻밖이라는 표정으로 물었다.

"맞네. 바로 그 유생이네."

다시 정순왕대비의 질문이 떨어졌다.

"투서를 보낸 자는 누구요? 호판도 알고 있는 자요?"

"투서에 대해 듣자마자 대전으로 가 우리 측 내관을 닦달했습니다. 허나 알아낸 것이 없습니다. 투서를 몰래 빼내 누가 그런 짓을 했는지 밝혀보려 했지만, 성균관에서 환궁하시자마자 성상께서 태워버리셨다고 하더군요. 성균관의 일도 그러하고, 정황상 남인 쪽 누군가가 투서를 올렸을 거라고 짐작만 할 뿐입니다."

"이, 이놈들이 감히…!"

정순왕대비는 당장이라도 그자들을 색출해 갈아 마시고 싶었지만, 그보다 시급한 일이 있었다.

"당장 내포와 전주로 사람을 보내시오! 어사가 당도하기 전에 관련자들의 입을 막아야 하오!"

"그 일이라면 소신이 이미 손을 써 두었으니 염려 마시옵소서."

박철오가 느긋하게 말했다.

"손을 써두다니?"

"아무래도 느낌이 좋지 않아 모든 증좌를 말끔히 치우라는 밀서를 보내 놓았습니다."

성균관에서의 일을 박철오에게 전해준 대전의 내관이 궐로 돌아가고 난 직후였다. 박철오는 수하 중 파발에 능한 자들을 내포와 전주로 급파했다.

"현지의 그자들이 순순히 호판의 명을 따른다는 보장이 어디 있소? 증좌를 없애는 척하면서 나중에 그걸로 우리 발목을 잡으려 할지도 모르지 않소?"

불안에 떠는 김관주를 향해 박철오가 확신에 찬 목소리로 대답했다.

"절대 그럴 일은 없을 겁니다. 제가 그자들의 약점을 잡고 있으니까요."

"약점이라니? 무슨 약점 말이오?"

정순왕대비의 안면에 기대감이 슬며시 번졌다.

"삼사의 관직을 두루 거쳐 호판까지 온 소신입니다. 그쪽 지방관들이 거의 소신의 휘하를 거쳐 간 자들입니다. 그들의 비리 장부를 제가 갖고 있으니 감히 허튼 생각을 하지는 못할 것입니다."

집안 사당의 마룻바닥 밑에 숨겨놓은 비밀장부가 바로 그것이다.

"허어! 우린 그런 줄도 모르고…."

인명부 속의 사람들이 박철오와 한패라고 의심했던 김관주였다.

"그자들이 어떤 부정을 저질렀기에 그리 호언장담을 하는 것이오?"

정순왕대비의 하문에 박철오가 답했다.

"그자들이 관인을 위조하여 취한 이득이 장부에 다 적혔습니다. 우리 노론 쪽으로 자금을 올려보냈다는 얘기가 한 마디라도 새어 나오면 장부를 공개하겠노라 엄포를 놓아두었사옵니다. 사형에 처해지는 것보다는 관직을 삭탈 당하는 편이 그자들한테는 낫겠지요. 그자들 선에서 조용히 처리될 것이옵니다. 하오니 안심하시옵소서."

"그 말, 정녕 믿어도 되겠소?"

"무덤 속까지 비밀을 가져갈 겁니다. 횡령한 장본인들이 입을 다무는데 어사인들 어쩌겠습니까? 제아무리 어사라도 우리가 그 일에 개입되었다는 정황을 밝혀낼 수는 없을 것이옵니다."

박철오는 자신에 찬 목소리로 말했다.

"다행이오. 참으로 다행이오."

"그러게 말입니다. 호판이 발 빠르게 대처한 덕분에 이제 안심하게 되었습니다, 마마."

정순왕대비와 김관주는 안도하는 표정으로 가슴을 쓸어내렸다.

"……."

말없이 자신의 관복자락을 내려다보는 심환지의 안색이 낮달처럼 창백했다. 그런 그를 박철오가 곁눈질로 슬쩍 보았다. 무언가 편치 않은 눈초리였다.

● ● ●

"용서해주십쇼! 소인들이 잘못했습니다요, 나으리!"

"우린 심부름한 죄밖에 없어! 그냥 이름만 받아다 준 거라니까!"

불시에 기습해온 포졸들에게 체포되어 관헌의 옥사에 갇힌 용춘과 그의 패거리들이다.

"다 끝났다며? 용춘이, 이 자식아! 더 숨어 있겠다는데 왜 나가자고 했어, 엉? 이게 다 너 때문이야! 네놈이 책임져! 책임지라고, 이 놈아!"

땅딸한 서얼 사내가 매달리시다시피 용춘의 멱살을 움켜쥐고는 방방 뛰었다. 가뜩이나 붉으락푸르락하던 용춘의 얼굴이 험상궂게 일그러졌다.

"쌍! 이거 못 놔! 누군 이렇게 될 줄 알았냐고!"

서얼 사내를 번쩍 들어 옥사 바닥에 패대기친 용춘은 분을 삭이지 못하고 황소처럼 씩씩댔다.

암행어사가 덕산현에 출두하자 관헌은 그야말로 쑥대밭이 되었다. 수령과 아전들이 한통속이 되어 재결 문건을 위조하고 전세를 횡령한 사실이 암행어사와 수행원들의 조사 끝에 밝혀졌다. 관아의 창고는 봉쇄되었고, 관속들에게 크고 작은 협조를 한 이들과 그들의 죄상을 증언해줄 사람들이 연달아 동헌으로 불려 들어갔다. 소문을 접한 용춘과 그의 패거리들은 혼비백산하여 산속 깊이 숨어들었다.

그런데 그 소식이 있었다. 비리에 가담한 수령과 아전들이 구금되자 어사가 임금께 서계를 올리기 위해 한성부로 출발했다는 것이다. 몸을 숨기는 데 급급한 나머지 당장 먹을거리도 챙기지 못한 터라 사태가 어떻게 돌아가고 있는지 살펴도 볼 겸 몰래 저잣거리로 숨어든 용춘은 상인들이 숙덕대는 소리를 듣고 속으로 쾌재를 올렸다. 암행어사가 한양으로 올라갔다는 것은 조사할 사람은 다 조사하고 잡아들일 죄인은 다 잡아들였다는 얘기다. 깊숙이 눌러쓴 삿갓을 벗어젖힌 용춘은 곧장 패거리에게 달려가 그 소식을 알렸고 산에서 내려왔다. 그런데 기다렸다는 듯 포졸들이 육모방망이를 휘두르며 사방에서 튀어나왔다.

"누구야? 우리 있는 곳을 꼰지른 놈이 있을 것 아냐? 너냐? 엉? 네 놈이 내가 초막을 비운 사이 관아에 갔었어? 빨랑 말 못해?!"

우악스런 몸짓으로 패거리를 구석에 몰아붙인 용춘은 무자비하게 주먹질을 해대며 포악을 떨어댔다. 포졸들이 저잣거리에서부터 그를 미행했다는 사실을 까맣게 모른 채였다.

"왜, 왜 생사람을 잡고 이래⋯."

"우린 아냐. 진짜 아냐."

용춘의 돌덩이 같은 주먹에 맞아 피가 흥건해진 얼굴로 패거리들은 도리질을 쳐댔다.

그때였다.

콰당!

옥사 출입문이 거칠게 열렸다. 뒤를 이어 강단진 체격의 군관이 역졸 대여섯 명을 이끌고 뚜벅뚜벅 걸어와 명령했다.

"어사또께서 죄인들을 심문하겠다고 하시네. 죄인들을 끌어내게!"

"예!"

용춘과 패거리가 오랏줄에 칭칭 감긴 채 굴비 두릅처럼 끌려 나와 동헌 마당에 무릎이 꿇렸다.

"네놈들의 죄는 네놈들이 알렷다!"

동헌 대청에 놓인 의자에 등을 꼿꼿이 세우고 앉은 사내가 엄한 소리로 꾸짖었다. 변복하느라 입은 남루한 도포와 찢어진 삿갓을 벗고 새 관복을 말끔히 차려입은 어사다.

"죽을죄를 졌습니다, 나으리!"

"한번만 용서해주십쇼!"

"사실대로 말하면 용서해주마."

어사의 말에 서얼 패거리는 크게 고개를 끄덕였다.

"예! 있는 그대로 고하겠습니다요!"

딱딱하게 굳은 얼굴로 마당을 노려보던 어사는 회심의 미소를 지었다.

"세곡 42석을 어디에 감췄는지 고해라!"

어사는 머리를 조아리며 웅얼대는 죄인들에게 큰 소리로 명했다.

"세곡이라니요? 그게 무슨 말씀이십니까요?"

어사 앞에서 설설 기는 패거리들을 한심하다는 듯 째려보던 용춘은 난데없는 추궁에 싸한 느낌을 받았다.

"허결로 판명 난 결수가 120결이나 된다. 재결을 재결로 처리하지 않고 중간에서 착복한 것까지 합치면 자그마치 150결이나 수탈한 셈이다. 전세가 1결당 4두, 벼 1석이 10말이니 60석이나 잘못 걷혔어. 그중 18섬만 창고에서 발견됐고 나머지는 행방이 묘연하다. 형옥에 갇힌 자들을 추궁했더니 너희에게 보관을 맡겼다고 토설했다. 세곡은 지금 어디 있느냐?"

"세상에나! 아주 작정들을 했구먼!"

"아이고, 미치겠네! 저러고도 저놈들이 사람이여?"

"야이, 이 나쁜 놈들아! 어디 속일 사람이 없어서 겨우겨우 농사져서 먹고 사는 우리를 속이냐, 이놈아!"

병풍처럼 동헌 마당을 둘러선 사람들이 분통을 터트렸다. 이번에 피해를 당한 이들과 죄인들이 잡혔다는 소문을 듣고 어떤 처벌을 받는지 보러 나온 구경꾼들이다.

"내 피 같은 벼 내놔라, 이놈들아!"

한 떼의 사내들이 고함을 지르며 튀어나오더니 지근에 있던 포졸의 손에서 창검을 빼앗아들었다.

"왜들 이러시오!"

"어서 내놓으시오!"

대청 앞을 지켜선 또 다른 포졸들이 황급히 달려가 피해자들을 막아섰다.

"소인들은 모르는 일입니다! 소인들은 그저 중간에서 심부름하고 돈 몇 푼 챙긴 것밖에 없어요!"

용춘이 침을 튀기며 억울함을 호소했다.

"죄인들이 토설했는데도 시치미를 뗄 셈이냐!"

어사의 호통이 동헌 마당에 천둥처럼 울렸다.

"저, 정말입니다! 쇤네들은 세곡을 본 적도 없습니다!"

"진짭니다요! 제발 소인들 말을 믿어주십쇼!"

짓지도 않은 죄까지 덮어쓸 처지에 놓이자 서얼 패거리들은 새하얗게 질린 얼굴로 결백을 주장했다.

"그 말이 사실일 겁니다!"

마당 가장자리에 몰려선 사람들 가운데서 누군가 큰소리로 외쳤다. 사람들의 시선이 일제히 그쪽으로 향했다. 어사가 사람들을 제치고 앞으로 나서는 이존창에게 물었다.

"방금 무어라 하였는가?"

"제가 듣기로는 그 세곡들은 금괴로 바뀌어 북촌에 계신 높은 분들께 보내졌습니다."

이존창이 주저 없이 답했다.

"그대가 한 말에 책임질 수 있는가?"

묻는 어사의 낯이 창백했다. 이존창의 제보가 만일 사실로 밝혀진다면 그 파장은 엄청날 터였다.

"이곳 관헌의 이속을 통해 들은 이야기입니다. 하오니 사실 여부를 어사또께서 규찰하여주십시오."

"자네가 말한 이속이 누구인가?"

"송구하오나 이름을 말씀드릴 수는 없습니다. 당사자들이 원치 않기 때문입니다."

이존창이 조정에 투서를 올리지 못한 것은 그래서였다. 벽파에게 자금이 흘러갔다는 증언을 해달라고 이존창이 부탁하자 그에게 언질을 준 사령과 그 자리에 동석한 관졸들이 펄쩍 뛰었다. 하기야 녹봉으로 먹고사는 관원들이었다. 어떤 후환이 그들에게 닥칠지 예상하지 못할 바도 아니다. 하여 이존창은 감히 붓을 들 수 없었다. 그런 와중에 암행어사가 출두했다는 소문을 들었다. 완숙의 글방에 들렀다가 소식을 접한 이존창은 만사 제쳐두고 관아로 뛰어왔다.

"소인은 초야에 묻혀 글이나 쓰고 농사를 짓는 사람입니다. 관헌들을 조사하고 관문건을 열람하거나 양민들을 탐문할 권한을 소인은 갖고 있지 않습니다. 하오나 어사또께서는 다르십니다. 혐의자들을 능히 조사하실 수 있고, 체포할 수도, 처벌할 수도 있습니다. 하오니 현감을 위시한 관원들을 다시 심문해주십시오. 특히 마위고의 일을 보는 이속을 추궁하시길 바랍니다. 내포 일대에서 금괴가 유통된 적이 있는지도 탐문하시길 바랍니다. 관헌 창고에서 나온 벼 가마니들이 어떤 자의 집 창고로 이동했는지 알아내면 소인의 말이 허언이 아님이 밝혀질 겁니다."

"현감을 끌어내라."

끌려나온 현감이 눈알을 하얗게 뒤집어 까면서 길길이 날뛰었다. 관아의 말과 마차를 관리하는 사령들 역시 강하게 혐의를 부정했다. 그들은 창고에서 싣고 나간 벼 섬을 용춘 패거리에게 인계했다는 말만 거듭 외쳐댔다.

"아닙니다! 북촌으로 세곡이 흘러갔다는 저자의 얘기는 말짱 거짓입니다! 저자가 저놈들의 죄를 덮어주려고 거짓 제보를 하는 겁니다! 소인이 세곡을 맡긴 것은 분명 용춘이와 저 패거리입니다! 저놈들이 세곡을 금괴로 바꿨는지 어쩐지 그것까지는 모르겠습니다만, 틀림없이 저자들한테 세곡을 내어줬습니다!"

"거짓말을 하는 건 바로 저놈들입니다요!"

"저희는 마차를 넘겨받은 적이 없습니다! 하늘에 대고 맹세합니다, 나으리!"

용춘과 그의 패거리는 동헌이 떠나가라 고성을 질러댔다. 관속들이 그에 질세라 목에 핏대를 세웠다.

"받았잖아, 이놈들아! 네놈들이 마차를 끌고 가는 걸 내 눈으로 똑똑히 봤는데 웬 시치미야!"

"이거 풀어주십쇼! 저 자식의 눈깔을 확 빼서 구슬을 쳐 버릴라니까! 얼른 이거 풀어달란 말입니다요!"

당장이라도 오라를 끊어버릴 기세로 용춘은 등 뒤로 묶인 팔을 버둥거렸다.

"으음···."

어사는 꿇어앉은 죄인들을 혼란스럽게 갈마봤다. 두 편 중 하나는 분명 거짓을 고하고 있었다.

"내포 일대에 금괴를 유통하는 자들이 누가 있는지 알아보아라. 도성으로 간 금괴가 있는지도 염탐해봐라."

어사가 수행원을 불러 나직이 명했다.

● ● ●

"하오나 금괴가 벽파에게 전해졌다는 단서는 어디에서도 찾아내질 못했다고 하옵니다."

"그래서 서계에 언급조차 없었군요."

"예. 물증도 없이 심증만으로 보고할 수는 없는 노릇이니까요."

"허나 세곡이 증발했다는 점은 변함이 없다···."

"그러하옵니다."

소임을 마치고 귀환한 어사들을 복명하는 날이다. 편전에서 돌아와 어사들이 제출한 보고서를 찬찬히 검토하던 임금에게 알현을 청한 채 제공은 내포 어사로부터 따로 보고받은 내용을 아뢰었다.

"다른 어사들에게서도 비슷한 보고가 있었습니까?"

"없었사옵니다. 하오나···."

채제공은 심각한 얼굴로 보고를 이어나갔다.

"수령들이 착복한 재결이 내포보다 적지 않사옵니다. 다행히 죄인들이 순순히 자복하고 강탈한 세곡을 토해냈다고 하옵니다. 형률로 다스려 일벌백계로 삼으소서."

그 형률에 따라 용춘은 짓지도 않은 죄를 뒤집어쓰고 유배를 떠났다. 그가 세곡을 탈취했다는 증언을 뒤집을 만한 증거가 없었기 때문이다.

"항검의 방면은 어찌 되었소?"

전주부에서 돌아온 어사가 올린 서계에서 항검의 이름을 보고 이산은 깜짝 놀랐다.

"형조에서 처리 중이라고 하옵니다."

"과인이 사람을 잘못 쓴 바람에 겪지 않아도 될 고초를 겪게 했습니다. 하루빨리 가족들 품으로 돌아갈 수 있도록 하세요."

"그리 하겠나이다."

"그리고 또 하나….'"

임금은 의혹에 찬 눈길로 정순왕대비의 침전 쪽을 쏘아봤다.

"덕산에서 나온 그 제보가 사실이라면 벽파 쪽에서 무언가 꾸미는 겁니다. 번암께서 세밀하고도 은밀히 다시 조사를 해주셔야겠습니다."

"예, 전하."

채제공이 집무실을 나간 뒤 임금은 한참을 서성이다가 내시감을 불러들였다.

"부용정으로 갈 것이니라. 종부시정을 데려오라."

"예, 전하."

초겨울의 오후 해가 서산 뒤로 뉘엿뉘엿 졌다. 이산은 으스스 몸을 떨면서 누각의 처마 너머로 하늘을 올려다봤다. 흰 꽃잎을 닮은 눈송이 하나가 허공에서 춤을 추듯 하늘하늘 흔들리며 떨어져 내려오다 갑자기 바뀐 바람의 방향을 타고 부용정 안으로 날아들었다.

바스락!

낙엽이 발밑에서 부서지는 소리가 난 것은 그때였다.

"찾으셨사옵니까, 전하."

얼굴로 달려드는 눈송이를 손바닥으로 쓸어내며 부용정으로 다가서던 심환지가 황급히 예를 갖췄다.

"종부시의 일은 할 만하더냐?"

이산은 심환지를 착잡한 눈길로 응시했다.

"물론이옵니다, 전하. 소신에게 다시 일할 기회를 주신 성은이 각골난망이옵니다."

"일신의 안위보다 백성을 위하는 마음이 먼저인 신하이니 응당 복직해서 나랏일을 봐야지. 앞으로도 자네의 충정이 변함없길 바라네."

"여부가 있겠사옵니까."

"그래서 말인데…."

심환지에게 향했던 눈길을 돌려 거뭇한 연못 쪽을 바라보며 정조가 운을 뗐다.

"자네에게 묻고 싶은 것이 있네."

"하문하시옵소서."

"자네가 투서에 적었던 내포에서 수상한 소문이 들려오더군. 그쪽 수령이 관민들에게 탈취한 세곡이 금괴로 바뀌어 도성으로 흘러들었다는군. 그래서 자네를 이리 보자고 하였네. 뭔가 아는 것이 있으면 말해주게."

"…금괴에 대해선 전혀 아는 바가 없사옵니다."

머뭇대던 심환지는 거짓을 고했다. 재결로 농간을 치는 측근들의 행태를 보다 못해 투서를 어전에 올렸으나 정순왕대비가 지닌 혈판장에 제 이름이 오른 마당이다. 금괴로 바뀐 세곡이 역모 자금으로 사용될 것이란 얘기를 입 밖으로 꺼냈다가는 그 자신 반역죄를 면치 못할 터였다.

"도움이 되어 드리지 못해 망극하옵니다, 전하."

양심의 가책을 느꼈으나 심환지는 끝까지 함구했다.

"알았네. 그만 물러가게."

심환지는 도망치듯 그 자리를 벗어났다. 왕의 눈길이 꽂혀 있을 등골이 서늘했다.

벽파를 위하고 종사를 위함이다….

스스로를 설득했으나 숲길을 내달리는 심환지의 두 발이 허방을 딛는 듯 허청거렸다.

"아아…."

부용정이 저 멀리 뒤로 물러나자 심환지는 괴로운 숨을 토하며 걸음을 천천히 했다.

"전하와 무슨 얘기를 나눈 건가?"

귀에 익은 사내의 음성이 심환지의 발목을 잡아챘다. 후원 입구를 향해 터벅터벅 걸어가던 심환지가 멈칫했다. 퇴궐한 줄 알았던 박철오가 의뭉한 눈초리로 심환지를 노려보며 아름드리나무 뒤에서 불쑥 튀어나왔다.

"영, 영감…."

심환지는 말을 더듬거리며 저도 모르게 뒷걸음쳤다.

"영감께서 여긴 어인 일이십니까?"

심환지는 당혹감을 감추지 못했다.

"성상이 자네를 따로 부르셨다는 얘길 듣고 혹시나 하여 따라와 봤네. 투서 때문에 전하께서 자네를 부르신 게 아닌가 해서 말이야."

"투서라니요? 왜 그런 말씀을 제게 하십니까?"

심환지의 눈동자가 흔들리고 있다고 박철오는 생각했다.

"내가 왜 그런 말을 하는지는 자네가 더 잘 알겠지."

"무슨 말씀이신지 소신은 전혀 모르겠습니다."

시치미를 뚝 떼는 심환지가 박철오는 가소로웠다.

"요 며칠 자네가 보인 태도가 수상쩍어 대전 내관들을 은밀히 조사해봤지. 헌데 그날 대전에서 자네를 봤다는 내관이 있더군. 정말 자네가 성상께 투서를 올렸는가?"

"아닙니다!"

심환지는 단전에 힘을 꽉 주며 강하게 부정했다. 당황한 기색을 들켜서는 안 된다. 정말 자신은 모르는 일인 것처럼, 박철오가 생사람을 잡고 있다고 느낄 정도로 격하게 화를 내야 한다. 그렇게 적반하장으로 나가야 이 상황을 무사히 비켜갈 수 있다. 같은 편의 등 뒤에 비수를 꽂은 자신이 아니던가.

"누구한테 어떤 말을 듣고 이러시는지 모르겠으나 영감께서 뭔가

오해하고 계신 듯합니다.”

“그래? 허면 전하께서 방금 자네에게 투서 이야기는 왜 하셨지?”

“예?”

“나와 봐라.”

박철오가 뒤편의 나무에 대고 명했다.

“찾으셨습니까요, 영감? 헤헤….”

당나귀 귀의 내관이 간사한 웃음을 입가에 매달고 나무 밖으로 모습을 드러냈다. 새 임금이 즉위하고 한바탕 숙청의 바람이 휘몰아치자 한 내관은 지은 죄가 있는지라 궐을 도망쳐 나갔다. 산간벽지에 은거한 그를 박철오가 기어이 찾아내어 사가에 묵도록 한 것이 얼마 전이다. 거사를 앞두고 그의 뛰어난 청력이 절실히 필요했기 때문이다.

“이 사람 듣는 귀가 보통이 아닐세. 부용정에서 둘이 무슨 얘기를 나눴는지 어디 네가 들은 대로 읊어봐라.”

명이 떨어지자 한 내관은 토씨 하나 틀리지 않고 정조와 심환지의 대화를 주절댔다.

“오, 이런….”

오금에 힘이 풀리며 심환지의 몸이 비틀거렸다.

“내 자네를 얼마나 믿었는데! 내 신의를 이런 식으로 갚는단 말인가!”

박철오가 노기 띤 소리로 심환지를 꾸짖었다.

털썩!

심환지는 박철오 앞에 무릎을 꿇었다.

“…송구합니다.”

"송구하면 다신 같은 실수를 반복하지 말게. 이번 한 번은 눈감아주 겠지만 만일 또 다시 이런 일이 생기면 그땐 내가 나서서 자네를 처리 하겠네. 그러니 행동거지를 조심하게. 우리 쪽 비밀을 또 나불댔다 는 그 목이 성치 않을 것이야. 알아듣겠는가?"

서릿발 같은 음성으로 으르대면서도 박철오는 슬그머니 미소를 지 었다. 심환지의 큰 약점을 거머쥐었다는 사실이 흡족하여 박철오는 득의만면했다.

● ● ●

심환지가 박철오의 사저를 찾은 것은 그날 밤이 깊어서였다.

"잠자리에 들 시각에 어인 일인가?"

"…돌려 말하지 않겠습니다. 영감께서 한 내관을 없애주십시오."

다담상의 차가 다 식도록 침묵하던 심환지가 침울한 목소리로 용건 을 밝혔다.

"낮에 후원의 일 때문에 그러는가?"

"예. 비밀을 지켜주겠다던 대감의 약조는 제가 믿습니다. 하오나 그자까지 마음이 놓이지는 않습니다."

"내가 잘 감시하겠네."

"살아있는 입을 어찌 말입니까? 게다가 신묘한 청력을 지닌 자입니 다. 그런 자를 곁에 두면 대감께서도 위험해집니다."

"그자는 절대 날 배신하지 못해."

"사람 일은 어떤 일도 장담해서는 아니 됩니다. 대감께서 통제하는

데에도 한계가 있을 겁니다. 살자고 도망까지 쳤던 자입니다. 자기 목숨이 제일 중요한 사람은 그 목숨을 위해 배신을 주저하지 않습니다. 그 특출한 귀로 영감에게서 빼낸 정보를 누구한테 뭘 받고 어떻게 팔지 누가 알겠습니까?"

들고 보니 그랬다. 천성이 비열하고 겁까지 많은 한 내관이고 보면 어떤 유혹에 어떻게 넘어갈지 모르는 것이다. 그런 자를 이곳 사가에 묵게 하면서 가까이 지냈다. 지금도 방문에 찰싹 붙어 앉아 엿듣고 있을지 모를 한 내관을 떠올리자 가슴이 서늘했다.

"그리 두어서야 아니 되지…."

한 내관의 청력이 필요한 순간이 추후로도 발생할 테고, 그래서 그를 제거하면 아쉬운 순간이 많을 것이다. 그러나 한 내관과 심환지, 둘 중 하나를 고르라면 주저 없이 심환지를 택할 것이다. 한 내관은 언제고 화근이 될 터이지만 심환지는 곁에 두면 언제고 유용하게 써먹을 수 있는 인재였다. 무엇보다 젊고, 명민했고, 고지식했다. 그 고지식함이 이번처럼 양날의 검으로 작용하리라는 점도 모르지 않았다.

허나 내게는 저 사람을 쥐고 흔들 패가 여럿 있지.

정순왕대비가 손에 쥔 혈판장이 첫 번째 패이고, 오늘 후원의 일이 두 번째 패였다. 그리고 이제 새로운 패가 하나 더 생기려 한다.

"자네가 원하는 대로 한 내관을 없애주지. 자네 때문에 멀쩡한 목숨 하나가 저승길로 떠나게 생겼군."

"어려운 결단 내려주셔서 감사합니다."

심환지의 낯빛이 방을 들어설 때보다 한층 어두워 보였다.

"어이하여 우울한 낯빛인가?"

"영감 말마따나 저로 인해 한 생이 스러지게 생겼습니다. 어찌 좋은 기분이겠습니까?"

"큰일을 하다보면 손에 피를 묻히기도 하는 거야. 그러니 너무 자책하지 말고 앞으로 내게 잘하기나 하게. 내가 이 일을 다시 언급하는 일이 없도록 말이야. 내 뜻에 반하는 일을 다시금 저지르면 한 내관의 목숨값까지 쳐서 다 돌려받겠네."

박철오의 한 마디 한 마디가 심환지의 목에 올가미처럼 와 감겼다.

"아…."

심환지의 바짝 마른 입술 사이로 신음이 흘러나왔다. 수렁에 빠진 발을 빼내려고 몸부림을 치다가 더 깊숙이 빨려 들어가는 기분이다.

● ● ●

남녘 하늘 높이 뜬 초승달이 전답 사이로 이어진 촌로를 엷게 비췄다. 은색으로 물든 논길을 휘청휘청 걸어가는 항검의 그림자가 흡사 혼령의 그것처럼 음산하고 기괴해 보였다. 산발한 머리가 밤바람에 흩날렸지만 항검은 아랑곳없이 쉬지 않고 걸었다.

어딘지 알 길 없는 촌락들이 수도 없이 등 뒤로 물러났다. 한 치 앞조차 보이지 않는 어둔 숲길도 서슴없이 헤치고 나아갔다. 산짐승의 울음소리가 등골을 오싹하게 만들었지만 항검은 걸음을 멈추지 않았다. 제대로 먹지도 못하고 쪽잠으로 버티면서 오로지 고향을 바라보며 걷고 또 걸어온 길이다. 정신이 자주 아득해지고, 셀 수 없이 허방을 디뎠다. 제가 가는 길이 현실의 것인지 꿈속의 것인지 분간조차 어려웠다. 주저앉고 싶을 때마다 사랑하는 사람을 떠올리며 항검은 기를 쓰고 발을 놀렸다. 저만치 아른대는 불빛을 발견했을 때는 탈진하기 직전이었다.

드디어 돌아왔다!

아, 얼마나 그리던 곳인가….

가족들의 얼굴이 주마등처럼 지나갔다. 유배를 떠나던 날, 아버지는 익검의 부축을 받으며 옥사를 찾아와 눈물을 흘렸다. 어린 중철을 품에 안고 성문 밖에서 장맞이를 했던 아내는 끝내 울음을 터트렸다. 그런 아내가 둘째를 출산했다는 소식을 익검의 편지로 들었다.

"아니?"

대문을 건너다보던 항검은 가슴이 덜컥 내려앉았다. 기중^{忌中}이라니?

단숨에 대문 안으로 뛰어든 항검은 문상객들 사이를 분주하게 오가는 마름을 붙잡고 떨리는 소리로 물었다.

"이, 이게 어찌 된 일인가?"

마름이 상전의 얼굴을 알아보고 소스라치게 놀랐다.

"시방 오시믄 워쩐대요! 서방님 땀세 나으리께서 눈도 못 감고 운명하셨당께요!"

"아… 아버님…."

항검은 부친의 영정을 망연히 건너다보았다.

버선발로 내려온 관검은 항검을 붙잡고 흐느껴 울었다.

울음을 앞세워 비척비척 정침에 올라선 항검은 영정 앞에 무릎을 꿇고 앉았다.

"으흐흑! 아버님…!"

인자한 미소로 바라보는 영정을 차마 마주 보지 못하고 항검은 통곡을 쏟아냈다.

"이럴 줄 알았으면… 이리 가실 줄 알았더라면… 그리 고집을 부리는 게 아니었는데…. 으흑! 내가… 내가 이리 만들었다…. 그깟 땅이 뭐라고…."

● ● ●

항검에게 닥친 불행을 짐작도 못한 채 이벽은 도성거리를 절뚝거리며 밟아갔다. 이벽이 수표동에 당도한 때는 땅거미가 질 무렵이다.

"헉! 저분은…?"

대문 기둥에 걸린 괘등을 내려 심지에 불을 붙이던 청지기가 마당 저편에서 걸어오는 이벽을 발견하고는 안에다 대고 외쳐댔다.

"빨리들 나와 보게! 마님이시네! 주인어른께서 무사히 돌아오셨네!"

"뭐? 누가 오셨다고?"

저녁 준비로 분주하던 가솔들이 하던 일을 멈추고 득달같이 달려와 이벽을 빙 에워쌌지만, 이내 코를 움켜쥐었다.

"아이고, 나으리! 이게 다 무슨 일입니까요?"

영락없는 거지 행색에서 풍기는 구린내로 숨을 쉬기 어려울 지경이다.

"내 꼴이 좀 심하지? 허허."

이벽이 머쓱하게 웃는데, 눈물을 그렁그렁 매단 유화당 권씨가 앞으로 나오더니 고개를 떨궜다.

"그렇지않아도 난감하던 참이었습니다. 어제 포천에서 아버님이 올라오셨어요. 흑!"

권씨가 그예 참았던 울음을 터트렸다. 아내가 우는 이유를 묻지 않아도 알 것 같았다.

"걱정하지 마시오. 내가 왔잖소."

아내를 안채로 들여보낸 이벽은 사랑채로 무거운 걸음을 옮겼다.

"그간 강녕하셨습니까, 아버님?"

괴나리봇짐을 내려 바닥에 놓은 이벽은 아버지에게 절을 올렸다. 이부만은 아들의 거지 몰골을 한심하다는 눈길로 쏘아보았다.

"어미 대신 후사를 이어줄 처자를 첩실로 들일 것이니 그리 알고 채비하거라."

"느닷없이 무슨 말씀인지?"

"너희가 혼인한 지 3년이 넘었는데도 여태 아이 소식이 없으니 하는 말이다. 석녀가 아니고서야 그럴 순 없지 않으냐?"

"석녀라니요? 하늘을 봐야 별을 따지요. 소자가 너무 오래 집을 비운 탓입니다. 곧 좋은 소식을 드릴 테니 첩실 말씀만은 거둬 주십시오."

"고집부려봤자 소용없어! 내 결정은 변함이 없다."

"아버님!"

"해주 정씨 가문에 괜찮은 처자가 있다 하여 매파를 보냈다. 그 댁에서도 허락했으니, 택일만 하면 바로 데려올 것이야."

"소자는 싫습니다!"

"네놈 의사 따윈 필요 없어."

"아버님!"

"자고로 자식이 있어야 가장이 마음을 잡는 법."

"소용없는 일입니다. 지금 하는 일을 반드시 끝내야 합니다. 그러니 곧 떠날 것… 헉! 아버님."

이부만은 아들의 봇짐을 낚아채서는 풀어헤쳐 안에 든 물건을 와르르 쏟아냈다. 《천주실의》와 단검이 옷가지와 섞여 바닥에 널브러졌다. 이부만이 《천주실의》와 단검을 집어 아들 앞으로 툭 던졌다.

"그어라."

"예?"

"그 요망한 책을 단검으로 난도질을 하란 말이다. 그러면 첩실 얘긴 다신 꺼내지 않으마."

《천주실의》와 단검을 재빨리 품에 챙겨 넣은 이벽은 탄식하듯 말했다.

"제발 그만두십시오. 소자한테 대체 왜 이러십니까?"

"그러는 너는 언제까지 이 아비 속을 긁을 셈이냐?"

"소자에게 서학을 허락하신 건 아버님이십니다."

"오냐. 그랬다. 하지만 말미로 약속한 일 년이 지난 지가 언젠데 아직도 정신을 못 차리는 게야!"

"이제는 멈출 수 없는 소자의 길이라고 말씀드리질 않았습니까?"

"나는 그리 생각지 않는다. 그만큼 했으면 됐어. 듣자니 이 참판 댁 승훈이도 마음을 접었다고 들었다. 그 아이도 하는 걸 너라고 왜 못해?"

이벽은 도무지 부친의 말이 믿기지 않았다.

"네 매형의 누이동생과 승훈이 혼인한 사이라고 들었다. 네가 종적을 감추자 네 매형이 걱정되었는지 승훈을 찾아간 모양이더라. 듣자니 그 아이가 천주교 대신 수학에 관심을 두기 시작했어. 이 참판이 그 아이를 기특하게 여겨 북경으로 데리고 갈 만도 하지."

"북경엘 간다고요?"

이벽의 심장이 미친 듯이 뛰기 시작했다.

"이 참판이 서장관에 제수되었다. 동지사가 되어 북경으로 떠날 때 승훈이도 데려갈 거라고 들었다. 네 매형한테 직접 들은 얘기니 틀림이…."

이벽은 부친의 말을 듣다 말고 벌떡 일어섰다.

"또 어딜 가려는 게냐?!"

"죄송합니다, 아버님! 소자, 급히 다녀올 곳이 있습니다!"

이벽은 벌컥 문을 열어젖히고 밖으로 튀어나갔다.

"이리 와 앉지 못하겠느냐! 벽아! 벽아!"

이벽은 소의문 밖에 있는 반석동을 향해 질풍처럼 내달았다.

"이보게들!"

이벽은 짐을 부리던 종복들을 붙잡고 가쁜 숨을 몰아쉬며 물었다.

"나는 만천의 문우일세. 지금 안에 계신가?"

그때였다.

"광암!"

바깥마당의 사정을 살피려고 마침 대문을 나오던 승훈이 반가운 표정이 되어 한달음에 달려왔다.

"자네, 무사했구먼!"

승훈은 죽은 사람이 살아 돌아온 듯 기뻐하며 벽을 와락 끌어안았다.

"지금껏 어디 있었나? 어디서 뭘 하며 지내….'

승훈의 말을 벽이 중간에 잘랐다.

"내가 묻는 말에 대답부터 해보게. 영존을 모시고 북경에 간다고 들었네. 사실인가?"

"응, 그렇다네."

"감사합니다! 정말 감사합니다!"

기쁜 목소리로 외치며 밤하늘을 우러르는 벽의 눈동자에 반짝이는 별인 양 눈물이 차올랐다.

"북경엔 내가 가는데 자네가 왜 이리 좋아하는가?"

"그럴 이유가 있지. 들어가서 얘기하세."

벽은 비로소 마음이 느긋해지는 것을 느꼈다.

● ● ●

"천진암에서는 언제 내려온 거야?"

"여름이었으니까 벌써 넉 달 되었군.'

천진암을 찾아온 웬 사내가 이벽이 묵는 요사채 방문을 두드리더니 의문의 서찰을 건넸다. 봉투를 연 순간 서찰의 주인이 누구인지 벽은 단박에 알아챘다. 스승 권철신의 서체가 분명했다. 그런데 편지를 가져온 사내에게 인상착의를 물어보니, 보낸 이가 아무래도 홍낙민인 성싶었다.

"거참, 이상하군. 편지를 쓴 사람은 스승님이신데 전달은 왜 홍형이…."

"나도 서찰을 읽기 전까진 이해가 안 됐어."

"서찰에 뭐라고 씌었는가?"

"홍유한 선생에게는 말해두었으니 배나무실로 찾아가 보라고…."

"아, 맞다! 홍형이 그분의 집안 조카였지!"

"스승님께서 홍형을 그분께 보내 나를 만나줬으면 한다고 부탁드린 게 분명해."

벽은 감사의 눈길로 양근 쪽을 바라보았다.

"교리 모임을 폐한 건 스승님이셨잖아."

고개를 갸웃하는 승훈에게 벽이 말했다.

"어명도 있는 데다가 자네들의 앞날을 생각해서 교리연구회를 해산시키기는 했지만, 스승님도 못내 아쉬웠던 거겠지. 그래서 이런 서찰을 보내신 게 아니겠는가? 차마 전면에 나서지는 못하지만, 천주교를 이 나라에 전파하려는 내 의지까지 꺾고 싶지는 않으셨던 거야."

주어사에서 이벽에게 한 약조를 끝내 지키지 못한 데 대한 미안함도 작용했을 터였다. 벽은 대감마을이 있는 쪽을 향해 감사의 큰절을 올렸다. 스승의 서찰은 길고 어두운 동굴을 비추는 한 줄기 빛이었다.

그도 그럴 것이, 벽은 지난 수년 동안 책장이 닳도록 교리서를 읽고 또 읽었지만, 천주교회 안에서 행해지는 성사를 온전히 파악할 수 없었다. 칠성사는 어떻게 지켜야 하는지, 미사는 어떤 식으로 보는지,

그 미사에서 어떤 기도문이 쓰이고, 세례는 어떻게 받아야 하는지 등을 좀처럼 알 수 없었다. 이벽의 천주교 공부는 미사 전례의식에서 막힌 채 한 발도 나아가지 못했다. 그런데 그 사실을 어떻게 알았는지 스승이 서찰을 보내왔다.

"지금 생각해도 스승님이 그때 내 상태를 어떻게 아셨는지 진짜 신기해. 천진암 스님들한테도 비밀로 하고 교리 공부를 해왔거든."

"자네의 천진암 생활이 길어지니까 스승님 특유의 직감이 발동했는지도 모르지."

벽이 고개를 끄덕거렸다.

"그래. 맞아. 스승님이라면 그러시고도 남지."

홍유한이 사는 순흥부까지 내쳐 가려면 말이 필요했다. 말 빌릴 돈을 천진암 스님에게 신세지기는 싫었다. 벽은 아내의 도움으로 말을 빌려 순흥부로 내달렸다. 벽을 맞은 홍유한은 낙민에게 얘기를 들었다면서 자신이 어떤 방식으로 수계생활을 해왔는지 상세하게 설명했다. 덕분에 벽은 몇 개의 기도문과 축일을 알았지만, 원하는 정보에는 한참 모자랐다.

"돌아 나오는 발길은 허탈했지만, 기분은 좋았다네. 스승님께서 여전히 천주교를 마음에 두고 계시고, 내 공부가 중단되는 걸 원치 않으신다는 걸 확인했으니 말일세. 그 자체만으로도 내게는 큰 힘이 되었다네."

"스승님이 그런 생각을 하고 계신 줄도 모르고 나는 천주교와는 담을 쌓고 지냈네."

이승훈은 쓸쓸한 표정으로 입안에 술을 털어 넣었다.

"덕분에 자네와 사돈들이 입격하지 않았나. 스승님께서도 성상께 면이 섰을 거야."

"그럴지도 모르지. 허나 나한테는 허송세월이었어."

힘없이 웃어 보인 이승훈은 내내 궁금했던 바를 물었다.

"그나저나 자네 행색은 어찌 이런가? 천진암에서 나와서 계속 떠돌았던 거야?"

"스승님께서 마음속으로 나를 지지하고 계신다는 걸 안 이상 가만히 있을 수가 없었네. 어떡해서든 내가 찾는 책들을 구해서 천주교회의 기틀을 마련하고 싶었어."

이벽은 홍유한의 집을 나와 국경 인근으로 향했다. 북경에 들어가 서양인 신부들을 만나 도움을 요청하기 위해서였다. 그러나 안타깝게도 그의 시도는 번번이 무위로 돌아갔다. 조선의 국경을 통과해 청나라로 들어가려면 여행허가증인 호조를 제시해야 했다. 호조는 북경으로 떠나는 사신들과 그들을 수행하는 역관, 지방 관아의 무역별장이나 조정의 허락을 받고 사무역을 행하는 사상인에게나 발급될 뿐이어서 구하기가 어려웠다. 결국, 이벽은 밀입국을 감행했다. 하지만 워낙 경비가 삼엄한지라 밀선을 섭외해놓고 배에 올라보지도 못한 채 매번 발길을 되돌려야 했다. 이존창이 여사울에서부터 벼 섬을 싣고 양근으로 찾아가 재결 문제를 논의하던 당시에도 이벽은 국경 주변을 얼쩡거리며 강 건너 중국 땅만 하염없이 바라보았다.

"하지만 자네는 달라. 동지사행과 함께 북경으로 가는 것이니 호조를 발급받을 수 있을 걸세."

"그거야 그렇지."

"그래서 이리 급히 달려왔다네."

벽은 절박한 눈길로 승훈을 보았다. 승훈이 안주를 집다 말고 내려놓았다.

"내게 원하는 게 있군. 뭔지 말해보게."

"북경에는 서양인 선교사들이 주재하고 계신 성전이 네 군데 있네. 동당과 서당, 남당과 북당이지. 이 중에 북천주당을 들러주었으면 하네."

"북천주당? 나도 거길 가보려고 북경행을 결심한 건데…."

제 속을 읽은 듯한 말을 벽이 꺼내놓자 승훈이 놀란 표정을 지었다.

"정말인가?"

촛불의 그림자로 그늘져 있던 벽의 마른 얼굴이 햇살이 비친 것처럼 환하게 밝아졌다.

"듣자니 북당에는 서양에서 들어온 수학자들이 여럿 계신대. 천문학에 정통한 분들도 있고. 하여 아버님을 졸랐지. 북당에 가보고 싶다고."

프랑스 선교사들이 북당에 자리를 잡은 뒤로는 북당이 남당을 제치고 서양 학문의 중심지로 자리 잡았다.

"나도 북당 분들한테 수학과 천문학을 배워보려 하네."

승훈의 손을 벽이 덥석 잡았다.

"그래. 잘 생각했네. 간 김에 내가 말하는 서책도 구해다 주게."

이승훈은 흔쾌히 수락했다.

"어떤 책이 필요한가?"

"구약과 신약이 모두 담긴 온전한 성경이 조선엔 아직 없네. 그런 한자 성경이 있으면 좋겠어."

"알겠네."

"미사를 볼 때 필요한 걸 신부님께 여쭤보고 챙겨오게."

"어렵잖은 일이네. 다른 청은 없는가?"

"한 가지 청이 더 있긴 한데…. 다른 일에 비할 바 없이 중요한 일일세. 자네가 꼭 해줬으면 하는 일이기도 해."

승훈은 궁금증이 가득한 눈으로 벽을 쳐다봤다.

● ● ●

그즈음, 박철오는 정순왕대비를 독대했다.

"소신이 꼭 해줘야 할 일이라니요?"

"귀를 좀…."

정순왕대비는 은밀하게 속삭였다.

"사도세자한테 썼던 비약을 북경에서 구해오시오."

박철오는 심장이 덜컥 내려앉았다.

"마마! 설마 원자아기씨에게 그 비약을…?!"

"왜 아니겠소."

정순왕대비의 입가에 살기 어린 미소가 번졌다.

"아니 되옵니다, 마마! 그것만은…."

"어허, 이리 소심해서야 원."

고집을 꺾지 않는 정순왕대비가 박철오는 불안했다.

"재결을 건드려 놓은 탓에 주상께서 몹시 예민해 계시옵니다. 지금은 몸을 낮추고 때를 기다리심이…."

"호판의 말마따나 이번 재결 문제로 주상의 마음이 남인들 쪽으로 잔뜩 기울었소."

심환지가 투서의 장본인이라는 사실을 알 리 없는 정순왕대비는 두려움이 묻어나는 목소리로 말을 이었다.

"두고 보시오. 필시 주상은 더 많은 남인을 요직에 앉힐 것이오. 남인 놈들과 한 편이 되어 세자 책봉을 앞당기려 하겠지. 그리되면 우리는 끝이오. 마냥 기다릴 시간이 없어요."

박철오도 모르지 않았다. 그러나 독살이라니…. 일이 틀어지는 날에는 그야말로 모든 것이 끝이었다. 세자 책봉을 방해하는 일과는 차원이 다른 역모다.

"큰일에는 위험이 따르는 법이잖소?"

"하오나…."

"어쩌면 마지막 기회일지 모르오. 허니 내 뜻에 따르시오. 내게 비약을 만들어준 이에게 사람을 보내 만나보시오."

정순왕대비는 문갑에서 작은 궤 하나를 꺼냈다.

"그자에게 건넬 밀서와 비약을 사들일 자금이오. 전보다 곱절을 넣었으니 북경 쪽 의원도 거절하지 못할 것이오. 호판은 나를 믿고 청국으로 들어갈 방도를 찾아보시오."

상자를 받아들던 박철오가 흠칫 놀랐다.

"몰래 국경을 넘으란 말씀이시옵니까?"

"설마 내가 그 정도로 생각이 없겠소? 적법하게 통행증을 받아 들어가시오."

"어찌 말이옵니까?"

"곧 동지사가 북경으로 출발하질 않소. 그들 중에 호판이 믿을 만한 사람이 있는지 찾아보고, 없다면 어떻게든 구슬려서 우리 편으로 만드시오."

"……."

박철오는 착잡하여 대꾸할 말을 잃었다.

"호판도 알다시피 금상이 즉위하면서 내 측근을 모조리 처단해버렸소. 사도세자와 관련한 모두를 말이오. 이제 내겐 호판뿐인데 설령 일이 틀어진들 호판이 다치도록 놔두겠소? 이 일을 성사시키면 그다음은 내가 알아서 하리다."

"그리 약조를 하신다면…."

비로소 박철오의 표정이 풀렸다.

"누가 또 이 계획을 알고 있사옵니까?"

"호판 말고는 아무에게도 말하지 않았소."

"잘하셨사옵니다. 앞으로도 그리하셔야 하옵니다."

"물론이오. 호판도 일에 뒤를 남겨서는 안 될 것이오."

"물론이옵니다."

최초의 영세자

의주는 청국을 왕래하는 조선 사신들에게 중요한 도시다. 의주에 면한 압록강을 건너 요동의 책문을 통과하는 길이 북경으로 가는 지름길이기 때문이다. 2천여 리 길을 밟아 북경에 도착한 사신단은 달포 가량을 중국에 머물며 일을 보고는 귀국했다. 이승훈이 속한 동지사행도 다르지 않다.

지난해 11월 하순에 조선을 떠난 동지사행이 장장 5개월여의 사행을 마치고 압록강을 건넜다. 일행이 책문에 다다랐다는 소식이 전해지자 의주부는 연복마를 준비시켰다. 중국 황실의 답례품이 조공보다 양이 많아 기존의 우마에 실을 수 없으면 사신단은 청국의 마차를 빌려 책문까지 운반한 뒤 노임을 줘서 돌려보내고, 책문에 미리 와 대기하던 조선의 연복마에 짐을 옮겨 싣고서 의주로 돌아왔다.

동지사행이 책문에 도착할 즈음에 맞춰 의주를 떠나는 한 떼의 사람들이 있었다. 요동의 차호들과 거래할 물목을 준비해온 의주의 만상이다. 그들이 소지한 물품을 낱낱이 검문하기 위해 새벽 일찍 압록 강변 모래에 깃발 세 개가 박혔다. 금수품의 밀거래를 적발하기 위한 수검소다. 수검소는 **오늘날의** 세관으로, 세 번의 관문을 통과해야만 책문으로 가는 배에 오를 수 있다. 관원들과 군사들을 이끌고 새벽부터 수검소에 나와 있던 의주 부윤은 상인들의 사추리까지 샅샅이 살피라고 **명했다.** 검문을 무사히 통과한 만상은 온갖 물품을 바리바리 싣고 의주 나루를 떠났다. 청국과의 사무역을 만상만 허락받았다 하여 만상후시라는 뒷장이 책문에서 열렸다.

"저것 좀 보세요, 형님. 벌써 진을 치고 있네요."

이십 대 중반으로 보이는 창의 차림의 청년이 의주 나루를 향해 부지런히 가다 말고 길가 한쪽에 난 공터를 못마땅하게 흘겨보았다. 개성의 송상과 평양의 유상이 모닥불을 지펴놓고 삼삼오오 몰려서서 하품을 해대고 있었다. 기다림에 지친 얼굴을 포구 쪽으로 자주 돌려대는 사상인들의 뒤쪽으로 그들이 끌고 온 우마차가 보였다. 북경으로 떠난 동지사행과 책문으로 무역을 나간 만상이 조선으로 복귀하는 날이다.

"저들도 먹고살려면 별수 없잖니."

창의에 갓을 쓴 삼십 초반의 사내가 사람 좋은 표정으로 빙긋 웃었다. 셋째 아우 김이우를 데리고 아버지를 마중 나온 중인 김범우다.

"형님은 참 속도 편하십니다. 우리 역관들이 저자들 때문에 어떤 손해를 당하고 사는데 저들 편을 드십니까!"

이우가 투덜댈 만도 했다. 조정에서 만상에 만포를 허용하는 바람에 역관들의 불만이 여간 큰 게 아니다.

"편을 드는 게 아니라 그냥 그렇다는 말이다. 나라에서 하는 일이 못마땅한 건 나 역시 마찬가지야. 풀어주려면 똑같이 풀어주든가, 대체 어쩌자고 그런 차별을 두는지 모르겠다. 역관한테만 팔포를 허락한 건 진짜 말도 안 되는 처사야."

팔포는 중국에 파견되는 사신과 수행원들이 개인의 노자나 무역자금으로 소지할 수 있도록 나라에서 허락한 인삼이나 은의 양이다. 1포가 인삼 10근이니, 팔포는 80근의 인삼이다. 즉, 사신단을 수행하는 역관들은 나라에서 공인한 80근의 인삼만 지니고 중국으로 들어가 사무역에 필요한 물건을 구매해 조선으로 반입할 수 있다. 그 인삼의 휴대가 숙종 대에 와서 금지되고 은으로 대체되었다. 팔포정액이 그것으로, 당하관은 2천 냥 어치의 은을, 당상관은 3천 냥 어치의 은을 지니고 국경을 넘을 수 있었다. 따라서 역관은 2천 냥 어치의 은 소지가 가능했다. 인삼의 시가에 따라 은화의 액수가 변동이 있기는 했으나 팔포로 한정한 점은 영·정조대에 이르러서도 변하지 않았다.

"다 만상 놈들 때문이라고요. 그놈들이 비열하게 밀무역을 해대고, 그 물건을 저자들이 신이 나서 사들이는 바람에 우리 역관들까지 피해를 보게 된 거라고요."

이우의 지적대로였다. 역관들이 청국에서 들여온 물건은 돈푼깨나 있는 사람들 사이에서 꽤 인기가 좋았고, 비싼 값에 팔려나가고는 했다. 그러자 사무역이 금지된 사상인들이 국법을 어기고 국경을 넘어 밀무역을 시도했다. 의주의 만상이 그들이었다. 사행이 책문으로 들어갈 때 짐을 싣고 들어가는 행렬에 몰래 끼어 국경을 넘은 그들은 사사로이 교역을 감행하거나 연복마가 입책할 때도 갖은 수를 동원하여 밀입국을 시도했다.

"사상인들 탓만 할 것 없다. 우리 역관들 잘못도 커. 사행을 떠나는 역관들이 만상하고 결탁만 안 했어도 일이 이 지경까지는 오지 않았을 거다. 다 자업자득이야."

"물건을 사 오려 해도 돈이 없는데 어찌합니까? 하늘이 준 기회를 그냥 날려버릴 순 없으니까 울며 겨자 먹기로 상인들과 손을 잡는 거지요."

이우가 발끈하는 것도 무리는 아니었다. 외교의 실질적인 업무를 수행하는데도 수행 역관에게 지급되는 노임은 형편없었다. 사정이 이렇다 보니 청국으로 들여갈 짐을 운반할 말이나 그 말을 끌고 갈 마부, 잔심부름하는 노자 등을 고용하는 비용을 스스로 마련하지 못해 쩔쩔매고는 했다. 팔포는 쌀 1천여 석에 해당하는 거금이다. 이 정도 거금을 동원할 재력가가 흔치 않았다. 그래서 역관들은 불법인 줄 알면서도 만상이 제안해오는 뒷거래를 거절하지 못했다. 만상을 단속하고 관리해야 하는 정부의 감독관들조차 암암리에 밀입국이 자행된다는 것을 알면서도 규제하지 않았다. 수검소를 통과할 때 상인들에게서 걷는 세금이 큰 수입원인 탓이다. 이러한 불법을 거쳐 책문후시에 은이 유입되었고, 그 액수가 십만 냥에 육박했다. 만상과의 뒷거래를 통해 한밑천 두둑이 챙긴 역관은 도성에서도 손꼽히는 거부가 되었다.

만상의 불법과 병폐가 계속되자 영조는 결국 책문 무역을 허용하기에 이르렀다. 조선에서 생산되는 물품을 국외로 반출하되, 국내로 들여오는 물화의 양을 1만 냥까지는 승인하겠다는 만포제가 바로 그것이다. 대신 역관에게 허용된 금과 인삼을 만상은 소지할 수 없도록 법으로 막았다. 역관을 보호하기 위해서였다.

정부의 조치에도 불구하고 역관들의 피해는 막심했다. 합법적으로 사무역이 가능해지자 만상은 자금을 죄 끌어모아 중국의 귀한 물화를 사들였다. 사무역의 기회를 얻지 못한 송상이나 유상은 책문으로 들어간 만상이 열흘간의 후시를 마치고 의주로 돌아오기를 목을 빼고 기다렸다. 만상이 중국에서 들여온 비단과 당목, 희귀한 보석과 약재는 압록강을 건너기 무섭게 송상과 유상에게 웃돈이 붙어 불티나게 팔려나갔다. 그리고 자신들이 사들인 가격에 몇 곱절을 더 붙여 보부상에게 되팔았다. 값이 뛴 물화가 보부상을 통해 전국 도시의 장터와 지방의 향시로 날개 돋친 듯 팔려나갔다. 산골 깊은 곳에 사는 이들마저 청국 물건을 손에 넣을 수 있을 정도였다. 전국적인 판로를 확보하지 못한 데다 팔포정액 규제에 가로막힌 역관들은 손해를 볼 수밖에 없는 구조였다. 김이우를 비롯한 역관들은 만상과 사상인들을 눈엣가시로 여겼고, 조정에 대한 역관들의 원성이 날로 심해졌다.

"우리 쪽에서 계속 조정에 탄원을 넣고 있다고 하니 성상께서도 우리가 겪는 고충을 알고 계실 게야. 조만간 무슨 대책이 나오겠지."

범우는 애써 이우를 달랬다.

"대책은 무슨 얼어 죽을 대책이요? 형님도 들었잖아요. 만상이 조정 대신들한테까지 줄을 대고 있어요. 그자들한테 뒷돈을 받아 챙기는 고관대작이 한둘이 아니라는데 만포가 쉬이 없어지겠어요? 제아무리 전하라 해도 작당하고 해 먹는 놈들을 막는 건 역부족이에요."

"그렇긴 하다만, 믿을 데라곤 성상뿐이잖니. 불쌍한 아이들을 구제하는 법을 반포하신 걸 보면 측은지심을 지닌 분이야."

임금이 지난해에 반포한 자휼전칙은 걸식아동을 구제할 방안을 제시한 책으로, 칙령이기도 했다. 극심한 흉년으로 걸식으로 연명하는 이들이 급증하고, 심지어는 부모가 어린 자식들을 버리는 일까지 속출했다.

이우는 코웃음을 쳤다.

"설령 성상께서 만포 문제를 해결하신다 쳐도 근본적인 문제는 어찌하시지 못할 겁니다."

"근본적인 문제라니?"

"몰라서 물으세요? 잡과에 합격했을 때 우리 중인이 받는 백패에 어떤 직인이 찍히는지 형님도 아시잖아요. 국보가 아니라 예조인이에요. 제아무리 능력이 출중해도 중인이라는 이유로 차별하고 멸시하잖아요."

범우는 길게 한숨을 뽑으며 도도하게 흐르는 압록강을 바라보았다. 물비늘 이는 봄날의 압록강은 눈부셨다.

"후유…."

범우는 빙글 몸을 돌려 고갯길을 되밟아 올라갔다. 이우가 어리둥절한 표정으로 물었다.

"어디 가세요?"

"갈증이 이는구나. 탁주나 한 사발 하자."

"그러고 보니 나도 목이 마르네. 배가 언제 들어올지 모르니까 한 잔씩만 해요."

"그러자꾸나."

범우는 탁주를 한 사발 단숨에 들이켰지만, 가슴에 들어찬 답답증은 가시질 않고 취기만 올랐다.

"끄응."

주막 한편에 놓인 함지박의 살얼음을 깨고 물을 한 바가지 퍼내 세안을 하니 기분이 좀 개운했다. 그때 망루에서 나발이 길게 울렸다. 상인들이 일제히 소리 나는 쪽으로 머리를 돌렸다.

"형님! 얼른 오세요!"

세안을 하다말고 범우는 벌떡 일어났다. 마당을 바람처럼 가로지른 그는 봇짐을 날쌔게 챙겨 포구로 뛰었다.

둥! 둥! 두웅――!

힘찬 북소리를 앞세운 50척 규모의 관선이 당당한 위용을 자랑하며 느릿느릿 포구에 정박했다.

연행을 떠난 사신단이 뜸으로 지붕을 올린 정자각 안에서 의관을 정제하는 가운데 악단이 풍악을 울렸다.

김범우 형제는 의주부에서 막아놓은 금문 안으로 들어가지 못하고 둔덕에 서서 열심히 사신단을 살폈다. 상통사에 오른 부친이 난생처음 연경사행을 수행해 북경으로 떠난 터였다.

"아버님이 왜 안 보이시지?"

"저기 계시잖아요!"

아버지는 부담이 실린 짐말을 이끌고 이제 막 수검소를 빠져나왔다.

"아버님!"

형제가 부친에게 달려가 꾸벅 인사를 올렸다.

"마침 나와 있었구나. 헌데 너는 꼴이 그게 뭐냐?"

몇 달 만에 상봉한 아들들을 반가운 얼굴로 갈마보던 부친이 범우에게 타박을 놓았다. 범우는 아차, 싶었다. 주막에서 세안하느라 갓을 벗어놓고는 깜박 잊었다.

"거래에 나선 사람은 파는 물건만큼이나 차림새가 중요하다는 걸 모르느냐?"

"죄송합니다, 아버님. 가서 갓을 찾아 쓰고 오겠습니다."

"제아무리 값진 물건을 가져도 행색이 초라하면 일단 깔보기부터 하는 게 장사치들이야. 어서 다녀와."

김범우의 부친은 사신단 수행 통보를 받은 즉시 의주의 거부와 모종의 거래를 했다. 북경에서 사들인 물화를 자신에게 통째로 넘겨주면 값을 잘 쳐주겠다는 제안이 들어온 것이다. 셈속이 빠르고 언변이 좋은 셋째아들 이우를 이곳까지 불러올린 이유이기도 했다.

주막에서 갓을 찾아 쓴 범우가 사립을 막 지나쳤을 때였다.

"으악!"

난데없는 비명이 주막거리의 적막을 날카롭게 찢어놓았다. 범우는 소스라쳐 그 자리에 멈춰 섰다. 웅성거리던 주막 사람들이 비명이 새어 나온 골목을 들여다보고서는 사색이 되어 주막 안으로 도망치듯 뛰어들어갔다. 놀란 김범우가 이내 고개를 갸우뚱거렸다.

'왜들 그러지?'

호기심이 문제였다. 슬쩍 고개를 돌려 골목 안쪽을 들여다본 범우는 그 자리에 얼어붙었다. 골목의 막다른 곳에서 복면 검객들이 역관인 듯한 사내를 난도질했다.

"사, 살려주십쇼!"

맨 먼저 수검소를 빠져나온 역관이 나루를 혼자 벗어났다가 봉변을 당한 것으로 보였다. 괴이한 점은 사내 주변에 아무렇게나 널브러진 부담이었다. 부담 안에 감춰진 뭔가를 뒤진 흔적이 역력했다.

"안 돼!"

막혔던 소리가 입 밖으로 터져 나왔다. 역관의 가슴에 자객의 단검이 꽂혔다.

휙!

돌아보는 자객과 눈이 마주치자 범우는 심장이 철렁 내려앉았다. 복면 자객의 눈빛이 살기로 번뜩였다.

"처리해."

부담 안에서 약재 꾸러미를 찾아 든 또 다른 자객이 차갑게 명령했다.

"예."

역관의 가슴에서 단검을 뽑아 든 자객이 범우를 향했다.

'빨리 달아나! 어떡하든 도망치란 말이다!'

범우는 마음속으로 외쳤지만, 두 발이 땅에 못박인 듯 꼼짝도 하지 않았다. 그러는 사이, 자객이 번개처럼 휘달려오며 단검을 그었다.

"사, 사람 살려!"

눈앞으로 날아드는 칼날에 질끈 눈을 지려 감으며 범우는 있는 힘껏 소리쳤다. 어디서 나타났는지 키 큰 사내가 맹호처럼 몸을 날려 범우를 끌어안고 굴렀다.

"웬 놈이냐?"

간발의 차로 허공을 그은 자객이 칼끝을 남자에게 겨누며 눈알을 부라렸다.

"그건 내가 묻고 싶은 말이다! 대체 네놈들은 누구냐?"

사내가 느긋하게 자객을 노려보며 물었다. 연경으로 떠난 이승훈이 귀국하는 날인지라 한시라도 빨리 보고 싶은 마음에 의주로 달려온 이벽이다. 막 객주거리를 지나려던 참에 누군가가 내지른 비명을 듣고 방향을 틀어 골목으로 뛰어든 참이다.

"풍기는 살기로 보아 좀도둑은 아닌 것 같고…. 누구의 사주를 받은 살수들이냐?"

"네 놈이 알 바 아니다!"

약재 꾸러미를 갈무리한 자객이 차갑게 대꾸하고는 명했다.

"예서 꾸물거릴 시간이 없다! 단칼에 베어 버려라!"

자객이 벽을 향해 짓쳐 들었다. 날아드는 칼날을 상체를 반으로 접어 피한 벽은 다시금 달려드는 자객의 인중에 주먹을 꽂았다. 자객이 얼굴을 감싸 쥔 채 비틀거렸다. 사태를 주시하던 또 다른 자객이 초조하게 골목 어귀를 응시했다. 사신의 행차를 알리는 연주가 점점 가까워졌다. 지체할 시간이 없다.

쉬익!

순식간에 허공을 가른 수리검이 자객의 인당에 깊숙이 박혔다. 비명조차 지르지 못하고 쿵 쓰러진 자객이 숨을 놓은 것과 동시에 수리검을 날린 자객이 땅을 박차고 날아올랐다.

"어딜!"

바람처럼 골목을 달려나간 벽이 몸을 날려 자객의 발목을 휘어잡았다.

쿵!

육중한 소리와 함께 두 사람의 몸이 하나로 엉켜 바닥으로 곤두박

질쳤다. 이윽고 육탄전이 벌어지는 가운데 자객의 앞섶에서 약재 꾸러미가 툭 떨어져 내리더니 피 웅덩이로 빠지고 말았다.

"헉!"

사색이 되어 피 웅덩이를 바라본 자객이 수리검을 날리고는 벽이 피하는 틈을 타 막다른 골목의 토담을 훌쩍 뛰어넘어 사라졌다.

"고맙습니다. 사형 덕분에 목숨을 건졌어요!"

허둥지둥 달려온 범우가 연신 머리를 조아렸다.

"한가롭게 인사나 받고 있을 때가 아니오. 사람이 둘이나 죽었소. 게다가 하나는 역관이오. 이대로 여길 뜨면 우리가 누명을 쓰게 될지도 모르오. 덤터기 쓰기 전에 우리가 먼저 단련사에게 알려야 하오."

이승훈이 돌아와 있었다. 오늘을 학수고대하며 넉 달여를 간신히 버텼다. 시부가 기어이 아들의 첩을 데려오자 유화당 권씨는 친정으로 돌아갔다. 이벽이 한사코 만류했지만, 그녀는 고집을 꺾지 않았다. 이벽은 해주 정씨와 합방에 들었을 때도 훗날을 기약하며 곤혹스러운 시간을 참았다.

해주 정씨는 합방 첫날에 잉태했지만, 심한 입덧이 몇 달째 이어졌다. 먹은 것도 없이 헛구역질을 해대는 그녀가 안쓰러웠지만 이벽은 이승훈을 한시라도 빨리 만나고 싶어 달려왔다. 그런데 엉뚱한 사건에 휘말린 것이다.

"아무렴요! 그런 일이 생겨서는 안 되지요! 어서 가시지요! 가서 우리가 본대로 고합시다!"

"따라오시오!"

이벽과 김범우 일행이 나루를 향해 내달렸다.

"어리석은 놈! 일 처리를 어찌 이따위로 하는 것이냐!"

자객을 잡아먹을 듯 노려보는 박철오였다. 일이 틀어지는 과정을 은밀히 지켜본 터였다. 자객이 연신 조아렸다. 그 순간 박철오의 칼을 쥔 손이 자객의 복부에 깊숙이 박혔다.

"컥!"

자객의 무릎이 푹 꺾였다. 독 묻은 칼이 그의 복부에 깊이 박혔다.

"여, 영감….."

믿을 수 없다는 눈으로 박철오를 올려다보던 자객이 붉은 피를 벌컥벌컥 토하며 그대로 고꾸라졌다.

"……."

냉정한 눈길로 마지막 숨을 헐떡대는 자객을 말없이 노려보던 박철오가 어깨를 발로 밀어 옆으로 눕혔다.

"일을 망쳤으니 어차피 너는 죽을 목숨이었다."

시신들에서 호패를 거둬들인 박철오는 이벽 일행이 사라진 포구를 무섭게 노려봤다.

그 무렵, 심환지는 박철오의 사저에서 청지기를 붙잡고 실랑이를 벌이고 있었다.

"오늘도 아니 돌아오셨단 말인가? 언제쯤 오신다는 연락도 없으셨고?"

"그렇다니까요, 나으리."

"안에 계신데도 그리 시키시던가?"

"그럴 리가요? 정 못 미더우시면 들어가셔서 확인해 보십시오."

청지기가 사랑채를 가리키며 한 발짝 비켜섰다.

"정말 송화로 온천을 떠나셨단 말이지…."

"예!"

"시종도 없이 영감 혼자서…."

"네! 임금님도 허락하셨다고 들었습니다요."

사실이었다. 근래 들어 심해진 허리 병을 온천욕으로 회복하고 싶다면서 박철오가 낙향을 청했고, 임금은 사임 대신 병가를 윤허했다. 심환지는 그 얘기를 김관주 형제를 통해 뒤늦게 들었다. 허리 병이 있다는 것도 금시초문인 데다, 거사 자금으로 모아둔 금괴를 관리하던 박철오가 느닷없이 온천으로 떠나자 김관주 형제는 뭔가 수상쩍어했다. 심환지의 직감도 다르지 않았다. 박철오가 그들 모르게 뭔가 모사를 꾸미고 있는 게 틀림없었다. 온천행이 사실인지 확인하기 위해 김관주 형제가 말을 달려 송화로 갔다가 박철오의 그림자도 밟지 못하고 되돌아왔다는 얘기를 듣고 있자니 의심은 확신으로 굳어졌다. 심환지가 사흘이 멀다 하고 청지기를 찾아와 성가시게 하는 연유였다.

"오늘은 이만 가보겠네. 영감께서 오시거든 내가 다녀갔다고 꼭 말씀드리게."

"분부대로 하겠습니다요. 살펴가십쇼."

심환지는 어스름이 짙어진 거리로 터덜터덜 걸어 나왔다.

"나으리."

생각에 잠겨 어둠 속을 밟아가는 심환지를 누군가 불러 세웠다.

"실례지만 나으리께서 만포 공이신지요?"

말끔한 청년 둘이 다가오며 물었다.

'이 사람들은….'

심환지의 눈빛이 날카롭게 빛났다. 어디선가 본 기억이 났다. 남인 계열의 문인 목만중은 자주 시회를 열어 도성의 문사들과 시상을 나누곤 했다. 복직하기 전에 심환지도 그 시회에 참석한 적이 있다. 그때 목만중은 젊은 선비 둘을 좌중에 소개했다. 서른을 갓 넘겼을 법한 사내는 성균관 유생이라는데, 입성이 호화롭기 그지없었다. 그보다 어려 보이는 다른 자는 눈빛이 몹시 불손해 보였다. 학문을 닦는 이는 사치를 멀리하고 눈빛은 누구보다 맑아야 한다고 굳게 믿는 심환지였다. 한창 책을 파고들어도 모자랄 판에 세력가 곁에서 얼쩡대는 청년들의 모습이 썩 보기 좋지 않았다. 그런데 그들이 느닷없이 나타나 가는 걸음을 잡아챈 것이다.

"무슨 일인가?"

"소생은 성균관 유생 홍낙안입니다."

"저는 김원성입니다. 공을 꼭 뵈었으면 하는 분이 계십니다. 소생들과 같이 가주시지요."

무례하기 짝이 없는 청이었으나 심환지는 거절하지 않았다. 청년들을 그에게 보낸 인물이 누구인지 짐작이 가고도 남았다. 청년들은 심환지를 기루로 안내했다.

봄꽃이 흐드러진 기루의 정원에 기름진 음식 냄새와 들큼한 분내가 진동했다. 초저녁이건만 술판이 무르익었는지 가야금 소리가 흥에 겨웠다.

"저쪽입니다."

홍낙안이 정원을 가로질러 기루 본채 모퉁이를 가리켰다.

와장창!

누군가 술상을 뒤엎었는지 방금까지 흥이 도도하던 방에서 그릇들이 엎어지고 깨지는 소리가 요란했다.

"에그머니나! 이러지 마세요! 그 옷 놓고 제발 떨어지세요!"

기녀들이 비명을 질러대며 싸움을 말리느라 어수선하게 방안을 오가는 모습이 아른거렸다.

"쯧쯧! 술을 마시려거든 곱게들 마실 일이지…."

이맛살을 찡그린 심환지는 혀를 차며 서둘러 걸음을 옮겼다. 기루 모퉁이를 막 돌아드는 순간이었다.

"이것들아! 이분이 뉘신 줄 알고 함부로 까부느냐? 장차 이 나라의 주인이 되실 분이다! 이분 사주가 제후의 사주란 말이다! 머지않아 이 나라의 주인이 바뀌게 되어 있어! 아무것도 모르면 얌전히 주는 술이나 받아먹어, 이 자식들아!"

콰당, 문이 열리는 소리에 뒤이어 화가 머리끝까지 난 사내의 고함이 마당에 쩌렁쩌렁 울렸다.

놀란 심환지는 소리 난 쪽을 돌아봤다. 벌겋게 술기운이 오른 얼굴로 가지 않겠다고 마루에서 버티는 사내와 강제로 그 사내를 끌어내리려는 또 다른 사내의 옆모습이 모퉁이 너머로 보였다.

"하하하! 소란을 피워 죄송합니다. 별일 아니니 신경들 쓰지 마세요. 이 친구가 한 말은 전부 농입니다, 농이에요. 술에 취해서 헛소리를 지껄인 겁니다. 부디 못 들은 것으로 해주세요."

사색이 된 사내가 어색하게 웃으며 방문을 열고 구경하는 손님들에게 둘러댔다.

"이율이라는 자입니다. 난동을 부리는 자는 홍복영이지요. 소생의 친척인데 술만 취하면 저리 할 말, 못할 말 가리지 못하고 지껄인답니다. 입이 건 친구를 둔 덕에 이율이라는 저 사람이 매번 곤욕을 치르고 있지요. 저번에도 잔뜩 취해서는 정감록이 어쩌고, 술사가 어쩌고, 난리를 쳐댔지 뭡니까. 아, 홍복영이가 죽은 죄인 홍국영의 사촌인 것은 공도 아시지요?"

난동을 부리는 홍복영을 한심하다는 눈길로 바라보면서 홍낙안은 묻지도 않은 말을 늘어놓았다.

"알다마다."

홍국영이 세도를 떨칠 당시 좌의정까지 역임했다가 조카가 실세하자 파직된 홍낙순이 홍복영의 부친이라는 사실도 심환지는 꿰고 있었다. 그뿐이던가. 홍낙순의 아우 홍낙빈은 조카 홍국영의 권세를 믿고 매관매직 등의 부정을 일삼다가 적발되어 하옥된 바 있다. 홍낙빈은 홍국영이 벌인 효의왕후 독살사건에도 연루되어 갑산으로 유배된 중에도 집을 사놓고 종을 부리는가 하면, 관아의 기생과 간통하여 아이까지 낳는 등 오만방자하게 굴다가 더 먼 곳으로 유배되었다. 반면에 홍낙순과 홍복영은 공주에 내려가 죽은 듯 지내고 있는 것으로 알았다.

'그간 내가 잘못 알았나 보군.'

공주에 엎드려 사는 줄 알았던 홍복영이 도성의 기루를 드나들며 해서는 안 될 말까지 함부로 나불대고 있었다. 심환지는 저들의 뒷조사를 해봐야겠다는 생각을 하며 기루 뒤편으로 발길을 옮겼다.

"저희 왔습니다."

기루 안쪽 깊숙이 자리한 별채로 심환지를 데려간 홍낙안은 꽃살문에 대고 나직이 아뢰었다.

"아이고, 만포! 수고를 끼쳐 미안합니다그려! 어서 들어 가십시다."

● ● ●

의주의 옛 지명 용만현을 따서 용만관이라 이름 붙인 객사의 너른 마당에 동지사행의 마바리가 부려졌다. 저녁상을 물린 사신단이 뜨끈한 방구들에서 노독을 푸는 동안 짐꾼들은 횃불이 환한 마당에서 물목을 확인하느라 부산했다.

휙!

재빨리 객사 마당을 가로질러 건물 모퉁이를 휘돌아 뒤뜰로 숨어든 그림자가 있었다. 박철오였다. 이벽 일행을 염탐하여 이승훈의 숙소를 알아내고는 이벽을 미행하여 이곳 용만관으로 스며들었다. 비약이 못 쓰게 된 터라 곧장 도성으로 돌아가 보고해야 했지만, 어떤 직감이 박철오로 하여금 이승훈을 주목하게 이끌었다.

"정말인가? 이 궤 안의 것들이 모두 북경에서 가져온 교리서라고?"

처마 그늘을 서성이던 박철오는 어느 방안에서 새어 나오는 소리에 멈칫했다. 이벽의 음성이 분명했다. 조심스럽게 안을 들여다보니, 커다란 궤짝을 사이에 두고 이승훈이 이벽과 마주 앉았다.

"열어봐도 되겠는가?"

궤짝 안에서 책을 꺼내 들며 두 사람은 한껏 들떠 있었다.

"이건 백다마 신부님이 쓰신 《성교절요》일세. 신경은 물론이고 성호경과 천주경, 성모경 등의 기도문에 대해서 상세히 적어놨다는군. 게다가 십계와 사규, 칠성사는 물론이고 향주삼덕, 사추덕, 성령칠은, 칠죄종, 칠극, 진복팔단 등 천주교인이라면 꼭 알아야 할 덕목과 조심해야 될 규제들도 다 적혀있다네."

"오오!"

벽의 감탄사에 이어 이승훈이 다음 책을 꺼내 들었다.

"이 책은《성경광익》인데, 묵상의 의미와 방법을 알려준다네. 천주교 교회력도 있지. 축일표만 있는 게 아니라 주일과 축일에 맞는 성경 구절까지 소개해 놓았더라고. 그걸 보면 어떤 마음으로 그날그날을 섬겨야 하는지 지침이 되고도 남을 걸세."

"고맙네! 고마워! 내가 원하던 게 바로 이런 거였어!"

한층 고무된 이승훈이 이번에는 다섯 권짜리 책을 꺼내놓았다.

"이건 1733년에 풍병정이 집필한《성세추요》일세.《천주실의》처럼 천주교에서 중요하게 여기는 4대 교리를 대화체로 쉽게 설명해 놓아서 기본 교리를 공부하기에 좋겠어. 금서 조치에도 인기가 하늘을 찌른다는군."

"이리 귀한 책들을 구해오느라 고생 많았네! 그건 그렇고…."

"성경을 가져왔는지, 지금 그게 궁금한 거지?"

"하하하! 눈치하고는…."

이승훈은 아홉 권의 책을 한꺼번에 꺼내놓았다.

"자, 보게. 이건《성경직해》인데, 주일 미사와 첨례에서 쓰는 성경을 주석해 놓은 거라는군. 완역본은 없었어."

"여태 완역본이 나오질 않았다니…. 성경이 방대하긴 방대한 모양이로군."

"방대해서가 아니라 교황청에서 막았기 때문이라더군."

성경을 번역하는 과정에서 생길 해석의 오류를 방지한다는 이유로 교황청이 번역을 금지하는 바람에 한역본 역시 간행되지 못했다.

"그런 이유가 있었군. 그래도 아쉬운걸. 전체를 제대로 읽어보고 싶었는데…."

벽은 실망감을 감추지 않았다.

"그리 낙심할 것 없네. 여기 있는 교리서만 제대로 읽어도 미사 때 사용되는 복음서의 8할은 읽게 되는 셈이라더군."

"그나마 다행이로군. 어쨌든 고맙네. 자네 덕에 오랜 소원을 풀게 생겼어."

"인사는 잠시 넣어두게나. 진짜 선물은 아직 꺼내지도 않았으니까."

그러고도 승훈은 빙긋이 웃은 채 한참 뜸을 들였다.

"뭔데 그러는가? 혹시…."

"그래, 받았네. 자네가 간곡히 부탁한 세례를 받고 왔어."

"저, 정말인가? 정말 입교를 했단 말이야?"

벽은 믿기지 않는다는 표정으로 몇 번이고 되물었다.

"다른 신부님들이 어찌나 반대하시던지 받기가 쉽지 않았어."

"반대라니? 아니, 왜? 교인이 되고 싶다고 하면 누구한테나 주는 게 영세 아니었어?"

벽은 이해가 되지 않았다.

"초기 교회에서는 자네 말처럼 신자를 희망하면 세례 받을 자격이 주어졌대. 그러다가 규정이 바뀌어서 예비신자 과정을 두었다는군."

"예비신자라면 세례를 준비하는 사람을 말하는 건가?"

"그렇지. 예비자가 되면 교회에서 부여한 의무를 이행해야 하고, 교리반에 들어가야 한다더군. 일종의 신앙 양성을 위한 시간인 셈인데, 두 번의 시험을 거쳐야 예비자 과정을 끝낼 수 있어."

"뭐? 시험까지 쳐?"

처음 듣는 이야기에 벽은 아연실색했다.

"다행히 첫 번째 시험은 그리 어렵지 않았어. 혼인은 했는지, 직업은 뭔지, 사회 지위는 어떤지 하는 거였어. 예비자를 청한 사람이 교인으로 적합한지 검토하는 과정을 거치는 것 같아. 그 단계를 통과해야 비로소 교리 공부를 시작할 수 있는데, 그 기간이 장장 3년이야. 그 과정을 거쳐야 세례를 받고 입교할 수 있다더라고."

엄격했던 초기 교회의 규정은 중세에 이르러 유아세례가 일반화되자 어린 아기들이 까다로운 절차를 지키기 어렵다는 이유로 점차 유연하게 운영되었고, 교육 기간도 3년에서 6개월로 줄어들었다. 하지만 이승훈이 북당을 방문한 시기는 아직 예비자 교육 규정이 완화되기 전이었다. 따라서 3년의 교육 기간을 지켜야 했다.

"나는 북경에 상주하는 사람이 아니고 곧 조선으로 돌아가야 하니까 다른 신부님들이 반대하고 나선 거지. 3년을 채울 수 없으니까. 그라몽 신부님이 안 계셨다면 입교는 불가능했을 거야."

"그라몽 신부님?"

"북당의 주교님이셔. 그분이 다른 신부님들을 적극적으로 설득하셨어."

"오! 이리 감사할 데가!"

"선교사가 파견된 적이 없는 곳이 우리 조선이잖아. 천주교의 불모지라 할 수 있는 조선 땅에 복음을 갈망하며 스스로 교리서를 찾아 읽고, 더 나아가 교인이 되기를 희망하는 이들이 있다는 이야기를 나한테 필담으로 듣고 나시더니 엄청나게 놀라셨어. 그리고 엄청 기뻐하셨네. 천주교회 역사상 이런 일은 처음이라면서 어찌나 감복하시던지 내가 다 송구할 정도였다니까."

북경에 머무는 한 달여 동안 하루도 빠짐없이 전례와 강론을 배운 이승훈은 귀국을 며칠 앞두고 그라몽 신부로부터 세례를 받을 수 있었다.

"앞으로 나를 베드로라고 부르게. 세례명이야."

"베드로….."

벽은 부러운 표정으로 승훈의 세례명을 가만히 되뇌었다.

"베드로는 반석이라는 뜻이라네."

"조선 사람으로는 자네가 최초로 세례를 받게 되었으니, 조선교회의 반석이 되어달라는 뜻으로 그 세례명을 주신 듯하네."

"그라몽 신부님 역시 그러셨어. 그 순간 어찌나 놀랐던지…. 자네도 알다시피 우리 동네 이름이 반석동이야. 우연치고는 참 절묘하지 않아? 이건 필시 천주님이 날 선택했다는 뜻일 거야."

그때 그는 몰랐을 것이다. 수호성인으로 받들게 된 베드로와 이름만 같은 것이 아니라 예수를 세 번 부정한 베드로의 행적마저 그대로 닮게 된다는 걸.

"그나저나 세례 예식은 어떤 식으로 집전되던가?"

이벽이 물었고, 승훈은 제가 본 그대로를 말해주었다.

승훈이 붉은 천으로 꽁꽁 싸맨 보따리를 꺼내 펼쳐놓았다. 예수상과 십자고상 그리고 성화와 묵주가 이내 모습을 드러냈다.

"오, 이것들은!!"

두 눈을 휘둥그레 뜬 벽이 떨리는 손을 뻗어 성상을 떠받들듯 들어 올렸다.

"이분이 야소이신가?"

벽은 성상을 유심히 살폈다.

"응. 자네도 처음 보지?"

그랬다. 전에 성화 족자에서 예수를 그림으로 본 적은 있지만, 실제 형상을 보는 건 처음이었다.

승훈이 십자고상 두 개를 집어 들었다.

"이것들은 그라몽 주교님이 축성해주신 성물들일세."

이승훈은 예수가 나무 십자가에 못 박혀 있는 십자고상을 벽에게 건넸다.

"자네 생각이 나서 부탁을 드렸더니 주교님께서 따로 챙겨주셨어. 큰 십자고상은 벽에 걸도록 만들어진 거고, 작은 십자고상은 책상 같은 곳에 올려두면 된다더군. 그리고 이 염주처럼 생긴 목걸이는 묵주라는 거야."

귀한 보물처럼 쓰다듬던 십자고상을 얼른 바닥에 내려놓은 벽이 묵주를 소중히 받아들었다.

"그렇지않아도 이 성물들을 어찌 구할까 고민 중이었다네. 자네 덕분에 해결되었네. 방금 자네가 알려준 말들, 전부 다 기억하고 있다가 하나도 빼먹지 않고 다른 사람들한테도 알려주겠네."

"다른 사람들?"

"세례를 받으려면 어떤 절차를 거쳐야 하고, 미사는 어떻게 올리고, 교회당 안에 어떤 성물들이 있어야 하는지 자네가 몸소 가서 배우고 가져왔잖아. 교회를 세울 준비가 이리되었으니 이제 교인이 될 사람들을 모아야지."

벽은 생각만으로도 전율이 일었다.

"정말 천주교회를 조선에 세울 생각이야?"

승훈은 벽의 계획이 실감 나지 않았다.

"암, 그리해야지! 반드시 그리 하고야 말 걸세."

벽은 자신만만했다.

"그러다 전하께서 아시면 어쩌려고?"

"그건 내게 맡겨두게."

"뭘 어쩌려고?"

"두고 보면 알게 될 걸세."

벽은 의미심장한 눈길로 도성 쪽을 바라보았다.

돌아온 사람들

정순왕대비의 호통에 북촌의 안가가 들썩였다.

"호판은 무슨 일을 이따위로 처리하시오!"

"드릴 말씀이 없사옵니다."

"이번만은 결코 실수해선 아니 된다고 그리 당부했건만….."

"벽이 그 아이가 갑자기 끼어드는 바람에 달리 방도가 없었사옵니다. 하오나 너무 심려치 마시옵소서. 이번 실수를 만회할 묘책이 있사옵니다."

"지금 나더러 그 말을 믿으란 것이오?"

"변명의 여지가 없사옵니다. 소신이 범한 실수이니 소신이 반드시 수습하겠사옵니다. 한 번만 더 믿어주시옵소서. 원자는 물론 벽이 그놈까지 완벽하게 처리하겠나이다."

"무슨 수로?"

박철오는 주위를 살피고는 속삭이듯 엿들은 바를 알렸다.

"이번 동지사 서장관의 아들 이승훈이 북경에서 영세를 받아왔사옵니다."

"영세라니? 그게 무엇이오?"

"천주교 교인이 되었다는 뜻이옵니다. 하온데 놀랍게도 그 일을 꾸민 자가 이벽입니다."

"이벽?"

"예. 사도세자의 서록을 빼돌리려 했던 예원의 제자…."

"아! 기억하오."

박철오의 말을 끊은 정순왕대비가 헛웃음을 터트렸다.

"녹암하고 어울려 다니며 천주교 운운한다던 그 남인 아이."

"예. 그자가 조선에 천주교회를 세우겠다고 이승훈이에게 말하는 것을 소신이 똑똑히 들었사옵니다."

"뭐라? 천주교회?"

뜻밖의 보고를 받고 정순왕대비의 눈이 휘둥그레졌다.

"그러하옵니다. 소신은 그 점을 역으로 이용해볼 생각이옵니다."

"어찌 말이오?"

"지금으로선 책봉례를 막을 묘책이 없습니다. 책봉례는 거행하도록 일단 내버려두고 소신이 북경으로 직접 가서 비약을 구해오겠습니다."

"호판이 몸소 말이오?"

"예. 병가를 받아 운신이 자유로운 처지 아닙니까? 온천 요양을 떠난 것으로 꾸며 다녀오겠습니다."

"월경을 하겠단 말이오?"

"그렇사옵니다. 같은 실수를 반복할 수는 없사옵니다. 이번에는 다른 사람한테 맡기지 않고 소신이 직접 비약을 가져오겠나이다."

"정녕 그리 해도 되겠소?"

"물론입니다. 다만 돌아오는 데 시간이 걸릴 겁니다. 은밀하게 움직여야 하니까요. 제가 자리를 비우고 있는 동안 이벽이 어떤 식으로든 움직이겠지요. 천주교회를 정말로 건립할 수도 있고요."

"절대 그리되게 놔둬서는 아니 되지 않소?"

박철오가 정순왕대비에게 고개를 저어 보였다.

"그자들을 막아서는 아니 되옵니다. 스스로 무덤을 파도록 지켜보시옵소서."

"그 무슨 말도 안 되는 소리! 사교가 번성하는데도?"

"마마께서도 기억하고 계실 겁니다. 12년 전, 사교란 패를 쥔 덕에 저희는 위기를 모면했었사옵니다."

그 일을 어찌 잊는단 말인가. 천주교를 옹호하는 글을 사도세자가 비밀서신으로 칠극에 남긴 덕분에 정순왕대비는 노론 벽파의 악행이 고스란히 적혀있던 비밀서록을 불태울 수 있었다.

"사교를 막아야 한다는 생각은 소신도 같사옵니다. 하오나 사교는 우리에게 언제든 좋은 패가 되어줄 것입니다. 남인은 물론이고 원자 아기씨까지 천주교로 한데 묶어 없애버릴 묘책이 소신에게 있사오니 소신을 믿고 때를 기다리시옵소서."

"이번에도 실패하면 어찌할 작정이오?"

"제 모든 것을 마마께 맡기겠사옵니다."

"호판의 그 결기를 믿고 마지막으로 일을 맡겨보리다."

"망극하옵니다."

"비밀리에 움직이려면 적잖은 비용이 들 터, 일전에 거둬둔 자금 일부를 내주리다."

"망극하옵니다, 마마."

"나머지 금괴는 당분간 내가 맡아두겠소."

"마마께서요?"

"그렇소. 금괴가 무사한지 불안해하는 이들도 있고, 호판이 없는 동안 손을 탈 수도 있으니 내 사가로 옮겨 놓는 편이 안전할 듯하오. 친가 쪽 오라비들이 갈 것이니 건네시오."

김관주를 비롯한 인척들이 정순왕대비의 의심을 들쑤셔놓은 게 틀림없었다.

"마마의 뜻에 따르겠나이다."

박철오는 속내를 들키지 않으려고 애써 담담하게 말했다.

"신속히 다녀오시오."

정순왕대비가 안가의 대문을 향해 걸음을 옮겼다.

"살펴 가시옵소서, 마마."

정순왕대비를 태운 가마가 저만치 사라지자 박철오는 숙였던 허리를 폈다.

그때였다.

"대감!"

뿌연 먼지를 일으키며 말을 달려온 군관이 들어섰다.

"어찌 되었는가?"

"그 사내가 나타났습니다."

임금의 호위를 맡은 내금위의 군관으로, 박철오가 진즉부터 심어놓은 심복이다.

"역시 내 짐작이 맞았군."

"번암이 그 사내를 데려와서 전하께 알현을 청했습니다. 두 사람이 성정각으로 향하는 것까지 확인하고 달려오는 길입니다."

"수고했네. 자리를 오래 비우면 의심을 살 수도 있으니 속히 복귀하게."

"소인은 이만…."

군관이 바깥마당을 벗어나는 것을 본 박철오는 군관이 사라진 반대 방향으로 말을 몰았다.

● ● ●

"나으리 계실 때 오셨으면 좋았을 걸 그랬습니다."

삿갓 손님을 맞은 해주 정씨가 난감해했다. 남편이 집을 비운 새에, 임신한 몸으로 낯선 남자와 면대하고 있자니 불편했다.

"제가 이 집 사람이 된 지 얼마 되질 않아 아직 익히지 못한 인척 분들이 많습니다. 바깥양반과는 사돈지간이라 하셨는데, 어느 사돈이신 지요?"

"제 맏형님이 광암 사돈의 매형입니다."

"아! 형제샘에 사신다는…."

"그곳에는 제 아우 약용이 살고 있지요. 저는 그 위 형인 약종입니다."

정약종은 정씨 부인의 단아한 외모와 차분한 분위기가 유화당 권씨와 닮았다고 생각했다. 조곤조곤한 말투와 부드러운 성품도 흡사

했다.

정약종은 유화당 권씨를 향한 측은함을 거둘 수 없었다. 이벽의 부친 이부만은 단지 애를 낳지 못한다는 트집을 잡아 진중한 며느리를 내친 꼴이 되었다.

'남의 눈에서 눈물 나게 하면 자기 눈에서는 피눈물이 나는 법인 것을….'

이부만의 급하고 불같은 성정이 결국 자식들에게 해가 되어 돌아올 터였다. 불행히도 그 시기가 코앞으로 다가와 있었다. 약종이 서둘러 이곳 수표동을 찾아온 이유였다.

"수련에 들어가면 사돈댁과 태중의 아이를 위해 기도를 올리겠습니다. 부디 순산하시길 빕니다. 그리고 이걸 넣어두시지요."

약종은 걸망을 잡아당겨 무명주머니를 꺼내놓았다.

"이것이 무엇인지요?"

"제가 어렵게 구해온 금단입니다."

"금단이요?"

"복용하면 불로장생한다는 영약입니다."

"이걸 왜 제게…."

"지난달부터 광암 사돈이 자주 기도 중에 나타나더군요."

약종의 기도 속에 등장한 벽은 매번 끔찍한 모습이었다. 독이 온몸에 퍼진 사람처럼 보랏빛으로 변한 사지를 격렬하게 경련하거나 사지의 구멍이란 구멍에서 검붉은 피가 콸콸 쏟아져 나오기도 했다. 사돈의 참혹한 모습은 기도를 끝내고 나서도 좀처럼 뇌리에서 사라지지 않았다. 꿈속에까지 나타나 약종을 괴롭혔다. 약종이 스승을 졸라 소개받은 단정파의 도인에게 선단을 얻어온 이유였다.

"제 직관은 한 번도 틀린 적이 없습니다. 아무래도 광암 사돈에게 불미한 일이 생길 것 같습니다."

"!!"

정씨의 심장이 거세게 뛰었다.

"불미한 일이라니요?"

"정확히는 저도 모릅니다. 다만 사돈의 신변에 변고가 생길지도 모른다는 예견만 강하게 들 뿐입니다. 그때를 대비해 준비해 온 것이니 사돈댁께서 잘 간직하고 계시다가 위급한 상황이 생기면 그 영약을 사돈에게 먹이세요. 금단을 연조한 도인의 말에 의하면 영약을 먹으면 일단 죽었다가 되살아난다고 했습니다. 어떤 상황에 그 약을 쓰게 될지 알 수는 없으나 목숨을 잃는 위기는 피할 수 있을 겁니다."

정씨는 두려운 눈으로 금단 주머니를 빤히 내려다봤다. 그녀의 공포가 뱃속 아이에게까지 전해졌는지 방금까지 발길질을 하던 아이가 미동도 없었다. 그리고 아랫배가 끊어질 듯 아팠다.

"저런! 통증이 있으시군요. 태동까지 없는 걸 보니 아기가 많이 놀란 듯합니다. 저는 이만 가보겠습니다. 마음을 가라앉히고 좀 쉬세요. 아기는 사내아이입니다. 아마도 팔삭둥이일 겁니다."

약종은 말을 마치자 몸을 일으켰다. 정씨는 뭔가로 머리를 심하게 얻어맞은 기분이었다. 놀란 입을 다물지 못하는 정씨에게 예를 표한 약종은 서둘러 안채를 나왔다.

'저이를 어디서 봤더라….'

바깥 대문으로 걸어가던 약종은 땔감을 지고 마주 오는 노비를 보고는 흠칫 그 자리에 멈춰 섰다. 건장한 체격에 눈빛이 형형한 젊은 노비의 얼굴이 낯익었다.

● ● ●

그 시각, 이벽은 임금과 독대 중이었다. 의주에서부터 밤낮으로 말을 달려 박철오보다 일찍 도성에 도착한 이벽이 채제공을 졸라 성사된 알현이다.

"전하께서는 4년 전 이 자리에서 제게 약조하셨사옵니다. 저와 문우들이 과거에 급제하면 더는 천주교 모임을 막지 않으시겠다고요."

부복한 벽이 절박한 목소리로 말을 이었다.

"이제 그 약조를 지켜주셨으면 합니다."

"너의 문우들 몇몇이 급제했다는 건 알고 있다만 아직 출사한 이는 없어. 헌데도 과인더러 약조를 지키라는 것이냐?"

감정을 알 수 없는 얼굴로 이산이 물었다.

"제 기억으로는 출사는 전하께서 덤으로 붙이신 조건이었습니다. 그걸 문제 삼으시는 건 지나치십니다."

"지나치다….."

"예. 하오니 천주교 모임을 용인하시옵소서."

"그리 못하겠다면 어찌할 테냐?"

"뜻을 함께하는 이들을 모아 천주교회를 세울 생각입니다."

"방금 천주교회라 하였느냐?"

"그러하옵니다. 교회를 세울 준비는 이미 마쳤습니다. 전하께서 윤허하시오면 행동으로 옮길 작정입니다."

"무슨 준비를 어찌 마쳤다는 것이냐?"

이벽은 이승훈이 북경에서 들여온 교리서와 성물들과 이승훈이 받고 온 영세에 관해 아뢰었다.

"너한테도 과거를 준비하라 일렀거늘 어명을 어긴 것으로도 모자라 승훈에게 영세까지 받게 하다니? 너는 과인이 우스우냐?"

힐난조였지만 임금은 의외로 담담했다.

"애초에 받들 수 없는 명이었사옵니다."

"으음…."

이산의 고민이 길어지자 침묵도 길어졌다.

고달픈 현실과 차별의 늪에서 허덕이는 백성들을 구해내고 싶었다. 희망을 잃고 살아가는 백성들에게 제대로 된 세상을 안겨주고 싶었다. 지금은 비록 사는 게 힘들고 괴롭지만 언젠가는 사람답게 살 수 있는 날이 오리라는 희망. 이산은 개혁을 통해 백성들에게 희망을 심어주고 싶었다. 벽은 종교를 통해 그 꿈을 이루고 싶었다.

"…좋다."

마침내 이산은 긴 침묵을 깼다.

"내 약조한 바 있으니 교회 설립은 묵인하겠다만, 그것이 지나쳐 물의를 빚는 일이 생기면 그나마도 즉시 거둬들일 것이야."

"황공하옵니다, 전하. 조심 또 조심하겠나이다!"

임금을 면대하러 왔다가 대화를 듣게 된 번암은 이벽이 나가기를 기다렸다가 반대하고 나섰다.

"전하! 만부당한 일이옵니다! 부디 성의를 거두시옵소서!"

"천주교를 무조건 막는 것만이 능사는 아닐 게요. 벽이 말고도 천주교회 설립을 심중에 품은 이들이 수두룩할 거예요. 못하게 막을수록 더욱 거센 불길로 번질 겁니다."

"그리 잘 아시면서 어찌하여 묵인하신다는 겁니까?"

"나라의 녹을 먹고 백성을 위해 일해야 할 자들이 권력과 사리사욕에 눈이 멀어 민생을 파탄으로 내몰고 있습니다. 관직에 나서지 않은 양반들 또한 자신들의 신분을 이용해 온갖 악행을 저지르고 있어요. 그들이 얼마나 많은 걸 누리고 사는지, 그들의 호의호식을 위해 얼마나 많은 백성이 많은 것을 포기하며 사는지, 그자들은 전혀 개의치 않고 있습니다. 백성의 희생을 고맙게 여긴다면 절대 할 수 없는 일들이지요. 그래서 알려주고자 하는 겁니다."

"무엇을 말입니까?"

"천주교는 조선의 근본을 뿌리째 흔드는 종교입니다. 그런 종교를 따르는 이들이 많아질수록 양반들은 바짝 긴장할 수밖에 없겠지요. 이제껏 당연하게 누려온 것들이 한순간에 당연한 것이 아니게 될 수 있어요. 과인은 물론이고 조정의 모든 신료, 나아가 이 나라 조선의 모든 양반이 그 점을 똑똑히 각성할 필요가 있습니다. 과인의 입지가 곤궁해질 것을 능히 짐작하면서도 천주교를 막지 않는 이유입니다."

"아니 되옵니다! 성의를 거두시옵소서!"

"과인을 믿고 종사 걱정은 마세요. 천주교를 이용해 위정자들을 압박하되, 민심의 이반이 일어나지 않도록 적절히 조절할 생각입니다. 허니 번암도 당분간 이 일은 모른 척하세요. 벽이의 행보가 우리한테 해가 되지만은 않을 겁니다."

"영감! 드디어 돌아오셨군요! 그간 어디에 계셨던 겁니까?"

버선발로 뛰어나온 심환지가 의혹의 눈길로 박철오의 안색을 살폈다.

"들어가서 얘기하세."

자리에 앉자 박철오가 심각한 표정으로 심환지를 건너다보았다.

"무슨 일이 있으신 겁니까?"

"조선의 기강을 위협하는 일이 생겼네."

"그게 무슨…?"

"녹암의 문도 중에 어려서부터 천주교에 빠져있던 이벽이란 자가 이승훈을 꼬드겨 천주교에 입교시켰네."

"입교라니요?"

"북경으로 가서 세례를 받고 왔다더군. 우리 조선에 정식 천주교인이 생겨났단 말일세."

"어찌 그런 일이…."

"그쯤만이라면 내가 이리 정색하겠는가?"

"……?"

"그놈이 그것도 모자라 조선 땅에 천주교회를 세우려 하고 있네."

"예?"

"더 큰 문제는 주상일세. 주상께서는 세손 시절부터 천주교에 호의적이셨네."

"그럴 리가요? 제가 아는 성상은 누구보다 유학에 조예가 깊은 유학자입니다. 사교 따위에 사로잡힐 리가 없어요!"

"지금 주상께서 벽이와 면대 중이시네. 천주교 얘기가 오가고 있을 터⋯."

"어, 어찌 그런 말도 안 되는 일이⋯."

"번암이 천주교와 무관하다손 쳐도 다른 남인들까지 아니라고는 장담할 수 없네. 녹암, 그리고 그자의 문도들, 나아가 더 많은 남인들이 천주교에 빠져 있을 게야. 그자들이 조정의 요직을 차지하면 어찌 될 성싶은가? 성상께서 그자들을 조정으로 불러들이면 이 나라는 끝장일세. 그 사악한 무리가 전폐를 밟지 못하도록 반드시 막아야 한단 말일세."

"제가 뭘 어찌하면 되겠습니까?"

"우선 이벽 그놈이 하는 일을 모른 척해야 하네. 왕대비마마께도 말씀드린 일이야."

"어째서요?"

"나중에 다 쓸모가 있어서 그러는 줄만 알고 있게. 자네는 따로 할 일이 있네. 남인 쪽에 줄을 대게."

"줄이라니요?"

"녹암계 사람들과 친분이 있는 남인 가운데 우리 편이 되어줄 사람이 있는지 은밀히 알아보라는 얘기야."

순간 목만중이 떠올랐다. 지난번에 기루로 심환지를 불러들인 목만중은 은근하게 말했다. 관직으로 돌아갈 수만 있다면 무슨 일이든 하겠노라고. 심환지를 박철오에게 다가가는 연줄로 알고 있는 눈치였다. 벼슬 욕심에 노망난 꼴이 보기 싫어 심환지는 술잔을 마다하고 그

자리를 박차고 나왔었다.

"혹 여와를 아십니까?"

"목만중 말인가? 알지. 그 사람은 왜?"

심환지는 기루에서의 일을 박철오에게 고했다.

"하긴 그 사람이 꽤 오래 야인으로 있었지. 번암이 번번이 청탁을 거절했다니 배를 갈아타려 할 법도 하지. 내가 북경에 다녀올 동안 그 자를 잘 요리해 놓게."

"북경이라니요?"

"책봉례 전에 거사를 일으키겠다는 계획이 재결 문제가 터지는 바람에 틀어지질 않았나. 왕대비께서 다른 방법을 모색하고 계신다네. 이번에 거짓으로 병가를 낸 것도 그 일 때문이었어. 헌데 안타깝게도 마마의 명을 내가 제대로 받들지를 못했네. 해서 북경엘 다녀와야 하네. 내가 돌아올 때까지 마마의 인척들을 잘 감시하게. 마마께서 금괴를 당신 사가로 옮겨 놓으라 명하셨네. 그리되면 금괴 관리는 필시 김관주 형제가 맡을 거야. 내가 없는 동안 그자들에게서 눈을 떼지 말게."

"염려 마십시오."

박철오가 지친 몸을 일으켜 세웠다. 북경으로 갈 채비를 하려면 서둘러야 했다.

조선교회

꽃이 진 자리에 연초록 잎사귀가 돋아나고, 햇살은 점차 열기를 더해갔다. 이승훈의 사랑에서는 조선교회의 초석을 다지는 열띤 논의가 한창이었다.

"교회를 세우기 전에 먼저 해야 할 일들이 있습니다. 여기 모인 분들이 세례를 받아 신자로 거듭나야 합니다. 그러자면 모두 예비자교리를 받아야 합니다. 베드로 형제님이 먼저 경험하셨으니 그 일을 맡아주면 좋겠습니다."

이벽이 기대에 찬 눈길로 이승훈을 보았다.

"괜찮고말고. 내게 맡겨두게."

승훈은 흔쾌히 제안을 수락했다.

"기간은 어떻게 정하실 건가요? 정식으로 절차를 따르려면 3년이 걸린다고 말씀하셨는데 너무 긴 것 같아서요."

벽으로부터 연통을 받고 여사울에서 상경한 이존창은 의견을 묻는 눈길로 방안의 사내들을 휘둘러봤다.

"예비자 기간을 줄일 필요가 있다고 저도 생각합니다."

옆자리의 홍낙민이 동의했다. 서로 홍지영의 친척이라는 사실을 알게 된 뒤로 둘은 돈독해졌다.

"만천도 북경에서 한 달 만에 교리 수업을 끝냈다고 하니 우리도 그 정도로 기간을 잡는 게 어떻겠나?"

권일신의 의견에 벽은 고개를 저었다.

"오래 북경에 머물 수 없는 특수한 경우라 속성으로 마친 겁니다. 하오나 우리는 다릅니다. 3년은 너무 긴 감이 있지만, 교황청에서 그렇게 정해놨다면 법대로 따르는 게 옳을 듯합니다. 그리고 앞으로 만천은 베드로라는 세례명으로 부르면 좋겠습니다. 천주님의 자녀로 태어나 새로 받은 이름이니 교인끼리라도 불러주어야지요. 그리고 또 하나. 남성 교인에게는 형제님, 여성 교우에게는 자매님이라고 칭해야 한답니다. 천주님 아래 한 가족이며 형제자매란 뜻으로 교우들끼리 그리들 부른다네요."

"알고는 있습니다만, 물 건너온 이름이라 그런지 영 어색합니다."

윤유일이 뒷머리를 긁적였다.

"나도 마찬가지야. 왠지 쑥스럽고 통 입에 붙질 않아."

정약전이 동감을 표했다.

"자주 부르다 보면 익숙해질 겁니다."

"그건 광암의 의견에 따르도록 하고…."

벽의 의견을 지지한 권철신이 따로 염려되는 부분을 짚었다.

"금상께서 천주교회의 설립을 묵인하겠노라 약조하셨다지만 그건 어디까지나 금상과 우리 사이의 암묵적인 합의일 뿐이야. 천주교를 배척하는 분위기는 여전히 변하지 않았어. 이 분위기가 언제 어느 때

극심해질지 아무도 예측할 수 없네. 상황이 안 좋게 풀리면 금상께서도 성의가 흔들리실 걸세. 그전에 어떡하든 교회의 꼴을 만들어놔야 하네. 3년 동안 교리 공부를 한다면 새 교인이 나올 때까지 장장 3년을 더 기다려야 하네. 그럴 만한 시간적 여유가 우리에겐 없어. 교리를 받아들이는 태도나 습득 능력이 우수하면 그 즉시 예비자 교육을 마치게 하고 입교를 시키도록 하세.”

“지당하신 말씀입니다.”

승훈이 철신의 의견에 맞장구를 쳤다.

“북당의 주교이신 그라몽 신부님도 스승님과 같은 말씀을 하셨더랬지요. 얼마의 시간을 들여 교리 공부를 했느냐가 중요한 게 아니라고요. 천주님의 말씀을 가슴으로 믿고 영적으로 내 안에 모시면서 매일매일 그분의 가르침대로 살려는 의지가 얼마나 강한지 그것을 먼저 따지는 것이 중요하다고 하셨습니다.”

“구구절절 옳으신 말씀이네. 예비자들을 가르치되 그 사람의 됨됨이와 신심을 위주로 살펴야 할 것이야.”

모두의 시선이 벽에게로 쏠렸다.

“어떤 뜻인지 잘 알겠습니다. 교회법을 따라야 하는 게 원칙이긴 하지만 스승님 말씀이 옳고, 그라몽 신부님도 그리 말씀하셨다 하니 저도 이만 제 고집을 접겠습니다. 여기 모인 모두의 중론마저 일치하니 예비자 교육 기간은 그때그때 상황을 봐가며 정하는 편이 좋겠습니다.”

“잘 결정하셨습니다!”

벽이 한발 물러서자 좌중이 기쁨과 환영의 손뼉을 쳐댔다.

"그나저나 성균관에 있어야 할 사람이 여기 있어도 되는 건지 모르 겠군. 안 가 봐도 괜찮겠어?"

이윤하가 정약용을 염려스러운 눈초리로 돌아봤다.

"성균관보다 여기가 더 좋습니다."

방 한가운데 놓인 궤짝 안의 교리서와 성물에서 시선을 떼지 않은 채 약용이 윤하에게 대답했다.

"오늘 이 방에 모인 이유는 이 땅에 천주교회를 어떤 식으로 세우 고, 어떻게 천주교를 전파할지 구체적인 계획을 의논하기 위해서네. 천주교 입교를 위해 이 방에 모였다는 뜻일세. 우리가 가진 모든 것을 잃을 수도 있음을 염두에 두고 이 자리에 모였단 말일세. 잠깐의 호기 심으로 이 자리에 앉아 있는 거라면 지금이라도 일어나 나가게."

권철신이었다.

"호기심으로 앉아 있는 것이 아닙니다."

궤짝에 꽂힌 눈길을 들어 올린 약용이 철신을 또렷이 마주 보며 말 했다.

"허면 우리와 함께라도 하겠다는 것인가?"

권일신의 질문에 약용은 결연한 표정으로 얼굴을 끄덕였다.

"그런 결심도 없이 이 자리에 와 있겠습니까? 광암 사돈 덕분에 뒤 늦게나마 천주교를 알게 된 것이 감사할 따름입니다."

벽의 누이로서 약용에게는 큰형수 되는 경주 이씨의 제사가 이달 보름날에 있었다. 그 제사에 참석하기 위해 정약용은 형들과 정약현 의 집으로 향했다. 그곳에 사돈 벽이 와 있었다. 제사를 지내고 한양 으로 가는 배에 오른 약용은 벽으로부터 천주교에 대해 자세히 들었다. 그들을 태운 배가 두미여울을 지날 무렵이었다.

수년 전에 정약용은 둘째 형 정약전을 따라 권철신이 주도하는 강학에 수차례 참석한 적이 있었다. 그때 그곳에서 주로 오간 이야기는 유교에 관한 것이었다. 권철신은 예리한 통찰력으로 유교 경전을 분석했고, 그에 관한 내용으로 거의 강학 시간을 채웠다. 그때 강학에 참석한 벽이 천주교에 관해 이야기하는 것을 얼핏 듣기는 했지만 온전한 마음으로 받아들인 것은 아니었다.

천지조화가 누구로부터 시작되었는지, 육신과 영혼이 어떻게 존재하는지, 그리고 인간의 생과 사가 어떤 이치로 관장되는지 벽은 상세히 설명했다. 놀랍다 못해 믿기지 않는 천주교 얘기에 흠뻑 빠져 들다 보니 어느새 한양이 가까워져 있었다. 정약용은 그대로 벽과 헤어질 수 없었다.

무엇보다 임금이 천주교회 설립을 묵인했다니, 임금의 마음마저 열게 한 천주교가 어떤 종교인지 더 알고 싶었다. 약용은 벽의 집으로 따라가 교리 책들을 읽으면서 더 깊게 파고들었다. 그런 약용을 지켜보던 벽이 오늘 모임에 함께 나갈 것을 제안한 것이다.

"베드로께서 구해오신 책이 눈앞에 있으니 더욱 읽고 싶어 미치겠습니다. 저한테도 공부할 기회를 주시길 간청합니다."

"한번 작정한 일은 끝을 보는 아이입니다. 게다가 금상께서 이 아이의 명민함에 홀딱 반하신 상태가 아닙니까? 우리 곁에 두면 금상께서도 우리 모임을 쉬이 흔들지 못하실 겁니다. 게다가 한 사람이라도 빨리 교회 안으로 불러들여야 하질 않습니까? 그래야 더 많은 이들에게 교리를 알려줄 수 있을 테니까요."

정약전이 아우를 응원하여 거들었다.

"예, 스승님. 지금은 우리 남인 양반들로 이 모임을 시작했지만 계속 이렇게 갈 수는 없습니다. 천한 사람, 귀한 사람 구분 없이 모든 이를 교회로 이끌어야 한다고 야소께서도 말씀하셨습니다. 우리도 중인, 양민, 천민 가리지 않고 교인으로 받아들여야 합니다. 그들에게 교리를 가르칠 사람이 많으면 많을수록 좋습니다. 기실 교리서를 필사할 손도 부족하고요. 하오니 약용이를 받아주시지요."

"약용이라면 우리에게 큰 힘이 되어줄 겁니다."

벽과 승훈도 차례로 나서 권철신을 설득했다.

"그러시지요, 형님."

권일신까지 나서서 정약용의 입회를 청해오자 권철신은 더 토를 달 수 없었다.

"모두의 뜻이 그러하다면 따를 수밖에. 알겠네. 약용이를 오늘부터 우리 신앙집회의 일원으로 삼겠네."

"고맙습니다!"

"자, 그럼 하던 얘기를 마저 해보지."

권철신이 말을 이었다.

"예비자 교육에 쓰일 교리 입문서는 벽이 갖고 있던 책들과 여기 있는 것들로 쓰도록 하지. 우선 각자 필사해두고 숙지하게."

"필사하는 순서는 어찌 정할까요?"

이승훈이 권철신에게 물었다.

"자네가 가져온 책들이니 자네가 먼저 하는 게 맞겠지. 필사를 끝내고 나면 벽이에게 주게. 그다음 순서는 그때 가서 정하는 것이 좋겠네."

"그전에 정할 것이 있습니다."

모두의 시선이 정약전에게로 쏠렸다.

"뭘 말인가?"

권일신의 물음에 정약전이 답했다.

"신앙집회를 시작하게 되었으니 누가 대표를 맡아 이 집회를 운영해갈지 정해야 하질 않겠습니까? 모임을 이끌어갈 지도자가 없으면 집회가 중구난방으로 흘러갈 수도 있으니까요."

"빙장어른이 계신데 의견을 묻고 말고 할 게 뭐 있나? 강학회도 그랬고, 서학교리연구회도 스승님께서 이끌어주셨잖아."

이총억의 말에 권철신은 강하게 머리를 흔들어댔다.

"나는 적합한 인물이 아니야."

"아니, 왜요?"

좌중이 어리둥절한 표정을 지었다.

"그런 말씀이 어디 있습니까? 스승님 같은 분이 또 어디 계시다고요?"

"맞습니다. 다른 사람은 생각해 본 적이 없어요."

거듭 고개를 저어 보인 권철신이 단호하게 정리했다.

"나를 곱지 않은 시선으로 보는 이들이 많다는 건 너희도 잘 알지 않느냐. 서학교리연구회가 그리 깨지게 된 것도 따지고 보면 내가 그 모임을 이끌었기 때문이었어. 이번에도 크게 다르지 않을 게야. 내가 나서면 눈에 띄게 마련이고, 자연히 집회에 피해를 줄 수도 있다. 그러니 이번엔 나 말고 다른 사람을 지도자로 세워라. 나는 뒤에서 도우마."

일리 있는 얘기였다.

"하오면 누구를?"

이벽은 좌중을 둘러보며 의견을 구했다.

"이암께서 맡아보시면 어떠할까요?"

"어림없는 소리! 나는 그럴 만한 그릇이 못 돼."

이존창의 추천이 있자 권일신은 펄쩍 뛰었다.

"겸양이 지나치십니다. 여러모로 자격이 넘치십니다."

이윤하였다.

"나는 어머니를 모셔야 한다네. 내가 한시라도 없으면 못 견디실 거야. 허니 다른 사람으로 정하게."

권철신이 보기에 재차 사양하는 아우의 표정에서 아쉬움이 묻어났다.

"어머니 곁에는 내가 있으마. 지금껏 네가 고생했으니 이젠 내가 어머니를 보살펴 드려야지. 사양 말고 이 사람들의 말에 따라라. 내 생각에도 아우가 적임일 듯싶으니."

순간, 권일신의 눈빛이 반짝 빛났다.

"형님까지 그리 말씀하시니 부족하지만 한번 해겠습니다. 잘들 부탁하네."

다들 기뻐하는 가운데 이벽이 돌연 긴장한 표정으로 자세를 고쳐 앉았다.

'그 얘길 할 때가 되었어.'

포천 사가의 서고에서 그에게 내려졌던 계시. 목자의 어린 양이 흘린 피로 이 땅이 물드는 날이 올 것이라고 했다. 그 피 흘림으로 하늘의 문이 열리게 될 것이라는 계시도 받았다. 이 방 안에 모인 이들도 계시에서 자유로울 수 없었다. 그러니 이들도 계시의 내용을 알고 있어야 하질 않겠는가.

"저어, 드릴 말씀이….."

이벽은 주저주저 입을 열었다.

그때였다.

톡, 톡!

누군가 밖에서 방문을 두드렸다. 뒤이어 조심스런 사내의 목소리가 방 안으로 들어왔다.

"저어, 나으리들…. 소인도 껴주시면 안 되겠습니까?"

"게, 게 누군가?!"

소스라치게 놀란 사내들이 당황한 눈길로 방문을 쳐다봤다. 용수철처럼 튕겨 일어선 이벽이 방문을 거칠게 열어젖혔다.

"자, 자네는…?!"

이벽은 뜻밖의 인물을 알아보고 깜짝 놀랐다. 의주에서 헤어졌던 김범우가 커다란 보따리를 손에 들고 섬돌 위에 서 있었다.

"그때 소인을 살려주셨는데 워낙 경황이 없어서 제대로 인사도 못 드리고 헤어졌질 뭡니까. 도성에 오면 찾아뵈려고 의주 군관에게 나으리 존함을 여쭤보니 그건 모르고 이 댁 서방님과 아는 분인 것 같았다고 해서 이리 찾아뵈었습니다."

김범우가 이승훈의 집을 찾아온 연유를 설명했지만, 이승훈이 궁금한 것은 그것이 아니었다.

"자네 언제부터 거기 있었나? 우리 얘길 어디서부터 엿들은 게야?"

이승훈은 하얗게 질린 얼굴로 방문 너머의 김범우에게 다그쳐 물었다.

"임금님께서 천주교를 묵인하셨다는 말씀을 나누는 것부터 들었습니다요."

"헉! 그럼 처음부터 다 들었다는 얘기가 아닌가?"

"예, 예, 나리. 헌데 천주교가 뭡니까? 우리 중인도 교인으로 삼아야 한다고 하셨는데, 교인은 또 뭐고요?"

김범우의 두 눈이 호기심으로 반짝였다.

"일단 들어오게."

이벽이 김범우를 잡아끌며 주위를 살폈다.

"실례하겠습니다, 나으리들."

김범우가 재빨리 신을 벗고 문턱을 넘어섰다. 이벽은 다시 사방을 살피고 나서 조용히 문을 닫았다. 한 사내가 진작부터 염탐하고 있다는 사실을 방안 누구도 까맣게 몰랐다.

• • •

이승훈의 사저를 나온 말복이 주변을 살피면서 어딘가로 내달렸다. 오후 햇살을 뚫고 당도한 곳은 대장간이 줄지어 들어선 풀뭇골 안쪽 깊숙이 자리한 낡은 초가였다. 사립조차 변변찮은 초가 앞에서 말복은 몇 번이나 주위를 살피고서야 마당으로 들어섰다. 툇마루를 사이에 두고 나란히 붙은 방 하나에서 말소리가 새어 나오고 있었다. 말복이 나직이 아뢰었다.

"소인입니다요."

말소리가 뚝 끊기고 조용히 문이 열렸다.

"어서 오너라."

목만중이 옆방을 턱짓으로 가리켰다. 그의 어깨너머로 갓 쓴 사내들이 보였다. 그 사내들 틈에서 청록색 관복을 발견한 말복은 바짝 긴장하며 옆방으로 들어갔다. 쪽문 하나를 사이에 두고 아랫방과 면한 방이다. 말복이 보지 못하도록 아랫방 문은 닫혔다.

"무슨 말이 오고 가드냐?"

말복은 이승훈의 사랑에서 오간 이야기를 토씨 하나 빼지 않고 그대로 전했다.

"애썼다. 계속 주시하거라."

묵직한 목소리가 쪽문 너머에서 명했다.

"예, 나으리."

말복은 누군지도 모를 사내에게 이마를 조아렸다.

"그만 물러가거라."

목만중의 명이 떨어지자 말복은 굽힌 채로 방을 나왔다.

"성상께서 그자들의 뒤를 봐주시고 계시다니 이 일을 어찌하면 좋습니까?"

귀에 익은 저 젊은 목소리는 홍낙안이라고 생각하며 말복은 짚신을 꿰어 신었다.

"어차피 우리도 아는 일이 아닌가? 그분 추측대로 일이 돌아가고 있으니 너무 걱정하지 말게."

목만중이 홍낙안을 안심시켰다. 뒤이어 묵직한 목소리가 방안 사내들에게 주의를 상기시켰다.

"천주교회가 윤곽을 잡아갈 때까지 조용히 지켜보라는 그분의 명이 있었네. 그러니 자네들은 함부로 나서지 말고 때를 기다리게. 그분께서 따로 계획하신 바가 있으시다 하니 저자들의 동태만 세세히 살펴두고 있게."

"알겠습니다."

"그나저나 자네 심복이라는 자는 믿을 만한가?"

"물론입니다. 관서 유람 길에 제가 목숨을 구해준 이후로 저를 입속의 혀처럼 따르고 있습니다. 그전까지 어찌 살았는지 내력은 알지 못하나 도교에도 능하고 신의가 깊답니다. 도성까지 따라온 아이를 제가 거두는 것이 마땅하나 아시다시피 제 형편이 어려운지라 이벽의 집에 노복으로 들여보내 놓았더랬지요. 이벽이 녹암을 부추겨 사교를 전파하려고 해서 그자의 동태를 살피려고 보내놨던 것인데, 일이 이렇게 되고 보니 아무래도 선견지명이 있었나 봅니다."

목만중의 말을 엿들은 말복은 그제야 마음을 놓고 초가를 빠져나와 고샅을 휘돌았다.

그 순간이었다.

탁!

어디선가 날아온 지팡이가 말복의 어깨를 세차게 치고 지나갔다.

"누구냐?"

말복은 아픈 어깨를 감싸 쥐며 몸을 휙 틀어 지팡이가 날아온 쪽을 노려보았다. 흰옷 차림에 검은 머리채를 길게 늘어뜨린 젊은 사내가 걸어 나오더니 바닥에 떨어진 지팡이를 주워들었다.

"넌 뭐야? 뭔데 길 가는 사람한테 이유 없이 매질이야, 엉?"

말복은 사내에게 달려들어 멱살을 움켜쥐었다.

"나? 난 정약종이네만."

그 소리에 말복이 흠칫 놀라 옷섶을 부여잡은 손을 재빨리 놓았다.

"하오면 댁이 도교에 심취해 있다던 둘째⋯."

엉겁결에 아는 척을 했다가 말복은 소스라쳐 입을 다물었다.

"역시 내 눈썰미는 정확해. 일전에 광암 사돈네 갔다가 자넬 보았지. 분명 어디서 본 사람 같았는데 기억이 나질 않아서 그땐 그냥 넘어가 주었지. 헌데 이번엔 승훈 사돈댁이었어. 자네가 자기 집도 아닌 곳에서 왜 얼쩡거리고 있나 싶어서 내 유심히 하는 꼴을 지켜보았지. 그러고 있자니 딱 생각이 나더라 이 말이야."

"절 보긴 어디서 봤다고 이러십니까? 저는 초면입니다!"

"자네, 단정파에 몸담은 적이 있지? 정 도인을 만나러 관서에 갔다가 거기서 자넬 봤어. 금단을 훔치려다가 정 도인에게 들켜서 죽지 않을 정도로 매를 맞고 있었네. 아닌가?"

사실이었다. 돌림병으로 어려서 부모를 여의고 병약한 누이동생과 의지가지없이 거리를 떠돌며 구걸로 연명해온 말복이다. 거지로 살다 보니 날로 야위어가는 누이를 보다 못해 대갓집 머슴을 자청해 들어가 살기도 했다. 누이를 겁탈하려는 주인 영감을 칼로 찌르고 도망쳐 나온 말복은 산속으로 숨어들었다가 정 도인을 만났다. 정 도인에게 몸을 의탁한 채 몇 년을 지내는 동안 말복은 정 도인의 몇 가지 방술을 흉내 낼 정도가 되었다. 그 무렵 누이동생의 병세가 위중해지자 말복은 정 도인에게 금단을 나눠달라고 매달렸다. 하지만 정 도인이 끝내 청을 거절하자 금단을 훔치려다가 들켰다. 말복은 멍석말이를 당해 반송장으로 산골짜기에 버려졌다.

그런 말복을 살려준 것이 목만중이다. 정신을 차린 말복은 누이동생의 신변을 알아봐달라고 간청했다. 목만중은 누이동생의 주검을 찾아와 장례를 치러주고, 말복의 상처가 아물 때까지 극진히 보살폈다. 그 은혜를 반드시 갚기로 말복은 결심하고, 정 도인에 대한 복수도 다짐했다. 누이의 복수를 위해 무엇보다 돈이 필요했다. 이벽의 집에 임노비로 들어가 살게 된 것도, 천주교인들의 집을 염탐하라는 목만중의 명을 기꺼이 따른 것도 그래서였다. 그런데 그만 정약종에게 덜미를 잡히고 만 것이다.

"생사람 잡지 마십시오! 소인은 정 도인이 누군지도 모릅니다!"

"좋아. 그건 그렇다 치자고. 광암 사돈댁 몸종이라는 자가 왜 승훈 사돈네 집을 얼쩡거렸지? 혹시 우리 집도 염탐했던 거 아냐? 내 이름만 듣고도 내가 도교에 미쳐 팔도명산을 유랑 중이라는 것까지 아는 걸 보면 내 짐작이 틀린 것 같진 않은데…."

"아, 아닙니다! 소인은 그저 제 상전께서 약전 나리와 당신 걱정을 하는 걸 우연히 들었을 뿐입니다!"

말복은 낭패한 표정으로 변명을 늘어놨다.

"허면 승훈 사돈네 몰래 들어가서 그곳 손님들이 하는 얘길 엿들은 것도 우연인가?"

"어, 언제부터 절 지켜보셨던 겁니까?"

당황한 나머지 말복은 말까지 더듬었다.

"형님이랑 내 아우가 광암 사돈이랑 만천 댁에 갔다기에 인사나 드릴 겸 들렀더니 자네가 그 댁 사랑방을 숨어서 보고 있더란 말이지. 어째 눈빛이며 풍기는 분위기가 수상쩍어서 예까지 따라와 봤더니 역시나 첩자가 맞았어. 자네한테 첩자 노릇을 시킨 게 저 집 주인인가 보지?"

"아, 아닙니다!"

"다른 사람은 속여도 난 못 속여. 보아하니 정 도인 밑에 있으면서 방술을 익힌 모양인데 염력은 그런 데 쓰라 있는 게 아냐. 남의 말이나 엿듣는 데 쓰지 말고 자네 마음 수련하는 데 쓰란 말이야."

"나으리께서 상관할 바가 아니질 않습니까?"

"어, 그래. 나도 바쁜 몸이라 더 상관하고 싶어도 할 시간이 없어. 아무튼 사돈댁으로 돌아가거든 말 좀 전해주게. 큰 형수님 제사에 참석하지 못해서 죄송하다고 말이야. 금강산에 올랐다가 오느라 기일을 놓치고 말았지 뭐야. 내년 기일에는 늦는 일이 없을 것이니 그리 아시라고 전해줘. 난 아픈 곳 없이 잘 지내고 있으니 내 걱정은 하지 말란 말도 꼭 전하게. 그리고 자네는 빨리 사돈댁을 나오고 말이야. 염탐질은 그만두란 얘기야. 만일 내가 돌아와서도 그 짓을 계속하고 있으면 혼날 줄 알아. 알았어?"

할 말을 마친 정약종은 총총히 고샅을 걸어나갔다. 말복은 그 뒷모습을 망연히 바라보았다.

● ● ●

세자의 책봉례가 거행되었다. 간간이 바람이 불어 칠월의 불볕더위를 식혀주었다. 도성 사람들은 책봉식을 먼발치에서나마 보기 위해 궁궐 앞으로 달려갔다. 임금은 이날을 기려 사도세자의 존호를 장헌세자로 올리고, 그를 기리는 경과를 시행하여 2천 명의 무사를 선발했다. 벽파 신료들은 왕권의 위엄 앞에서 위협을 느꼈다.

온 나라를 들뜨게 했던 축제도 추수철이 다가오면서 모두의 관심에서 멀어졌다. 그런 가운데 조선 천주교회의 역사적인 예식이 비밀스럽게 거행되었다.

별들도 잠든 깊은 가을밤. 일단의 사내들이 어둠을 틈타 수표동 이벽의 집으로 숨어들었다.

"참으로 뜻깊은 자리입니다. 우리 신앙공동체는 성품성사를 받은 신부님이 한 분도 안 계신 열악한 환경에도 불구하고 자생으로 일어나 오늘에 이르렀습니다. 천주를 따르는 이들이 흘린 피로 이 땅이 젖게 될 것이란 두려운 계시가 있었음에도 여러분이 신심으로 그 공포를 극복했기에 가능했던 일이었습니다."

감격에 젖은 이승훈이 사내들과 일일이 눈을 맞췄다. 신앙공동체가 출범한 그 날, 이벽에게 천주의 계시를 전해 듣고 두려움에 떨었다. 지난 반년 동안 교리 공부에 몰두해온 권일신과 이벽이 오늘 이 자리의 주인공이었다.

"예비자들은 일어나 앞으로 나오십시오."

이승훈의 호명이 있자 권일신과 이벽은 탁자 앞으로 다가갔다. 십자고상이 걸린 벽 앞에 놓인 탁자에는 성상과 탁고상, 놋주전자와 기름이 담긴 작은 접시, 눈처럼 흰 도포 두 벌이 가지런히 놓였다.

"본래는 예식을 거행하기 전에 대부모 중 한 분을 모셔와야 합니다.

견진성사까지 받은 신자만이 대부모를 설 수 있는데, 알다시피 우리 조선에서 정식으로 세례를 받은 사람은 저 베드로 한 명뿐입니다. 게다가 세례를 주실 신부님도 이곳엔 안 계십니다. 사정이 이런지라 제가 두 예비자의 대부를 서면서 세례식도 대신 봉헌하게 됐습니다."

이승훈이 권일신과 이벽에게 세례를 베푼 오늘은 조선 천주교회의 역사적인 날이었다.

"당신은 하느님 교회에서 무엇을 청합니까?"

이승훈은 권일신과 이벽을 바라보며 질문을 던졌다.

"신앙을 청합니다."

"신앙을 청합니다."

예비자로서의 교육과 두 번의 시험, 기도와 단식을 끝낸 권일신과 이벽이 진지한 목소리로 대답했다. 이승훈이 또 물었다.

"만일 교회 밖의 세력이 당신에게 신앙을 버리라고 강요할 경우에는 어떻게 할 결심입니까?"

"천주교는 진리를 명백히 아는 종교입니다. 이 종교를 버리느니 차라리 혹독한 형벌도 달게 받고, 죽음까지도 감수하겠습니다."

"그대는 세례명을 무엇으로 정했습니까?"

이승훈이 권일신에게 물었다.

"프란치스코 하비에르로 정했습니다. 주보 성인을 본받아 제 일생을 조선의 복음 전파에 헌신하고자 합니다."

예수회를 설립한 7명의 회원 가운데 한 명인 프란치스코 하비에르는 동양의 사도로 칭송받는 성인이다.

"주님의 은총이 함께 하시길 빕니다."

이승훈이 이번엔 이벽을 바라보았다.

"저는 세례자 요한을 주보 성인으로 모시려 합니다."

세례자 요한은 예수의 어머니 마리아의 사촌, 엘리사벳의 아들이었다. 그는 그리스도가 올 때가 이르자 유대의 요르단 계곡으로 나아가 천사가 일러준 대로 사람들에게 물로 세례를 주며 예언 활동을 펼쳤다.

"세례 준비자들이 세례명을 정했으니 여러분도 앞으로는 이분들을 세례명으로 불러주시기 바랍니다. 이제부터 세례성사를 집전하겠습니다. 아, 그전에 여러분께 미리 밝혀둘 것이 있습니다."

이승훈은 제대의 주전자와 접시를 가리켰다.

"주전자에는 성수가 들어 있고, 접시에는 성유가 담겨 있습니다. 세례성사를 베풀 때 꼭 필요한 성물인데, 제가 북경에서 돌아올 때 미처 갖고 나오질 못했습니다. 그래서 급한 대로 오늘 새벽에 우물에서 길어 올린 정화수를 축성하여 성수로 삼고, 올가을에 딴 물푸레나무 열매를 짜서 그 기름을 성유로 축성했습니다."

교황청에서 정식으로 성품성사를 받아 미사를 집전할 자격이 주어진 사제만이 축성할 수 있는 것이 성유요, 성수였다. 세례성사를 예비자에게 베풀 수 있는 자격은 사제에게만 주어졌다. 하지만 선교사 없이 교리를 독학한 데다 교회법에도 무지한 터라 그 방 누구도 평신도가 성사를 집전하는 것이 위법인 줄 알지 못했다.

"두 사람에게 물의 세례를 베풀겠습니다."

권일신과 이벽이 죄의 끊어버림을 맹세하고 신앙고백을 마치자 이승훈이 세례 의식을 거행했다. 조선에서 행해진 첫 세례 의식이었다.

"아멘."

방 안의 사람들이 모두 약속이라도 한 듯 환한 얼굴로 속삭이며 서로에게 눈을 맞추고 어깨를 두드려주었다. 조선의 첫 영세자 이승훈이 북경에서 세례를 받고 돌아온 그해 가을, 1784년 9월의 일이었다.

그날 이후로 이벽의 수표동 집은 신도들과 예비신자들이 모여 교리를 배우고 미사를 올리는 집회장이 되었다. 그새 계절이 두 번 바뀌었다. 주일 미사를 마치고 집회장을 나서는 김범우의 머리 위로 눈이 내렸다. 김범우는 아랑곳없이 입정동 최창현의 집으로 달려갔다.

최창현은 김범우의 셋째 아우 이우의 동갑내기 친구다. 같은 역관 출신인 데다 부모들끼리도 절친하여 김범우와도 가깝게 지내던 최창현이 몇 해 전부터 한의학에 푹 빠져 지내더니 얼마 전에 본가에서 독립하여 입정동에 의원을 차렸다.

"거기 보면 투전 패 있을 거야."

최창현은 아랫목에 놓인 화로를 방 가장자리로 밀어놓으며 문갑에 다가서는 김현우에게 말했다.

"이거 하자고 우릴 부른 거예요? 노름이라면 질색이던 형님이 웬일 이래요? 오라는 손님은 안 오고 파리 떼만 날리니까 죽을 맛인가 보다. 히힛!"

"시간 죽이는 데는 이거만 한 게 없대. 얼마나 재밌나 궁금해서 다들 모이라고 한 거야."

최창현과 김이우 그리고 최인길과 김현우 넷이 자리를 잡고 앉아 패를 나눠 가졌다. 최인길은 최창현의 집안 조카이고, 최인길의 막역

지우인 김현우는 김범우의 넷째 아우다. 그러다 보니 넷이 자주 어울렸다.

최창현은 옆에 앉은 김현우의 패를 보려고 기웃거렸다.

"에이, 훔쳐보기 없기예요!"

김현우가 얼른 패를 손으로 가렸다. 그리고는 다른 사람의 눈치를 살피며 제 패를 읽기 시작했다. 나머지 세 사람도 미간에 힘을 주고서 빠르게 패를 살폈다. 그러길 얼마였을까.

"자, 다들 까봐. 난 장땡일세그려. 이거 조짐이 좋은걸. 으하하!"

패를 바닥에 탁, 내려놓은 김이우가 침울해진 분위기를 의식한 듯 과장되게 어깨를 들썩이며 웃어젖혔다.

"젠장! 한 끗발만 더 붙으면 좋았을걸. 난 일팔 갑오야."

최인길은 쓴 입맛을 쩝 다시며 제 패를 내보였다. 그때 기척도 없이 방문이 벌컥 열렸다.

"헉!"

네 사람은 약속이라도 한 듯 방구석에 개켜놓은 이불을 향해 몸을 날렸다.

"숨길 필요 없다, 나야."

김범우가 열린 방문으로 초립을 쑥 들이밀며 말했다.

"어휴, 형님! 기척이라도 좀 내시지요! 단속 뜬 줄 알고 식겁했잖아요!"

이불 속으로 투전 패를 쑤셔 넣다 말고 김이우가 투덜거렸다.

"단속이 무서우면 투전 같은 걸 애초에 하지 말았어야지."

김범우가 웃으며 아우들을 불러 모았다.

"왜요? 무슨 비밀 얘기라도 있어요?"

"너희들, 그동안 우리 중인이 차별받는다고 불만이 많았지? 양반들 밑 닦아주는 일만 하면서 멸시까지 당하는 게 진절머리난다고 말이야."

"그랬죠. 근데 그 얘긴 갑자기 왜?"

"이제 세상이 바뀌었단다. 우리 중인도 양반들이랑 동등하게 살 날이 왔어."

"에이, 그런 일이 어떻게 가능해요?"

"내가 중인이다. 직접 겪고 있는 일이야."

이런 반응이 나올 줄 알았다는 듯 김범우는 차분하게 말을 이었다.

"방금 내가 어딜 다녀온 줄 아니? 수표동에서 열리는 미사에 참석하고 오는 길이야."

"미사요?"

"천주교 신자들이 천주님께 드리는 예식이 미사란다. 하지만 너희는 지금 내 말이 다 무슨 소린가 싶을 게다."

김범우는 숨겨온 책을 꺼내 최창현에게 건넸다.

"이게 뭐예요?"

"교리서란다. 세례자 요한 형제님께서 만든 건데, 너희에게 보여주고 싶어서 밤새 필사해 온 거란다."

"예? 세례자 요한이요?"

"이우와 현우는 알 게다. 수표동에 사는 광암 말이야."

"아! 지난봄에 의주에서 형님 목숨을 구해준 그분이요?"

"그분이 개명까지 했어요?"

"세례명이란다. 천주교회에서 부르는 이름이야."

"천주교회는 또 뭡니까?"

김이우는 여전히 뭐가 뭔지 모르겠다는 표정이다.

"천주님을 모시는 성전을 뜻한단다. 천주님이 어떤 분이시냐면…."

"만물을 창조하신 분이라고 여기 적혀 있군요. 이게 다 무슨 얘기들입니까?"

한시체로 적힌 교리서를 읽어나가던 최창현이 끼어들었다.

"무슨 소린지 당최 모르겠지? 그래. 나도 처음엔 이게 뭔 소린가 했다."

이벽에게 선물을 전하기 위해 이승훈의 집을 찾아갔을 때만 해도 그랬다. 하지만 이벽의 친절한 설명을 통해 천주교가 뭔지 대강이나마 알게 되었고, 이벽의 가르침이 계속될수록 크나큰 충격에 사로잡혀 헤어 나오질 못했다. 그것은 이제껏 들어보지도 겪어보지도 못한 새 세상이었다. 그 신앙의 세계에 발을 들인 순간, 김범우는 새로 태어난 느낌이었다.

이 사실을 아우들에게 털어놓고 싶었지만, 그때마다 그 자신 천주교를 제대로 알고 세례를 받아 정식으로 입교한 뒤에 아우들에게 전교하는 것이 옳다는 판단에 참고 또 참았다.

그런데 교회의 지도자들로부터 기쁜 부탁을 받았다. 입교를 권하고 싶은 증인들이 있으면 다음 미사 때 데리고 와 달라는 부탁이었다. 권철신이 암브로시오라는 세례명으로 이승훈에게 세례를 받은 뒤였다. 이벽을 대부로 삼은 정약전, 권일신을 대부로 삼은 정약용의 세례식이 거행된 직후에 이벽은 김범우를 신의에 찬 눈빛으로 보며 말했다.

"범우 형제님께서도 이제 세례를 받으셔야죠. 여사울에서 단원 형제님이 올라오시는 대로 형제님의 입교식도 올리겠습니다. 영광스러운 자리에 형제님의 가족 친지가 참석하면 좋겠습니다. 그러니 예비 신자로 모실 분이 계시면 함께 오세요. 이제 중인들도 천주님 품 안으로 들도록 교회 문을 활짝 열 때가 되었습니다. 언제까지 양반들만 교인으로 받을 순 없으니까요."

김범우는 그들의 정중한 부탁을 그대로 아우들에게 전했다.

"농도 심하시네요. 양반들 콧대가 어떤 콧댄데 우리 같은 중인을 존대한대요?"

"형님이 잘못 듣고 오신 거 아니에요?"

다들 쉽사리 믿지 못하는 눈치였다. 천주교회에 초대받았다는 기쁜 소식은 귓전으로 흘려듣고 양반이 존대했다는 사실에만 촉각을 세우는 아우들이 김범우는 답답하고 안타까웠다.

"진짜로 거기 가면 정승 같은 대접을 받는다니까."

"왜 우릴 정승 대접하는 건데요?"

최창현은 도무지 이해가 되지 않았다.

"천주교인이 되면 양반 상놈 구분 없이 형제로 맺어지거든. 천주교에서 아버지로 모시는 천주님이 천지를 창조하실 때 우리 사람도 창조하셨기 때문이란다. 그래서 인간은 누구나 천주님의 자녀인 거야. 이우랑 현우가 나와 같은 아버지 밑에서 태어났기 때문에 서로 형제인 것처럼 하느님 덕분에 이 세상에 태어났으니 인간은 누구나 형제자매인 셈인 거지. 그분들이 나를 형제님이라고 불러주고 깍듯이 대우해주는 것도 그런 이유 때문이란다. 천주교회 안에서는 양반과 중인이 아니라 한 아버지를 받드는 형제니까 서로 존중하고 사랑하고 아껴주게 되어 있어. 그게 교회의 법이야."

"그럼 노비나 백정이 가도 같은 대접을 받는단 말입니까?"

"당연하지."

"설마 그럴 리가요…."

"그러니까 너희도 집회에 나와 보라는 거잖니. 백 번 듣느니 한 번 보는 게 낫지."

김범우의 태도에 김이우는 적이 놀랐다. 이제껏 보아온 소심함에서 벗어나 활달해진 형의 모습이 좋아 보였다.

"천주교란 거 신통하긴 하네요. 형님을 이리 바꿔놓은 걸 보면 말이에요. 저도 한번 나가보지요."

"저도 시간을 내겠습니다."

최창현까지 가세하자 김범우는 뛸 듯이 기뻐했다. 그때 김현우가 최인길에게 속닥였다.

"형들이 간다는데 우리도 가볼까?"

"그럴까, 그럼?"

네 아우 모두가 참석한다는 말에 감격한 김범우는 초립을 집어 들고 일어섰다.

"벌써 집에 가시게요? 저희랑 좀 더 있다가 같이 가요, 형님."

"집이 아니라 수표동에 가려는 거란다. 가서 이 기쁜 소식을 알려야지. 너희는 천천히 놀다 오거라."

수북하게 쌓인 눈길을 걷는 김범우의 걸음이 날아가듯 가벼웠다.

・ ・ ・

이기경은 아직도 그 얘기를 믿을 수가 없었다.

약용이 사교에 빠져 있다니…. 세례란 걸 받아 교인까지 되었다니….

남인의 기대를 한 몸에 받는 정약용이 공부는 내팽개친 채 딴짓에 정신이 팔린 것이 순전히 천주교 때문이라고 속닥거린 것은 홍낙안이었다.

'그럴 리가 없어…. 다른 사람도 아니고 약용이….'

형제샘 골목을 잡아 도는 이기경의 걸음이 허방을 딛는 듯 자주 허청거렸다.

"약용이! 자네한테 물을 말이 있네!"

정약용의 집에 당도한 이기경은 몰아치는 숨을 고를 새도 없이 곧장 방으로 뛰어들었다.

"헉!"

이기경은 문지방을 넘어서다 말고 그 자리에 얼어붙었다. 정약전과 정약용 형제가 뭔가를 베껴 적느라 여념이 없었다. 손톱만 한 글자들이 빽빽하게 들어찬 종이들 너머로 이미 필사를 마친 교리서들이 연상 주변에 차곡차곡 쌓여있었다. 표지 상단에 십자가 모양이 또렷하게 그려진 교리서였다.

방안 상황을 파악한 이기경의 표정이 낙담으로 일그러졌다.

"이형이 여긴 어쩐 일입니까?"

정약용은 난데없이 들이닥친 이기경을 당황한 낯으로 올려다보았다.

"앉게. 앉아서 얘기하세."

정약전이 파리하게 질린 이기경의 안색을 보고 진정시키려 들었다. 하지만 날 선 이기경의 기세가 정약용을 향했다.

"…이딴 걸 만들려고 벌점까지 받아가며 성균관을 비운 건가? 장차 큰일을 할 자네가 이딴 사교에 정신을 팔아서 어쩌자는 거야?"

이기경은 종이든 책이든 손에 잡히는 대로 집어 들어 바닥에 패대기를 쳤다.

"이형! 무슨 짓이오?"

솟구쳐 일어난 정약용이 이기경을 밀쳤다.

"자네, 미쳤는가? 이게 어떤 건 줄 알고 함부로 행악질인가!"

바닥에 널브러진 원본 교리서를 황망히 거둬들이며 정약전이 소리쳤다.

"조선을 망치고 약용이 앞날을 망칠 사악한 물건이겠지요!"

이기경은 지지 않고 소리쳤다.

"뭐라고?"

"저도 천주교가 어떤 종교인지 대충은 압니다! 아끼는 벗이 그런 사교에 빠진 걸 두고 볼 수는 없습니다!"

이기경은 정약용을 향해 빙글 돌아섰다.

"여기서 본 건 못 본 걸로 할 테니 이만 돌아가세!"

이승훈이 먼저 읽고 이벽에게 건네준 교리서들을 정약전 형제가 받아온 것이 한 달 전이다. 정약전은 밤을 지새우며 교리서를 필사했고, 정약용은 쉬는 날이면 필사를 도왔다. 필사본이 완성되는 즉시 이가환에게 전하기로 했다. 천주교에 부정적이던 이가환은 일단 교리서를 보고 나서 입교까지 생각해보겠다고 약속한 터였다. 남인 중 청남 계열의 지도자로서 영향력이 막강한 이가환의 긍정적인 반응을 이끌어낸 사실에 권철신을 비롯한 교인들은 한껏 고무되었다. 정약전 형제가 교리서 필사에 몰두한 까닭이다. 그런데 느닷없이 이기경이 뛰어들어 필사를 방해한 것이다.

"도와줄 거 아니면 방해하지 말고 나가주게! 그래야 약용이 하루라도 빨리 성균관으로 돌아갈 수 있네! 약용일 끔찍이 아끼는 자네니까 여기서 본 건 비밀로 해줄 거라 믿네!"

정약전은 이기경의 등을 문 쪽으로 거칠게 밀었다.

"하오나 사형!"

그때였다.

"…이게 다 뭡니까?"

방 한가운데서 밀고 밀치는 실랑이를 벌이던 정약전과 이기경이 그 소리에 히뜩 놀라 문 쪽을 보았다. 언제 그곳에 와 있던 걸까. 봇짐을 등에 멘 윤지충이 툇마루에 걸터앉은 채 손에 들린 책을 휘둥그레진 눈으로 들여다보았다. 이기경이 내동댕이치는 바람에 사방으로 흩어졌던 필사본 중 몇 권이 열린 문 바깥의 툇마루까지 날아간 것이다.

• • •

"그래서 지충이 대신 형이 왔단 말이야?"

항검이 누명을 쓰고 유배를 떠난 데다 유동근까지 위중해지자 지충은 대과 공부를 접고 그 길로 진산으로 내려왔다. 당장 내일 어찌 될지 모르는 게 사람 일이다. 지충은 뜬구름 잡는 일일지도 모를 과거 공부보다 자신에게 주어진 현실을 먼저 챙기는 것이 옳은 처사라고 판단했다. 대신 가족들을 돌보며 틈틈이 과거 공부를 계속해나갔다. 그런 지충에게 항검은 이벽에게 전할 서찰을 안겨주었다. 일전에 자신에게 권해준 천주교 교리서를 이제야 읽고 싶은 마음이 생겼으니 지충이 편에 보내주었으면 한다는 서찰이었다.

"하필 내가 양근으로 떠난 직후에 지충이가 도착하는 바람에 서로 길이 엇갈리고 말았지 뭐냐. 내가 올 때까지 기다리려고 형제샘으로 갔던 모양이야. 지충이한테는 약전 형제님이 고종사촌이 되니까. 헌데 거기서 교리서를 보았대. 지충이가 왔었다는 얘기를 안사람한테 듣고 내가 형제샘으로 달려갔더니 아예 사촌들 집에 며칠 더 묵으면서 교리서를 보고 싶다고 하더라. 그래서 그러라고 했다."

눈이 확 뜨이는 느낌이었다고 지충은 이벽에게 말했다. 그동안의 과거 공부가 부질없이 느껴졌다고 했다. 이벽은 그런 윤지충을 보며 쾌재를 불렀다. 윤지충은 하느님의 충실한 종이 되어줄 것이다. 그의 진지하고 올곧은 성품은 천주교가 추구하는 도리와도 맞닿았다.

"지충이가 과거 공부에 지쳐 있더니 다른 관심사를 찾았나 보네요."

"그런 것 같다. 처음 접한 교리 내용이 꽤 충격적이었던가 봐. 딴 세상을 만난 기분이라던 걸. 두고 봐라. 지충이는 좋은 교인이 될 거야. 너도 물론이고."

이벽은 보따리를 들어 항검에게 건넸다.

"네가 부탁한 교리서다. 북경에서 온 교리서는 지금 필사 중인데 다음 차례가 이미 정해져서 못 가져왔어. 일단 이것부터 읽어봐."

"고마워, 형."

항검은 묵직한 보따리를 조심스럽게 받아들었다.

"읽다가 모르는 것이 생기면 대감마을 이암 선생을 찾아가 여쭈렴. 내가 교회 일로 도성을 자주 비울 수 없어서 따로 그분께 부탁해 놨다."

"정말? 그래도 돼?"

"이암 선생은 녹암 선생의 아우 분이야. 복음과 교리에 해박하셔."

"괜한 폐를 끼치는 건 아닌지 모르겠네."

"그런 걱정은 안 해도 돼. 그분께서 그 일을 소임으로 여기고 계신데다 워낙 잘 가르치기도 하셔서 소문을 듣고 찾아오는 이들이 제법 있단다. 그분 덕분에 예비자 기간을 빨리 마치고 입교한 신도들이 수십이 넘어."

이승훈으로부터 세례를 받고 입교한 권일신은 양근으로 돌아가자마자 우선 가족들과 몸종들을 개종시킨 뒤 그를 따르던 제자들에게도 천주교 복음을 전파했다. 교리에 감복한 그들이 입교를 청하자 이승훈과 이벽이 직접 양근으로 내려갔고, 그곳으로 모인 예비자들에게 세례예식을 베풀었다. 그들에게 교리를 가르친 권일신이 대부가 되어 주었다. 세례성사를 받은 권일신의 제자들은 자신들의 고장으로 돌아가 가족들과 친인척들에게 교리를 전파했다. 그 덕분에 교인들의 수가 나날이 늘었다.

이벽은 염려스러운 눈길로 항검을 건너다보았다. 틈틈이 전주로 내려와 항검에게 천주님의 사랑과 용서에 대해 들려주곤 했다. 죄의식에 사로잡혀 폐인처럼 지내던 이벽을 죄의식 밖으로 끌어내 준 것이 천주교였다. 스승 예원이 그러했듯, 이벽은 성서의 말씀으로 항검의 아픈 마음을 다독이려 애썼다. 그러나 항검의 닫힌 마음은 좀처럼 열리지 않았다.

그렇게 한 해가 흘렀다. 교회 일로 정신없이 바쁜 나날을 보내느라 이벽은 항검을 만나러 내려오는 일이 뜸해졌다. 그런데 항검으로부터 천주교를 배우고 싶다는 서찰이 온 것이다.

"마음이 바뀐 연유가 뭔지 물어도 되겠니?"

이벽은 전주로 오는 내내 궁금했던 바를 항검에게 물었다.

"…그분들을 뵈었어."

"그분들?"

"아버님과 예원 스승님. 두 분이 꿈에 오셨더라고."

꿈속의 아버지와 스승은 천상의 화원에서 편안한 모습이었다.

"형이 언젠가 말했지? 천주님을 믿으면 갈 수 있는 곳이 천당이라고."

"그랬지."

"형이 말한 천당이 정말 있다면 저런 곳이질 않을까…. 꿈을 꾸면서도 그런 생각이 들더군. 난 이렇게 괴로운데… 그래서 하루하루가 정말 지옥 같은데… 두 분은 낙원처럼 평화로운 곳에서 정말 편안하고 행복한 모습이었어."

"그런 모습이셨다는 걸 보니 영혼의 안식을 찾으신 모양이구나."

"형, 고마워. 형이 가져온 책들 다 꼼꼼히 읽어볼게. 천주란 분을

믿고, 그분의 가르침대로 살면 정말로 원망이 사라지는지… 마음이
정말로 평화로워지는지 보려고."

"분명 그리될 거야."

이벽은 항검의 마른 손을 힘껏 쥐었다.

● ● ●

첫 번째 세례식이 거행된 이후로 신앙집회는 거르는 일 없이 열렸
고, 권철신 형제의 집에서는 교리 공부가 활발하게 진행되었다. 그리
하여 두 번째 세례식이 거행되었다. 천진암 강학 때부터 함께해온 권
철신의 제자 홍낙민이 '루가'라는 세례명으로, 중인 신분인 김범우와
최창현이 각각 '토마스'와 '요한'이라는 세례명으로 세례를 받았다. 이
벽의 전교로 입교를 결심한 항검은 권일신의 집에서 살다시피 하며
교리 공부에 몰두하더니 '아우구스티노'라는 세례명으로 세례를 받았
다. 이존창은 '루도비코'라는 세례명으로 다시 태어났다.

집회 장소가 수표동 이벽의 집에서 명례방 김범우의 집으로 바뀐
것은 두 번째 세례식이 있고 나서였다. 중인들이 양반네를 뻔질나게
드나드는 모습을 수상쩍게 여기는 이들이 생겨나고 있었다. 감시의
눈길에 대한 불안감이 커지자 김범우가 자기 집을 집회 장소로 내놓
은 것이다.

"입교하고 싶어도 집회가 양반댁에서 열린다니까 부담스러워서 참
석을 꺼리던 이들이 적잖았던가 봐요. 명례방으로 옮기고부터 참석자
들이 눈에 띄게 늘고 있다는구려."

이존창이 감격스럽게 말했다. 도성 소식을 전하기 위해 완숙을 찾아온 그였다.

"잘 됐네요."

누구보다 기뻐할 줄 알았던 완숙의 시무룩한 반응이 이존창은 의외였다.

"왜 그러시오? 내가 도성에 다녀온 사이 지영이가 또 문제를 일으켰소?"

"아니에요. 용춘이 유배를 떠난 뒤로는 집안에만 틀어박혀 있어요."

완숙은 그늘진 얼굴로 기운 없이 말했다. 그때 갓난아기 울음이 방 안의 고요를 깨뜨렸다.

"……."

완숙이 그녀를 빼닮은 홍순희를 출산한 것은 신록이 움트던 늦봄의 일이다. 이 아이를 낳느라 아픈 시간을 보냈다. 덕분에 완숙은 이존창에게 품은 감정을 돌볼 겨를이 없었다. 삼칠일이 지날 때까지 이존창은 발길을 끊었다. 눈에서 멀어지면 마음도 멀어진다더니, 자주 안 보니 생각도 덜 났다. 완숙은 안심했다. 잠깐 스쳐 간 바람이라 여기니 마음도 편해졌다.

"종수씨의 안색이 영 좋지 않구려. 글방에도 못 나가고 집에만 있자니 답답해서 그러시오?"

출산 전까지 완숙이 운영해온 글방을 이존창이 대신 맡아 교리를 가르친 것이 벌써 석 달째였다.

"마음을 느긋하게 먹으려고 애는 쓰는데 자꾸 조바심이 나네요."

금세 잠이 든 순희를 내려다보며 완숙은 한숨을 푹 쉬었다. 완숙은 종종 교리방을 다니는 시모와 필주에게서 도성 교인들의 소식을 들었다.

"저도 세례를 받고 싶은데 순희 때문에 옴짝 못하고 있으니 속상해요."

"어쩔 수 없질 않소. 순희가 자라길 기다리는 수밖에…."

"그래서 열심히 기도 올리고 교리서 보는 것으로 위안 삼고 있어요. 헌데도 세례를 받았다는 교우들 소식을 듣다 보면 저도 모르게 초조해져요."

"조급해하지 말고 우선 몸부터 추스르도록 해요. 적당한 때를 봐서 종수씨에게도 기회를 만들어보리다."

그 시각, 도성의 북촌에서는 노을을 등지고 적토마 한 필이 번개처럼 내달았다.

"가까이 와라."

집에 도착한 박철오는 노복이 마당으로 뛰어나오자 말에서 내리지도 않은 채 노복의 귀에 대고 뭐라고 속삭였다.

"예, 나으리!"

노복이 어딘가를 향해 줄달음을 놓자 박철오는 곧장 안가 쪽으로 말을 몰았다.

'드디어 구해왔습니다. 저를 살리고 마마를 살릴 비약을….'

저만치 창덕궁이 스쳐 가자 박철오는 복부에 두른 검은 띠를 소중히 어루만졌다.

을사추조적발사건

계획은 은밀하게 추진되었다. 계절이 겨울에서 봄으로 바뀌었지만, 그들은 서두르지 않았다. 사냥감을 정한 맹수가 납작 몸을 낮추고 때를 노리듯 그들은 명례방을 주시하며 일격을 가할 순간을 기다렸다.

그리하여 결국은 그때가 오고 말았다.

정조 9년(1785) 3월. 활짝 핀 매화 꽃잎 너머로 보름달이 환했다. 적요한 명례방 거리를 지나 언덕 위 김범우의 집에 도착한 검은 형체는 주위를 한 번 사리고는 담장 위로 휙 몸을 날렸다. 검은 옷차림의 복면 사내는 김범우의 침소 주변을 재빨리 살폈다.

휙!

몸을 날려 담 아래 뜨락으로 사뿐히 내려앉은 사내가 사방을 둘러보고는 대문의 빗장을 풀었다. 검은 형체 셋이 천천히 열리는 문 사이로 불쑥 머리를 들이밀었다.

"왜 이렇게 늦었나?"

"한참 기다렸잖아."

"일이 틀어진 줄 알고 걱정했네."

역시 복면을 한 사내들이 투덜댔다.

"그것들은 가져오셨습니까?"

사내에게 길을 내주며 먼저 온 복면 사내가 물었다.

"물론이지."

"우리가 이걸 준비하느라 꼬박 이틀 밤을 새웠어."

홍낙안은 불룩한 가슴팍을 툭툭 쳐댔다.

"쉿! 누가 듣습니다."

움찔 놀란 이기경이 속삭였다.

"괜찮아. 다들 자니까 말복이가 문을 열어줬겠지."

김원성은 잔뜩 겁을 먹은 이기경을 안심시켰다.

"뭐해? 얼른 꺼내게."

느긋한 손길로 종이 뭉치를 꺼내 드는 홍낙안과 달리 이기경은 파들파들 떨었다.

"창고는 어느 쪽이야?"

홍낙안이 말복을 돌아봤다.

"따라오십시오."

말복은 세 사람을 이끌고 집 뒤쪽 창고로 향했다.

"자물쇠를 바꾸지 않은 걸 보면 이 열쇠가 없어진 걸 눈치 못 챈 모양입니다. 일각 안에 마치고 나오십시오. 소인도 그 안에 끝내고 대문에서 기다리겠습니다. 나오신 다음에는 자물통을 꼭 채워놓으세요."

미리 훔쳐놓은 열쇠로 창고 자물쇠를 푼 말복은 단단히 주의를 주며 나무문을 조심스럽게 열었다.

김원성과 홍낙안은 바위처럼 굳어있는 이기경을 양쪽에서 잡아 창고 안으로 끌어들였다. 창고 안으로 그들이 사라지자 말복은 표창을 빼 들고 마당으로 되돌아 나왔다.

스윽.

마루로 올라선 말복은 김범우의 침실 문을 조용히 열었다. 아랫목에 큰 대자로 누운 김범우는 코까지 골아가며 깊은 잠에 빠져 있었다. 어렵잖게 열쇠를 문갑 속에 도로 넣어둔 말복은 방문을 나서 마당으로 내려섰다.

"안 들키고 잘 넣어놓고 왔어?"

홍낙안은 불안한 눈길로 김범우의 방을 살폈다.

"예. 나으리들도 잘 숨겨놓으셨겠지요?"

말복은 어둠 속의 창고를 힐끗 건너다봤다.

"물론이지."

이기경은 창고 쪽을 자꾸 힐끔댔다. 창고에서 먼저 나간 김원성과 홍낙안은 이기경이 나오길 기다렸다가 자물통을 채우고는 부리나케 그곳을 빠져나갔다. 그런데 뒤에 오던 이기경은 뭔가 덜컥, 하는 소리를 들었다. 두 사람이 재촉해대는 통에 그 소리의 정체를 확인하지 못하고 창고를 벗어났지만, 이기경은 아무래도 그 쇳소리가 마음에 걸렸다.

'꼼꼼한 원성이니 어련히 잘 잠갔을까.'

이기경이 스스로 의심을 지우는 동안 김원성의 지시로 일행은 일사불란하게 김범우의 집을 벗어났다. 다른 사람들을 내보내고 안에서 대문 빗장을 지른 뒤 몸을 날려 담장을 넘은 말복은 뭔지 모를 이상한 기운을 느꼈다. 하지만 아무리 살펴봐도 이상징후는 발견되지 않았다.

'내가 너무 예민해졌나 보군.'

말복은 더 지체하지 않고 북촌으로 내달았다.

"소인 말복입니다."

안가에 도착한 말복이 아뢰었다.

"어찌 되었는가?"

목만중의 어깨너머로 박철오와 심환지가 설핏 보였다.

"분부대로 처리하고 왔습니다."

"수고했네. 그만 돌아가 쉬게."

●　●　●

이튿날, 명례방은 벌집을 쑤셔놓은 듯 시끄러웠다. 대로에서 골목까지 언문 벽서가 나붙었다. 문제의 벽서 앞에 삼삼오오 몰려든 사람들은 웅성거리며 창덕궁 방향을 연신 돌아봤다.

'천주를 믿고 받들면 동궁이 살고, 천주를 배척하면 세자가 죽는다!'

"대체 누가 저런 벽서를 붙였다지?"

"보면 몰라? 천주란 자를 따르는 사람이 쓴 거잖아."

"천주가 누군데?"

"난들 아나?"

"어떤 놈인지 경을 칠 놈일세그려! 지가 뭔데 우리 세자저하의 목숨을 좌지우지한다는 게야?"

모여 선 사람들이 벽보에 대고 욕지거리를 퍼부었다. 멀찍이 떨어져 있던 추레한 차림의 사내가 삿갓을 들어 올렸다.

"이것이었군."

벽서를 읽고 난 젊은 사내가 어두운 표정으로 중얼댔다. 수련을 마치고 산에서 내려온 정약종이었다.

"내 말을 듣지 않고 끝내 일을 저질렀어, 그자가…."

포졸들이 벽서를 향해 우르르 달려오고 있었다.

"비키시오! 비켜!"

구경꾼들을 밀쳐낸 포졸들이 벽서를 뜯어냈다. 착잡한 눈으로 지켜보던 정약종이 결심을 굳힌 듯 어딘가로 향했다. 포도청에서 회수한 벽서가 임금의 집무실에 놓였다.

"오늘 아침에 거둬들인 것만 이십여 장에 달합니다. 명례방 순라군의 말로는 인시 전후로는 보이지 않던 것들이라 하옵니다."

채제공의 안색이 창백했다.

"벽서를 붙이는 장면을 목격한 행인이 없는 걸 보면 여럿이서 동시다발로 움직였을 겁니다."

"대체 어떤 자들이 이런 짓을 벌인 걸까요? 혹시…."

채제공의 눈길이 명례방 쪽을 향했다. 이산은 조용히 고개를 저었다.

"천주교 신자들은 범인이 아닙니다. 벽서를 붙여서 이로울 게 없으니까요."

하기야 천주의 좋은 점을 백성들에게 부각해도 모자랄 판국이었다. 그런데 벽서의 내용은 세자를 살리고 싶으면 천주를 믿으라고 협박하고 있었다. 살생을 계명으로 금하고 있는 천주교이고 보면 어딘가 맞지 않는 협박이기도 했다.

"하오면 누가 이리 무모한 짓을….."

"과인이 장용위를 설치하자 저들이 어찌 나왔습니까? 저들의 반발에도 불구하고 과인은 시전 개혁까지 천명했어요. 저들로서는 돈줄이 막히게 되었으니 과인의 행보를 좌시할 수 없었겠지요. 그래서 이리 말도 안 되는 일을 벌인 겁니다."

장용위를 설치하여 왕권을 강화한 임금은 내친김에 금난전권의 폐지까지 밀어붙였다. 금난전권은 도성 안과 성저십리 내에서의 난전을 금지하고, 육의전과 시전상인이 특정 상품을 전매할 수 있도록 부여한 상업 특권으로 그 폐해가 극심했다.

"저들은 지금 과인을 상대로 선전포고를 한 겁니다."

이산은 벽서사건이 벌어진 진짜 이유를 간파하지 못했다. 벽파의 검은 심중을 파악하지 못한 것은 채제공도 마찬가지였다.

"감히 국본을 상대로 협박을 하다니요! 추국청을 열어 죄인을 발본색원하시옵소서!"

"안 됩니다. 저들이 원하는 게 바로 그겁니다. 절대로 일을 크게 만들어선 안 됩니다."

"소신 아둔하여 무슨 뜻인지 모르겠나이다."

"벽서에 천주가 언급되어 있어요. 그게 무슨 뜻이겠습니까? 저들은 알고 있는 겁니다. 천주교에 입교한 이들이 남인들이라는 것을요. 국청을 열게 되면 천주교에 연루된 이들부터 잡아들여야 합니다. 그들이 금부에 끌려와 고신을 받게 되면 이번 사태가 어떤 쪽으로 번지게 될지는 불을 보듯 훤합니다. 그러니 벽서의 출처를 밝히는 것이 급선무입니다."

"알겠습니다."

"벽서가 처음 발견된 곳을 중심으로 조사하되, 벽서를 엄히 단속하여 여론을 가라앉혀야 합니다."

"명심하겠사옵니다."

"대감께서 급히 해주셔야 할 일이 또 있습니다."

채제공의 귀에 대고 이산은 뭔가를 속삭였다.

●　●　●

한양에서 완숙이 사는 덕산까지는 꼬박 사흘 걸음의 300리. 명례방의 사정을 알 리 없는 거리다.

봄 햇살이 환하게 들어찬 교리방에 천주가사가 씩씩하게 울려 퍼졌다. 완숙의 시모 정 노인이 박자를 놓치고 허둥대는 바람에 종종 웃음이 터졌다. 하지만 그것도 잠시, 교인들은 이내 진지하게 천주가사를 마저 불렀다.

미사를 봉헌할 때 성가 대신 천주가사를 합창했다. 이승훈이 북당에서 받아온 성가는 라틴어로 쓰인 탓이다. 교회는 서양 성가 대신 천주가사를 부르기로 결정을 내렸다. 이존창으로부터 교회의 결정을 전달받은 완숙은 교리방 여인들에게 천주가사를 가르쳤다.

세례 전에 미사 전례를 습득하는 것은 예비자의 필수 덕목이다. 완숙은 예비자들에게 미사에서 쓰이는 주요기도문을 적어주고 필사해오도록 일렀다.

하지만 기도문은 12가지나 되는 데다가 천주가사와 달리 가락이 없어서인지 교리방 여인들은 자꾸 헷갈렸다. 함께 읊을 때는 곧잘 암기하던 기도문도 돌아서면 까먹기 일쑤였다. 그래서 생각해낸 것이 필사였다. 손으로 적고 입으로 중얼대며 암기하면 더 쉽게 외울 터였다.

"어머! 한 분도 빠짐없이 다 해오셨네요?"

완숙은 아낙들이 언문으로 베껴온 종이를 한데 모아 하나하나 꼼꼼히 살펴보며 기뻐했다.

그때 밖에서 완숙을 부르는 익숙한 소리가 들렸다.

"종수씨! 종수씨, 안에 계십니까?"

이존창이었다. 완숙의 심장이 철렁 내려앉았다. 그렇게 기도하고 참회했건만…. 완숙은 마음 안의 자신을 무섭게 노려보며 천천히 몸을 일으켰다.

보름 전, 순희가 태어나는 바람에 기약 없이 미뤄졌던 완숙의 세례식을 이승훈이 집전해주겠다고 한 소식을 이존창이 알려왔다. 이벽은 대부를 서겠다고 나섰다. 항검도 사촌들을 데리고 도성까지 동행하겠다는 서찰을 보내왔다. 시모 정 노인도 기뻐하며 애들은 걱정하지 말고 잘 다녀오라며 축복해 주었다. 오늘이 세례를 받으러 도성으로 떠나는 날이었다.

"어서들 오시게."

정 노인이 문턱 너머로 얼굴을 내밀며 말했다. 흰 도포 차림의 사내 넷이 일제히 허리를 숙였다.

"처음 뵙겠습니다, 어르신. 저는 유항검입니다."

항검은 전과는 달리 편안해 보였다.

"전에 말씀드린 그분이에요, 어머니. 초남이에 산다는….."

완숙은 정 노인을 부축해 툇마루로 내려서며 항검을 소개했다.

"오, 그래. 자네가 그 사람이구먼. 어려서 도움을 많이 줬다지?"

"아닙니다. 제가 오히려 신세를 진걸요. 이쪽은 저와 동행할 제 사촌들입니다."

"진산에서 온 권상연입니다."

"윤지충입니다, 어르신."

"먼 길 오느라 고생들 했네. 아직 식전일 텐데 우리 집으로 가서 식사라도 하고 떠나시게. 정임아, 소명아, 뭣들 하고 있니? 얼른 필주랑 순희 데리고 나오너라."

정 노인이 교리방 쪽에다 대고 일렀다.

"예, 마님!"

교리방의 여인들에 섞여 고개를 쭉 빼고 마당의 사내들을 구경 중이던 소명과 정임이 발딱 몸을 일으켰다.

"아닙니다, 아주머니. 말씀은 고마우나 바로 떠나야 합니다. 해가 있을 때 움직여야 밤 되기 전에 여각에 도착한답니다."

정 노인이 서운해하자 이존창이 덧붙였다.

"이분들을 모시고 가면 지영이 좋아하지 않을 겁니다. 떠날 채비가 끝나는 대로 종수씨가 이쪽으로 나오세요. 여러모로 보아 그편이 조용할 듯합니다."

이존창의 말에 항검은 고개를 끄덕였다.

"예. 저희도 그러는 편이 덜 미안할 것 같습니다."

"그러는 게 편하다면야….."

이존창과 항검이 극구 사양하자 정 노인은 더 권하지 않았다. 완숙의 도성 나들이를 가뜩이나 고깝게 여기던 홍지영이었다. 정 노인과 완숙은 차라리 다행이라고 속으로 안심했다.

"짐 챙겨서 올게요. 가자, 소명아."

반점이 지나 완숙이 소명과 짐을 챙겨왔다.

"필주야, 순희랑 잘 놀아주고 있으렴. 어머니, 잘 다녀오겠습니다."

완숙은 필주와 시모 그리고 교리방 여인들의 손을 차례로 잡아주었다.

· · ·

명례방 김범우의 집에 모여 앉은 이벽과 이승훈의 표정이 그날따라 몹시 어두웠다.

"왜들 그러는가? 무슨 안 좋은 일이라도 생긴 거야?"

정약전이 무거운 침묵을 깨고 물었다. 이미 교인들이 와 있었지만, 이승훈은 미사를 시작하지 않았다. 이기경의 만류를 뿌리치고 성균관을 몰래 빠져나온 정약용이 빈자리를 착잡하게 응시하며 물었다.

"혹시 벽서사건 때문에 그러십니까? 성균관에서도 그 일로 무척 시끄럽습니다만…."

시끄러운 것이 어디 성균관뿐이겠는가. 벽서사건이 터진 뒤로 교인들도 설왕설래했다. 절반 이상 빈자리가 교인들 사이에 감도는 공포감을 말해주었다.

"우리 교회는 벽서사건과 무관하니 별일이야 있겠습니까?"

"그렇다면 다행이지만, 벽서에 버젓이 '천주님'이 적혀서 왠지 불안합니다."

"명례방 중인들을 추궁하다 보면 우리 정체가 드러나는 건 시간 문제야. 토마스 김범우 형제님은 집회장까지 내주고 있으니, 제일 먼저 조사를 받을 거네."

홍낙민의 우려에도 김범우는 결연했다.

"이미 각오했던 일입니다. 잡혀가더라도 교우들에 대해서는 끝까지 함구할 테니 염려하지 마세요."

이때 이벽이 안타까운 소식을 전했다.

"당분간 집회는 열지 않을 겁니다."

"무슨 말씀이신지?"

윤유일이 당황하여 묻자 이승훈이 답했다.

"번암이 다녀가셨습니다. 전하께서 집회 중지를 명하셨다는군요."

교인들은 믿기지 않는다는 표정으로 이승훈을 보았다.

"범인이 잡혀서 모든 게 밝혀질 때까지 기다리라 하셨다는군요."

이벽이 침울한 얼굴로 교회의 결정을 알렸다.

"그래서 일단 전하의 명을 따르기로 했어요. 성사를 봉헌하지 못해 죄스럽긴 하지만 교회와 교우들의 안전도 중요하니까요."

"그러면 사흘 뒤에 예정된 완숙 자매님의 세례식은 어찌 됩니까?"

완숙의 세례식 뒤풀이를 준비해온 김범우가 실망하여 물었다.

"상황이 상황인지라 세례식은 당분간 보류해야 할듯합니다. 자매님께 죄송하다고 전해주세요."

이승훈의 말에 홍낙민은 크게 상심했다.

"완숙 자매님의 실망이 이만저만이 아니겠네요. 학수고대해 왔는데…."

완숙뿐만이 아니었다. 윤유일도 이번에 세례를 받기 위해 여주에서 양근으로 매일같이 드나들며 권일신으로부터 예비자 교리 수업을 받았다.

이윽고 조용조용 미사를 봉헌하던 교인들이 북받치는 감정을 누르지 못하고 소리 죽여 울기 시작했다. 어쩌다 흉흉한 사건에 휘말려 소리조차 내지 못하게 된 건지 교인들은 생각할수록 기가 막히고 억장이 무너졌다.

"울지 마세요. 다 잘 해결될 겁니다."

이승훈이 교인들을 아픈 눈으로 바라보며 나직이 다독였다.

그때였다.

콰당!

방문을 난폭하게 걸어차면서 창검을 겨눈 금리들이 우르르 방 안으로 뛰어들었다.

"헉!"

교인들은 혼비백산하여 방구석으로 달아났다. 이승훈도 기겁해 뒷걸음질 쳤다.

"왜, 왜들 이러십니까?!"

김범우가 창검을 겨누는 군사들에게 따져 물었다.

"모반을 꾀한 역당이다! 체포하라!"

좌포청 종사관이 김범우를 노려보며 수하들에게 외쳤다.

"예!"

김범우의 몸이 순식간에 오라로 칭칭 감겼다. 김이우와 김현우가 억울함을 호소했지만, 종사관은 한술 더 떴다.

"저놈들도 한패다! 다들 끌어내라!"

명이 떨어지자 군사들은 교인들을 마당으로 몰아냈다.

"이형은 알았던 겁니다. 이런 일이 있을 줄을…."

정약용은 자기를 필사적으로 막아서던 이기경이 추조의 움직임을 미리 알았다는 걸 깨달았다. 정약전과 이벽은 하얗게 질렸다.

우리가 알지 못하는 누군가가 저들을 움직이고 있다…!

이벽의 직감이 그렇게 말해주고 있었다.

"우린 떳떳하니 무죄를 주장할 거고, 양반이니 저자들도 함부로 하지 못할 겁니다. 허나 네 분은 달라요. 중인이라고 함부로 굴며 고문을 가할 거예요. 그러니 어서 피하십시오. 즉시 양근으로 가서 일신 프란치스코 형제님께 여기 소식을 전하세요."

나직이 대책을 말하면서 이벽은 마당에서 잔돌 몇 개를 슬그머니 주워들었다.

"저자들을 어서 포박하라! 그리고 너희는 창고를 샅샅이 뒤져라!"

마지막으로 방을 나선 종사관이 멀뚱히 서 있는 수하들을 몰아쳤다.

그때였다. 짧은 타격음이 연달아 들리는가 싶더니 앞을 가로막고 있던 군사들이 외마디 신음을 흘리며 이마를 감싸 쥐고 주저앉았다.

"지금입니다! 가세요!"

이벽이 소리쳤다. 순간, 최창현과 최인길이 김이우와 김현우의 손을 확 낚아채서는 사립을 향해 냅다 뛰었다.

"멈춰라!"

"이놈들이 어딜… 으악!"

사립을 지키던 군사들이 창검을 겨누다 말고 비명을 터트렸다. 이벽이 던진 돌에 사타구니를 가격당한 것이다. 그 틈을 타 최창현 일행은 곧장 언덕 아래 어둠 속으로 사라졌다.

"뭣들 하느냐? 어서 쫓아라!"

멍하니 정신을 놓고 있던 또 다른 군사들이 뒤늦게 소란을 떨며 마당을 가로질렀다. 그런 그들을 종사관이 잡아 세웠다.

"놔둬라."

"예?"

"어차피 잡혀 들어올 놈들이다. 뒤쫓느라 공연히 기운 뺄 필요 없다."

믿는 구석이 있는지 자신만만하게 뇌까린 종사관은 이벽을 노려보며 수하들에게 명했다.

"저놈을 속히 포박하라! 그리고 너희는 어서 벽서를 찾아라!"

종사관은 조금의 망설임도 없었다.

"벽서라니? 이건 또 무슨 소리야?"

교인들이 의혹에 찬 눈으로 김범우를 쳐다봤다.

"전 모르는 일입니다! 그런 게 우리 집에 있을 턱이 없어요!"

김범우가 오라에 묶인 채 도리질을 쳐댔다.

"벽서는 창고 안에 있다! 너희는 창고를 샅샅이 뒤지고, 너희는 방 안 물건을 모조리 압수해라!"

종사관이 일단의 군사들과 방으로 뛰어들어가 성물들을 함부로 거둬들이고 있는데, 창고로 간 군사들이 헐레벌떡 뛰어왔다.

"창고에 벽서가 없습니다!"

"뭐? 벽서가 없다니?"

종사관은 낭패한 기색이 역력했다. 정약용이 집회에 참석하려고 성균관을 빠져나가면 홍낙안이 좌포청으로 달려와 귀띔하기로 되어 있었다. 그때를 기해 김범우의 집을 급습해 벽서를 찾아내라고 박철오는 명했다. 박철오는 묵직한 전낭을 은밀하게 건네면서 벽서가 창고에 숨겨져 있다고 덧붙였다.

"창고를 샅샅이 뒤졌습니다만, 벽서는 못 보았습니다."

"그럴 리가…."

종사관은 횃불을 뺏어 들고 창고 안으로 뛰어들었다.

인적 끊긴 청계천변에 바람처럼 나타난 검은 그림자가 캄캄한 개천 둑길을 걸어 수표교 쪽으로 다가갔다. 이벽의 집 쪽에서 나타난 말복이었다.

"이쪽일세."

천변 덤불에서 불쑥 튀어나온 목소리가 말복을 돌려세웠다.

"무슨 일이세요? 소인은 왜 보자고…?"

말복은 앞서 둔덕을 내려가는 정약종의 낡은 도포 자락을 잡아채며 짜증을 냈다.

"따라와 보면 알아."

봄 가뭄으로 바싹 마른 개천 바닥을 걸어 드문드문 박힌 다리 기둥 사이로 들어간 정약종은 주변의 마른 풀을 쓸어 모으기 시작했다.

"뭘 하시는 겁니까?"

말복은 어이없다는 눈으로 건너다봤다. 정약종은 수북이 모아놓은 마른 풀 더미를 앞에 두고 부싯돌을 꺼내 딱딱거렸다.

"이걸 태우려는 걸세."

정약종은 두툼한 종이뭉치를 펼쳐 보였다. 불길에 종이의 글귀가 확연히 드러났다. 저들이 김범우의 창고에 숨겨놓은 벽서 뭉치였다.

"그, 그게 왜 거기에…?"

말복은 벽서 뭉치를 식겁한 눈으로 보았다.

"내가 전에 했던 말 기억나지? 첩자 노릇 그만두고 똑바로 살라는 말. 그런데 또 담을 넘었더군. 뭘 바라고 이런 짓을 도왔는지 모르겠네만 자네 뜻대로는 안 될 거야. 그걸 보여주고 싶어서 이리 불렀네."

정약종은 이내 활활 타오르는 불길 속에 벽서 뭉치를 툭 던졌다.

해시가 가까웠다. 통금에 걸리지 않고 입궐하려면 지금 사저를 나서야만 했다.

"이 사람은 어이하여 아직도 안 오는 것이야!"

박철오의 초조한 발걸음이 사랑채 후원 뜰을 서성거렸다. 심환지가 그런 박철오를 초조하게 바라보았다.

"대감!"

우뚝 걸음을 멈춘 박철오는 제 쪽으로 뛰어오는 목만중을 시퍼렇게 쏘아봤다.

"어찌 된 일인가? 분명 벽서를 넣어뒀다 하질 않았나!"

벽서를 발견하지 못했다는 연통을 받은 터라 박철오의 노여움은 밤하늘을 찔렀다.

"저도 어찌된 영문인지 모르겠습니다. 일을 맡긴 아이들에게 확인해봤는데 저희가 시킨 대로 잘 따랐다고 했습니다."

목만중의 보고가 있자 심환지가 급한 소리로 말했다.

"벽서가 발이 달려 사라졌을 리는 없습니다. 필시 미행을 당해 우리계획을 들킨 겁니다. 영감께서는 어서 입궐하시어 왕대비께 사실을 알리고 대비책을 마련해야 합니다."

"여부가 있겠는가. 만포는 좌포청으로 가서 종사관을 만나게. 왕대비께서 조치하실 때까지 무슨 핑계를 대서라도 옥사에 가둬둔 자들을 붙잡아두라고 해."

"알겠습니다."

"여와 자네는 따로 명이 있을 때까지 말이 새지 않도록 단속하게."

"암요. 그러고 말고요."

세 사람은 서둘러 발걸음을 옮겼다. 그때였다.

"이 야심한 시각에 어딜 가시오?"

"헉!"

중문을 나서던 세 사람은 놀란 나머지 그 자리에 돌처럼 굳었다.

"저, 전하….."

미복 차림에 호위무사를 거느린 임금이 바깥마당에 우뚝 서서 일행을 올려다보고 있었다.

"전하께옵서 이곳엔 어인 일로…?"

박철오 일행이 허둥거리며 여쭈었다.

"미행을 나왔다가 마침 이쪽을 지나는 길에 들러보았소. 호판이 그리 오래 병가를 냈는데도 과인이 미처 안부를 묻질 못했구려. 헌데 종부시정은 이 시각에 어쩐 일인가?"

이산은 심환지를 의혹의 눈빛으로 바라보았다.

"소, 소신도 대감의 병세가 호전되었는지 궁, 궁금하여 들렀습니다."

심환지는 낯빛이 파래져서 더듬거렸다.

"그러한가?"

이산의 눈길이 목만중을 향했다.

"시, 신 목만중이 저, 전하를 뵙습니다."

목만중은 바들거리며 임금의 눈치를 살폈다.

"목만중이라…. 남인 문사로 유명한 여와가 그대였구려."

이산은 메마른 목소리로 말했다.

"미천한 신을 기억해주시다니…. 성은이 망극하옵니다."

"……."

박철오는 낭패한 듯 지그시 입술을 깨물었다.

"이리 만났으니 다들 들어가서 차 한잔합시다."

박철오를 서늘하게 응시하던 이산이 성큼성큼 돌계단을 올랐다.

●　●　●

형조판서 김화진이 포도대장으로부터 급보를 받고 좌포청으로 휘달린 것은 새벽녘이 지나서였다.

"저자들은 왜 연행해 온 건가? 이 해괴한 물건들은 또 뭐고?"

옥사에서 들려오는 아우성에 눈살을 찌푸리던 김화진은 집무실 책상 쪽으로 시선을 돌렸다가 뜨악한 표정이 되었다. 예수의 성상과 성물들이 책상 위에 놓여있었다. 성상을 들어 이리저리 돌려보던 김화진은 예수의 눈동자와 눈길이 마주치자 뭔지 모를 마음의 불편함이 느껴졌다.

"험!"

김화진은 슬그머니 성상을 내려놓으며 헛기침을 해댔다.

"이것들이 무엇인지는 소인도 정확히 모릅니다. 확실한 건, 옥사에 가둬둔 놈들이 저걸 에워싸고 괴상한 짓거리를 하고 있었다는 겁니다."

포도대장이 김화진에게 보고했다.

"괴상한 짓거리라니?"

김화진이 되묻자 포도대장은 종사관을 가까이 불러냈다.

"자네가 보았으니 형판께 소상히 말씀드리게."

"이렇게 손을 합장하고는 불경을 외는 것처럼 뭐라 뭐라 중얼대고 있었습니다."

종사관은 양손을 포개서 가슴께로 가져갔다.

"모여서 투전을 했다면 또 모를까, 불경을 외는 게 죄가 되는 건 아니잖나. 게다가 잡혀 들어온 이들이 한 사람만 빼고 다 양반이라며? 무고한 양반을 함부로 가두면 어찌 되는지 몰라서 그런 게야?"

새벽 일찍 불러낸 이유치고는 경미한 사안이었다.

"김범우 그자가 집안에 벽서를 숨겨놓았다는 제보가 있었습니다."

제보자가 박철오라는 얘기는 쏙 빼놓고 종사관은 김범우의 집을 급습한 이유를 설명했다.

"뭐? 벽서? 그게 정말인가?"

김화진은 반색하며 종사관에게 다가들었다. 도성을 떠들썩하게 만든 벽서사건은 형조판서로서는 여간 골치 아픈 사건이 아닐 수 없었다. 그런데 그 사건의 주범을 잡아들일 단서를 거머쥐게 된 것이다.

"벽서는 어디 있나?"

"집안을 샅샅이 뒤졌지만 발견하지 못했습니다."

"뭐야? 헌데도 저자들을 끌고 와 옥사에 가뒀다는 건가?"

"그 문제로 형판 영감께 와주십사 한 겁니다."

포도대장이 말했다.

"물증도 없이 사람들을 가둬놓고 나더러 어쩌라고?"

김화진은 짜증이 났다.

"역모의 혐의가 있는 자들이 아닙니까? 형판께서 형조로 이 사건을 이첩하여 조사해주십시오."

"말이 되는 소릴 하게! 죄가 입증되지도 않은 이들을 형조로 끌고 가 무얼 하라고?"

종사관이 끼어들었다.

"송구하오나 형판, 제보한 이에게 소인이 기별을 넣어두었습니다. 그분이 오시기 전에는 절대 풀어줘서는 안 됩니다."

"그분이라니? 그게 누군데?"

밖이 갑자기 소란스러워진 것은 그때였다.

"들어가게 해주시오!"

"저리 비키게! 포도대장을 뵙고 드릴 말이 있다 하질 않는가!"

"무슨 일이냐? 조용히 하지 못할까!"

포도대장이 문을 벌컥 열고 소란한 밖에 대고 역정을 냈다. 포도청 뜨락에 몰려서 있던 선비들이 달려와 다짜고짜 목소리를 높였다.

"명례방에서 잡혀들어온 이들이 이곳에 있다고 들었소!"

우레와 같은 소리로 나선 이는 권일신이었다. 말을 빌려 양근으로 달려온 최창현으로부터 명례방 소식을 듣자마자 매부 이윤하와 조카사위 이총억, 그리고 아들 상학을 깨워 도성으로 휘달린 그였다. 종사관에게 얼굴을 들켜버린 데다 집회장에서 달아난 터라 최창현과 최인길, 김범우의 아우들은 관헌으로 들어오지 못하고 합문 밖에서 기다리고 있었다.

"난데없이 포졸들이 들이닥쳐 사람들을 막무가내로 잡아갔다 들었소! 무슨 근거로 그 사람들을 하옥했는지 말해주시오!"

권일신이 핏대를 올리는 사이, 난처해진 김화진이 밖으로 나왔다. 김화진의 어깨너머로 책상의 성물이 얼핏 보이자 권일신의 눈동자에 불길이 확 일었다.

"저 물건들이 어찌 저기에 있는 겁니까?"

성물을 가리키는 권일신의 손가락이 노여움으로 파들파들 떨렸다.

"범행에 관련된 물건일 수도 있어 압수해온 것이오."

"범행이라니? 무슨 범행 말이오?"

종사관의 말에 이윤하가 따지듯 물었다.

"명례방에 나붙은 벽서는 자네들도 들어 알 것 아닌가. 하옥된 이들도 그래서 잡혀들어왔네."

포도대장은 자신 없는 말투로 설명했다.

"벽서랑 그 사람들이 무슨 연관이 있다는 겁니까?"

이총억은 애써 태연하게 물었다.

"그야 조사해보면 나오겠지. 그러니 자네들은 여기서 소란 피우지 말고 돌아가게. 죄가 없다면 곧 풀려나지 않겠어?"

김화진의 권유에 권일신은 세차게 고개를 저어댔다.

"죄가 있다면 응당 조사를 받아야겠지요. 허나 하옥된 이들은 벽서 사건과 무관합니다. 그 점은 제가 보증합니다. 그러니 옥사에 갇힌 이들을 풀어주시오!"

"김범우의 집에 괘서가 숨겨져 있다는 제보가 있었단 말일세."

"!!"

최창현 등으로부터 전해 들은 바가 없던 얘기인지라 권일신 등이 당혹한 눈길로 서로를 보았다.

그 순간이었다.

"벽서는 끝내 나오지 않았다고 들었네만."

굵직한 음성이 날아든 합문 쪽으로 시선이 쏠렸다.

"번암 대감!"

채제공을 알아본 김화진은 재빨리 종사관을 보았다. 온다던 사람이 채제공이 맞냐는 눈짓에 종사관은 고개를 저어 보였다.

"대감께서 여긴 어쩐 일로?"

"벽서사건으로 도성이 발칵 뒤집히질 않았나. 전하께서 장용위에 명례방을 엄중히 감시하라 명하셨다네."

더 정확히는 김범우와 박철오, 두 사람의 집을 철저히 감시하라는 명이었다. 교인들의 집회를 감시하는 한편으로 왕대비 쪽의 움직임을 감시하려는 의도였다.

"자네가 김범우의 집 창고를 지목하며 벽서를 찾아내라고 했다지?"

채제공은 힐난하는 눈초리로 종사관을 쏘아봤다.

"예. 정체 모를 자가 제보를 하고는 사라졌습니다."

종사관은 오금이 저렸다. 벽서가 발견되지 않은 마당에 채제공이 배경을 눈치채면 끝장이었다.

"어느 못된 자가 장난을 친 모양이로군. 물증도 없이 무고한 이를 잡아들이다니, 자네들이 정녕 목이 열 개는 되는 모양이군."

채제공이 종사관과 포도대장 그리고 형조판서를 서늘하게 쏘아보며 일갈했다. 사태의 심각성을 깨달은 형조판서가 조아리며 물러섰다.

"고정하십시오, 대감. 훈방하겠습니다. 허나 김범우는 당장 풀어주기가 곤란합니다. 제보가 들어온 이상 일단 어찌 된 영문인지 조사는 해봐야지요."

그렇게까지 나오는데 채제공도 더는 고집을 부릴 수 없었다.

우려는 어김없이 들어맞았다. 새벽녘이 되어서야 임금을 배웅한 박철오는 종사관으로부터 좌포청의 일을 보고받고는 충격에 휩싸였다.

"주상이 하필 그 시각에 미행을 나오다니! 우연치고는 기가 막히질 않소!"

정순왕대비는 경악을 금치 못했다.

"번암이 하필 그 시점에 좌포청에 나타난 것도 석연치 않사옵니다. 주상께서 필시 이번 일을 눈치챈 게 틀림없습니다."

"우리가 그토록 보안에 유념했거늘 주상이 무슨 수로 눈치챘단 말이오?"

왕대비는 분통을 터트렸다. 박철오가 괘서사건을 제안했을 때 왕대비는 심장이 뛰는 흥분을 느꼈다. 그 계략대로만 일이 풀린다면 김범우와 남인 천주교인들은 모반을 획책한 대역 죄인으로 몰리게 될 터였다.

온 나라의 관심이 명례방 사건에 쏠려 있는 사이, 박철오가 북경에서 구해온 비약으로 문효세자를 제거할 작정이었다. 이른바 암도진창. 목만중과 홍낙안 등을 조정해 명례방에 벽서가 나붙도록 함으로써 여론을 들쑤셔놓은 다음, 건강하던 세자가 갑자기 급사한 이유를 사교를 맹신하는 이들 탓으로 돌리고자 한 것이다.

그런데 이 모든 일의 실마리가 되어줄 벽서의 종적이 묘연했다.

"또 일을 그르친다면 호판은 목을 내놓겠다 약조했으니, 이제 경의 목숨을 받아야겠소!"

왕대비는 치밀어 오르는 분노를 참지 못하고 경상을 쾅쾅 주먹으로 쳐댔다.

"마마, 소신의 목숨은 언제든 가져가셔도 좋으나 지금은 부디 고정하시옵소서."

박철오는 창백한 얼굴로 읍소했다.

"예, 마마. 지금은 대책을 마련할 때이옵니다."

심환지가 박철오를 거들었다.

"이쪽에서 준비한 벽서는 종적이 묘연하고, 역당으로 몰아가려던 천주쟁이들은 이미 훈방되어버렸소. 더군다나 성상이 저리 두 눈 시퍼렇게 뜨고 우리의 일거수일투족을 꿰고 있어요. 이런 판국에 우리가 무얼 어찌할 수 있다는 말이오?"

왕대비는 좀처럼 화를 삭이지 못했다.

"구금되었던 남인 가운데 정약용이 있었다 하옵니다."

심환지였다.

"정약용? 금상께 간언했던 그 방자한 성균관 유생 말이오?"

"예, 마마. 방면되기는 했으나 그자가 집회에 참석했다가 체포된 사실은 변함이 없사옵니다. 이 점을 십분 활용하면 전국의 유림을 움직여 분위기를 반전시킬 수 있을 것입니다."

"소신의 생각도 그러하옵니다."

"좌포청으로 쫓아와 훈방을 요구하고 압수한 물건을 되찾아간 사람이 녹암의 아우 권일신이옵니다. 천주교인이라는 사실을 스스로 인정한 꼴이 되었으니 이 점을 물고 늘어지면 녹암은 물론이고 천주교에 연루된 이들을 한 번에 처리할 수도 있사옵니다."

왕대비는 이내 화를 가라앉히고 차분해졌다.

"성상은 번암과 정약용을 지키려고 무슨 일이든 하려 들 것이오. 그래야 사태의 확산을 막을 수 있을 테니까. 그때를 대비해 우리도 뭔가를 준비해두어야 하오. 성상조차 어쩌지 못할 결정적인 뭔가를 말이오. 일에 차질이 생기긴 했으나 명례방 흉인들을 역당으로 모는 계획을 포기해선 안 되오. 일을 성사시킬 계책을 궁리해보시오."

심환지가 이내 입을 열었다.

"마마께서 보관 중이신 금괴를 소신에게 내어주실 수 있사옵니까?"

"그걸로 뭘 어쩌려고?"

박철오의 의혹 어린 표정을 심환지는 놓치지 않았다. 진즉부터 각오했던 바인지라 심환지는 박철오의 불신감은 개의치 않았다.

"걱정하지 마십시오, 영감. 영감께서 우려하는 일은 일어나지 않을 것입니다."

박철오를 안심시킨 심환지는 계책을 꺼내놓았다.

"지난번에 우리를 도왔다가 어사가 출동하는 바람에 죄상이 드러나 하옥된 수령들이 있었지요. 그들 대부분이 감형을 받을 요량으로 구멍 난 세금을 토해낸 것을 기억하실 겁니다."

"물론이네. 내포의 수령만 빼고 말이야."

"그 사람은 어이하여 토해내지 않았소?"

몰랐던 사실에 놀란 왕대비가 괘씸하다는 표정으로 박철오에게 물었다.

"재해를 입지 않은 민결을 재결로 둔갑시키는 과정에서 서얼을 끌어들인 모양이옵니다. 그 서얼 중 한 놈이 세곡을 중간에서 가로챘노라 내포의 수령이 거짓 자백을 했지요. 하여, 세곡은 본 적도 없는 용춘이라는 서얼이 파주로 유배를 떠났사옵니다."

"손자병법에 무중생유라는 계책이 있지요."

심환지가 말했다. 날조된 물증과 고변으로 모두를 혼란에 빠뜨리는 계책이 무중생유無中生有였다.

"그러니까 그 계책을 어떻게 이용하겠다는 거요?"

왕대비가 답답하다는 듯 물었다.

"지니고 계신 금괴를 적당한 곳에 옮겨놓고 유배지에 가 있는 그 서얼을 회유해 고변하게 만드는 겁니다. 그리 하면 우리가 원하는 대로 일이 흘러갈 것이옵니다."

"오!"

"단, 종사관이 벽서에 대해 제보를 받았다는 얘기는 함구하도록 우리 쪽 사람들의 입단속을 시키셔야 합니다. 자칫 역풍을 맞을 수 있으니 말입니다."

"허면 김범우의 집을 급습한 명분을 찾는 일만 남았구려."

"도성에 번진 투전 때문에 형조에서 골머리를 앓고 있질 않습니까? 벽서 사건과는 별개로 형조에서 투전을 단속하러 나왔다가 괴이한 소리가 밖에까지 들려서 도박판이 벌어진 줄 알고 김범우의 집을 급습한 것으로 해야지요."

"옳거니!"

왕대비는 무릎을 쳤다.

"단순 도박판인 줄 알고 기습했다가 비밀집회를 적발했다, 그런데 그 집회가 벽서에 언급된 천주를 신봉하는 집회였다, 이렇게 몰아가자는 것이지요?"

"예. 그리하면 녹암에게도 벽서 사건의 관여 여부를 추궁할 수 있을 겁니다. 녹암이 천주교 강학을 주도했다가 같은 성호학파에게 공격을 받았던 과거가 있지요. 그 전력이 우리에게 좋은 패가 되어줄 겁니다. 자연히 번암에게까지 여파가 미칠 테니까요. 성상께서 곤혹스러워질 것은 물론이요, 솥의 물이 끓듯 여론이 들끓을 겁니다."

박철오의 한마디 한마디가 왕대비는 흡족했다.

"파주로 귀양 가 있다는 그 서얼은 내가 알아서 요리해 보리다. 만포는 날이 밝는 즉시 성균관으로 가시오. 가서 유생 정약용이 그간 어떤 자들을 만나왔고, 어떤 집회에 참석했는지 죄다 까발리시오. 정약용이 세례를 받았던 점도 강조해야 할 것이오."

"예, 마마!"

"호판은 대신들과 합문 밖에서 상소를 시작하시오. 평소 유교에 불만을 품은 자들이 무부무군의 종교를 앞세워 나라의 전복을 꾀하려 한 점을 부각해야 할 것이오."

을사년 봄에 형조의 불심검문으로 적발된 천주교 비밀집회라 하여 역사에는 을사추조적발사건으로 기록된 명례방 사건이 또 다른 국면으로 접어들고 있었다.

실마리

장금사는 중범죄를 수사하고 형옥을 담당하는 형조 소속의 분사다. 그곳에서 새된 비명이 연신 터져 나왔다. 아침나절에 끌려온 김범우는 저녁이 다 되도록 고신을 받다가 뼈마디가 부러지는 고통에 의식을 잃고 축 늘어졌다.

"물을 뿌려라!"

김범우가 물세례를 받고도 축 늘어지자 형조판서 김화진이 나장에게 일렀다.

"고개를 잡아 세워라!"

나장이 김범우의 젖은 머리채를 휘어잡고는 난폭하게 뒤로 젖혔다.

"가관이로군."

난장으로 머리가 깨졌는지 이마에서 흘러내린 피가 퉁퉁 부은 눈두덩을 지나 왼쪽 안면을 시뻘겋게 물들였다. 인두로 지졌는지 저고리 앞자락 사이로 가슴팍 살이 문드러져 참혹했다. 그 저고리 밑의 하반신도 참혹하기는 마찬가지였다.

죄인 용춘이 유배지의 관속을 통해 형조에 고변해왔다. 내포의 수령 몰래 세곡을 **빼돌려** 금괴를 사두었는데, 어떻게 알았는지 김범우가 덕산으로 찾아와 금괴를 팔라고 용춘을 꼬드겼다고 했다. 값을 후하게 쳐주겠다는 제안에 솔깃해서 금괴를 명례방까지 가져가 지정한 장소에 제 손으로 묻어주기까지 했노라고 실토했다. 당시에는 대수롭지 않게 여긴 그 일이 얼마나 엄청난 일이었는지 나중에 알았고, 김범우가 속한 교회 신자들이 벽서 사건에 연루되었다는 소식을 듣고 덜컥 겁이 났다고 했다. 제가 팔아넘긴 금괴가 모반의 자금으로 쓰일 줄은 몰랐다면서 용춘은 금괴가 묻힌 장소를 털어놓았다.

용춘의 고변으로 형조는 발칵 뒤집혔다. 진즉부터 합문 밖에 몰려와 천주교를 성토하던 신료들과 유림은 용춘의 소식을 듣고 더욱 분개하여 국청을 요구하고 나섰다.

어찌 된 일인지 임금은 소란에도 불구하고 국문을 지시하지 않았다. 전옥서에 갇힌 김범우를 장금사로 이송하여 천주교인들의 벽서사건 연루 여부만 파악하라고 했을 뿐이었다. 사정이 이렇게 되자 대신들이 편전으로 몰려가 극렬히 항의했다. 왕대비까지 나서서 국청을 종용했다. 그런데도 임금은 꿈쩍도 하지 않았다.

"용춘이란 자가 고변한 대로 금괴가 나왔다. 알고 있느냐?"

김화진이 짐짓 노기 띤 음성으로 김범우를 다그쳤다.

김범우는 저 소리를 귀에 딱지가 앉도록 들었다.

"금괴를 어이하여 사들인 것이냐? 남인 교도들과 어울려 역모라도 일으킬 심산이었더냐?"

"역모라니요? 소인은 그럴 위인도 못 됩니다. 금괴는 본 적도 없어요."

김범우의 집이 있는 북고개에서 서쪽으로 가다 보면 다리가 하나 나온다. 정치가 잘못되면 백성들이 비판하는 글을 적도록 방목을 설치해 놓아서 종현의 방목교로 불리는 다리다. 그 다리 너머로 느릅나무가 개천을 따라 군락을 이루고 있다. 붉은 끈이 묶인 나무 아래 땅을 팠더니 금궤가 나왔다고 했다. 하지만 김범우는 평소 방목교 쪽으로는 눈길도 주지 않았다.

"파주의 죄인을 한양으로 압송하라는 어명이 어젯밤에 하달됐다."

김화진은 목구멍까지 차오른 울화를 간신히 눌렀다.

"파발마가 아침나절에 파주로 떠났으니 늦어도 나흘 뒤면 너희 둘이 대면할 것이야. 전하께서 너희 둘을 대질시켜 누구의 말이 진짜인지 밝혀내라 명하셨다."

그전에 녹암계 남인들이 이번 사건에 깊숙이 관여됐다는 증언을 반드시 받아내야만 했다. 오늘 새벽에 찾아온 박철오의 겁박이 그의 목을 죄었다. 일이 틀어지면 이번 사태의 책임을 자신이 뒤집어쓸 판이다. 뒷돈을 받고 남인 선비들을 급히 풀어주었느냐고 협박하기까지 했다.

이틀에 걸친 고신으로 이미 만신창이가 되어 전옥서에 갇힌 김범우가 장금사의 문초실로 아침나절부터 끌려와 고신을 받는 연유였다.

"너는 사교에 빠져 집을 집회장으로 내줬다. 그리고 조정에 불만을 품은 남인 놈들이 내 집처럼 드나들게 했어. 그자들이 모반을 꾀하자 용춘이란 죄인한테서 금궤를 사들였고, 명례방에 벽서를 붙이고 다니기까지 했다. 넌 역모죄를 지은 거야."

"역모라니요? 우린 그저 미사를 위해 모였을 뿐입니다."

"그래, 좋다. 허면 그날 왔던 자들이 누구, 누구냐? 이름을 말해보아라."

"……."

"함구하는 네 뜻은 가상하다만 그래 봤자 너만 손해야."

김범우의 눈빛이 흔들리는 것을 본 김화진은 더욱 적극적으로 회유하기 시작했다.

"네가 그리 믿고 따르던 양반 교도들 가운데 누구 하나 이곳으로 끌려온 자가 있느냐? 게다가 너를 구명하려는 노력조차 하지 않고 있다. 왜 너만 이런 고초를 겪어야 하느냐? 억울하지도 않으냐?"

순간, 꾹꾹 눌러온 설움이 눈물로 터졌다.

…넘어왔구나!

김범우의 뺨을 타고 흘러내리는 눈물을 보면서 김화진은 쾌재를 불렀다.

"죄인에게 물을 줘라."

벌컥벌컥 물을 들이켠 김범우는 비로소 살 것 같았다. 주위를 물리친 김화진이 손수 오라를 풀어주며 위로의 말을 건넸다.

김화진의 과장된 몸짓과 표정이 김범우는 불안했다. 난데없는 호의와 친절은 두려움을 몰고 왔다. 김범우는 겁먹은 표정으로 김화진에게 애걸했다.

"저한테 또 왜 이러십니까? 말씀드렸지 않습니까. 저는 도움이 되지 못해요."

"풀려나고 싶으면 불어라. 녹암과 남인 교도들이 정말 죄가 없다면 의금부로 끌려가 국문을 받는다 해도 무죄로 방면될 것이야. 그러니 나중에 국청이 열리면 내가 지금 시키는 대로 증언을 해라. 녹암과 제자들이 벽서 운운하는 걸 들었던 것 같다고 말이야. 그리만 해주면 너는 아무 죄가 없는 것으로 해주마. 집회장을 제공한 것도 녹암이 시켜서 한 것으로 꾸며줄 수 있어."

"정말로요…?"

"그렇고말고. 내 하늘을 걸고 맹세하마."

"다른 중인들은 어찌 되는 겁니까?"

"다른 중인이라니?"

"교인 중에는 남인 양반님들만 있는 게 아닙니다. 저와 같은 중인들도 있습니다. 제가 금부에 나가서 나리가 시키는 대로 하면 우리 중인 교인들은 어찌 되는지 여쭙는 겁니다."

"금부로 끌려가 고신을 받겠지."

김화진은 솔직하게 대답했다.

"예?"

김범우의 안색이 창백하게 변했다.

"천주교와 관련된 역모 사건 아니냐? 금부에서 천주교인들을 모두 잡아들여 심문할 것이야. 역적 혐의가 입증된다면 고신이 문제가 아니라 멸문지화를 면치 못하겠지."

김범우의 심장이 저 밑으로 쿵 하고 떨어져 내렸다.

'안 된다! 그리되게 놔둘 순 없어!'

흔들리던 김범우의 눈빛이 돌연 비장해졌다. 혼자 살자고 그 많은 이들을 비극의 구렁텅이로 몰아넣을 순 없었다.

'내가 모든 걸 안고 가자. 그리하면 양반 교인들도, 우리 집안도 살

수 있어. 벽서사건이야 교인들과 무관하니 창현이와 인길이도 별 일 없을 거야. 절대 거짓 증언을 해선 안 돼. 천주님의 가르침대로 진실만 말하자. 고신이 고통스럽지만 죽기밖에 더할까.'

가까스로 마음을 다잡았지만, 눈물은 그치지 않았다.

'천주님, 부디 저를 지켜주세요. 이 고난을 이겨낼 힘을 제게 주세요.'

김범우는 절박한 심정으로 기도했다.

● ● ●

완만하게 이어진 능선 위로 아침 햇살이 환했다. 세찬 바람에 살을 에는 밤이 지나고 동살이 번지는 대기가 제법 따스했다. 자갈길에는 마감서리가 하얗게 내렸다.

덜커덩…. 덜커덩….

압송 수레가 요란한 바퀴소리를 내며 산모퉁이를 휘돌아 나왔다.

"이보슈! 여기가 어디쯤이요? 한양은 아직 멀었소?"

차꼬를 차고도 밤새 요란하게 코까지 골아대며 퍼질러 자던 용춘은 수레의 요동에 잠이 깨어 포졸에게 물었다.

"한 식경만 가면 도성이다. 참, 네놈도 물건이다. 이 판국에 잠이라니?"

압송 포졸이 용춘을 어이없다는 눈길로 쳐다봤다. 나흘 전에 파주를 떠날 때부터 변함없이 부려대는 거드름이었다.

"떨 필요가 뭐 있수? 앵무새처럼 했던 말만 되풀이하면 무사히 풀려날 텐데."

어디 무사하다 뿐인가. 궁궐 최고 어른이 보냈다는 늙은 상궁은 평생 쓰고도 남을 재물까지 챙겨주겠다며 왕대비의 인장까지 보여주었다. 엉겁결에 팔자가 활짝 피게 생긴 것이다.

"난 믿는 구석이 있는 놈이요. 그러니 내 걱정일랑 말고 아침밥이나 좀 주슈."

용춘은 차꼬에 눌려 뻐근해진 어깨를 빙글빙글 돌려대면서 당당하게 요구했다.

"허! 죄지은 놈이 뭐 이리 뻔뻔해? 기다려봐라."

혀를 차면서도 포졸의 마음은 이미 호송행렬의 앞쪽으로 향했다. 파주에서 도성까지 오는 동안 쉬지 않고 걸은 데다 저녁으로 나눠준 주먹밥조차 양껏 먹지 못한 터라 포졸도 마침 출출하던 참이었다.

"저어, 나으리…."

포도대장에게 다가간 포졸이 머리를 조아리며 용춘의 말을 전했다.

"잠시 쉬었다 가자!"

포도대장이 외치자 행렬의 선두가 천천히 멈춰 섰다. 쇠고랑을 찬 용춘의 손에 어린아이 주먹만 한 밥 덩이 하나가 놓였다.

"에잉? 이걸 누구 코에 붙이라고? 간에 기별도 안 가겠소!"

용춘이 볼멘소리로 주절대자 지나가던 포도대장이 인상을 팍 구겼다.

"닥치고 주는 대로 먹어!"

"젠장! 입맛만 버렸네."

몇 번 씹지도 않고 꿀꺽 주먹밥을 삼킨 용춘은 손가락에 묻은 밥알을 떼먹으며 투덜댔다.

그때였다.

"쳐라!"

수십에 달하는 검은 옷의 복면 자객들이 산등성이에서 고함과 함께 튀어나왔다.

"기, 기습이다!"

포졸들이 전투태세를 갖추기도 전에 바람처럼 날아든 칼날이 포졸들의 반 이상을 베고 지나갔다. 파랗게 질려 주춤주춤 달아나던 포졸들도 모조리 도륙을 당했다. 사방에서 짓쳐 드는 공격을 필사적으로 막아내던 포도대장마저 쓰러뜨린 자객들이 압송 수레를 에워쌌다.

"저, 저리 가! 이 자식들아! 내, 내가 누군 줄 알아? 왕대비 마마의 부름을 받은 몸이라고! 내 몸에 손가락 하나라도 댔다가는 무사하지 못할 테다!"

용춘은 자객들에게 소리소리 질러댔다. 우두머리로 보이는 사내가 피식 웃었다.

"네 놈은 그 입 때문에 죽는 줄이나 알아라. 처리해!"

완숙 일행은 그로부터 닷새가 지나 도성에 도착했다. 숙소에 짐을 풀고 모여 앉자 이벽이 그동안 도성에서 벌어진 일을 알렸다.

"어, 어찌 이런 일이…."

이존창은 충격으로 말을 잇지 못했다.

"용춘이 진짜 죽었어요?"

믿기지 않는 것은 완숙도 마찬가지였다.

"그래. 온몸이 난도질을 당했다는구나. 필시 전문 칼잡이들의 소행이야."

"아…."

완숙은 두려움에 몸을 떨었다.

완숙에게 용춘이라면 끔찍한 존재였다. 죽어버렸으면 좋겠다고 마음속으로 증오하던 사내였다. 그랬던 용춘이 막상 비명횡사했다는 소식을 듣고 나니 가슴이 서늘해졌다.

'내 영세를 막으려고 이 모든 일을 계획하신 거라면…. 나 때문에 범우 형제님이 저리되시고 용춘이도 그런 변을 당한 거라면….'

완숙은 죄책감과 두려움으로 정신이 아득해졌다.

'천주님, 알려주세요. 제가 어찌하면 진정한 속죄가 되는지 제발 알려주세요.'

생각에 잠긴 완숙에게 이벽이 부탁의 말을 건넸다.

"일신 형제님과 지도부의 다른 교인들한테도 연통을 넣었으니 곧 이곳으로 오실 거야. 용춘이 그자에 관해 티끌 하나도 빼놓지 말고 우리한테 들려주렴. 그래야 이 난관을 타개할 방도를 찾을 수 있을 것 같다."

이런저런 얘기를 나누는데, 이승훈과 권일신이 교회 지도부를 이끌고 방 안으로 들어섰다.

다들 자리를 잡고 앉자 이존창과 완숙은 용춘에 관해 아는 바를 모두 털어놓았다. 두 사람의 이야기가 이어질수록 교인들의 표정이 어두워졌다.

"역시 예상했던 대로입니다. 용춘은 정의감에 무슨 고변을 할 위인이 아닙니다."

"그럼 누군가 시켜서 한 짓이군요."

"대체 누가 그런 짓을 한 걸까요?"

"용춘일 죽인 살수들 배후를 캐면 나오겠지요."

이벽의 추리를 이존창이 거들고 나섰다.

"행실이 고약한 용춘이에게 앙심을 품은 사람은 많지만, 살수를 고용해서까지 해칠 사람은 없어요. 듣기로는 보통 살수들이 아니라는데….'

권일신이 누군지 알겠다는 듯이 고개를 끄덕였다.

"용춘에게 거짓 고변을 사주한 자들이 입을 막으려고 죽인 게 틀림없네."

이벽이 탄식하며 맞장구를 쳤다.

"필시 벽서사건을 꾸민 자들일 겁니다. 일이 틀어지자 새로 일을 꾸민 거예요."

윤유일이 침울한 목소리로 걱정했다.

"지금으로선 범우 형제님의 무고를 밝히는 일이 급선무입니다."

"저들이 작정하고 엮어 넣으려는 마당에 우리가 뭘 할 수 있을까요?"

설왕설래하는 가운데 권일신이 권철신의 뜻을 전했다.

"형님께서도 그리 말씀하셨네. 저들이 우리 남인 교인들을 표적으로 삼았으니, 우리의 일거수일투족을 지켜보고 있을 거라고…. 그러니 섣불리 움직이지 말고 사태의 추이를 살펴보라 이르셨네."

"그럼 마냥 손 놓고 계시겠다는 겁니까?!"

김현우였다. 이렇다 할 대책도 없이 몸을 사리자는 얘기가 나오자 분통을 터트릴 수밖에 없는 사정이 있었다.

형조판서 김화진이 파주로 파발마를 보낸 날, 김이우와 김현우 형제는 최창현을 찾아가 형에게 줄 약을 부탁했다. 최창현은 장독을 다스릴 환약을 지어주었다. 번번이 면회를 거절당한 김이우와 김현우 대신 최인길이 약을 들고 전옥서로 향했다. 그런데 최인길마저 김범우와 같은 옥방에 갇히고 말았다. 면회가 거부당하자 최인길은 사타구니 사이에 약을 숨긴 채 나도 천주교인이니 김범우와 같은 방에 가둬달라고 자청한 것이다. 열흘 전의 일이다.

김범우의 당부대로 교인이 아니라고 번복한 덕분에 열흘 만에 감옥에서 풀려난 최인길은 김범우의 몸이 너무 많이 상해서 오래 못 살 것 같다면서 엉엉 울어댔다. 그리고 양반 교인들이 중인 교인들을 보호해 달라는 김범우의 당부를 전했다.

"아무리 형님께서 교인인 걸 숨기라고 하셨다지만, 그렇다고 이렇게 아무도 나서지 않으면 어쩌자는 겁니까? 양반 상놈 구분 없이 천주교인은 모두가 한 형제라면서요?"

"……"

이벽은 어떤 변명도 없이 김현우의 원망을 온몸으로 받아냈다. 양반 교인들 역시 아무 말도 하지 못했다.

"공연히 여기서 힘 빼지 말고 이만 가자. 우리 중인끼리 모여서 형님을 구할 방도를 생각해보자고."

더는 기대할 것이 없다고 판단한 김이우가 동생을 잡아 일으켰다.

"그런 말이 어디 있습니까? 어려울수록 교인들끼리 뭉쳐야지요."

당황한 항검이 솟구치듯 일어나 두 사람을 잡아 세웠다.

그 순간이었다.

"매제, 나 약종일세. 들어가도 되겠는가?"

헛기침에 이어 묵직한 남자의 목소리가 방문을 두드렸다.

"어쩌면 좋은가?"

이승훈은 난처한 얼굴로 이벽에게 물었다.

"…항검아. 열어드려라."

이벽의 눈길을 받은 항검이 봉놋방의 문을 열어젖혔다. 객주 마당에 우뚝 서 있던 정약종이 성큼 툇마루로 올라섰다.

"잠깐 실례하겠습니다."

인사를 차리고 방으로 들어온 정약종이 종이 하나를 꺼내며 방 안 사람들을 불러모았다. 그러고는 김이우 형제를 돌아봤다.

"자네들이 전옥서에 갇힌 김범우의 아우들인가?"

정약종의 심문하는 듯한 말투가 김이우는 마음에 들지 않았다.

"저희는 그만 가려던 참이었습니다. 말씀들 나누세요."

김이우가 못마땅한 얼굴로 돌아섰다.

"형을 구하려면 이걸 보고 가는 게 좋을 걸세."

정약종은 접힌 종이를 펴서 방바닥에 놓고는 손바닥으로 쓱쓱 밀어 댔다. 나가려던 김이우가 주춤 정약종을 돌아봤다.

"그게 뭡니까?"

"벽서사건을 벌인 자들의 행적을 날짜별로 적어놓은 걸세."

"뭐라고요? 누구의 행적을 적었다고요?"

좌중이 깜짝 놀라 정약종의 주변으로 몰려들었다. 김이우 형제도 기대에 찬 눈으로 다가왔다.

"방금 말했던 대롭니다. 말복이 언제부터 여러분을 염탐했는지, 그놈을 사주한 인사가 누군지, 벽서 뭉치를 김범우의 집에 언제 숨겨났는지, 제가 본 대로 적어둔 겁니다."

"아니, 말복이라니? 우리 집 일을 봐주는 그 말복이 말인가?"

이벽은 아연실색했다.

"그놈은 풀뭇골 여와가 사돈댁에 꽂아둔 첩자였습니다."

정약종은 그동안 그가 본 것을 샅샅이 고했다. 이벽은 벌어진 입을 다물지 못했다.

"여와가 끝내 넘지 말아야 할 선을 넘었군."

권일신은 어처구니가 없었다. 목만중은 예전부터 천주교를 끔찍이 싫어했다. 권철신의 강학도 극렬히 반대했다. 남인을 위험에 빠뜨릴 종교가 천주교라고 믿는 사람이었다. 그렇다고 이런 일을 벌이다니!

"세상에나! 여길 좀 보세요!"

종이의 글귀를 읽어가던 김현우가 외쳤다.

"성균관 유생 둘과 웬 사내 놈 하나가 벽서 뭉치를 우리 형님댁 창고에 숨겨놓았대요!"

"이 죽일 놈들이 누굽니까? 요절을 내고야 말겠습니다!"

분을 참지 못한 김이우가 벼락같이 소리를 내지르며 일어섰다.

"이보게, 진정하시게."

권상연이 김이우를 진정시켰다.

"벽서 뭉치를 태워 버린 건 잘한 일이네."

권일신이 정약종을 치사했다.

"저는 사실 천주교도 탐탁지 않고 제 가족이 거기에 빠지는 것도 못마땅하던 참이라 관여하고 싶지 않았어요. 다만, 위태롭고 급한 사정을 두고만 볼 수 없어서 어려운 걸음을 한 겁니다."

"형님…."

"여러분도 알다시피 약용이 성균관에서 내쫓길 처지에 놓였습니다. 약전 형님도 본가로 불려가 호되게 꾸지람을 듣고 있어요. 오랜만에 본가에 내려간 저도 아버님께서 주저앉히시려는 걸 몰래 빠져나오긴 했지만, 당분간 수련에 임하지 못하게 되었습니다."

"미안하게 됐네…."

"약전 형님이 오늘 모임을 귀띔하셨어요. 마침 잘 됐다 싶었습니다. 이 쪽지를 드릴 테니 문제를 풀어보세요. 그래야 다들 혐의를 벗을 거 아닙니까."

"그리만 된다면야 더할 나위 없겠지만, 벽서 뭉치마저 태워버렸으니 물증이 없잖아요."

"…물증이 있어요."

조심스럽지만 확신에 찬 목소리로 완숙이 말했다.

"범우 형제님뿐 아니라 교인들이 필사한 기도문이 저한테 있어요."

"그게 어찌 물증이 된단 말이오?"

"추조에서 주장하는 바대로 우리 교인이 벽서를 써서 붙였다면 그 벽서의 필체가 우리 중 누군가와 일치해야 해요. 범우 형제님과 교인들의 글씨를 벽서의 글씨와 대조하면 우리가 무고하다는 게 증명될 테니까요."

"필체가 일치해야 한다…. 그래! 바로 그거야!"

이벽이 흥분하여 외쳤다.

"여러분, 추국이 열리기 전에 그분을 뵙고 제 생각을 말씀드려야 합니다. 그러니 궁금하시더라도 조금만 참아주세요. 다녀온 뒤에 말씀드리겠습니다!"

이벽이 서둘러 봉놋방을 빠져나간 그 시각, 이산은 깊은 고민에 빠져있었다.

아아…. 어쩌다 이 지경에 이르고 말았는가…. 대체 어디서부터 잘못된 것인가….

용춘이 살해되었다는 보고를 받고 나서 수없이 곱씹는 의문이었다. 번암의 충고를 들었어야 했다. 천주교회를 허락한 것부터가 너무 섣불렀다.

뒤늦게 후회했지만, 그렇다고 언제까지 자책하고 있을 수만은 없었다. 그러나 어디서부터 어떻게 풀어야 할지 이산은 도무지 실마리가 잡히지 않았다.

분명히 있다…. 완전범죄란 없어…. 제아무리 교활한 자라도 허점이 있을 것이야. 분명 내가 놓치고 있는 뭔가가 있을 거야….

질끈 눈을 감은 이산은 기억의 파편들을 시간순으로 차분히 맞춰나갔다.

용춘이 죽었다, 김범우는 용춘에게서 그 금괴를 사들였다. 하지만 금괴는 아무나 쉽게 살 수 있는 물건이 아니다, 법으로 채광을 금하므로 시중에 유통되는 금괴는 극히 소량이다, 그런데 한낱 지방의 서얼이 금괴를 대량으로 구매했다, 내포의 수령이 횡령한 세곡으로 금괴를 사들였다고 했다, 그것이 2년 전 가을, 그해에는 나라에서 금괴를 주조하지 않았다, 그러니 용춘이 사들인 금괴는 그전에 호조에서 주조한 금괴일 것이다, 호조에서 찍은 금괴는 팔고 사는 이를 반드시 기록한다, 그렇다면 혹시…?

벌떡!

그간의 정황을 되짚어가던 이산이 벌떡 몸을 일으켰다.

"전하! 이 시각에 어인 일이시옵니까?"

궁인들을 거느린 느닷없는 임금의 행차에 숙직 사령들이 허둥지둥 달려와 조아렸다.

"방목교에서 압수해온 금괴를 내오너라."

이윽고 사령들이 궤짝을 들고 돌아왔다.

"하나씩 꺼내 올려놓아라."

금괴들이 탁자 위에 가지런히 놓였다.

"으음…!"

금괴를 하나씩 꼼꼼히 확인하던 이산의 눈빛이 번쩍 빛났다. 때마침 채제공과 이가환이 뛰어들어왔다.

●　●　●

이튿날은 아침부터 포근했다. 상참에 나선 용안에도 온화한 미소가 번졌다.

"조회를 시작하기 전에 경들에게 보여줄 것이 있소. 가져오너라."

이윽고 내관들이 궤짝을 내와 자물쇠를 풀고 뚜껑을 뒤로 젖혔다.

궤짝을 건너다보던 박철오와 심환지는 낯빛이 하얗게 질렸다. 다른 신료들은 웬 금괸가 싶어 웅성댔다.

"이게 어떤 금괴인지 경들은 아시오?"

이산은 자못 부드럽게 신료들에게 하문했다.

"방목교에서 압수해온 금괴가 아니옵니까?"

형조판서 김화진은 어리둥절한 표정이었다.

"그러하오. 하나씩 나눠주어라."

이윽고 신료들 손에 금괴가 하나씩 올려졌다.

"금괴를 보면 상단에는 오얏꽃이 새겨 있고, 하단에는 '戶曹(호조) 甲辰(갑진)'이 새겨 있소. 갑진년에 호조에서 주조한 금괴라는 뜻이오. 우리 조선은 대국의 공물 요구와 오랑캐의 침탈을 염려하여 금은의 채광 사실을 숨겨왔고 대외적으로는 광산개발까지 금지했소. 허나 잠채가 워낙 성행한지라 한시적으로 채광과 금괴 주조를 허용하는 일이 종종 있었소. 그 대신 호조 산하의 공장에서 주조한 금괴에는 암거래를 방지하기 위해 고유 표식을 새겼소. 오얏꽃이 바로 그것이오. 하지만 민간에서 잠채를 일삼고 오얏꽃 문양까지 교묘하게 위조한 금괴를 시중에 대량으로 풀었소. 진품과 가품 구분이 어려울 정도가 되었지."

"망극하오나 전하, 소신 아둔하여 성의를 헤아리지 못하겠나이다."

박철오는 불안해하는 기색이 역력했다.

"파주의 죄인이 김범우에게 팔아넘긴 금괴는 잠채와는 무관한 것이옵니다. 하온데 어이하여…?"

채제공이 박철오를 쏘아보며 임금을 대신하여 대답했다.

"호판이 보고 있는 그 금괴의 표식 덕분에 명례방 사건 해결의 실마리를 찾게 되었기 때문이오."

"실마리를 찾다니요?"

"자세히 보오. 꽃잎은 음각이 아니라 양각으로 새겨 있소."

"으음!"

박철오는 외마디 신음을 토했다.

"아니, 이게 언제 바뀌었단 말인가?"

박철오가 병가를 내고 한동안 도성을 떠나 있는 동안에 문양이 음각에서 양각으로 바뀐 것이다. 게다가 다양한 위조 방지 장치를 첨가했고, 금괴를 기울이는 각도에 따라 빛의 양이 달라지면서 금의 색깔도 다르게 보이도록 했다. 세자 책봉례가 거행된 갑진년의 일이었다.

빛에 따른 색깔의 변화보다 더 놀라운 장치가 있었다. 꽃잎을 감싼 단층면과 단층면 사이로 햇살이 비쳐들면 깨알만 한 글씨가 보이는데 '弘仁景祉'(홍인경지)다. 사도세자, 즉 장헌세자의 존호다. 이 글자를 본 신료들은 경악을 금치 못했다.

"헌데 어찌 된 영문인지 명례방에서 압수해온 상자 안에 갑진년에 세공된 금괴들이 섞여 있었소."

이산은 벽파 신료들을 노려보며 차갑게 말을 이었다.

"죽은 파주의 죄인은 재작년 11월에 금괴를 팔았노라 고변했소. 그 고변대로라면 2년 전에 저 금괴가 김범우에게 넘겨졌다는 것이오. 아직 주조하지도 않은 금괴를 팔아넘기다니? 그게 가능한 일인지, 어디 똑똑하신 경들 의견 좀 들어봅시다."

"이제 우린 죽었다….."

박철오와 김관주는 붉으락푸르락 어쩔 줄 모르는 표정이었다.

"누군가 김범우와 남인 천주교인들에게 모반죄를 씌우려고 몰래 금괴를 묻어두고 거짓 고변을 시켰소. 과인은 결코 이 일을 좌시하지 않을 것이오. 감히 임금을 기만하고 조정을 능멸한 죄를 죽음으로 물을 것이오!"

"저, 전하…."

벽파의 신료들은 숨조차 제대로 쉬지 못하며 부들부들 몸을 떨었다.

심환지는 달랐다.

"전하! 죽은 죄인의 고변이 설령 거짓이었다 하여도 천주교인들의 혐의까지 부정할 수는 없사옵니다! 명례방에 나붙은 벽서가 있질 않사옵니까? 벽서를 붙인 건 분명 천주교인들입니다! 벽서의 내용이 분명 그리 말해주고 있사옵니다!"

심환지는 강경한 어조로 천주교인들을 성토했다. 자신이 가담한 음모가 만천하에 드러나 벌을 받게 된다 해도 천주교가 이 땅에 뿌리내리지 못하도록 싹을 잘라야 한다는 생각에는 변함이 없었다.

"……."

이산의 눈에서 노여움의 불길이 번쩍 일었다. 심환지가 천주교인을 극렬히 배척하는 이유를 모르는 바 아니었지만, 자신들의 죄를 반성하기는커녕 무고한 이들에게 죄를 뒤집어씌우려는 태도를 절대 용서할 수 없었다. 임금이 두 개의 벽서를 들어 올렸다.

"돌려들 보게 하라!"

내시들이 두 개의 벽서를 들고 돌며 차례로 신료들에게 보여주었다.

"오, 이런!"

박철오와 심환지는 두 개의 벽서를 번갈아 보고는 심장이 철렁 내려앉아 신음을 토했다. 그런 두 사람을 건너다보던 이산이 이윽고 상황을 정리했다.

"이것은 현장에서 수거한 명례방의 그 벽서다. 그리고 저것은 하옥 중인 김범우에게 벽서 내용을 다시 쓰게 한 것이다."

잠시 말을 멈춘 이산은 심환지를 가까이 불러 두 개의 벽서를 다시 보여주었다.

"자, 이제 말해보아라. 네 눈에는 이 둘이 한 사람이 쓴 글씨로 보이는가?"

"아니옵니다."

하지만 그냥 물러설 심환지가 아니었다.

"하오나 전하! 죄인이 필체를 속였을 수도 있질 않사옵니까? 부디 우를 범하지 마시옵소서!"

박철오와 김관주를 비롯한 벽파 신료들이 한목소리로 납작 엎드리며 소리쳤다.

"부디 우를 범하지 마시옵소서!"

순간, 정적들을 노려보던 이산의 눈동자가 번쩍 빛났다. 이때를 기다렸다는 듯, 이산은 만면에 웃음을 띤 채 선선히 말했다.

"과인의 생각도 경들과 같소!"

"예?"

"경들이 방금 지적한 우를 과인은 범하지 않을 생각이오. 하여, 이번 사건의 재조사를 좌상에게 맡기려 하오!"

"전, 전하! 그것은 아니 될…."

"호판은 그 입을 다물라!"

이산이 박철오의 말을 단칼에 잘랐다.

"좌상에게 사건 조사와 처결의 전권을 내리노니, 역적 도당을 빠짐없이 잡아들여 치죄하라!!"

좌상 채체공이 앞으로 나와 어명을 받들었다.

● ● ●

"죽을죄를 지었사옵니다…."

"죽여주시옵소서, 마마…."

안가에 불려와 왕대비 앞에 엎드린 김관주 형제가 사시나무처럼 몸을 떨었다. 급전이 필요할 때 정순왕대비가 맡겨둔 금괴를 꺼내 내다 팔고 다시 사서 채워 넣어두었다가 꼬리가 잡힌 셈이었다. 꼴도 보기 싫다는 듯 벽을 쏘아보던 왕대비가 벌떡 일어났다.

"마마!"

박철오가 경악하며 황급히 왕대비를 막아섰다. 왕대비가 벽에 걸린 장검을 빼 들어 김관주 형제의 목을 겨눈 것이다.

"비키시오!"

왕대비는 온몸으로 막아서는 박철오를 잡아먹을 듯 노려보았다.

"고정하십시오, 마마. 이 사태를 먼저 해결하고 난 뒤에 단죄하셔도 늦지 않사오니 소신의 무례를 용서하시옵소서."

박철오는 왕대비의 손에서 장검을 빼앗아 들었다.

"이리 내놓지 못하겠소! 내 저것들을…."

박철오에게서 장검을 도로 낚아채 간 왕대비가 김관주 형제에게 칼 끝을 겨누었다.

"마마! 살려주시옵소서!"

왕대비가 장검을 휙 치켜들자 형제는 손이 발이 되도록 빌었다. 측근들이 일제히 엎드려 진정할 것을 간청했다.

금괴 문제야 장물로 나온 갑진년의 금괴가 시중에 돌고 돌다 명례방의 궤짝에까지 들어간 모양이라고 시치미를 떼면 그만일 테지만, 벽서의 필체 문제는 심각했다. 목만중이 수족으로 부리는 성균관 유생들의 필체가 벽서의 그것과 일치한다는 사실이 밝혀지는 것은 시간 문제였다.

이런 마당에 내가 뭘 할 수 있단 말인가…. 시키는 일조차 제대로 처리하지 못하는 저 모자란 작자들을 데리고….

곱씹을수록 제 처지가 참담하여 왕대비는 탄식이 절로 나왔다.

"소신에게 한 가지 묘책이 있습니다."

생각에 잠겨있던 심환지가 왕대비를 바라보았다.

"묘책이라니요?"

김관주가 매달리듯 물었다.

"죽은 죄인 홍국영에게 홍복영이라는 사촌이 있습니다. 그자가 불손한 무리와 어울려 위험천만한 얘기를 지껄이고 다니는 걸 소신이 목격한 적이 있습니다."

"위험천만한 얘기라니? 무슨 얘기 말인가?"

"일전에 여와를 기루에서 잠깐 만난 적이 있사옵니다. 그때 홍복영과 이율이 취중에 나누던 얘기를 우연히 엿듣게 되었지요. 두 사람은 거사를 도모하고 있었사옵니다."

"뭐, 뭣이? 거사?"

좌중이 술렁거렸다.

"예. 이율이 평소 알고 지내던 술사가 있다고 했습니다. 그 술사가 정감록을 들먹이며 옥좌를 꿰찰 사주라고 말한 모양입니다."

"그게 정말인가?"

박철오의 얼굴에 한 줄기 빛이 지나갔다.

"마마, 벽서와 금괘 사건을 홍복영과 이율이 벌인 일로 몰아가시옵소서. 소신 말고도 거사 운운하는 얘기를 들은 자들이 꽤 있으니, 그들을 찾아내 증인으로 세우면 됩니다. 홍복영과 이율이 용춘에게 거짓 고변을 사주하고, 뒤탈을 막으려고 용춘을 죽였다는 증언을 받아내면 이번 일은 무마될 것이옵니다."

"과연 묘책이오! 하하하!"

"예, 마마! 이제 우린 살았습니다! 하하하!"

덩달아 웃어젖히는 김관주 형제를 꼬나보던 왕대비가 여전히 근심 어린 표정으로 심환지에게 말했다.

"묘수이긴 하나 한 가지 걸리는 일이 있소. 당장 내일이면 우리 일을 도운 유생들이 꼬리를 잡힐 것이오."

목만중이 이때다 싶어 재빨리 끼어들었다.

"그 일은 소신이 처리하겠나이다!"

"어찌 말이오?"

"결국, 그 아이들의 글씨체가 문제가 되는 것이지요?"

"물론."

"하오면 글씨체로 문제를 해결해야지요."

목만중은 회심의 미소를 지었다.

죽음의 그림자

미뤄졌던 국청이 열렸다. 금군들은 범행에 사용된 금괴의 출처를 캐기 위해 전국의 금점을 들쑤시고 다녔다. 김범우와 녹암계 교인들을 좌포청으로 잡아들였던 포도대장과 그의 솔하들이 금부로 끌려와 심문을 받았고, 지난해 재결을 수탈해 유배지로 떠났던 내포의 수령과 아전들도 모조리 금부로 압송되었다.

그리고 실토가 이어졌다. 혹독한 고신을 견디지 못한 죄인들이 자신들의 지난 행각을 하나둘 자백하기 시작한 것이었다. 박철오의 지시대로 빼돌렸던 세곡을 북촌의 벽파에게 상납했다는 진술이 나왔으며, 끈질기게 혐의를 부인하던 포도대장도 박철오의 사주를 받고 김범우의 집을 급습했음을 시인했다.

그리하여 박철오가 오라에 묶여 금부로 끌려왔다. 수령들과 직접 접촉했던 왕대비의 측근들과 김관주 형제도 속속 체포되었다. 그들을 도와 벽서 역모를 벌인 목만중과 홍낙안, 이기경과 말복도 여지없이 추국청 마당에 부려졌다. 추국청의 마당이 훤히 내려다보이는 전각의 대청마루에 어좌가 놓였다.

신료들을 훑어보던 이산이 돌연 노여운 기색을 띠었다.

"판의금부사는 어찌 된 것이냐?"

임금의 친국이 예정된 마당에 금부의 수장인 판의금부사가 보이지 않으니, 노여울 만도 했다.

"부사는 소신이 알아보겠사옵니다."

"늦을 만한 연유가 있을 테니, 나중에 듣기로 하고 일단 추국을 시작하라."

의금부지사가 어명을 받들어 죄인들을 끌어냈다.

오가재비로 한 줄에 엮인 죄인들이 무릎 꿇렸다. 목만중과 김원성, 홍낙안과 이기경 그리고 말복이었다.

"전하! 소생은 이번 사건과 무관합니다!"

"모함입니다! 통촉하시옵소서!"

홍낙안과 이기경은 이마로 흙바닥을 두드리며 억울함을 호소했다.

"너희들 필체와 벽서의 필체가 일치하거늘 발뺌할 셈이냐?"

"누군가 필체를 모사하여 누명을 씌운 것입니다!"

둘은 조금도 위축되지 않고 무고를 주장했다.

"전하! 저 둘은 벽서와 관련이 없사옵니다!"

목만중이었다.

"과인이 듣기로 너는 저 유생들과 가깝게 지냈다는데, 사실이냐?"

"소신이 저 둘을 아껴 자주 만난 것은 사실이오나 학문을 논했을 뿐, 역모라니요? 천부당만부당한 일이옵니다!"

"저런 뻔뻔한 자를 봤나?"

목만중을 노려보던 이산이 눈길을 말복에게 돌렸다.

"너는 수표동 이벽의 노복이라 들었는데, 상전도 아닌 자의 집을 무시로 들락거린 연유가 무엇이냐?"

"소인의 목숨을 구해준 은인이라 자주 찾아뵙고 안부를 여쭌 것이 죄가 될 줄은 몰랐습니다."

말복은 낯빛 하나 변하지 않고 태연하게 대꾸했다.

대체 무얼 믿고 저리 당당한 것인가….

머릿속에 가득 찬 혼란은 나머지 죄인들을 심문하면서 가중되었다. 다들 믿는 구석이 있기라도 한 듯 핏대를 세우며 무죄를 주장했다. 믿는 구석이라면, 왕대비 말고는 없을 터. 이산은 만만한 싸움이 아니라는 걸 직감했다.

그때 판의금부사 김종수가 하얗게 질려 추국청으로 뛰어들었다.

"전하!"

"부사는 어찌하여 이제야 나타난 것인가?"

"파주의 죄인 용춘이 이송 중에 살해당한 일도 있고 하여 김이용을 안전한 곳에 피신시켜 놓고 오느라 이리 늦었습니다."

"김이용이라니? 그게 누군가?"

"그보다 먼저 아뢸 일이 있사옵니다."

"뭔가?"

"전하! 저들은 아무 죄가 없사옵니다! 변란을 꾀한 자들은 따로 있었사옵니다!"

"무어라?"

"김이용이 소신에게 고변했사옵니다. 이번 일을 저지른 것은 홍복영과 이율이라는 자인데, 몇 해 전부터 거사를 도모해왔다고 합니다."

뜻밖의 보고에 추국청이 술렁였다.

"정숙하라!"

김종수는 짜인 각본대로 벽서와 금괴 사건을 홍복영과 이율의 소행으로 몰고, 조작한 문서를 증거물로 내놓았다.

"으음!"

이산은 김종수가 혀를 놀리는 동안 몇 번이고 신음을 내뱉었다. 저 아래서 냉소를 날리는 죄인들의 가증스러운 낯짝에 노여움이 치밀었다.

이것이었나…. 극형을 앞두고도 다들 그리 태연했던 까닭이….

"전하, 역적 이율과 홍복영의 체포를 명하시옵소서! 지체했다가는 저들이 물증을 없애고 도주할 것이옵니다!"

판의금부사 김종수가 짐짓 비장하게 아뢰었다. 나머지 신료들도 기다렸다는 듯이 홍복영과 이율의 처벌을 극렬하게 요구하고 나섰다.

결국, 박철오를 비롯한 벽파 신료들은 모두 무혐의로 풀려났다. 추국이 끝나고 보름이 지났다. 소의문 일대가 인파로 북적였다. 이율이 홍복영과 더불어 처형장으로 끌려갈 때도 그랬듯이 김범우의 유배 행렬을 보려고 구경꾼들이 몰려든 것이다.

"…저 사람들 좀 보세요."

성문에서 조금 떨어진 길가에 신도들과 모여 서서 착잡하게 군중을 주시하던 완숙은 사색이 되어 한 떼의 사람들을 가리켰다.

"젠장!"

항검이 찡그리며 중얼거렸다. 그때 십여 명의 사내들이 낄낄대며 길바닥에서 잔돌을 한 움큼씩 주워 모으고 있었다.

"빨리 가서 말려야겠어요."

완숙은 사내들 쪽으로 잰걸음을 놓았다. 사내들의 돌팔매는 필시 김범우를 향할 터였다.

"아니 됩니다!"

놀란 이승훈이 달려와 완숙을 제지했다.

"교인인 걸 티 내지 않겠다 약조하고 이 자리에 모인 우리가 아닙니까. 자칫 자매님까지 돌팔매질을 당할 거예요. 그러면 우리 모두 나서게 될 텐데, 그때는 사태가 걷잡을 수 없게 되어 오히려 범우 형제님을 더 큰 위험에 빠뜨릴 겁니다. 그러니, 진정하세요."

"하지만…."

이존창까지 나서 완숙을 만류했다.

"말린다고 멈출 사람들이 아니오. 지금은 우리가 가만있는 것이 범우 형제님을 도와주는 것이오."

아까부터 그런 교인들을 못마땅하게 지켜보던 상연이 불만스러운 표정으로 지충을 돌아보았다. 누군가를 찾아 두리번거리던 지충이 모르는 소리 말라는 표정을 지었다.

"그래도 저분들은 이 자리에 있기라도 하지요. 벽이 형님은 아예 오지도 않았어요."

그리고 보니 이벽이 코빼기도 보이지 않았다. 이벽이 본가에 감금된 사실을 아무도 모르고 있는 탓에 이러쿵저러쿵 말들이 나왔다. 그러나 항검만은 무슨 피치 못할 사정이 있을 거라며 이벽을 두둔하고 나섰다.

사실 이벽은 김범우만 희생양이 되었다면서 울며 괴로워하다가 채제공을 만나러 가야겠다며 어둠 속으로 사라졌다. 이후로는 이벽의 소식을 듣지 못했지만, 변고가 없고서는 이벽이 이 자리에 나타나지 않을 리 없다고 믿었다.

그때 관검이 항검을 보고는 한달음에 달려왔다.

"중형!"

관검은 반가움에 겨워 형을 와락 끌어안았지만, 항검은 문득 불길한 예감이 들었다.

"도성엔 어쩐 일이니? 여긴 또 어떻게 알고 왔어?"

"중형께 급히 전할 얘기가 있어서요. 벽이 형님댁에 가 보니까 집이 텅 비었어요. 그래서 물어물어 형제샘에 다녀오는 길이에요. 지충이 형 이종사촌이 여기로 가 보라고 하셨어요."

정약전과 정약용은 김범우를 배웅하기 위해 아침나절부터 소의문에 나와 있었다. 그렇다면 정약종을 만난 게 틀림없었다. 수행을 위해 다시 산으로 들어간다던 정약종이 아직 도성을 떠나지 않은 모양이었다.

"급히 전할 얘기라니?"

관검이 울음부터 터트렸다.

"울지 말고 말해봐."

"…익검이 형님이 쓰러지셨어요."

"뭐? 멀쩡하던 형님이 왜?"

"중형이 상경한 직후부터 곡기도 못 넘기고 각혈을 자주 하더니 결국 쓰러지셨어요."

"의원은 뭐라더냐?"

"의원도 원인을 모르겠대요. 용태가 심각하다고, 중형을 빨리 모셔 오라고 했어요."

그때 길을 가득 메운 사람들이 웅성거리며 성문 입구로 몰려갔다.

"오, 이런….."

항검의 표정이 낭패감으로 일그러졌다. 압송행렬이 구름떼처럼 몰려든 인파에 막혀 오도 가도 못하고 있었다.

"길을 트시오!"

"물러들 나시오!"

김범우를 사방에서 호송하던 병졸들은 삽시간에 몰려든 구경꾼들을 향해 공격적으로 창검을 휘두르며 으르댔다. 길을 가득 메웠던 사람들이 흩어져 앞이 트이자 멈췄던 압송행렬이 다시 움직였다.

흥분을 참지 못한 사람들이 악에 찬 고함을 질러댔다. 의지할 지팡이도 없이 부목을 댄 다리로 절뚝절뚝 힘겹게 걷고 있는 김범우는 사람들의 악다구니가 들리지 않는지 멍한 표정으로 그저 앞만 보고 있었다.

"잠시만요! 잠시만 형님을 뵙게 해주세요!"

"부탁합니다! 이것만 전하겠습니다! 허락해주세요!"

사람들을 뚫고 나온 네 명의 사내가 호송행렬의 책임자로 보이는 군관에게 달려가더니 머리를 조아리며 사정했다. 김범우의 아우들인 김이우와 김현우, 최창현과 최인길이었다.

"형님의 수중에 돈 한 푼이 없습니다! 제발 형님께 이걸 전할 수 있게 해주세요, 나으리!"

병졸이 겨눈 차가운 칼끝이 목덜미를 지그시 압박했다. 그런데도 김이우는 군관에게 내민 전낭을 거둬들이지 않았다.

"으음⋯."

군관은 전낭을 선뜻 받지도, 그렇다고 거절하지도 못하며 곤혹스러운 표정을 지었다.

"썩 물러나지 못할까!"

주변에 있던 병졸들까지 합세하여 김이우 일행을 군관에게서 잡아뗐다. 김이우는 끌려가지 않으려고 발버둥을 치면서 울분을 토했다.

"벼슬 없는 죄인은 굶어 죽어도 좋단 말입니까? 나라에서 챙겨주지도 않는데, 가진 돈도 없으면 끼니를 어찌 해결하라고요!"

사실이 그랬다. 관직이 없는 죄인에게는 유배지까지 가는 동안 음식과 여비가 전혀 제공되지 않았다. 타고 갈 마필 역시 허용되지 않았다. 오로지 걸어서 먼 거리를 이동해야 했다.

사정이 이렇다 보니 돈푼깨나 있는 양반들은 제 소유의 말을 타고 유배지로 향하곤 했다. 곁에서 시중을 들 노비를 대동했으며, 사비를 들여 음식을 사 먹고 숙박비도 냈다.

죄를 지은 양반이 녹을 먹는 관료라면 얘기는 또 달라졌다. 의금부의 나장이 다음 지역의 역졸에게 인계할 때까지 압송을 담당했고, 유배지에 도착할 때까지 필요한 말과 음식 등을 나라에서 받았다.

하지만 김범우는 양반도 아니고 관직을 지낸 적도 없는 중인이었다. 게다가 갇혀 있는 동안 면회가 금지되었던 터라 가족들은 김범우에게 노자를 전해줄 기회조차 없었다. 그런 형편을 군관도 모르지 않았다. 측은한 눈길로 **김범우**를 응시하던 군관이 김이우 일행을 길 밖으로 끌고 가는 수하들을 불러 세웠다.

"그 사람들을 데려와라."

"예?"

병졸들이 뜨악한 얼굴로 군관을 돌아봤다.

"못 들었느냐? 그자들이 무슨 얘길 하는지 들어보고 싶으니 풀어주란 말이다."

재차 명이 떨어지자 병졸들은 하는 수 없이 김이우 일행을 놓아주었다. 김이우 일행이 이때를 놓칠세라 후다닥 군관에게 뛰어갔다.

"어렵게 준비한 여비입니다. 가뜩이나 병이 깊은데, 굶기까지 하면 단양에 도착하기도 전에 죽고 말아요. 제발 전할 수 있도록 허락해주십시오."

군관 앞에 무릎을 꿇고 앉은 김이우가 전낭을 두 손으로 올리며 애원했다.

"이 약도 좀 부탁드립니다."

최창현은 등에 메고 있던 봇짐에서 흰 종이에 쌓인 약재를 꺼내 들었다.

"제발 은혜를 베풀어주십시오, 나으리!"

푸릇하게 멍이 남아 있는 얼굴이 땅에 닿도록 납작 엎드린 최인길도 우는 소리로 군관에게 간청했다.

간절히 기도하면 이루어진다고 했다. 그분은 못 하는 일이 없다고 했다. 태초에 만물을 창조하고 선과 악을 심판하며 영원한 생을 인간에게 부여할 정도로 전지전능한 분이라면 내 기도를 들어주는 일쯤은 식은 죽 먹기일 것이라고 여겼다. 인간을 사랑하고, 그 인간이 바른 도리 안에서 인간답게 살기를 원하는 분이시니 차별 없는 세상에서 살게 해달라던 기도를 외면하지 않을 것이라고 믿었다. 좋은 세상이 오게 해달라는 선한 기도이니 응당 들어주실 줄 알았다.

그래서 신앙을 가졌다. 믿고 나니 영육 간에 평화가 깃들었다. 비어 있던 마음이 꽉 찬 느낌이었고, 불만과 짜증 대신 기쁨과 희망이 샘솟았다. 모든 일이 원하는 대로 풀릴 것만 같았다. 천주라는 신이 나를 지켜주고 있으니 이보다 더 든든한 뒷배는 없다고도 생각했다.

교인들에게 집회장을 내준 것도 천주를 위해 막중한 소임을 다하기 위해서였다. 그렇기에 천주께서 나를 지켜주실 줄 알았다. 공정한 분이시니 이토록 부조리한 세상을 두고 보시지 않으리라 믿었다.

그런데 지금 내 처지는 어떤가. 나 홀로 죄를 뒤집어쓰고 모진 수모와 박해를 당하고 있다. 김범우는 원망과 배신감으로 치를 떨었다.

천주님! 이 고통에서 저를 구원해주세요!

가차 없이 날아드는 돌덩이를 온몸으로 맞으며 김범우는 하늘을 향해 절규했다.

그 순간이었다.

"죽어랏!"

사람들의 발에 치여 굴러다니던 창검을 주워든 사내가 잽싸게 김범우의 심장을 노리고 짓쳐 들었다. 다행히 그 모습을 본 군관이 군중을 밀쳐내다 말고 바람처럼 달려왔다.

"으악!"

사내의 손을 떠난 창검이 포물선을 그리며 저만치 떨어지는 것과 동시에 사내가 불 맞은 멧돼지마냥 펄쩍 뛰며 비명을 내질렀다. 군관의 칼날이 깊게 베고 지나간 사내의 팔뚝에서 핏물이 솟구쳤다.

"너희도 이자처럼 되고 싶지 않으면 멀찍이 물러나라! 명을 어기는 자는 모두 군율로 다스릴 것이다!"

군관은 피 묻은 칼끝을 겨누며 소리쳤다. 군관의 기세에 화들짝 놀란 사람들이 주춤주춤 뒷걸음질을 쳤다.

김범우는 부목을 댄 다리로 절뚝절뚝 움직였다. 그러나 몇 걸음 못가 풀썩 주저앉더니 어깨를 들썩이며 서럽게 울어댔다. 그 모습을 안타깝게 응시하던 군관이 웅성대는 군중을 향해 호통을 쳤다.

"국법에 따라 이미 죗값을 치르고 있는 죄인이다! 사사로운 처벌은 절대 용서치 않을 것이다! 뭣들 하느냐? 돌을 던진 자들을 모조리 잡아들여라!"

군관의 명이 떨어지자마자 사람들이 줄행랑을 놓았다.

"형님…. 으흑!"

김현우 등은 만신창이가 된 김범우를 끌어안고 비통하게 울부짖었다.

"너희가 와주었구나…. 못 보고 갈 줄 알았는데…."

김범우는 아우들의 손을 그러잡았다.

"이리 주시오."

어느 틈에 다가온 군관이 일행에게서 첩약과 전낭을 낚아채듯 가져갔다.

"나으리?"

"무일푼으로 먼 길을 떠나는 것이 나도 마음에 걸린 참이었소. 내가 인솔하는 동안에는 굶는 일 없게 하고, 약재도 달여 먹이겠소. 다음 인솔자에게도 내 잘 말해두리다."

"고맙습니다, 나으리!"

김이우 일행은 감읍하여 군관에게 절을 올렸다.

"인사를 받자고 한 일이 아니니 어서들 일어나시오."

그리고 군관은 김범우에게 속삭이듯 말했다.

"흔들리지 마시오. 여기 이렇게 당신을 염려하는 형제들이 있으니. 무엇보다 천주님이 당신을 지켜줄 것이오."

"예?"

"그렇소. 나도 신자요."

하지만 김범우는 그동안 집회장에서 그를 본 기억이 없었다.

"신자라면 제가 모를 리가 없는데…."

"정식으로 입교한 적이 없고, 주위에 비밀로 하려다 보니 집회장에 나갈 수가 없었소."

"아…."

"부끄럽지만, 주위의 시선을 의식하느라 용기를 내지 못했소. 하지만 그분이 내 속에 계신 건 확실하오. 어찌어찌 필사한 교리 책을 얻어 읽으면서 믿음이 점점 강해졌다오."

"그러셨군요…."

"그 모진 고문을 받으면서도 신앙을 놓지 않은 당신을 보면서 결심을 굳혔다오. 나 같은 겁쟁이 신자한테 당신은 영웅이요."

김범우는 목이 메어 말을 잇지 못했다. 막힌 속이 뻥 뚫린 시원함을 느꼈다. 두려움과 외로움이 거짓말처럼 사라졌다. 천주님이 함께한다는 믿음이 충만하게 차올랐다.

김범우를 먼발치에서 배웅하고 덕산으로 돌아온 날이었다. 이존창은 무슨 연유에선지 인사도 없이 전주로 내려간 항검과 그의 사촌들이 황당했다. 완숙을 집 앞까지 바래다준 김에 완숙에게 묻고 싶던 바를 물었다. 완숙의 대답이 뜻밖이었다.

"저한테 이제 잘해주지 마세요."

"……."

이존창은 어안이 벙벙했다.

"잘해주니까 자꾸 의지하게 돼요. 그런 제가 싫어요. 이제부터 제 일은 제가 알아서 하겠습니다."

"나를 더는 안 보겠다는 얘기요?"

"같은 교회 안에 있으니 안 볼 순 없겠지만, 일부러 보진 않았으면 합니다."

냉정한 말투였다. 완숙의 그런 태도가 이존창은 낯설고 서운했다.

"이제까지 잘 지내온 사람끼리 뜬금없이 거리를 두자니 무슨 말이오?"

순순히 물러날 기세가 아니었다. 완숙은 그간의 심경을 말하지 않을 도리가 없었다.

"지금은 어떠하오?"

이존창은 저녁놀이 걸린 먼 산을 바라보며 완숙에게 물었다.

"더는 그것 때문에 괴롭진 않아요. 다만 시간이 필요해요."

"상처도 흉터가 남듯이 감정도 흔적이 남는 법이니…."

"그래서 예전처럼 편하게 보려면 시간이 필요할 것 같아요."

"무슨 말인지 알아들었소. 종수씨 말대로 하리다."

● ● ●

철컥!

밖에서 채워둔 자물통이 풀어지고 누군가 빗장을 들어 올리는 소리가 났다. 사당 벽에 기대어 기도문을 중얼대던 이벽이 그 소리에 힘겹게 몸을 일으켰다. 보름 가까이 곡기를 끊어서인지 어지럼증이 일며 오금이 꺾였다.

배교를 강요하는 부친에 맞서고자 감행한 단식이었다. 아들의 극단적인 행동에 분노한 이부만은 식솔들에게 사당 근처엔 얼씬도 말라 엄명했다.

부친은 단호했다. 사당 문은 열리지 않았고, 바깥과 철저히 차단된 채 이벽은 빠르게 야위어갔다. 밖은 봄날이었으나 사당 안은 한겨울이었다.

그런데 누가 부친의 엄명을 어기고 문을 열려는 걸까.

"게 누군가…?"

이벽은 비척비척 문 앞으로 걸어가며 가까스로 물었다. 찰라, 한 무더기의 빛이 와락 달려들었다.

"아!"

이벽은 신음을 토하며 눈을 질끈 감았다. 날카로운 빛 화살이 어둠에 잠겨 있던 각막을 아프게 찔렀다.

"저예요…."

낯익은 여인의 목소리가 귓전에 와 닿았다. 안으로 들어서는 여인을 알아보고 이벽은 눈이 휘둥그레 커졌다.

"당신이… 당신이 어찌 알고 여길 왔소?!"

장기간 행적이 묘연한 이벽을 이리저리 찾아다니던 해주 정씨는 혹시 하고 본가에 내려왔다가 이벽의 감금 사실을 알게 되었다. 온 가족이 시치미를 뚝 떼는 통에 헛걸음을 한 줄 알고 맥이 빠져 본가를 나서던 길이었다. 본가 계집종이 달려와 불러 세우더니 이벽의 처지를 알려주었다.

해주 정씨는 시부 앞에 엎드려 남편을 풀어달라고 눈물로 호소했다. 하지만 시부는 다시는 본가에 발길도 하지 말라며 내쫓았다. 하지만 손 놓고 있을 수만은 없어서 몰래 남편을 찾아온 것이다.

"서방님을 이리 허망하게 보낼 순 없어 급히 내려왔어요."

금단을 꺼내 포장지를 벗기는 해주 정씨의 손이 파들파들 떨렸다.

"허망하게 보내다니? 그게 무슨 소리요?"

"문중 어른들이 서방님께 먹일 극약을 가지고 이곳으로 오고 있대요. 그러니 어서 이걸 드세요."

"그게 무슨 소리요? 그런 소릴 누가 부인에게 했소?"

"제게 이 금단을 주신 도인이 돌아가신 누님의 둘째 도련님이세요."

"둘째 도련님이라면… 약종 사돈 말이오?"

"예. 이걸 먹으면 죽었다가 다시 살아나는데, 그때부턴 불로장생한

대요."

정씨는 초조하게 밖의 기척을 살폈다.

"세상에 그런 약은 없소."

아내의 타는 속도 모르고 이벽은 환약을 밀어냈다.

"소첩도 처음엔 믿지 않았어요. 하오나 이제는 아닙니다."

아들 현모가 팔삭둥이로 태어날 것이라던 정약종의 예언이 우선 들어맞았다. 산달을 두 달이나 앞두고 산통이 시작되었을 때, 온몸에 돋았던 소름을 정씨는 똑똑히 기억했다. 그러나 그때는 우연의 일치일 뿐이라는 생각이 더 컸다.

"그분 말씀은 지금껏 다 틀림이 없었어요. 이 약이 서방님을 살릴 거예요."

"생사를 관장하는 건 오로지 천주님뿐이오. 내 명을 결정짓는 것 역시 천주님이시오. 그분께서 정하신 시간이 얼마 남지 않았다면 그 또한 겸허히 받아들일 것이오. 그러니 그 약은 도로 넣어두시오. 설령 약종 사돈의 말이 사실이래도 억지로 연명하고 싶진 않소. 그보다 나는 여기서 나가는 것이 더 급하오."

이격과 이석을 대동한 이부만이 사당 안으로 불쑥 들어온 것은 그때였다.

"네가 왜 여기 있느냐?"

"아, 아버님…."

"내가 부를 때까지 발길을 끊으라고 했건만 네가 어찌 여기 있느냐? 게다가 빗장은 왜 허락도 없이 풀어! 아니다. 지금은 그런 걸 따질 때가 아니지. 문중 어른들께서 기다리고 계신다. 벽이를 사랑채로 데려가거라!"

사당의 천장이 들썩거릴 정도로 쩌렁쩌렁 고함을 질러대던 이부만
이 장승처럼 뒤를 지키고 서 있는 두 아들에게 명했다.

"예, 아버님."

이격과 이석이 이벽의 양팔을 하나씩 거칠게 휘어 감더니 사당 밖
으로 끌어냈다.

"안 됩니다, 아주버님! 놔주세요, 도련님! 서방님을 그분들께 데려
가면 안 돼요!"

해주 정씨는 이격과 이석을 바쁘게 오가며 다랑귀를 떼었다.

"어허! 어디 아녀자가 나서는 것이냐? 집안을 위해 하는 일이다! 썩
비키지 못할까!"

갈퀴 같은 손으로 며느리의 어깨를 그러잡아 두 아들에게서 떼어낸
이부만은 그대로 땅바닥에 패대기쳤다.

"아버님!"

이벽은 충격을 받은 얼굴로 부친을 노려보았다. 이격과 이석 역시
부친이 며느리에게 함부로 굴 줄은 몰랐다는 표정이었다. 그러나 그
뿐이었다. 두 사람은 쓰러진 정씨를 일으켜 세울 염을 내지 못했다.

"가자."

이격이 이벽을 잡아당겼다.

"이러지 마세요, 아주버님!"

발딱 일어선 해주 정씨가 이격에게 달려가 바짓가랑이를 붙잡고 늘
어졌다.

"저, 저것이 부끄러움도 모르고 어디 감히 시아주버니의 몸에 손을

대느냐!"

이부만은 대로하여 발을 쾅쾅 굴렀다.

"죄송합니다! 저는 서방님을 버릴 수 없습니다! 서방님을 지키기 위해서라면 이보다 더한 무례도 범할 겁니다! 하오니 제발 저희 두 사람, 수표동으로 무사히 돌아갈 수 있도록 허락해주세요! 우리 현모가 아비 없는 자식으로 크게 할 수는 없습니다! 으흐흑!"

"듣기 싫다! 문중에서 하는 일이다! 네가 왈가왈부할 사안이 아니란 말이다!"

아들은 아비 대신 천주를 택했다. 저를 낳아준 아비가 저 때문에 목숨까지 끊으려 했건만 아들은 끝내 천주를 포기하지 않았다. 이부만은 부모의 은덕을 배신으로 갚은 차남을 결코 용서할 수 없었다. 이 배은망덕하고 천인공노할 아들로 인해 다른 아들까지 족보 없는 양반으로 살게 둘 수는 더더욱 없었다. 아들이 아비를 버렸으니 아비 역시 아들을 버릴 수밖에 없다고 이부만은 생각했다. 이부만은 우두커니 서 있는 이격과 이석에게 큰 소리로 명령했다.

"뭣들 하느냐? 어서 끌고 가지 않고!"

"예? 예에⋯."

정씨가 사당으로 뛰어든 것은 그때였다. 날래게 바닥에 떨어져 있던 환약을 주워들고는 이벽에게 다가가 속삭였다.

"서방님. 제발 드세요. 우리 현모를 위해서라도 제발요."

이벽은 고개를 저으며 그런 아내를 슬픈 눈으로 바라보았다.

"부인이 염려하는 그런 일이 벌어진대도 나는 당당히 겪을 것이오. 천주님을 버리느니 그편이 나아요. 비겁하게 피하지 않겠소. 대신 부인에게 부탁이 있소.”

이벽이 아내에게 무어라고 속삭였다.

“그리 할 수 없어요.”

“그 일을 해줄 사람은 부인밖에 없소. 부인만 믿겠소.”

“하오나… 으흐흑…!”

정씨는 목 놓아 울었다. 아내의 울음을 지켜보던 이벽이 아버지를 바라보았다.

“제 발로 가겠습니다, 아버님. 목욕재계하고 옷을 갈아입게 해주십시오.”

이벽은 죽음이 눈앞에 와 있음을 느꼈다.

천주님…. 저는 아직 준비가 되질 않았습니다…. 아직 이곳에서 해야 할 일이 많고, 당신께서 제게 내리신 소명도 아직 다하지 못했습니다…. 그러나 이 또한 당신의 뜻이라면 따르겠습니다…. 저를 당신께 보내오니 제 영혼을 불쌍히 여기시어 당신 안에 받아주소서….

구름 한 점 없는 파란 하늘을 우러르는 이벽의 눈동자에 물기가 어렸다. 아비가 목을 매는데도 눈썹 하나 까딱하지 않던 아들이 하늘을 올려다보며 눈물을 보이자 이부만은 정나미가 떨어졌다. 그렇다 한들 이승에서의 마지막이 아닌가.

“반점을 주겠다. 격이 네가 지키고 있다가 데려오너라. 그리고 석이 너는 네 형수를 사당에 가둬라.”

“아버님, 그래도 그건….”

“네 형수가 볼썽사납게 구는 꼴을 문중 어른들께 절대 보여드릴 수 없다! 네 형이 한 짓만으로도 이미 우린 충분히 망신을 당했어!”

난처한 얼굴로 머뭇대던 이석이 마지못해 대답했다.

"알겠습니다, 아버님."

● ● ●

기도와 회개로 하루를 열고 하루를 닫던 김범우가 고문의 후유증을 이기지 못하고 병사했다. 유배 1년 만의 일이었다. 그리하여 김범우는 조선교회의 첫 순교자가 되었다.

그즈음에 시름시름 앓던 유익겸도 세 살배기 어린 아들 유중성을 남겨두고 세상을 떠났다.

왕실에서는 다섯 살 생일을 앞둔 문효세자와 생모 의빈 성씨가 차례로 유명을 달리했다. 잇달아 덮친 슬픔에 반쯤 넋이 나간 임금은 별궁에 틀어박혀 식음을 전폐했다. 임금이 국사를 놓아버리자 조정은 삐걱댔고, 민생은 파탄지경에 이르렀다.

음울한 기운이 드리워진 조선에 겨울이 찾아왔다. 진눈깨비가 추적추적 내리는 11월 초 어느 날, 정순왕대비는 은밀히 은언군의 사저에 납시었다.

"이걸로 목숨을 끊어라."

왕대비는 부자^{附子}를 상계군 앞으로 밀어놓았다.

"목숨을 끊으라니요?"

"무슨 그런 농을 하시옵니까?"

나란히 앉아 있던 은언군과 그의 아들 상계군이 아연실색했다.

"농지거리를 나눌 만큼 우리가 허물없는 사이더냐? 더구나 나는 시답잖은 농이나 지껄이는 그런 사람이 아니다."

왕대비는 인상을 구기며 치맛단을 탁탁 쳤다.

"하, 하옵시면 진담입니까?"

상계군은 하얗게 질린 눈으로 건너다봤다.

"오냐."

갑자기 찾아와 대수롭지 않다는 투로 죽으라 명하는 왕대비를 은언군은 원망스럽게 쏘아봤다.

"상계군은 잘못이 없습니다! 어찌 이 아이에게 죽으라고 하십니까?"

쾅!

왕대비는 경상을 세차게 내려쳤다.

"누구 안전이라고 목소리를 높이는 게냐! 무에 잘했다고. 무릇 종실은 행실이 정갈하고 재물에 욕심을 내서는 안 된다. 특히 녹을 먹는 벼슬아치들과는 어울리는 것 자체를 경계해야 해. 헌데 너는 전 이조참의 김우진과 평소 왕래가 잦았더구나. 게다가 김우진이 네 아들의 혼인을 주선하고 혼수까지 대신해 주었다지?"

은언군과 상계군이 하얗게 질렸다.

"마마, 그것은…."

대답하지 못하고 머뭇대던 은언군이 끝내 고개를 떨궜다.

상계군이 신씨 처녀와 혼례를 올린 것이 얼마 전이었다. 그 혼례에 얽힌 내막을 보고받노라니 왕대비는 비실비실 웃음이 나왔다. 그렇잖아도 저 둘을 어찌 처리하나 고민 중이었다. 그런데 고맙게도 저 부자가 스스로 덫에 걸려든 것이다.

"김우진이 율적과 연루되어 파직되자 상계군의 매파 노릇을 자처하면서 벼슬 한자리를 부탁했다지? 저자에 이미 소문이 파다하다지. 이런데도 잘못이 없다는 말이 나오느냐?"

"제게 무슨 힘이 있어 김우진에게 벼슬 줄을 대준단 말입니까? 김우진이 상계군의 처지를 딱하게 여겨온 터라 자진해서 혼사를 도와준 것뿐입니다. 마마께서도 이 아이가 그간 어떻게 지냈는지 아시질 않사옵니까?"

울컥 서러움이 북받친 은언군이 눈시울을 붉혔다.

홍국영의 술수에 휘말려 죽은 원빈의 양자로 입적시킨 장남이었다. 그 바람에 갖은 풍파를 겪었다. 홍국영이 살아있을 적에나 죽은 뒤에나 왕위를 탐낸다며 억울하게 입길에 올랐다. 오랫동안 인연을 맺어온 이들 대부분이 상계군을 철저히 외면했다. 그런 상계군의 외로운 신세를 그나마 위로해온 이가 김우진이었다.

"아무리 처지가 곤궁하기로서니 아무나 가까이해서야 원."

"……"

"김우진이 누구냐? 죽은 역적 이율의 인척이란 말이다. 하물며 그자는 은언군의 장인 송낙휴와도 어울렸어. 항간에는 김우진이 역모에 깊숙이 관여했다는 풍문도 돌더구나. 그런 자와 어울렸으니 너희 또한 역적 이율과 한통속이었다는 얘기가 나오는 것이야!"

"그, 그런 억지가 어디 있습니까? 저는 죽은 이율과 만난 적도 없습니다!"

상계군은 원통하다는 듯 목에 핏대를 세웠다.

"예, 마마! 상계군은 그자와 무관합니다!"

"무관하다고? 이율과 내통했던 술객에게 김우진이 자기 사주를 보낸 적이 있다던데, 너희는 듣지 못했느냐?"

"모르는 얘기옵니다!"

"거참 이상한 일이로구나. 그 얘기를 나한테 전한 사람 말로는 김우진에게 따로 한 얘기가 있다던데….”

홍복영과 이율에게 벽서 역모의 죄를 뒤집어씌우기 위해 주변 인물들을 은밀히 조사하던 중의 일이었다. 정보원이 찾아와 김우진과 상계군이 나눴다는 밀담을 고했다. 왕대비는 쾌재를 불렀다.

문효세자가 태어나는 바람에 왕위 계승 서열에서 밀리기는 했으나 상계군은 여전히 금상의 서자로 남아 있었다. 문효세자가 잘못되고 임금에게 달리 후사가 없다면 상계군이 용상을 차지할 수도 있다는 얘기였다. 그런 불상사를 피하려고 일찍이 노론 가문의 처자 가운데서 왕자를 생산할 후궁을 은밀히 물색해왔다. 이 계획에 방해가 되는 것이 은언군 부자였다.

하지만 왕대비는 서두르지 않았다. 만사는 때가 있는 법. 박철오가 북경에서 가져온 비약은 사도세자에게 썼던 비약과는 달리 흔적이 전혀 남지 않는다고 했다. 약효가 서서히 나타나는 것이 흠이라면 흠이었다. 일 년여 동안 동궁전의 수라간에 공을 들였다. 인내의 시간을 견딘 덕분에 문효세자가 죽었다. 석녀인 효의왕후와 달리 공주를 계속 출산하고 있는 의빈도 이참에 제거해버렸다. 임금의 마음을 홀린 그 요망한 계집을 살려두었다가는 덜컥 왕자를 출산할 수도 있었다.

임금은 문효세자와 의빈이 독살되었다고 확신하는 눈치였다. 홍역을 앓는 아이에게 써서는 안 되는 인삼과 부자를 문효세자에게 처방

한 시약청 의관을 탄핵하고, 채제공이 동궁전 수라간을 샅샅이 조사했다. 왕대비는 임금이 겨눈 칼이 제 수족들을 쳐내기 전에 먼저 반격을 해야 한다고 생각했다. 무엇보다 임금의 시선을 분산시킬 필요가 있었다.

"상계군, 너의 생사가 오로지 김우진에게 달려있다고 했다던데, 연유가 무엇이냐?"

왕대비의 물음에 상계군이 하얗게 질렸다. 은언군이 경악하여 아들을 쳐다보았다.

"저, 정말이냐?"

"그, 그것이….."

상계군은 잔뜩 주눅이 들었다.

"했느냐, 안 했느냐?"

"…했습니다."

"아!"

눈앞이 캄캄해진 은언군은 앉은 채로 비틀거렸다.

"네가 제정신이냐? 성상께서 우리에게 베푸신 은총을 벌써 잊은 게야?"

은언군은 무섭게 아들을 꾸짖었다. 선왕인 영조 재위 당시 시전상인의 유혹에 빠져 큰돈을 빌려 썼다가 유배를 떠난 적이 있다. 그때 선왕에게 자신의 선처를 호소한 것이 금상이었다. 이처럼 임금은 이복동생들을 따뜻하게 품어주었다. 홍국영이 효의왕후를 독살하려 했을 때도 은언군과 상계군을 함께 벌해야 한다는 목소리가 드높았지만, 임금은 신료들의 주청에 맞서 자신들의 보호막이 되어 주었다.

은언군은 절망하여 한숨을 내쉬었다.

"마마, 모두가 제 불찰입니다."

은언군이 납작 엎드려 왕대비에게 선처를 호소했다.

"일찍 품에서 떨어뜨려 놓은 것이 안쓰러워 소손이 오냐오냐했더니 상계군이 물불도 못 가리는 청맹과니가 되고 말았습니다. 다시는 이런 일이 없을 터이니 사는 길을 가르쳐주시옵소서."

"나도 그러고 싶다만 어찌 손을 써볼 도리가 없게 되었구나. 그 사람의 원한이 보통 원한이 아니었어. 저 아이한테 이를 갈더구나. 내 말려보려 했지만, 조정에 투서하겠다고 막무가내야."

"아니 되옵니다, 마마!"

은언군이 절박하게 외쳤다.

"그래. 그래서는 아니 되지. 성상의 아픔을 덜어주지는 못할망정 종실이 짐을 얹어드려야 쓰겠느냐. 그자의 입을 다물게 하려면 어찌해야 하는지는 은언군이 잘 알 터!"

왕대비는 낯빛 하나 변하지 않고 자결을 종용했다.

"마마, 저는 죽기 싫사옵니다! 구해주소서!"

상계군이 두려움에 몸부림치자 왕대비는 더욱 냉정하게 일갈했다.

"네가 그리 나오면 네 아비는 물론 일가 모두가 역적으로 몰살을 당할 것이야. 네 목숨 하나로 가문도 지키고 수십 명의 목숨도 지키도록 하는 것이 내가 베풀 수 있는 마지막 온정임을 어찌 모르는가!"

상계군이 울먹이는 가운데 잠시 무거운 침묵이 흘렀다. 이윽고 결심한 듯 상계군이 눈물을 닦고 왕대비를 쳐다보았다.

"…먹겠사옵니다. 소인이 죽음으로 다 안고 가겠사옵니다."

"그래. 받아들일 건 받아들여야지."

"마마, 소인에게 한 약조는 꼭 지키셔야 하옵니다. 모든 것을 저 하나에서 끝나도록 하신다는….

"여부가 있겠느냐? 남은 가족은 내가 책임지고 돌볼 테니 안심하고 떠나거라."

왕대비가 한층 부드러운 표정으로 은언군을 바라보았다.

"은언군은 명심하라. 나는 오늘 여기 오지 않은 사람이다."

이틀 뒤, 상계군의 부음이 전해졌다. 이어서 열흘 뒤에는 선정전이 크게 소란스러웠다. 왕대비가 은언군 부자와의 약속을 헌신짝처럼 버리고, 김우진과 밀담을 나눈 상계군을 고발하는 전교를 승정원에 내렸기 때문이다. 신료들이 대전으로 몰려들어 악장을 쳐댔다.

"죽은 죄인에게 역적의 법을 소급하여 시행하시옵소서!"

벽파 신료들이 기세가 등등하여 상계군의 치죄를 주청하고 나섰다. 심환지는 연루자의 처벌을 주장했다.

"전하! 상계군의 자진으로 끝날 일이 아니옵니다. 역도들이 버젓이 활보하고 있으니 통탄할 일이옵니다. 엄정한 추국으로 연루자를 남김없이 색출하시어 종사를 보존하시옵소서!"

해쓱한 용안을 들어 이산은 정적들을 노려보았다. 비탄의 수렁에 빠져 허덕인 것이 수개월. 시간이 지나면 삭아질 줄 알았던 슬픔과 의심은 나날이 생생해졌다.

그러나 언제까지 제 안에 고인 슬픔만 들여다보고 있을 수는 없었다. 무엇보다 사랑하는 이들을 자신에게서 앗아간 정적들을 벌해야 했다. 이산은 오랜 칩거를 끝내고 정무에 복귀하자마자 정적들의 동태를 은밀히 조사토록 했다.

문효세자와 의빈 성씨가 독살되었다는 증거는 어디에도 남지 않았다. 역시 만만한 상대가 아니었다. 상계군의 자결도 필시 저들의 흉계일 터였다.

'저들은 상계군에서 그치지 않을 것이다. 잠재적 후계자는 다 없애려는 게야.'

수척한 용안이 분노로 붉게 달아올랐다.

'순순히 당하고만 있진 않을 것이다.'

그때였다.

"신 목만중 아뢰옵니다. 상계군의 죄가 명명백백히 밝혀진다면 죄인의 친부인 은언군 역시 국법으로 엄벌해야 할 것이옵니다!"

목만중이 다시 외쳤다.

"역적 상계군의 아우들 또한 모두 섬에 안치하여 위난을 방지하소서!"

'물 만난 고기란 바로 저자를 두고 하는 말이로군.'

박철오가 씁쓸하게 웃었다. 올해 3월에 시행된 중시에 합격하여 돈녕부 도정에 제수된 목만중이었다. 정3품 당상이다. 명례방 사건에 기여한 공로와 의금부의 고신을 끝까지 견디고 벽파에게 유리한 진술을 했던 점을 높이 산 왕대비가 과장의 시험관을 매수하여 목만중의 취재 답안에 후한 점수를 주도록 한 덕분이었다.

평생의 한을 풀어준 왕대비를 위해 목만중은 못할 것이 없었다. 임금의 노여움은 아랑곳없이 남은 말을 마저 내뱉었다.

"전하! 상계군이 불손한 무리와 어울린 것은 만천하에 밝혀진 일이옵니다! 추국으로 역적의 무리를 토벌하옵소서!"

"통촉하시옵소서, 전하!"

신료들은 개떼처럼 짖어댔다.

"전하…."

채제공은 죄스러운 마음에 얼굴을 들지 못했다.

아아, 영조 대왕이시여. 소신은 충신이란 말을 들을 자격이 없사옵니다. 삼종의 혈맥을 지키지 못한 이 늙은이를 용서치 마시옵소서.

채제공은 은언군이 상계군을 통해 역모를 꾀했다는 정적들의 말을 믿지 않았다. 이번 사건도 어딘지 수상한 냄새가 났다.

은언군은 상계군의 죽음에 대해 진솔한 대답을 해주지 않았다. 사건이 터지고 채제공이 몇 차례나 찾아가 묻기를 반복했으나 고집스럽게 입을 열지 않았다. 그의 눈빛은 뭔가 말하고 싶은 눈치였음에도 그랬다. 그 점이 채제공은 너무도 답답했다.

'일단은 추국을 막아야 한다. 이 일이 더 크게 번지는 걸 우선 막아야 해. 동시에 저자들의 허를 찔러야 한다. 그 일로 더는 성상과 왕실을 능멸하지 못하도록 강력한 반격이 필요해. 성상의 뽑힌 날개를 다시 달아드리고, 저들의 코를 납작하게 만들 비책. 그걸 생각해내야 해….'

채제공은 고민에 빠져들었다. 생각에 잠겨있던 이산이 천천히 고개를 들었다.

어찌해야 하는가….

이산은 달려드는 적들을 말없이 노려보았다.

은밀한 회동

백마가 쏟아지는 눈발을 뚫고 도성 길을 휘달렸다. 새벽이 되도록 전전반측하던 채제공은 느닷없는 임금의 방문을 맞아 황망했다. 임금은 호위무사도 없이 혼자였다.

"속히 군불을 넣어라! 너는 따스한 수건과 차를 준비해 오너라!"

채제공의 말이 급했다.

"그보다 급히 해주어야 할 일이 있소. 금대와 사암을 속히 이곳으로 불러주시오."

식솔을 물린 채제공은 노복 둘을 각각 이가환과 정약용에게 보냈다.

"긴히 의논할 일이 있어 이리 늦은 시각에 불렀네."

한밤중의 부름에 황망하여 한달음에 달려온 이가환과 정약용이 임금 앞에 엎드렸다.

"자네들도 알다시피 김우진이 율적에게 보낸 문적까지 나왔네. 은언군을 치죄하자는 저들의 요구를 묵과할 수 없는 지경에 이르고야 말았어."

"하옵시면 저들의 주청을…?"

채제공이 말을 잇지 못했다.

"추국은 아니 되네. 더 이상의 파장은 원치 않아. 은언군과 조카들을 가까운 유배지로 보내는 선에서 상계군 문제는 마무리할 생각이네."

"현명한 결단이십니다. 강화가 서울에서 그리 멀지 않으니 그곳으로 정하심이 좋을 듯하옵니다."

말은 그렇게 했지만, 임금의 괴로움이 고스란히 느껴져 채제공은 가슴이 아팠다.

"전하께서 영우원에 덕을 갚고 태묘에 효를 다하셨으나 나라에 흉사가 끊이질 않는 것은 다른 연유가 있기 때문일 것이라 사료되옵니다."

"다른 연유라?"

알 수 없는 떨림이 심장에서 일어났다. 이산은 설마 하는 눈빛으로 채제공의 입술을 주시했다. 왕의 기대에 찬 시선을 피하지 않고 마주보면서 채제공은 지난밤 내내 곱씹고 곱씹었던 생각을 허심탄회하게 고했다.

"옛말에, 돌아가신 부모를 편안한 자리에 모시지 못하는 것은 병든 부모를 돌팔이 용의에게 맡기는 것과 같은 불효라 하였사옵니다. 영우원은 풍수가들로부터 자리가 좋지 않다는 얘기를 수차례 들어왔사옵니다. 신의 짧은 소견으로도 선세자저하께서 계신 자리가 좋은 자리는 결코 아니옵니다. 대저 묏자리는 물이 흐르지 않고, 볕이 좋아야 하며, 방향 또한 정남향이어야 하옵니다. 하온데 영우원은 수맥이 흐

286

르고 음습하여 뱀이 자주 출몰하고 있사옵니다. 선세자저하께서 편히 지내셔야 전하께서도 편히 종사에 전념하실 수 있고, 왕실의 불행도 더는 거듭되지 않을 것이옵니다. 하오니 지관을 불러 선세자저하의 새로운 묏자리를 알아보도록 하시옵소서."

이산은 소름이 돋았다. 이 새벽에 행차한 이유가 거기에 있었다. 과연 번암이라는 감탄이 절로 나왔다.

"조정에는 죄인의 아들은 임금이 될 수 없다면서 나를 부인하는 자들이 똬리를 틀고 있소. 천장이 거론되면 기를 쓰고 반대할 것이오."

"구더기 무섭다고 장을 안 담글 수는 없는 노릇이옵니다."

이산이 눈빛을 빛내며 이가환을 바라보았다.

"반대에도 불구하고 강행하라?"

"예, 전하. 잃는 것보다 얻는 것이 많을 것이옵니다."

"어떤 점이 말인가?"

"전하께서는 경모궁을 재건하시며 선세자저하와 혜경궁 마마의 존호를 올렸사옵니다. 그때처럼 하면 됩니다. 천장을 공포하신 뒤 영우원의 봉호를 격상하시옵소서. 전하의 정통성을 공고히 하실 수 있을 것이옵니다."

"오…."

이가환을 바라보는 채제공도 놀란 기색이 역력했다. 영우원의 천장을 임금에게 건의할 때 그의 머릿속에 함께 들어 있던 생각이었기 때문이다.

"소신도 금대와 뜻이 같사옵니다. 봉호의 격상과 더불어 선세자저하를 추존하는 방안을 모색하시옵소서."

"그대들이 과인을 좀 도와줘야겠네."

"분부만 내리시옵소서."

"천장은 쉬운 일이 아니네. 마땅한 자리를 찾아내면 인근의 땅까지 매입해야 하지. 능을 지킬 사당을 지어야 하고, 행궁을 지어야 하며, 사찰 자리 또한 물색해야 하지. 그런 만큼 비용도 많이 들고 여러 잡음이 생길 수 있어. 여기서 그만 과인의 생각이 막혀버리고 말았네."

"전하께서는 이미 그 방안을 알고 계시옵니다."

채제공이었다.

"과인이 말이오?"

"경모궁의 전례를 따르시면 되옵니다."

"경모궁의 전례라? 옳거니! 짐이 왜 그 생각을 하지 못했을까. 역시 번암이구려. 하하하!"

이산은 무릎을 치며 오랜만에 호탕하게 웃었다.

임오화변 당시, 영조는 한성부 동부의 숭교에 장헌세자의 사당을 지었다가 다시 북부의 순화방으로 옮겨 짓고는 수은묘라고 했다. 그 사당을 건덕방의 어의동계 쪽으로 옮기고, 사도세자의 존호를 '장헌'으로 추존한 것이 이산이었다. 양주의 배봉산 아래에 있던 장헌세자의 수은묘를 영우원으로 고쳐 부르도록 한 것도 아버지의 명예회복을 위한 추존 사업이었다. 사당의 공역이 완성되자 '경모궁' 현판을 손수 써서 걸기도 했다.

경모궁 조성이 순탄한 것만은 아니었다. 주민들이 토지 매입에 반발하며 보상을 요구해왔다. 그들의 반발을 해소하는 한편, 생업을 보장해주기 위해 시행한 모민정책의 하나가 시장 개설이었다. 경모궁

북쪽의 광활한 땅에 어물전을 설치한 것이다. 성균관에서 관할하는 현방(푸줏간)이 있는데도 또 다른 현방을 더불어 가설시킨 것이다. 성균관의 현방이 확보하고 있던 시전의 독점판매권을 분산시키는 통공 정책의 하나이기도 했다.

새로운 시장의 등장으로 상권의 특혜를 누리며 이득을 취하게 된 경모궁 일대의 주민들은 사당의 주인 장헌세자를 추앙하기 시작했다. 민심도 임금에게 유리한 쪽으로 돌아갔다. 그러자 노론 벽파가 사납게 반발했다. 그들의 반발을 비웃듯 임금은 선대왕 영조의 탕평책을 언급하며 소론과 남인, 노론의 신료들을 골고루 경모궁 재건 사업에 배치했다. 연일 시끄럽던 벽파 신료들이 조용해졌다.

"그때의 경험을 살려 시장을 형성하시옵소서."

"소신도 동의합니다."

"과인의 큰 고민이 해결되었으니 그동안 미뤄둔 바를 실행할 것이오. 경들의 소임이 막중하오."

채제공과 이가환은 부복하여 명을 받드는데, 정약용이 영문을 모르겠다는 표정으로 여쭈었다.

"소생은 한낱 유생에 지나지 않사온데, 어찌 전하의 힘이 될 수 있겠나이까?"

이산은 빙그레 웃으며 물었다.

"과인이 성균관을 방문하여 유생들에게 냈던 시제를 기억하는가?"

"물론이옵니다."

"짐도 그 시제에 그대가 내놓았던 답안을 똑똑히 기억하고 있다. 너는 청렴한 관리란 무엇인지 명확히 구분해 놓았지. 또 재결로 농간을 부리던 탐관들의 비리도 용기 있게 지적했다. 후환이 두려워 누구도 말하지 못한 호조의 부정을 과인이 뒤늦게나마 알게 된 것은 모두 그 덕분이었어. 너의 총명함도 총명함이려니와 나는 그 용기를 더 높이 샀구나."

칭찬을 쏟아내던 이산이 낯빛을 바꾸어 이번에는 정약용을 질책했다.

"허나 너는 천주교에 가담하여 과인을 아주 곤혹스럽게 했지."

"망극하옵니다."

부정할 수 없는 현실이었다. 많은 이들이 매일같이 성균관 앞으로 몰려와 정약용을 성토하고 있었다.

"소생 정약용, 감히 전하께 맹세하옵니다. 다시는 그런 일이 없도록 할 것입니다."

"암, 그래야지."

정약용을 흡족하게 바라보던 이산이 이번에는 이가환을 꾸짖었다.

"금대가 입교한 줄 까맣게 모르고 있다가 나중에야 그 말을 들었네. 과인을 이리 기망할 줄은 미처 몰랐네."

"심려를 끼쳐 송구하옵니다, 전하."

이산은 이가환의 얼굴에 어린 불만을 느꼈다.

"과인은 두 사람을 얼마든지 이해하고 용서할 수 있지만, 저들은 그렇지 않을 터. 그러니 밀명을 주기 전에 다짐부터 받아놔야겠어. 지금 이 순간부터 천주교에서 손을 떼게."

"……."

이가환은 망설였다. 무거운 침묵 끝에 용기를 내어 아뢰었다.

"…망극하오나 전하. 소신, 전하께 먼저 용서를 구하나이다."

"무슨 소린가?"

"앞으로 소신은 드러내놓고 신앙 활동을 하지는 않겠지만, 차마 배교는 못하겠나이다."

이가환은 솔직히 고백했다.

"으음!"

짧은 한숨이 터졌다.

"그리 나올 줄 짐작은 했네. 다들 고집이 세더군."

"송구하옵니다."

"어쩌겠는가. 드러내지 않겠다는 약속만큼은 꼭 지키게."

"집회와 교류를 일절 금하겠습니다."

"믿어보지."

"황공하옵니다."

"첫 번째 개혁은 금난전권의 전면 철폐가 될 것이며, 우선 통공정책을 올해부터 단계적으로 시행할 것이오."

"어찌 말이옵니까?"

"경모궁의 모민들에게 어물전과 현방의 특권을 베풀자 난전이 활성화되었소. 덕분에 도성의 상업은 더욱 활기를 띠었지."

"반면에 난전 착납의 폐단과 물가상승을 초래했지요."

이가환이었다.

"과인도 공시인순막에 나갔다가 상인들의 고발을 들었네. 동북지방에서 한양으로 들어오는 어물과 포목을 누원점의 상인들이 매점했다가 이현과 칠패 난전들에게 값을 올려 팔고 있다더군. 그 바람에 물건들의 가격이 급등하고 있다지. 경모궁 아래의 모민들 중에 내물전인과 포상인이 있다 보니 두 세력의 마찰이 잦은 모양이더군. 이현과 칠패 때문에 도성 안에 어물과 포목의 수량이 부족하고 가격마저 높아지니 마찰이 생기는 건 당연한 일일 게야."

"그러하옵니다."

"금난전권의 특권을 지닌 경모궁 모민들과 시전상인들이 이현과 칠패의 난전들과 경모궁의 난전들을 도둑 취급하고 있사옵니다."

채제공의 지적대로였다.

"그들도 먹고살려고 난전을 벌이는 것인데 이는 경우에 맞지 않는 일이네. 하여, 짐은 병오통공을 우선 시행해보려 하네."

"어떤 조치를 말씀하시는지요?"

채제공은 염려되었다. 선대왕도 실패한 통공정책이다. 금난전권의 특혜를 누리는 시전상인들은 그들의 뒤를 봐주는 대가로 조정 대신들에게 적잖은 돈을 상납하고 있었다. 오랜 세월 이어진 그들의 유착을 끊고 시전상인들의 권리를 축소하는 일은 생각보다 어려울 터였다.

"시전에 일임한 금난전권을 아홉 개 전은 한성부가 맡게 하고, 다섯 개 전만 시전이 맡도록 범위를 축소할 생각이오."

이산은 주저 없이 다음 계획을 밝혔다.

"어물이 귀해지고 유통이 되지 않는 상황에서 미전보다 열 배의 세금을 내고 있다며 경모궁 궁저민들의 원성이 끊이질 않고 있소. 비변사에서도 궁저민의 세금이 과중하다는 의견을 내었소. 경모궁 제조와 상의하여 궁저민의 세금을 줄여주는 방안을 마련해야 할 것이오. 이 일을 번암이 맡아줬으면 하오."

"명 받잡겠사옵니다."

길고 힘든 싸움이 될 터였다.

"이것은 시작일 뿐, 종국에는 금난전권을 전면 폐지할 것이오. 단번에 혁파를 시행하면 시전들의 반발이 거셀 것이오. 시전들이 시장의 변화를 받아들일 수 있도록 번암이 잘 설득하시오."

"신 채제공, 충심을 다하겠나이다."

이번에는 이산의 눈길이 이가환을 향했다.

"경은 경기지역 목사로 나가게. 임지는 추후 알려주지. 임지에 가거든 틈나는 대로 경기 전역을 은밀히 살펴보게. 기운이 좋은 땅을 발견하거든 즉시 보고하게."

"선세자저하를 모실 자리를 알아보라시는…?"

"그것만 염두에 둔 당부가 아니네. 새로운 도읍 터를 찾아내라는 뜻일세."

"저, 전하!"

채제공과 이가환은 화들짝 놀랐다. 잠자코 오가는 이야기를 듣고 있던 정약용도 눈이 휘둥그레졌다.

"아바마마를 모신 곳에 새로운 도읍을 건설할 것이네. 노론의 소굴인 한성부가 아니라, 아바마마가 계신 곳에서 과인의 꿈을 본격적으로 펼치고 싶네. 은밀하고도 신속하게 자리를 알아보게. 무엇보다 보안이 생명이니 함구하게."

"명을 받들겠나이다."

그때였다.

"전하, 소생은 무엇을…?"

정약용이 흥분하여 여쭈었다.

"너는 조선의 새로운 그림을 그려야 한다."

"……."

말을 잃은 정약용의 가슴이 세차게 뛰었다.

● ● ●

동짓달 한파가 기승을 부렸다. 포천 화현리 산길에 일단의 사람들이 모습을 나타냈다.

퍼붓는 눈 속을 걸어가는 완숙을 힐끗대던 이존창은 문득 자신의 꼴이 한심하게 여겨졌다. 오랜만에 만난 완숙은 다행히 편안해 보였다.

문제는 자신이었다. 시도 때도 없이 덕산으로 내달리는 마음을 억지로 주저앉히고 있자니 고문이 따로 없었다. 연모했던 건 아닐까. 그것 말고는 이 불안과 그리움을 달리 설명할 길이 없었다.

담담한 표정이었지만, 완숙은 이존창이 자신을 의식하고 있다는 것을 느끼고 있었다.

'이제는 편하게 볼 수 있어요. 그러니 단원께서도 편안해지세요.'

완숙은 마음속으로 빌며 앞서가는 해주 정씨를 쫓아갔다.

"거의 다 왔어요. 저기에요."

맨 앞에서 일행을 이끌고 산길을 밟아나가던 정씨가 저만치 다가온 낮은 봉우리를 가리켰다.

"오, 맙소사!"

누가 먼저랄 것도 없이 일행은 장탄식을 쏟았다.

주변이 논으로 둘러싸인 야트막한 야산은 갓을 닮았대서 갓등산으로 불렸다. 정씨가 산봉우리에 외롭게 자리한 봉분을 가리켰다.

"저기에 정말 광암이…?"

"문중에서 서방님께 청산가리를 먹였어요. 그리고는 이곳에다 급하게 묻었어요."

"뭐, 뭐라고요?"

완숙은 제 귀를 의심했다.

"형수님! 무슨 일이 있었는지 자세히 말씀 좀 해보세요!"

항검이 채근했다. 권상연과 윤지충이 진정하라는 눈짓을 보냈다. 권철신과 권일신, 권상학과 이윤하, 이총억은 혼겁한 표정이었다. 양반 교인들을 보고는 떨떠름해 있던 중인 교인들도 정씨의 말에 아연 실색했다.

"청산가리라니요?"

항검은 도무지 믿기지 않았다.

"저 역시 독살 얘기는 전혀 듣지 못했습니다만…."

말꼬리를 흐리는 정약전의 얼굴에 의혹이 서렸다.

"어찌 된 영문인지 말씀해주십시오."

이존창뿐 아니라 다들 궁금해했다.

"서방님이 흘린 피는 급하게 닦아낸 모양이었어요. 시신 어디에도 피는 묻지 않았죠."

정씨는 치를 떨며 자신이 본 광경을 털어놓았다.

"피부가 파랗다 못해 보라색이었어요. 독살이 아니고서는 그런 피부가 될 수 없어요. 그래서 밤을 틈타 이곳에 매장한 거예요. 사람들 눈을 피해서요. 그분들이 몰래 서방님을 여기다 묻는 걸 제 눈으로 똑똑히 봤어요."

이벽의 묘를 둘러싸고 있던 교인들이 눈 바닥에 주저앉아 비통하게 흐느꼈다.

"남편의 유언이 있는데 여태 지키지 않고 있어요. 후환이 두려웠거든요."

정씨는 봉분을 등지고 섰다. 그리고는 봉분의 맞은편 소나무를 바라보며 한 발 한 발 모이 마당을 밟아나갔다.

"하나, 둘, 셋…."

"……."

눈 위에 일직선으로 찍히던 정씨의 발자국이 중간쯤에서 멈춰 섰다.

"여기에요! 저 좀 도와주세요!"

"여기 뭐가 있어요?"

한달음에 달려간 항검이 물었다.

"서방님은 수표동 집에 있는 천주교 서적을 저만 아는 곳에다 옮겨 놓으라고 했어요."

문중 어른들에게 끌려가기 직전에 한 말이었다.

"집에 그냥 놔두면 틀림없이 집안에서 없애버릴 거라고 했어요."

아니나 다를까. 이벽이 죽은 지 사흘째 되던 날, 이격과 이석이 수표동 집에 들이닥쳤다. 두 사람은 온 집안을 헤집고 다녔지만, 빈손으로 돌아갔다.

이벽이 갓등산에 묻힌 날 밤, 시댁 식구들보다 먼저 산에서 내려온 정씨는 곧장 수표동 집으로 가서 숨겨놓은 서적을 챙겨 다시 산으로 돌아왔다.

"시댁에서 이곳은 뒤지지 않을 것 같았어요."

숨긴 장소를 교인들에게 알리라는 남편의 당부가 있었지만, 정씨는 잊은 듯 함구했다. 순전히 두려움 때문이었다. 아들 현모는 지금도 죄인의 아들이라고 손가락질을 당하고 있었다. 포천 본가는 아예 연락을 끊었다. 현모마저 없는 손자 취급하며 철저히 외면했다. 심장이 찢기는 고통 속에서 살았다. 그때마다 남편의 유언을 모른 체하기로 마음을 다잡았다. 천주교 때문에 아비를 잃은 것으로도 모자라 죄인의 자식이라는 낙인이 찍혀 멸시를 당하는 아들이었다. 천주교로 인해 아들이 불행해지는 꼴은 두고 볼 수 없었다. 기일에도 무덤을 찾지 않은 이유였다.

"헌데 서방님이 절 찾아왔어요. 한 번도 서방님 꿈을 꾼 적이 없었는데, 그날 처음으로 꿈에 나타나 여러분께 연락을 취해달라고 하셨어요."

"실은 벽이 형님이 제 꿈에도 오셨었어요. 조만간 만나자고 그러시더라고요."

항검은 신기하다는 표정으로 말했다.

"어머! 진짜요? 저도 같은 꿈을 꿨어요!"

"저도 그랬습니다!"

"저도요!"

교인들의 꿈 얘기가 봇물로 쏟아졌다.

완숙은 꿈에서 보았던 이벽의 모습을 떠올리며 말했다. 그녀의 손을 꽉 잡으며 반드시 만나러 와달라고 강조하던 이벽의 표정이 생생하게 되살아나 완숙은 가슴이 저릿해졌다. 때마침 이존창을 비롯한 또 다른 교인들이 약속장소에 나타났다.

"여기 모인 사람들이 모두 광암의 꿈을 꾼 것도 놀라운 일인데, 한날한시에 편지를 받기까지 했습니다."

신비함을 넘어 두려움을 느끼는 이윤하였다.

"서방님은 여러분께 천주님의 뜻을 전해달라고 했어요."

정씨는 이벽이 자신에게 했던 이야기를 마저 꺼내놓았다.

"천주님은 조선 사람을 특별히 아끼고 사랑하신대요. 본성이 워낙 선량하고 정의롭기 때문이래요. 그런데 천주님의 말씀과 달리 명례방 사건 이후로 교인들이 뿔뿔이 흩어지고 교회마저 무너졌다고 서방님은 몹시 슬퍼하셨어요."

교인들이 그녀의 부름에 응할 것이라는 얘기를 남긴 이벽은 아내를 따스하게 안아준 뒤 꿈에서 떠나갔다. 정씨는 멀어지는 남편을 애타게 부르다가 잠에서 깼다. 그 즉시 교인들에게 보낼 서찰을 적기 시작했다. 꿈의 내용은 생략한, 갓등산이 소재한 마을의 주소를 적은 서찰이었다. 해주 정씨는 그 마을의 초입에 서 있는 장승 앞으로 모일 모시까지 와달라는 내용의 서찰을 교인들에게 보냈다.

"어느 고장에 사는지 제가 기억하는 분들에게 편지를 적고 보니 이십 여 통에 달했어요. 일일이 찾아다니며 전하기에는 그 수가 너무 많고, 또 시간적 여유도 없었던지라 부득이하게 인편을 통해 보냈답니다."

"결국, 광암의 부름을 받고 우리가 모인 셈이군요. 광암의 신심은 정말 대단하네요. 살아서도 그리 헌신하더니 죽어서도 교회를 위해 이토록 애를 쓰네요."

이존창의 얼굴이 붉게 물들었다. 정약전의 낯빛도 부끄러움으로 붉어졌다.

아우인 정약용도 분명 정씨의 서찰을 받았을 터였다. 그런데 나타나지 않았다. 그 점이 교인들에게 미안해 침묵을 지키던 정약전은 머쓱한 표정으로 정씨의 발밑을 가리켰다.

"이건 언제 꺼내실 거예요? 광암이 어떤 교리서를 남겼는지 궁금해서요."

"서방님이 새로 쓴 교리서가 있어요. 그 책을 꼭 여러분께 전해야 한다고…."

정씨가 옆으로 비켜서며 말했다.

"광암이 유작을 남겼단 말입니까?"

모두가 묻고 싶은 말을 이윤하가 대신했다.

"완성하실 즈음에 명례방 사건이 터져서 미처 말하지 못한 모양이에요."

상연이 버려진 곡괭이를 찾아내 땅을 팠다. 이윽고 자물통이 채워진 작은 궤짝 하나가 나왔다.

"열어보세요."

열쇠로 자물통을 푼 정씨가 권철신 앞으로 궤짝을 밀어주었다. 이벽이 손수 지었다는 《숭례의설》을 권철신이 꺼내 들었다.

"이 책이 그 책입니까?"

"예. 책 안에 보시면 여러분께 남긴 서찰이 있을 거예요."

책은 찬찬히 보기로 하고 권철신은 먼저 봉투를 열었다.

오늘 꿈에서 주님을 뵈었습니다.

편지는 그렇게 시작되고 있었다. 누구에게도 말하지 않고 매일 잠들기 전에 온 정성을 기울여 새 교리서로 《숭례의설》을 지었다고 했다. 교리서에 방점을 찍고 겨우 든 잠에서 이벽은 예수를 만났다. 그 꿈에서 예수가 걸어갔던 십자가의 길을 걸었다. 14처를 차례로 순례하는 동안 너무도 끔찍한 고통에 꿈인 줄 알면서도 비명을 지르고, 오열했노라 고백하고 있었다.

꿈에서 깨고 나니 땀과 눈물로 온몸이 축축했습니다. 만약 내게 그 같은 수난이 닥치면 어쩌나 하는 두려움으로 몸도 덜덜 떨렸습니다. 그것이 꿈이었다는 사실에 안도하면서도 그랬습니다. 그러고 있자니 저 자신이 부끄러웠습니다. 주님께서 특별히 은총을 베푸시어 주님을 위해 죽을 기회를 주신다면 이보다 더 큰 영광이 없을 것입니다. 그걸 잘 알면서도 저는 공포에 떨었습니다. 그러나 주님께서는 이토록 연약한 죄인조차 사랑하시는 인자한 분이셨습니다. 열병에라도 걸린 듯 온몸이 끓어오르고 한기에 떨고 있는 제 앞에 그분께서 나타나신 겁니다. 그분은 자비롭고도 따스한 손길로 저를 안아주시며 이렇게 말씀하셨습니다.

두려워 마라, 나의 아들아. 너는 행복할 것이니라. 하늘나라는 의로움 때문에 박해를 받는 이들의 것이니라. 그러므로 사람들이 나 때문에 너희를 모욕하고 박해한다면 두려워하는 것이 아니라 기뻐하고 즐거워해야 한다. 너희가 하늘에서 받을 상이 그만큼 크기 때문이다.

그분의 말씀에, 그분의 따스한 포옹에, 그리고 인자한 모습에 저의 불안이 눈 녹듯 녹으며 기쁨이 차올랐습니다. 주님의 자녀인 우리가 한결같은 믿음으로 그분을 섬기고 그분을 증언한다면 우리에게 영원한 복을 누릴 천당 문이 열린다는 걸 왜 이리 쉽게 잊는 걸까요? 당장의 고통, 당장의 불안, 당장의 이득을 좇느라 그 중요한 사실을 자주 잊는 것이겠지요. 여러분께 이 편지를 남기게 된 연유가 거기 있습니다. 을사추조적발사건 이후로 척사론이 팽배해진 까닭에 여러분은 두려움과 혼란과 갈등을 겪고 계시겠지요. 천주교와의 절언을 심중에 두고 있는 분들도 계시다고 들었습니다. 여러분의 심정을 충분히 이해합니다. 저 또한 그런 마음을 품기도 했으니까요.

그러나 여러분, 의로움 때문에 박해를 받다가 죽음을 맞는 이들은 행복하다고 주님께서 말씀하십니다. 제게 현현하신 주님께서 부디 교회를 버리지 말라고 당부하고 계십니다. 이 편지는 주님께서 여러분에게 보내는 격려입니다. 그분께서는 제가 본 것을 그대로 적어 여러분께 전하라 하셨습니다. 아마도 우리 교인들의 동태를 감시하는 이들을 염두에 두고 내리신 명이겠지요. 일일이 여러분을 찾아뵙고 주님의 말씀을 전하지 못하는 이유가 되겠습니다. 우선 베드로에게 이 편지를 전할 것이니 베드로는 다 읽고 나서 다른 교인에게 전하는 방식으로 조심하며 돌려보길 바랍니다. 토마스 형제님께서 단양으로 떠날 날이 다가오고 있습니다. 그분께는 그날 배웅을 나가 제가 직접 전하겠습니다.

형제자매 여러분, 재차 부탁드립니다. 믿음 때문에 수난을 당하는 일이 생길지라도 부디 믿음을 놓지 말아 주세요. 눈앞의 안위를 위해 주님을 외면하는 일이 부디 없기를 바랍니다. 저 역시 주님을 끝까지 섬기고, 주님을 위해 목숨을 버릴 각오로 작금의 수난을 이겨내겠다고 다짐해봅니다. 우리 강건한 믿음으로 작금의 핍박을 잘 이겨내도록 합시다.

주님의 종, 이벽 세례자 요한 올림.

예수의 계시가 있었다는 부분에서 술렁대던 교인들은 권철신이 편지 읽기를 마치자 침묵 가운데 숙연해졌다. 교인들에게 예수의 계시를 전하고자 쓴 편지가 이벽의 유언장이 된 셈이었다.

"저는 돌아가야겠습니다."

항검이 말했다. 다들 의아해하자 항검은 더욱 결연하게 뜻을 밝혔다.

"우릴 이렇게까지 잡고자 하시는 천주님이 계시잖아요. 그분의 뜻을 벽이 형이 이렇게까지 간절히 전하려 했어요. 그걸 알면서도 교회로 돌아가지 않는다면 평생 죄를 짓는 기분으로 살아야 할 겁니다. 벽이 형 덕분에 천주교를 알게 됐고, 비로소 죄의식에서 벗어날 수 있었어요. 다시 죄의식에 사로잡혀 살 수는 없습니다. 저는 교회로 돌아가야겠습니다."

"으음…."

이승훈은 괴로운 숨을 내쉬었다. 항검의 결단이 비수가 되어 심장에 날아와 꽂혔다.

자신이 조선 최초의 영세자라는 사실이 영광스럽던 날들이 있었다. 그런 영광스런 자리에 앉을 수 있었던 것은 천주님이 자신을 선택하셨기 때문이라고 믿었다. 다른 누구도 아닌 자신이 그분의 선택을 받았다는 것은 다른 교인들보다 큰 사랑을 천주님으로부터 받고 있는 것이라 믿었다. 자신은 여느 교인들과는 다른 존재이며, 더 높은 위치에 있다고 내심 우쭐했었다. 그런데 외부에서 박해를 가해오자 천주교를 너무도 쉽게 버렸다. 자신을 선택해준 천주의 사랑 따위 생각나지도 않았다.

…주님, 이런 저를 여전히 사랑하시나요? 저는 당신을 버렸는데… 당신은 정말 저를 버리지 않으셨나요…?

이승훈은 괴로운 시선을 들어 하늘을 봤다. 어느 틈에 눈이 그치고 하늘을 가득 메웠던 먹구름이 서서히 몰려가고 있었다. 흩어지는 구름 사이로 오후의 겨울해가 얼굴을 내밀었다. 그리고 부챗살처럼 퍼진 햇살이 이벽의 무덤 위로 쏟아져 내렸다. 눈 쌓인 무덤이 햇살을 받아 반짝이는 모습을 교인들은 감동과 갈등이 담긴 눈길로 지켜보았다.

"저도 교회에 복귀하렵니다. 함께 형님을 도와 무너진 교회를 다시 일으켜 세워야겠어요. 또다시 핍박을 받겠지만 개의치 않으렵니다."

모이 마당에 깔린 조용한 침묵을 깨고 윤지충이 말했다.

"같은 생각입니다. 천주님한테서 도망치는 건 한 번으로 족해요. 더는 비겁해지고 싶지 않습니다. 목숨을 부지하려고 거짓으로 배교하는 일 따위 더는 안 하렵니다."

평소의 순박한 표정 대신 비장한 결기를 띤 얼굴로 권상연은 나머지 교인들의 얼굴을 하나하나 돌아가며 보았다.

"……"

대답을 요구하는 권상연의 시선을 교인들은 피하지 않고 마주 보며 말없이 고개를 끄덕였다. 죽음으로 신앙을 지킨 이벽과 예사롭지 않은 꿈의 출현, 극적으로 그들에게 전해진 이벽의 유품을 보면서 교인들은 거스를 수 없는 운명 같은 것을 느꼈다. 하지만 앞으로 지게 될 십자가의 무게가 얼마나 무거운 것인지, 하늘이 내린 소명을 완수하기까지 얼마나 험난하고 가혹한 길을 걸어야 하는지, 그때 그들은 미처 알지 못했다.

가성직제도

새해가 밝았다. 척사의 여파로 급감했던 신자들의 숫자가 해를 넘기는 사이에 배로 늘어 천여 명에 이르렀다. 갓등산 회합 이후로 이승훈을 비롯한 교회 지도부가 교회 재건을 위해 밤낮으로 애쓴 덕분이었다. 은밀한 가운데 집회가 매주 열렸고, 입교를 신청하는 이들이 무시로 연락을 취해오고 있었다. 권일신이 전교를 펼치고 있는 경기도 양근 일대와 이존창과 완숙이 복음을 전하는 내포 지역, 그리고 유항검이 열성으로 활동 중인 전라도 지역에서였다.

신도가 무섭게 늘어나자 교회 지도부는 즐거운 고민에 빠졌다. 세례를 원하는 예비자는 늘어만 가는데 사제가 이승훈뿐이었다. 그가 전국을 돌며 세례성사와 미사를 봉헌했지만, 피로감을 호소하며 자주 앓아누웠다. 그렇다고 예비자들을 매번 도성으로 불러올릴 수도 없는 노릇이었다.

집회 장소를 반촌으로 정한 것도, 그곳에 사는 교인 김석태의 집에서 주일마다 미사를 보는 까닭도 감시를 피하기 위해서였다. 성균관은 공자를 배향하는 신성한 장소였다. 순라군은 물론 금부의 군사조차 반촌 안으로는 한 발짝도 들여놓지 못했다. 사실상 치외법권 지역 이었다.

사제 문제를 해소하기 위해 시행한 것이 가성직제도다. 급한 대로 임시 성직(사제) 제도를 도입하여 숨통을 트자는 제안이 설왕설래 끝에 만장일치로 받아들여졌다.

이승훈이 먼저 신부로 선출되었다. 초대 교회의 최고 지도자로 추대된 이승훈은 덕망 높은 신도들 가운데서 열 명을 신부로 임명했다. 권일신, 홍낙민, 유항검, 이존창, 최창현 등이었다. 이승훈이 기억해 낸 북경의 교계제도에, 신자용 예절서와 교리서에 수록된 설명을 참조하여 조선교회의 조직을 꾸린 것이다.

이승훈은 신부직을 수행할 열 명 모두에게 세례성사와 고해성사를 집전할 수 있는 권리를 부여했다. 그 자신은 신도들의 권유에 따라 견진성사와 미사성제를 봉헌할 수 있는 자격을 이미 갖춘 뒤였다. 이승훈으로부터 신부로 임명된 교인들은 각자의 임지로 돌아가 성무 활동에 전념했고, 예비자 기간을 완료한 신자들에게 세례를 베풀었다.

처음 천주교 교리서를 접한 뒤 교리 공부에 전념한 윤지충은 정약전을 대부로 삼아 바오로라는 이름으로 세례를 받았다. 윤지충의 모친 권씨 부인과 그의 아내도 천주교에 입교했다. 윤지충의 아우 윤지헌은 예비자 교리를 열심히 듣고 있었다. 윤지충의 전교로 온 가족이 교인이 된 셈이다. 권상연은 윤지충의 뒤를 이어 세례를 받았다. 그의 영세명은 야고보였다. 신부로 선출된 유항검이 호남지방의 세례성사를 집전했다.

정부의 탄압에도 불구하고 윤지충과 권상연처럼 천주의 은총을 입은 신도 수가 증가일로를 달리자 조선교회의 자긍심은 하늘을 찔렀다. 이승훈은 자신만이 갖고 있던 견진성사와 미사성제의 권한을 다른 신부들에게도 부여했다. 견진성사를 받아야 할 신자들이 빠르게 늘어났기 때문이다. 천주가 사랑하는 교회, 천주의 선택을 받은 자녀들이라는 사실이 이로써 입증되었다고 교인들은 기뻐했다. 자신들의 행보는 모두가 천주의 뜻에 따라 이뤄지는 것이라고 믿었기에 어떤 의심도 없었고, 두려울 것도 없었다. 적어도 그 글귀를 발견하기 전까지는 그랬다.

정조 11년(1787) 2월.

"우리가 여태 대죄를 범했다니요? 이게 다 무슨 소립니까?"

아침상을 물리기도 전에 사랑으로 들이닥친 항검이 다짜고짜 대죄 운운했다. 이승훈은 항검을 진정시키며 자세한 설명을 청했다.

"사제직은 인호를 박아주므로 인호가 없는 사람은 그 어떤 직무도 이행하려 해서는 아니 된다고 책에 쓰여 있었습니다. 그 인호는 정식으로 사제 수업을 받은 사람만이 받을 수 있고요. 우리 중 누구도 그라몽 신부님한테서 인호를 받지 못했습니다. 게다가 사제는 아무나 되는 게 아니라고 적혔어요. 혼인하지 않은 독신만이 성품을 받을 수 있다고 했습니다. 헌데 우리는 혼인한 사람인 데다 자식까지 있습니다. 사제 자격이 없는 우리가 미사성제를 거행하고, 견진성사까지 집전했으니 죄 중에서도 큰 대죄를 짓고 만 겁니다."

미사 예절을 조선교회의 실정에 맞게 재편할 요량으로 항검은 교회서적들을 탐독했다. 그 와중에 독신을 지키지 않은 사람이 사제직을 수행하면 무서운 독성죄를 범한다는 충격적인 글귀를 읽게 되었다. 교회에서 행해지는 미사 예절은 교황 그레고리오가 천 년 전에 제정한 것이었고, 그 후로 천 년 넘게 준수되어온 그 예절을 개인이 함부로 첨삭할 수 없다는 사실도 알게 되었다.

"확실합니까? 혹여 잘못 보신 건 아니고요?"

이승훈은 당황하여 재차 물었다.

"직접 보셔야 믿으실 것 같아 아예 책을 가져왔습니다."

이승훈은 항검이 지적한 대목을 읽고는 질겁했다.

"오, 맙소사!"

이승훈은 눈앞이 캄캄해졌다.

"북경 신부님들한테서 독성죄에 대해서 들으신 적이 있습니까?"

"아니요. 전혀 듣지 못했습니다."

"하기야 이런 엄청난 일이 생길 줄 그분들이 짐작이나 했겠습니까?"

"이제 어찌하면 좋습니까? 가성직제도를 맨 처음 제안한 것이 바로 접니다. 그리 큰 죄를 범하는 줄도 모르고 사제들을 임명했으니 어쩌면 좋습니까? 천주님께서 절대 저를 용서하지 않으실 겁니다."

"모르고서 지은 죄잖아요. 무지에서 비롯된 일이니 천주님께서도 용서해주실 겁니다."

"정말 그럴까요?"

"그럼요! 이제 앞으로가 중요합니다. 가성직제도의 오류를 발견한 이상 성사 집전을 계속할 순 없습니다. 우리가 여태 독성죄를 범했다는 사실을 가성직단 모두에게 알리셔야 합니다. 그리고 지금 이 순간부터 미사를 중단하라고 명하셔야 합니다."

"허면 신량은 어쩌고요? 미사 예식에서 제일 중요한 게 영성체잖아요. 그리스도의 몸과 피를 우리 안에 모셔야만 죄가 사해지고 구원을 받게 된다는 걸 유 신부님도 아시잖아요."

"물론입니다. 성사가 중단되면 영성체도 우리 안에 모실 수 없게 되겠지요. 그 사실을 알게 되면 교인들이 크게 동요할 겁니다. 앞으로의 전교 사업도 타격을 받을 테고요. 교회를 떠나는 신도들도 생겨날 겁니다."

"헌데도 집전을 중단하라고요?"

"응당 그리 해야지요. 이미 지은 죄에 같은 죄를 더할 수는 없는 노릇 아닙니까?"

"그야 그렇지만…."

망설이는 이승훈을 향해 항검은 강경한 어조로 요구했다.

"영성체를 축성할 자격이 우리한텐 없습니다. 신도들을 구원해줄 영혼의 양식이 없는데 미사를 집전한들 무슨 소용이 있겠습니까? 더 큰 죄를 짓기 전에 가성직단을 해체하고 성사 집전을 중단토록 명하는 것이 옳습니다."

항검의 강력한 제의를 막아설 명분이 이승훈에게는 없었다. 무엇보다 이 사단을 초래한 장본인이 자신이 아니던가. 무지에서 비롯된 잘못이었다고는 하나 자신으로 인해 가성직단들과 신도들이 짓지 않아도 될 죄를 짓고 말았다.

"제가 뿌린 잘못이니 수습도 제가 해야겠지요. 성사 집전을 중단하라는 서찰을 가성직자에게 당장 돌리도록 하겠습니다. 신도들에게도 제가 독성죄를 범했다는 사실을 전하고 용서를 구하도록 해야겠어요."

"잘 생각하셨습니다."

"유 신부님은 당분간 도성에 머물러 주세요."

"도성에요?"

"앞으로 교회 운영을 어찌해야 좋을지 지도부 회의를 소집하여 상의해야지요."

● ● ●

윤지충은 코가 한 자는 빠져 터덜터덜 걸음을 옮겼다. 진산을 향해 걷던 지충은 열불이 나서 욕을 참지 못했다.

"나쁜 놈! 천벌 받을 놈!"

조부의 제사가 오늘이었다. 이틀 전에 제수를 마련하여 바구니에 담아놓았다. 그런데 꼭두새벽에 도둑이 들어 제수를 모조리 털어갔다.

수중에 남은 돈도 없거니와 상연에게 손을 벌릴 수도 없었다. 상연의 부친 권재학은 지충의 외삼촌이다. 그 외삼촌이 명을 달리했다. 부친을 여읜 뒤로 상연의 형편이 여의치 않았다. 게다가 열흘 전에 새 생명을 본 마당이었다.

"그렇다고 이대로 있을 순 없잖니."

날이 밝자 도저히 안 되겠는지 지충의 어머니 안동 권씨가 아들을 붙잡고 초남이에 가 볼 것을 권했다. 아무래도 기본 제사상은 올려야 하지 않겠냐는 것이었다.

"매번 항검이한테 도움을 받아서 면이 서질 않는다만 우리 형편이 급한 걸 어쩌겠니. 당장 비빌 언덕이라고는 거기밖에 없는걸."

어머니의 청을 차마 뿌리칠 수 없어서 지충은 부끄러움을 무릅쓰고 초남이로 넘어왔다. 그런데 가는 날이 장날이라더니 항검은 집을 비우고 없었다. 급한 볼일이 있다면서 관검까지 데리고 열흘 전에 상경했다는 것이다.

'산 사람도 배를 곯는 판국에 빚까지 내서 제수를 장만해야 한다니…. 이건 진짜 말도 안 되는 일이야…. 아무리 생각해도 허례허식이라고.'

제사음식을 차릴 돈이 없는 가난한 양반은 노비를 팔아 경비를 조달했고, 그마저도 없으면 집안의 가재도구 등을 내다 팔아 겨우겨우 제수를 장만하고는 했다. 하루살이가 곤궁한 평민들의 경우는 더 말할 필요가 없었다. 사정이 이렇다 보니 가세가 빈궁한 양반과 평민 중에 제사를 생략하는 이들이 생겨났다.

"할아버님께서도 맘이 편치 않으실 거야. 할아버님께서 생전에 나물을 제일 즐겨 드셨으니 그나마 다행이지 뭐."

지충의 할아버지 윤덕렬과 아버지 윤경 부자는 선대로부터 막대한 토지를 물려받았지만, 살림살이는 가난을 면치 못했다. 해남과 인근 지역에 집중된 토지를 마음대로 매매할 수 없도록 문중에서 금했기 때문이다. 아버지가 의업에 눈을 돌린 것도 그래서였다.

궁핍한 살림에 고기는 손주들 먹이느라 당신은 나물 반찬만 고집할 만큼 자애로웠던 조부가 세상을 등지자 아버지마저 삶의 의욕을 잃더니 조부를 따라가고 말았다.

이에 끼니조차 이을 수 없을 만큼 궁핍해지자 보다 못한 어머니가 삯바느질과 온갖 허드렛일로 살림을 꾸려나갔다. 이런 지충 가족에게 항검이 해마다 쌀을 보내주고 있었다. 지충이 과거 공부를 위해 한양에 머무는 동안 항검은 남은 가족을 지극정성으로 돌봐주기까지 했다. 얼마 전에는 땅까지 떼어줬다. 그런데도 지충의 형편은 좀처럼 나아지지 않았다.

'하는 수 없지. 지난번에 말려놓은 고사리를 삶아내고, 뒤꼍에 묻어둔 무를 꺼내 무나물을 무치면 돼. 지난가을에 따 두었던 밤이랑 대추도 올리자. 그렇게 예를 차리면 돼. 할아버님도 뭐라 하시진 않을 거야.'

애써 자위했지만, 지충의 걸음은 천근 쇠를 매단 듯 무거웠다.

"형님! 이제 오면 어떡해요!"

삼월의 해가 서산에 걸린 무렵이었다. 사립 앞을 바장이던 청년이 지충을 보자 달려와 팔을 잡아끌었다.

"지금 큰일 났어요!"

지충의 손아래 동생 윤지헌이다.

"뭔 일 있어?"

불길한 예감이 들었다.

"당숙께서 종조부님을 모시고 와 계세요."

"그분이 갑자기 왜?"

지충은 당황했다. 지충의 증조부 공재 윤두서는 9남 3녀를 두었다. 지충의 할아버지 윤덕렬이 다섯째 아들이었다. 그 아우인 종조부가 느닷없이 찾아왔다는 것이다.

"멀어서 그간 불참했는데 이번에는 작정하고 올라오셨대요. 할아버님 제사를 같이 지내겠다고 하시던 걸요."

"이런, 젠장…."

지충은 낭패감을 드러냈다.

"일이 잘 안 됐군요."

"형수님들만 계셔서 말도 못 꺼내고 왔어."

그런데 하필 이럴 때 집안 어른들이 오시다니….

바자울 너머의 초가를 건너다보는 지충은 수심이 가득했다.

'혹시 그 일 때문에 작정하고 오신 건가?'

몇 달 전에 지냈던 아버지 제사가 떠올라 지충은 이맛살을 찌푸렸다. 그간 왕래조차 없던 친척 하나가 무슨 바람이 불었는지 제사라며 찾아왔다. 그 친척은 지충을 한참 꾸짖고는 혀를 끌끌 차며 사립을 나갔다. 그 친척이 문중 모임에 나가 그날의 일을 고자질했을 터였다. 그렇지 않고서야 팔순이 가까운 종조부가 해남에서 진산까지 먼 길을 자처했을 리가 없다.

"……."

지충은 가죽신 두 켤레와 낡은 짚신 한 켤레가 나란히 놓인 섬돌을 막막하게 쳐다봤다. 가죽신 두 켤레는 필시 해남에서 오셨다는 종조부와 당숙의 것일 터였다. 나머지 짚신 한 켤레는 숙부 윤증의 것이 분명했다.

윤증은 대를 이을 아들을 학수고대했지만 오래도록 후사 소식이 없자 지충의 아우 지헌을 양자로 삼았다. 그리고 수시로 지충의 집을 들락거렸다. 끼니 걱정을 덜지 못하는 지충의 형편을 안타깝게 여겨서였다.

하지만 본인 역시 궁핍한 살림인지라 이렇다 할 도움을 주지 못했다. 숙부는 그 점을 항상 미안하게 생각하고 있었다. 그때마다 지충은 정색했다. 숙부가 자주 들여다보고 걱정해주는 것만으로도 큰 위로가 되었다.

해남의 어른들은 달랐다. 광활한 땅에서 거둬들인 곡식을 창고에 쌓아두고 부유한 삶을 영위하는 어른들이 아니던가. 그런 어른들이 흰 쌀밥에 탕국도 없이 달랑 과일 몇 가지와 나물이 놓인 상차림을 보고 어떤 반응을 보일지 눈에 선해 지충의 가슴이 벌써부터 갑갑해졌다.

"인부정이 탈까봐 상연 형님네는 안 가려고 했는데 도저히 안 되겠다. 형님을 찾아뵙고 부탁을 드려봐야겠어."

빙그르 돌아선 지충이 상연의 집 쪽으로 서너 발짝 뗐을 때였다.

"게 섰지 못할까!"

채찍과 같은 호통이 지충의 뒤통수를 후려갈겼다. 지충과 지헌이 마당 쪽을 돌아봤다.

"해가 저리 기울고 있는데 또 어딜 가려는 게야?!"

팔순 나이가 무색할 정도로 꼿꼿한 종조부였다.

"썩 이리 오너라!"

"종조부님, 당숙 어른. 그간 평안하셨는지요?"

지충이 인사를 드렸다. 지헌은 못마땅한 얼굴을 들키지 않으려고 고개를 숙인 채 짚신 바닥으로 마당의 흙을 툭툭, 차댔다.

"지, 지충이 왔느냐?"

부엌 안에서 오도 가도 못하며 지충이 돌아오기를 학수고대하던 권씨 부인이 며느리 연안 이씨와 사색이 되어 달려 나왔다.

"제주가 집을 비우고 있다고 숙부님이 아까부터 많이 노여워하고 계셔. 어찌 됐느냐?"

윤증은 노인의 눈치를 살피며 나직이 물었다. 조카가 집을 비워야만 했던 속사정을 형수에게 이미 들은 터라 숙부들과 안에 있으면서도 윤증의 온 신경은 밖에 가 있었다.

"오늘 제사 준비는 어찌 되어 가느냐?"

종조부가 저무는 해를 가리키며 혀를 찼다.

지충의 빈손을 본 권씨 부인이 눈짓으로 영문을 물었다.

"항검 형님이 부재중이라…."

권씨 부인과 연안 이씨는 울상이 되었다.

"아이는 어디 갔소?"

지충이 딸을 찾았다. 험악한 분위기에 놀랐을 터였다.

"순덕이네 가서 놀라고 했어요."

아내의 말에 지충은 그나마 다행이다 싶었다.

"큰일이구나. 이 사실을 네 종조부께서 아시면 노발대발하실 텐데 뭐라고 둘러댄단 말이냐."

권씨 부인이 쩔쩔맸다.

"내가 알면 뭘 노발대발한다는 게냐?"

섬돌에 떨어져 있던 종조부가 벽력같이 소리를 질러댔다. 마당에서 속닥대는 소리를 빠짐없이 듣고 있던 모양이었다.

"그, 그게 실은…."

권씨 부인은 차마 말을 잇지 못했다.

"썩 고하지 못할까!"

"새벽에 도둑이 들었습니다. 쌀독을 긁어간 것으로도 모자라 준비해둔 제수까지 몽땅 훔쳐갔습니다. 그래서 부랴부랴 초남이에 다녀오는 길입니다만 헛걸음을 했습니다."

지충은 사실대로 고했다.

"그러니 아무래도 오늘 제사는 간소하게 지내야 할 것 같아요. 하오니 숙부님께서도 헤아려주세요."

윤증은 권씨 부인과 지충을 대신해 양해를 구했다. 그러자 종조부는 준비한 제수를 대령하라 엄하게 이르고는 성큼 마루로 올라섰다.

"정녕 이게 다란 말이냐? 네가 네 아비 제사를 허투루 지낸다는 말을 전해 듣기는 하였다만, 그 말이 허언인 줄 알았더니 그게 아니었어!"

앞에 놓인 광주리를 가리키는 종조부의 손가락이 노여움으로 푸들푸들 떨렸다. 씻은 무와 데친 고사리, 한 줌 밤과 마른 대추가 다였다.

"젯매도 없이 제를 올릴 생각이었더냐? 본데없는 상것들도 기본 격식은 아는 법! 젯매로 쓸 쌀이 없으면 종자 벼라도 찧어 마련하는 법이거늘, 배울 만큼 배워서 진사까지 오른 네가 어찌하여 이리 망령되이 군단 말이냐! 내 이번 일은 그냥 지나치지 않을 것이야! 오늘 일에 대한 처분은 문회를 열어 어찌할지 결정을 내릴 것이니 그리 알아라!"

방 안이 들썩거릴 정도로 역정을 내던 종조부가 전낭을 적선하듯 내던졌다.

"이걸 왜…?"

지충은 엉겁결에 전낭을 받아들었다.

"아직 시간이 남았으니 당장 나가서 제수를 장만해 오너라! 나는 그 동안 네 숙부 집에 건너가 있을 테니 부르러 오거라!"

종조부가 제수 소쿠리를 난폭하게 옆으로 밀치고 일어섰다. 그 서슬에 제수 소쿠리가 엎어지며 안에 든 제물을 쏟아냈다.

"꼭 이렇게까지 하셔야겠습니까!"

끓어오르는 분을 참지 못한 지충이 종조부를 돌려세우며 버럭 소리를 질렀다.

"어허! 지금 누구한테 눈을 부릅뜨느냐! 저따위 물건이 무에 그리 대단하다고!"

"종조부님!"

"시끄럽다! 더는 대거리하고 싶지 않으니 저리 비켜라!"

지충을 밀쳐낸 종조부가 방문을 열어젖히고는 밖으로 나섰다.

"……."

방바닥에 어지럽게 널브러진 제물과 손안의 전낭을 참담한 심정으로 갈마보며 지충은 입술을 질끈 깨물었다.

제사는 천주교의 교리상 어긋나는 일이다. 천주교 신자인 지충으로서는 교리에 반하는 제사를 과연 지내는 것이 합당한 일인가 고민되었다.

그런데도 조상에 대한 최소한의 예의라 여겨 조촐하게나마 제사를 지내왔다. 그것이 제사를 허용한 북경 주교의 뜻이라고 이해했다. 그 뜻에 맞게, 그리고 개인의 형편에 맞게 제수를 준비하고 조상께 올리면 그걸로 충분한 것이다.

그런데 종조부는 왜 저리 노여워하는가…. 결국 산 사람이 먹자고 차리는 것이 제사음식이 아니던가…. 그런 제사상을 잘 차리는 게 무에 그리 중요하다고….

지충은 찬바람이 이는 종조부의 뒷모습을 쏘아보았다.

● ● ●

노론 가문 출신의 박씨가 수빈 첩지를 받고 새 후궁이 되었다. 병오통공 실시를 앞두고 벽파의 반대에 부딪힌 이산이 왕대비와 담판을 짓고 난 뒤의 일이다. 금난전권의 부분적인 혁파를 벽파가 수용할 테니 임금은 국혼을 받아들이라는 제안이었다.

속이 뻔히 보이는 왕대비의 제안을 이산은 거절하지 않았다. 왕대비가 노론 규수를 빈에 앉힌들 후궁 출입을 하지 않으면 그만이었다. 대신 시장개혁의 발판을 마련할 수 있으니, 손해 볼 것 없는 거래였다.

초간택이 끝나면 풀리도록 정해진 것이 금혼령인데도 삼간택까지 차일피일 두 손 놓고 있던 사족들은 길일을 새로 잡는다, 혼수품을 장만한다, 부산을 떨어댔다. 도성의 눈치를 살피며 혼사를 선뜻 진행하지 못했던 평민들도 그제야 홀가분한 기분이 되어 혼인을 추진했다. 왕의 국혼을 앞둔 상황인지라 아무래도 눈치를 볼 수밖에 없었다.

"내가 너무 미적거렸어. 삼간택에 들어갔다고 했을 때, 그때 빨리 다른 곳을 알아봤어야 했는데…."

초조한 눈길로 사방을 흘깃대며 완숙은 달빛 깔린 마을 길을 바람처럼 휘달렸다. 밥과 간단한 반찬 몇 가지를 담아둔 소쿠리는 어디쯤에서 잃어버렸는지 기억도 나지 않았다.

완숙이 보호하고 있는 처녀들에게 저녁밥을 가져다주려고 막 대문을 나섰다가 홍지영이 낯선 사내들과 숙덕대는 장면을 목격했다. 그녀들이 숨어있는 곳을 알고 있다고 홍지영은 말했다. 약조한 돈에다 웃돈을 조금 얹어주기만 하면 당장 그곳으로 안내하겠다는 말도 홍지영은 서슴지 않고 있었다.

완숙의 심장이 쿵, 떨어져 내렸다. 그녀들이 언덕 위의 빈집에 숨어 지내는 사실을 아는 사람은 이존창뿐이었다. 시모와 필주는 물론이고 소명과 정임에게도 비밀에 부쳐왔다.

그런데 순희 아버지가 어떻게 알았을까….

간택령이 내려진 지난해 겨울부터 지금까지, 하루도 빠짐없이 몰래 집을 빠져나왔다. 시모와 다른 식구들에게는 이런저런 핑계를 댔다. 완숙의 말이라면 팥으로 메주를 쑨다고 해도 믿는 그들인지라 계속되는 밤 외출에도 의심하는 눈치가 전혀 없었다.

홍지영은 달랐다. 명례방 사건이 터진 뒤로 홍지영은 완숙의 일거수일투족을 감시하고 있었다. 한성부를 떠들썩하게 만들었던 을사추조적발사건은 덕산 고을에서도 큰 논란이 되었다. 천주교를 믿는 이들을 향한 뭇매가 대단했고, 이존창과 완숙 역시 큰 곤욕을 당했다. 완숙의 시가 쪽 사람들이라고 해서 예외는 아니었다. 그때 당한 수모가 너무 컸던 탓에 완숙의 시부 홍철한은 식솔들에게 배교를 명했다. 그 자리에 완숙과 정 노인도 불려간 바 있었다. 이존창이 홍철한을 찾아가 설득하고 사정했지만, 고집을 꺾지 못했다. 홍철한에게 전교했던 홍낙민조차 천주교와 거리를 둔 시기였다. 그 뒤로 몇 년이 지났건만 홍철한의 두려움은 조금도 옅어지지 않은 모양이었다.

이벽의 무덤을 다녀온 뒤로 이존창은 완숙과 적절한 거리를 두며 나름 잘 지내오고 있었다. 예전처럼 완숙의 글방 일을 도와주고, 어려운 일이 생기면 어찌 알고 달려왔으나 어색한 분위기는 절대 만들지 않았다. 완숙이 그러했듯, 이존창은 그가 느꼈던 감정의 회오리를 솔직히 털어놓았다. 더불어 이벽의 무덤에서 느꼈던 수치스러움과 두려움에 대해서도 고백했다. 더는 그런 감정을 느끼고 싶지 않다고도 했다. 그러면서 예전의 편한 관계로 돌아가길 원한다고 했다. 완숙은 이미 그렇게 된 것 같으니 자신이 마음 정리를 잘 끝내겠다고 했다. 그 약속대로 다음번에 만난 이존창은 눈빛이 예전처럼 평온했고, 어색해하는 태도도 더는 보이지 않았다. 그런 이존창이 완숙은 고마웠고 다행이라 여겼다. 그렇게 둘 사이에 오갔던 감정의 회오리는 잦아들고 있었다.

천만다행 교회를 떠났던 교인들도 속속 복귀해왔다. 그러나 한 번 떠난 시부의 마음은 쉬이 교회로 돌아오지 않고 있었다. 심지어 완숙이 세례를 받는 것조차 반대했다. 아들 홍지영에게 완숙을 감시하라는 명까지 내렸다. 가성직단의 일원으로서 세례성사를 집전할 권한을 지니고 있으면서도 이존창이 지금껏 완숙에게 영세를 베풀지 못하고 미뤄둔 이유였다.

"빨리 피신시켜야 해!"

산중의 캄캄한 어둠 속에서 작은 별처럼 반짝이는 불빛을 향해 완숙은 전속력으로 달렸다. 비밀 교리방인 동시에 처녀들의 임시 숙소인 낡은 초가가 산 중턱에 있었다.

쾅당!

가파른 숲길을 쉬지 않고 뛰어온 완숙은 숨을 헐떡대며 방문을 힘껏 열어젖혔다.

"에구머니나!"

방 가운데 켜놓은 촛불을 사이에 두고 빙 둘러 앉아 있던 대여섯 명의 아녀자들이 소스라쳐 몸을 웅크렸다가 완숙을 보고 가슴을 쓸어내렸다. 완숙과 함께 몰래 교리 공부 중인 신도들이었다.

"어째 빈손이셔유?"

여신도 중 한 명이 의아한 표정으로 물었다. 하루 끼니가 될 만한 음식을 순서를 정해 이곳으로 나른 것이 벌써 몇 달째였다.

"오늘 저녁 당번은 자매님인디….."

여인들은 자신들 틈에 끼어 앉아있는 어린 처녀 둘을 난감한 눈길로 보았다. 아까부터 두 처녀의 배에서 꼬르륵거리는 소리가 쉬지 않고 들려오고 있었다.

"괜찮아요, 저희는….."

"예. 한 끼 굶는다고 죽진 않으니까요."

막비와 소비가 부러 밝은 표정으로 씩씩하게 말했다. 정신없이 달려오느라 바구니를 놓쳤다고 설명할 시간이 완숙에게는 없었다.

"다들 어서 피해요! 여길 들킨 것 같아요!"

완숙은 다급하게 말하며 방 안으로 뛰어들었다. 낯선 사내들이 찾는 사람은 두 처녀가 틀림없었다.

"참말유?!"

"이 일을 어쩐댜!"

여신도들은 우왕좌왕 밖으로 튀어나갔다. 막비와 소비의 옷가지들을 부리나케 챙긴 완숙이 두 사람을 데리고 뒤를 따랐다.

사내들 일행과 부닥친 것은 좁은 마당 중간에서였다. 횃불을 앞세운 홍지영이 무뢰배들을 이끌고 사립문 안으로 불쑥 들어섰다. 완숙을 발견한 홍지영이 슬그머니 무뢰배들의 뒤로 숨었다. 잠시 뒤 호리호리한 체격의 남자가 저벅 앞으로 나섰다.

"당신이 그 천주쟁이구먼."

기분 나쁜 눈초리로 완숙을 훑어보는 남자는 홍지영이 새로 사귄 친구 임상만이었다. 서얼 출신인 그는 용춘이 죽고 난 뒤로 마음 붙일 친구를 찾아 예산 시내를 무시로 드나들던 홍지영과 죽이 맞아 몇 달 전부터 어울려 다니고 있었다.

"제수씨, 시아버지랑 남편 말이 우스워요? 어른이 사교를 멀리하라고 명했으면 고분고분 명을 따라야지, 여자가 되어서 이리 말썽을 부려야 되겠어요? 하기야 천지 분간할 줄 알면 저것들을 숨겨놓고 돌보진 않았겠지."

임상만이 이죽거리며 하얗게 질려있는 막비 자매에게로 걸어갔다.

"애들은 그냥 둬요! 절대 못 데려가요!"

완숙은 두 팔을 벌려 임상만을 막아섰다. 열세 살, 열네 살 연년생인 막비 자매는 본가에서 환갑 넘은 양반 노인에게 강제로 혼인을 시키려 하자 금혼령이 내려진 틈을 타 가출한 상태였다. 그녀들의 딱한 사정을 알게 된 교리방의 여신도가 완숙에게 도움을 청했고, 비밀 교리방에 묵게 하며 같이 돌보고 있었다.

"이러지 마슈, 제수씨. 쟤들 집에서 잡아 오라고 저렇게 사람들까지 푼 거 안 보여요?"

뒤편에 있던 험상궂은 인상의 무뢰배들이 뚜벅뚜벅 걸어 나오며 위압적으로 눈을 부라렸다. 집 앞 골목에서 홍지영과 숙덕대던 그 사내들이었다. 그들 가운데 몇은 허리춤에서 단도와 밧줄까지 꺼내 들고 있었다. 막비 자매가 반항할 때를 대비해 준비한 무기였다.

"혼인 날짜는 다가오는데 애들이 없어져서 난리가 난 모양입디다. 예산 장터를 샅샅이 훑다가 우릴 만났으니 망정이지, 안 그랬으면 집안 망신시킬 뻔했지 뭐. 지영이 덕분에 두둑이 사례금을 챙기게 되었으니 그리 알고 저리 비켜요. 쟤들을 집으로 돌려보내야 않겠소."

"천만에요! 절대 그리는 못 해요!"

완숙은 강경한 자세로 맞섰다.

"듣던 대로 진상이구먼."

임상만이 험상궂은 인상의 무뢰배들에게 끌고 가라는 눈짓을 보내며 옆으로 물러났다.

"이리 와!"

덩치가 우람한 대여섯 명의 사내들이 막비 자매에게 달려들었다.

"안 돼요!"

완숙과 여신도들은 약속이라도 한 듯 막비 자매를 에워쌌다.

"여기서 뭐하는겨?"

고함을 지르며 마당으로 뛰어드는 남자들을 발견한 여신도들은 하얗게 겁에 질려 그대로 얼어버렸다.

"여긴 또 언제 온겨?"

"내가 관두라 했지!"

여신도들의 남편들이 씩씩대며 달려가 각자의 아내를 끌어냈다.

"여, 여보!"

"어이구! 나 죽네!"

머리채를 잡히거나 뺨을 얻어맞거나 발길질을 당한 여신도들이 비명을 질러댔다. 남편 앞에 찰싹 엎드려 싹싹 비는 여인도 있었다.

"그만둬요! 제발 이러지 마요!"

완숙은 매 맞는 여신도들 사이를 안절부절 오가며 폭력을 가하는 남편들을 뜯어말렸다. 그러나 남편들은 완숙을 거들떠보지도 않고 각자의 아내를 질질 끌고 사립문 밖으로 나갔다. 끌려가지 않으려고 발버둥을 치는 막비 자매의 울음소리가 그 아우성에 끼어들었다.

● ● ●

"그래서 그 아이들은 어찌 되었답니까?"

"결국, 재취자리로 들어가고 말았습니다. 형편이 어려워진 본가에서 돈을 받고 판 셈이지요."

이존창이 탄식했다. 가성직제도의 오류를 통보하는 급한 서찰이 자신에게 당도했다는 얘기를 완숙에게 알려주기 위해 말을 휘달려 덕산으로 갔다가 완숙으로부터 비밀 교리방에서의 소동을 전해 들었다.

"참으로 갑갑한 현실입니다. 우리 조선은 여인들을 너무 가혹하게 핍박하고 있어요."

이승훈은 착잡한 음성으로 말했다.

"어디 여인들뿐이던가요? 우리 중인들이 받는 차별과 핍박 또한 여전하잖아요. 그 망할 놈의 신분제가 없어져야 이 불행이 종식될 겁니다."

최창현의 가시 돋친 말에 양반 신부들은 가슴이 뜨끔했다. 노론과 당색이 다르다는 이유로 기를 펴지 못하고 살고는 있으나 양반이라는 신분 덕분에 여러 특혜를 누리고 있는 것은 틀림없는 사실이었다.

"용납이 안 되는 제도가 어디 신분제뿐입니까? 이 땅은 개인의 자유란 게 용납이 안 되는 곳이에요."

양반 신부들의 기분이 침울하게 가라앉는 것을 거니챈 이존창이 슬그머니 화제를 종교 쪽으로 바꿨다.

"몰래 하던 신앙모임이 들통 나는 바람에 마을 전체가 아주 시끄러웠대요. 교리방에 나오던 여신도들이 감금당하질 않나, 마을 차원에서 교리방을 폐쇄하기까지 했다는군요."

이존창의 보고가 있자 홍낙민이 우울한 낯으로 말을 보탰다.

"저도 덕산으로 불려가 한 소리 듣고 왔습니다. 덕산 토호들이 몰려와 소란을 부리고 갔다더군요. 또 다시 같은 일이 벌어지면 조정에 상소를 올리겠다고 으름장을 놓은 모양입니다."

"그게 다 몸부림이야. 기득권을 가진 자들이 자기가 가진 것을 빼앗기지 않으려고 발악을 해대는 거지."

권일신은 못마땅한 얼굴로 혀를 찼다.

"그자들의 횡포에 굴복해서는 안 됩니다."

항검이었다.

"억울하고 분통 터지는 일입니다만, 우리가 감당해야 할 몫이기도 합니다. 이 자리에 여러분을 모이시라 한 것은 가성직제도를 의논하기 위해서입니다."

이승훈이 신중한 눈빛으로 좌중을 둘러보았다.

"제가 보낸 서찰을 통해 이미 아셨듯이 그간 우리는 교회법을 어기고 독성죄를 저질렀습니다. 독성죄를 안 이상 가성직제도를 중단해야 한다는 것이 항검 신부님의 의견입니다. 여러분은 어떻게 생각하시는지 허심탄회하게 말씀해주시길 바랍니다."

그로부터 열띤 토론이 오갔다. 항검은 북경의 선교사에게 독성죄를 범한 사실을 알리고, 그곳에서 어떤 회답이 돌아오는지 기다리면서 교인의 의무만을 충실히 이행하자고 강력히 주장했다. 성사집전의 중단을 요구한 것은 물론이었다. 이존창이 그의 의견에 동조했으나 나머지 여덟의 가성직자들은 성사 집전의 중단을 반대했다. 신량이 끊기면 영혼의 양식도 끊기고 자연히 구원도 불가능해진다는 이유에서였다.

"이로써 성사는 계속 집전하는 것으로 결정되었네. 칠성사를 이전처럼 행하도록 하게."

권일신이 결론을 지었다.

"으음…."

항검이 불만스러운 신음을 흘렸다. 당장의 신량을 포기할 수 없다는 이유로 신성한 천주를 계속해서 모독하겠다는 가성직자들을 항검은 이해할 수 없었다. 답답한 것은 이존창도 마찬가지였다. 편안한 낯으로 각자 그간의 근황에 대해 담소를 나누는 신부들을 안타깝게 처다보던 이존창이 항검에게 속삭였다.

"천주님께서도 원치 않는 결정일 겁니다. 좀 더 강경하게 막아봅시다."

"저분들의 표정을 좀 보세요. 다행이라는 표정이 아닙니까. 저분들은 구원을 받지 못할까봐 두려워하고 계십니다. 지금은 어떤 말로도 저 두려움을 이길 수 없어요. 우선은 저분들의 결정을 따르되, 시간을 두고 계속 설득하는 수밖에 없습니다."

제 방을 내어주고 회의가 끝날 때까지 밖에서 기다리기로 한 김석태가 조심스럽게 방문을 두드린 것은 그때였다.

"저어… 석태입니다…. 잠시 드릴 말씀이 있는데요…."

김석태가 주저하는 말투로 아뢰었다.

"예! 잠깐만요!"

문을 등지고 앉아 있던 정약전이 냉큼 문고리를 잡아 밖으로 밀었다. 다음 순간, 정약전의 심장이 철렁 내려앉았다.

"야, 약용아! 네가 여긴 어쩐 일로…?"

정약전은 예상치 못한 아우의 등장에 소스라쳐 놀랐다.

"누가 왔다고요?"

화기애애하던 방 안의 분위기가 일순간 긴장으로 팽팽해졌다. 명례방 사건 이후로 문중 사람들에게 배교를 선언했던 정약용이었다. 해주 정씨의 서찰을 받고도 이벽의 무덤에 나타나지 않았었다. 그의 형 정약전이 배교를 풀고 교회로 돌아온 것과 상반된 반응이었다. 정약용의 마음이 교회를 떠났다는 확실한 증거라고 신도들은 믿을 수밖에 없었고, 누구도 정약용에게 첨례하라는 말을 건네지 않았다. 교회의 내밀한 방침을 함구한 것은 물론이다. 그런데 정약용이 뜻밖에도 비밀 집회장에 나타난 것이다.

"이게 어찌 된 일인가?"

"누가 저 사람을 불렀어?"

"전 아닙니다."

당황한 신부들이 문가로 몰려와 정약전의 어깨너머로 정약용을 건너다보며 서로에게 묻고 답하느라 웅성댔다. 그들을 향해 정약용이 정중히 인사를 건넸다.

"오랜만에 뵙습니다."

정약용은 반감이 예상보다 강하다고 생각했지만, 그렇다고 여기서 되돌아갈 수는 없는 노릇이었다.

"소생이 들어가도 되겠습니까?"

각오를 단단히 굳힌 정약용이 문가의 신부들에게 여쭈었다.

신부들을 비집고 노한 음성이 날아왔다.

"저 아이가 왜 여기 있는가? 자네가 말해주었는가?"

권일신은 정약용에게 향했던 불쾌한 시선을 정약전에게로 돌렸다.

"그럴 리가 있겠습니까?"

정약전은 펄쩍 뛰었다.

"헌데 저 사람이 어찌 들어와? 교인이 아니면 들어올 수 없는 곳이 아닌가!"

권일신은 도무지 이해가 되지 않았다. 김석태의 집을 집회장으로 사용하게 되면서 교인들에게 함구령이 내려졌다. 그리고 보안을 강화하기 위한 몇 가지 철칙이 정해졌다. 김석태의 대문에 종을 매달아 놓기로 한 것이 그 **첫째였고**, 첨례나 긴급 미사가 있는 날에는 굳게 대문을 달아걸었다가 종을 흔드는 사람이 있을 때만 열어주기로 한 것이 두 **번째였다**. 그리고 매주 암호를 정해 교인들에게 알려주었다. 종이 울리면 김석태가 대문으로 달려가 암호를 말한 교인에게만 문을 열어주기로 한 것이었다. 그런데 지난번 미사에 참석한 적 없는 정약용이 대문을 통과해 들어왔다.

"처남이 암호를 댔을 리는 없고…. 형제님이 혹시 대문 잠그는 걸 깜박한 거 아닙니까?"

이승훈의 의심은 김석태를 향했다. 김석태가 억울하다는 표정으로 있는 힘껏 도리질을 쳐댔다.

"빗장은 틀림없이 내려져 있었습니다. 저분이 분명 '오메가'라고 답했어요."

그리스어의 단어 가운데 알파가 첫 글자이고, 오메가는 마지막 글자였다. 그 알파오메가를 천주교에서는 예수 그리스도의 상징으로 사용했다. 세상이 창조될 때부터 세상이 끝나는 마지막 날까지 모든 것을 다스리는 분이 예수 그리스도라는 고백이 담긴 상징이 알파오메가였다.

"일신 신부님께서 정해주신 암호 맞잖아요. 그래서 아무 의심 없이 대문을 열었던 겁니다."

"저분은 아무 잘못이 없습니다. 교인들한테서 암호를 알아낸 것도 아니고요."

정약용이 서둘러 해명했다.

"한때 소생도 교리서를 탐독했던 사람입니다. 암호로 출입을 통제한다면 어떤 암호를 쓰겠구나, 하는 정도는 얼마든지 추측 가능합니다."

허를 찔린 교인들이 크게 동요했다. 정약용이 쉽게 알아낼 정도라면 다른 이들도 그러지 말란 법이 없었다.

"우리가 너무 안일했습니다."

"그러게나 말입니다. 아무도 모를 것이라 여겼으니 참 순진했어요."

"빨리 다른 암호로 바꿔야 합니다!"

"예! 약용이를 보내고 어서 상의합시다!"

바쁘게 오가는 대화를 항검이 끊었다.

"우리가 여기서 집회를 연다는 건 어찌 알았나? 형을 미행이라도 한 거야?"

정약용이 항검을 향해 고개를 끄덕여 보였다.

"실은 그렇습니다. 약전 형님이 교회에 나가신다는 걸 예전부터 눈치채고 있었거든요. 그래서 몰래 따라왔습니다. 궁금한 게 있으면 참지 못하는 성격이라서요."

"대체 그게 뭔가? 뭐가 그리 궁금하기에 형님의 입장을 이리 난처하게 하는 거야?"

이존창이 따지듯 물었다.

"들어가서 말씀드리지요."

허락이 떨어지지도 않았건만 정약용은 성큼 툇마루로 올라섰다. 뜨악하게 돌아보던 신부들이 일단 얘기나 들어보자는 심정이 되었다.

"자네도 들어오게. 또 엄한 사람한테 대문을 열어주지 말고."

방문을 닫으려다 말고 정약전은 김석태에게 일렀다.

"곧 따라가겠습니다. 먼저 들어가 계세요."

빗장을 재차 확인하고 나서야 김석태는 방으로 들어왔다.

그로부터 얼마 뒤였다. 복면 사내가 돌담 저 너머에서 솟구쳐 오르더니 이내 소리도 없이 마당으로 내려앉았다.

스스슥!

복면 사내가 잰걸음으로 마당을 지나 토방으로 올라섰다. 하필 그때 정약용의 음성이 방문 밖으로 새어 나왔다.

"성균관에 비치된 건축 서적은 모조리 뒤져봤지만, 그 책은 없었습니다. 그래서 결례를 무릅쓰고 이리 불쑥 찾아왔습니다. 혹시 여러분이 지닌 서양 서적 중에 《기기도설》이 있나 해서요?"

"기기도설…."

문짝에 찰싹 귀를 붙이고 엿듣던 복면 사내가 콧등을 가린 검은 천을 잡아 턱 쪽으로 내리며 중얼댔다. 손가락에 침을 묻혀 방문의 창호지에 구멍을 내는 사내는 목만중의 심복 말복이었다.

"내가 그 책을 읽은 적이 있네."

문구멍에 가져다 댄 말복의 눈동자가 목소리의 주인을 찾아 빠르게 움직였다. 문에서 정면으로 마주하는 위치에 좌정한 항검을 방 안의 사내들이 일제히 쳐다보는 모습이 말복의 시선에 들어왔다. 누군가 자신의 얼굴 생김을 훔쳐보고 있다는 사실을 까맣게 모른 채 항검이 말을 이었다.

"등옥함이라는 선교사가 지은 기술서를 말하는 거지?"

"예! 바로 그겁니다! 어디서 그 책을 읽으셨는지요?"

뛸 듯이 기뻐하며 항검에게로 다가드는 정약용의 옆모습에서 어떤 절박함이 느껴진다고 말복은 생각했다.

"예전에 만경강 일대의 호역을 개간한 적이 있다네. 그때 강물과 조수를 막을 제방을 쌓느라 엄청 고생했어. 공사에 도움이 될 기구를 고민하다가 신경호 선생과 위백규 선생을 뵙고 조언을 부탁했지. 내가 하도 귀찮게 구니까 위백규 선생께서 한 권밖에 없다는 필사본을 빌려주셨네. 덕분에 토차를 고안해냈고 말야. 아, 토차란 말이지….”

"그 필사본을 제게 빌려주시겠습니까?”

말꼬리를 잘린 항검이 퉁명스럽게 말했다.

"아쉽게도 지금은 없어. 한 권밖에 없다는 그 귀한 책을 내가 그만 잃어버렸거든.”

토차를 이용해 만경강의 무너진 제방을 보수했던 그즈음의 일이었다. 분명 잘 둔다고 뒀는데 다시 그 책을 보려고 찾아보니 어디에도 없었다. 집안을 다 뒤졌지만, 필사본은 끝내 나오지 않았다. 항검은 책 주인을 찾아가 백배사죄를 올렸다.

"내용은요? 조금이라도 기억나는 게 있나요?”

"너무 오래전에 본 거라 흐릿해. 헌데 그 책은 어이하여 찾는가?”

"전하께서는 창덕궁을 대신할 궁궐을 구상 중에 계십니다. 그 거사에 기기도설이 도움이 될 것 같아 읽어 보려고요.”

"그게 대체 무슨 소린가? 창덕궁을 대신하다니? 전하께서 도성을 대신할 신읍이라도 구상 중에 계시다는 얘긴가?”

"그, 그걸 어찌 아십니까?”

권일신의 예리한 지적에 정약용은 움찔 놀랐다.

"뭐? 내 추측이 맞았다고?”

이번에는 권일신이 흠칫 놀란 표정을 지었다. 정약용은 아차, 싶었다.

"극비사항이라 더는 말씀드릴 수 없습니다."

대어를 낚았다!

말복의 심장이 기쁨으로 세차게 뛰기 시작했다.

"필사본을 여러분께 얻을 수 없으니 다른 곳에서 구할 수 있는지 알아봐야겠습니다. 아무튼 시간을 내주셔서 감사합니다. 저는 그럼 이만…."

정약용은 급히 몸을 일으켰다.

휙!

맹수와도 같은 민활한 몸놀림으로 툇마루를 벗어난 말복이 바람처럼 마당을 가로질러 담장 위로 몸을 날렸다. 정약용이 방문을 열고 밖으로 나온 것은 말복이 돌담 너머로 사라진 직후였다.

사라진 책

"호호호! 호호호!"

정순왕대비는 경복전 뜨락을 걸어나가며 맘껏 웃었다.

"그리 길던 겨울이 드디어 갔구나. 꽃샘추위가 그리 기승을 부리더니 제법 훈기가 느껴져. 수빈이 봄을 몰고 온 모양이다. 호호호!"

날아갈 듯 가벼운 보폭으로 뜨락을 밟아나가는 왕대비는 어느 때보다 생기 있고 기분이 좋아 보였다.

"왕대비 마마, 이만 들어가시어요. 몸 둘 바를 모르겠나이다."

문안 인사차 경복전을 찾은 수빈은 왕실의 왕대비가 전각 밖까지 배웅을 나오자 어쩔 줄 몰라 했다.

"아니다, 수빈. 할미가 좋아서 하는 일이니 막지 말아라."

왕대비는 수빈의 손을 잡아주며 화사하게 웃었다.

"용종을 하루속히 잉태하거라. 그래서 이 할미의 기쁨이 되어다오."

병오통공과 맞바꾼 수빈이 아니던가. 저 아이의 배를 빌리기 위해 우리 벽파는 엄청난 손실을 감수해야 했다.

그러니 무조건 왕자를 낳아야 한다! 계집 따위를 낳았다가는 내가 너를 용서치 않을 것이야!

"마마의 은공에 보답할 것이옵니다."

"호호호! 그래야지, 암!"

왕대비의 웃음소리가 경복전 담장 밖까지 퍼져나갔다.

"왕대비 마마께서 왜 이리 유쾌하신가 했더니 수빈께서 납시어계셨군요."

인사를 건네는 박철오의 표정이 어딘지 불안해 보인다고 왕대비는 생각했다.

"궐 생활이 아직 몸에 배지 않아 몹시 피곤할 것이야. 수빈은 그만 가서 쉬도록 해라."

"예, 마마."

수빈이 합문 너머로 사라지자 왕대비의 마음이 급해졌다.

"이번엔 또 무슨 일이오?"

왕대비의 음성이 초조했다.

"긴히 드릴 말씀이 있사옵니다. 주위를 물려주시지요."

왕대비가 손짓으로 궁인들을 물렸다.

박철오가 반촌에서 온 소식을 귓속말로 아뢰었다.

"뭐, 뭐라? 창덕궁을 대신할 궁을 한양 바깥에…."

영악한 왕대비는 임금의 의도를 금세 간파했다.

"성상의 행보를 막아야 하오! 노론이 득세하는 한양을 버리겠다는 심산이 아니라면 그런 계획을 세웠을 리가 없소!"

"또 다른 문제가 있사옵니다."

"뭣이? 금상이 또 다른 꿍꿍이를 벌이고 있다는 말이오?"

왕대비는 정신을 차릴 수 없었다.

"속히 말해보시오!"

"이가환의 움직임이 심상치가 않사옵니다."

"그자가 뭘 어찌하고 있기에?"

"일단 안가로 가시지요."

"그전에 먼저 처리할 일이 있소. 내 곧 뒤따를 것이니 안가에 가서 기다리고 계시오."

말을 마치자마자 왕대비는 치맛자락을 펄럭이며 어딘가를 향해 뛰었다.

"허, 이것 참…."

박철오는 황황히 멀어지는 왕대비와 궁녀들을 낭패한 표정으로 바라보았다.

● ● ●

"경솔했다. 반촌으로 가기 전에 내게 왔어야지!"

"국사에 분주하신 전하께 폐를 끼치고 싶지 않았사옵니다."

"그런 소리가 어디 있느냐? 필요한 것이 있으면 언제든 편히 말하라 일렀거늘!"

이산은 창덕궁의 후원으로 통하는 취화문을 지나며 안타까운 목소리로 꾸짖었다.

"과인이 즉위하던 해에 《고금도서집성》을 중국에서 수입했느니라.

내 기억으로는 《기기도설》이 그 목록에 있었어."

"짐작은 했지만, 왕실도서관의 서책을 빌려볼 엄두를 차마 내지 못했습니다."

"종사의 앞날이 걸린 대업을 이루고자 하는데 못 낼 엄두가 어디 있느냐? 다음부턴 뭐든 어려워 말고 말하라."

언덕을 휘달려 내려간 이산은 누각 앞에서 걸음을 멈추고 가쁜 숨을 몰아쉬었다. 정약용이 돌계단 위의 전각을 경외감으로 올려다봤다.

"이곳이 규장각이로군요…."

조선의 개혁이라는 원대한 꿈을 실현하고자 임금이 즉위 초에 축조한 규장각은 왕실도서관이자 나라 전반의 정책과 학술을 논의하는 연구기관이었다.

뿌듯하게 전각을 둘러보던 이산이 정약용을 돌아보았다.

"너도 어서 대과에 급제하여 과인의 별이 되어주어야 한다. 다른 일로 분주하게 만들어 미안하다만, 잘 해내리라 믿는다."

규장각 관리는 각신이라 하여 임금의 신망이 각별했다. 그래서 대신들조차 각신이라면 함부로 대하지 못했다.

"공부는 공부대로 충실히 행하고 있으니 염려 마시옵소서, 전하."

출사에 뜻을 둔 선비들치고 각신을 꿈꾸지 않는 이가 없을 정도였다. 정약용이라고 하여 예외는 아니었다. 게다가 임금이 바라마지 않은 바이기도 했다.

"하기야 열정이 깊으니 알아서 잘 하겠지."

이산은 마음을 놓으며 규장각 안으로 들어갔다.

"납시었습니까?"

각신들은 놀라는 기색도 없이 임금을 맞았다. 무시로 드나드는 임금이었다.

"개유와에 비치된 화본 중에 《기기도설》이 있을 것이니라."

개유와는 열고관과 더불어 중국에서 수입한 서적을 보관하는 서고다. 규장각의 부속건물 열고관에 비치해온 서적이 해마다 늘어나 2만여 권에 달해 더는 놓아둘 공간이 없자 새로 마련한 서고가 개유와였다.

명을 받든 각신이 한참 뒤에 난처한 기색으로 아뢰었다.

"전하, 책이 없어졌사옵니다!"

"그게 무슨 소린가! 왜?"

이산은 당황했다.

"대출명부를 확인해 보라."

"확인해봤사온데, 국 대감께서 반납한 뒤로 누구도 그 책을 빌려 간 적이 없었사옵니다."

"그것이 언제더냐?"

"8년 전 시월이었사옵니다."

"그때 반납하고 다시 빌려 간 이가 없으니 응당 서고에 있어야지! 헌데 그 책이 어이하여 없어?"

"소신도 영문을 모르겠사옵니다."

"과인이 가서 봐야겠다!"

《고금도서집성》의 방대한 서적을 일일이 확인하며 한 걸음 한 걸음 선반을 지나가던 이산은 한 곳에 멈춰 서서 선반의 책들을 몇 번이나

들춰봤다.

"그 책은 분명 여기 이 자리에 있었어."

그 선반을 샅샅이 살폈지만, 허사였다.

"귀신이 곡할 노릇이로다…."

개유와의 관원이 건넨 서목을 들여다보며 정약용이 뭔가 이상하다는 듯 고개를 갸웃한 것은 그때였다.

"서목에도 분명 비치되어 있다고 적혀 있어. 그렇다면 누군가 그 책을 빼돌렸단 얘기가 되는데…."

정약용이 혼잣말처럼 중얼대는 그 소리가 임금의 귀에 천둥처럼 와 닿았다.

설마…!

모골이 송연해진 이산은 서향각 쪽을 보았다. 그곳의 관원들은 역대 임금의 어진이나 글씨, 왕실도서관의 서책들이 습기나 해충에 손상을 입지 않도록 해마다 4개월에 한 번씩 햇빛 좋은 날을 골라 밖으로 꺼내 말리는 일을 했다. 이 작업을 '포쇄'라고 하였고, 이 과정을 마친 어진이나 왕의 글씨 등은 원래 있던 자리인 봉모당에 다시 봉안되었다.

왕실도서관에서 비치 중인 책들도 서향각에서의 포쇄 과정을 거친 뒤 어김없이 제자리로 돌아갔다. 그 전에 마쳐야 할 일이 서목에는 있고 실제로는 없는 책들을 찾아내 분실 여부를 기록해두는 것이었다. 그 직무는 포쇄를 담당한 규장각 검서관이 겸하여 맡았다.

"당장 서향각에 가서 8년 전부터 지난해까지의 서록을 모조리 챙겨 와라!"

8년에 걸친 방대한 기록들이 몇 대의 평차에 실려 개유와로 옮겨진 것은 반점이 지나서였다. 신료들이 서고의 도서를 조용히 볼 수 있도록 개유와의 한쪽 벽 앞에 놓아둔 너른 책상 위에 서향각 서록이 산처럼 쌓였다. 규장각의 신료들이 모두 달려들어 책장을 넘기기 시작했다.

"…참으로 해괴한 일이옵니다."

의자 하나를 차지하고 앉아 서록을 살피던 규장각의 제학이 깊게 숙였던 고개를 들어 올리며 이맛살을 찡그렸다.

"어이하여 그러는가?"

이산의 물음에 흰 수염의 제학이 답했다.

"이것 좀 보십시오. 《기기도설》은 3개월 전에 포쇄를 마친 뒤 개유와의 본 자리에 비치해 놓았다고 하옵니다."

또 다른 각신이 마지막 갈피를 덮으며 아뢰었다.

"분실 목록에도 《기기도설》은 없사옵니다. 여기 기록대로라면 그 책은 개유와에 비치되어 있는 것이 정상입니다."

"으음…."

이산은 낮게 신음했다. 왕실도서관의 서책을 열람할 자격은 왕족과 조정의 신료들에게만 주어졌다. 그렇다면 그들 중 누군가 무단으로 빼돌렸단 얘기다.

그들 짓이다!

불길한 예감이 이산의 가슴을 옥죄어왔다. 정적들이 이쪽의 계획을 눈치챘다면 정약용의 존재도 이미 탄로났을 것이다.

그렇다면 이제 어찌해야 하는가…. 그 책은 조선에 단 한 권뿐인 책이었다…. 다시 반입하려면 동지사행이 북경으로 갈 때까지 기다려야 한다…. 허나 서학의 반입은 금지되었다. 어찌해야 하는가? 국경을 넘지 않고, 저들의 감시망에도 걸리지 않으면서 그 책을 손에 넣을 방법….

한참을 서성거리던 이산의 발걸음이 우뚝 멈춰 섰다.

그래! 그리 하면 되겠구나!

낯빛이 환해진 이산이 규장각의 각신들을 모두 물리고 정약용에게 명했다.

"약용아, 날 따르라!"

이산은 후원 깊숙한 곳으로 정약용을 데려갔다.

"너는 지금 이 순간부터 대과 준비에만 전념하라."

"어인 명이십니까? 전하의 대업에서 저는 빠지라고요?"

"내 짐작이 맞다면 저들은 너의 일거수일투족을 감시하고 있다. 내가 따로 부를 때가 있을 것이니 그때까지 몸을 낮추고 조용히 지내라. 그전에, 지금부터 내가 하는 명을 잘 듣고 그대로 행해야 한다."

"명하시옵소서."

이산은 정약용을 가까이 불러 나직이 일렀다.

"내가 급히 만나야 할 아이가 있다. 네가 그 자리를 주선해줘야겠다. 단, 네가 아닌 다른 이가 그 아이를 내게 데려와야 한다. 네가 움직이면 저들이 미행을 붙일 터, 저들이 눈치채지 못하도록 믿을 만한 다른 사람을 시켜 은밀히 자리를 마련하라."

툭!

왕대비가 낡은 서책 하나를 박철오 앞에 던졌다.

"웬 도면들이옵니까?"

책장을 넘겨보던 박철오가 여쭈었다. 책을 가득 메운 정교한 그림들이 생경했다.

"정약용이 애타게 찾는다던 《기기도설》이오."

왕대비가 짜증스럽게 말했다.

"이 책을 마마께서 어떻게…?"

"금상 몰래 빼내 왔소. 정약용에게 저 책을 넘겨주게 할 수야 없질 않소."

박철오는 만세라도 부르고 싶은 심정이었다.

"소신들이 해야 할 일을 마마께서…. 망극하옵니다."

왕대비는 측근들을 노려보며 소리를 질렀다.

"그 망극하단 소리도 이젠 지겹소! 무조건 막으시오! 금상의 행보를 무조건 막으란 말이오!"

"소신들이 기필코 막겠사옵니다!"

왕대비가 그만 되었다는 듯 화제를 돌렸다.

"이가환 얘긴 무슨 소리요?"

"금대가 경기로 내려간 것은 마마께서도 아실 것이옵니다. 하온데 얼마 전부터 지관을 대동하고 수원부를 드나들고 있었사옵니다."

이가환의 동태를 감시하라는 박철오의 명을 받고 심복을 경기감영에 심어둔 심환지였다.

"그 작자가 묏자리를 알아보는 것까지 내가 보고를 받아야 한단 말이오? 아니, 잠깐! 서, 설마… 그 작자가 찾고 있다는 묏자리가 혹시…?"

"예, 마마. 성상께서 궁성 계획을 비밀리에 추진하고 계신 것이 아무래도 선세자저하의 묘를 천장하는 것과 관련이 있는 듯하옵니다."

박철오의 말에 왕대비의 가슴이 덜컥했다.

"그걸 이제야 알았단 말이오? 성상이 저러는 동안 대감들은 대체 무얼 하였소!"

왕대비는 경상을 쾅쾅 쳐대며 분통을 터트렸다.

"이참에 두 놈을 아예 없애버리시지요!"

김관주가 제 딴에 계략이라고 내놓은 말에 왕대비의 노여움이 극에 달했다.

"머리는 장식으로 달고 있는 게야? 무슨 말을 하려거든 먼저 생각부터 하고 내뱉어! 수빈이 입궐을 했어! 국혼을 앞둔 이 시점에 이가환의 명줄을 끊어놓아 어쩌자는 게야? 일을 크게 만들어 국혼을 미루기라도 하자는 게야, 뭐야?"

왕대비의 서슬이 김관주를 사정없이 후려쳤다.

"잘못했습니다, 마마…."

측근들이 모두 있는 자리에서 면박을 된통 당하자 김관주의 낯짝이 새빨개졌다.

"마마의 말씀이 옳사옵니다. 그렇다고 그자가 하는 양을 그대로 둘 수도 없지요."

심환지였다.

"알아듣게 말하오."

왕대비는 두통으로 지끈대는 이마를 꾹꾹 눌러댔다.

"정주 지역이 요즘 군정 문제로 무척 시끄럽사옵니다. 이가환을 정주 목사로 보내시라 주청 드리는 것이 좋을 듯하옵니다."

심환지의 말에 목만중이 끼어들었다.

"군정의 폐단을 해결할 적임자가 이가환이라고 부추기자는 얘기요?"

"그러하옵니다. 쉽진 않을 테지만 어쨌든 시도는 해봐야지요. 어떻게든 금대를 멀리 보내 놓는 것이 상책입니다."

"신 역시 만포와 생각이 같사옵니다."

박철오였다.

"성상께서 밑그림만 그린 채 토대는 마련하지 못한 모양입니다. 금대가 분주한 것도 그래서일 겁니다. 우리가 대처할 시간은 있을 것이옵니다."

왕대비를 기다리는 동안 박철오는 고심했지만, 묘책을 생각해내지 못했다. 임금이 영우원의 천장과 궁성의 축조 계획을 신료들에게 공표하지 않은 마당에 대놓고 반대할 수는 없었다. 왕대비의 말처럼 국혼이라는 일대 경사를 앞두고 불미스런 일을 만들 수도 없었다.

"천만다행, 마마의 선견지명 덕분에 정약용이 찾던 책이 우리 수중에 들어왔사옵니다. 전하로서는 그 책을 다시 구할 시간이 필요하겠지요. 우리는 이 지점을 이용해야 합니다. 일단은 만포의 의견대로 금대를 북방으로 보내 놓아야 합니다. 책도 없고 금대도 없는 전하가 취하실 다음 행동이란 뻔하지요."

"뒷자리를 알아볼 다른 사람을 구하려 하시겠지요."

박철오와 심환지의 의견이 그럴듯했다. 왕대비는 놀란 가슴을 진정시키며 두 사람을 향해 물었다.

"우선은 시간을 벌어놓자는 얘기요?"

"예. 일단 국혼은 무사히 치러야 하니까요."

"좋소. 금대를 정주 목사로 파견토록 주청합시다. 내일 조회에서 거론하기로 하고, 우리 편이 되어줄 신료가 또 누가 있는지 나도 알아보리다."

한시름 놓은 왕대비가 느긋하게 목만중을 불렀다.

"여와!"

"예, 마마!"

"그대의 수족이라던 성균관 유생들을 이곳 안가로 데려오시오."

"그 아이들은 어이하여 만나려 하시옵니까?"

"성상이 이런 식으로 우리의 급소를 찌르고 나오는데 우리도 뭔가 보여줘야 하질 않겠소. 눈에는 눈, 이에는 이. 우리도 금상의 급소를 제대로 한 번 찔러줘야지요."

왕대비는 궐 쪽을 노려보며 뿌드득 이를 갈았다.

정미반회사건과 문체반정

복수는 양날의 검이다. 상대를 벨 수도 있지만, 자기가 다칠 수도
있다.

영우원의 천장과 새로운 궁성의 축조를 기필코 막겠노라 결의를 다
졌던 왕대비와 벽파는 기다림이라는 과제를 풀지 못하고 제가 휘두
른 칼날에 상처를 입고 말았다. 임금과 수빈의 가례가 끝나자마자 합
세하여 이가환을 정주 목사로 천거했지만, 임금은 이가환에게 병가를
주어 오히려 날개를 달아주었다. 상황이 자신들에게 불리하게 돌아가
자 정적들은 인내심을 잃고 이가환에게 칼을 휘둘렀다. 그 칼날이 이
가환에게 상처를 입혔지만, 정작 자기들이 치명상을 입고 말았다. 임
금이 영우원 천장을 만천하에 공표한 것이 첫째였고, 시파를 대거 중
용한 것이 둘째였다. 임금이 작정하고 반격해오자 저들은 혼비백산했
다. 그러는 사이에 해가 바뀌었다.

정조 12년(1788) 정월 초사흘.

안개가 짙게 낀 수원부의 화산 골짜기에 여명이 감돌았다. 용이 구
슬을 품고 희롱하는 듯한 형국의 화산은 길지 중의 길지이자 명산이

었다. 임금은 이런 화산을 골똘히 지켜보고 있었다.

"누구냐?"

산길을 올라오는 항검을 안개 속에서 뛰쳐나온 무관들이 제지했다.

"올려보내라. 내가 부른 사람이다."

무관들이 검을 거두고 비켜섰다.

"그간 강녕하셨습니까?"

항검이 숨찬 목소리로 예를 차렸다. 어젯밤, 묘시까지 화산으로 오라는 어명을 받고 새벽을 달려온 항검이었다.

"먼 길 오느라 고생이 많았다."

이산은 항검에게 손수건을 건네며 가쁜 숨을 고르길 기다렸다.

"이리 오너라."

항검은 임금이 서 있는 비탈 위로 올라섰다. 아침밥을 짓는 연기가 모락모락 올라오는 민가의 지붕들이 저 멀리까지 물결처럼 펼쳐졌다.

"보아라."

이산은 민가 너머를 가리켰다.

"와!"

항검은 외마디 탄성을 터트렸다.

"어떠냐? 너한테도 저곳의 좋은 기운이 느껴지느냐?"

"예, 전하!"

항검은 시시각각 변하는 풍광을 감탄스럽게 지켜보았다.

"아둔한 눈으로 봐도 과연 길지입니다. 선세자저하께서도 흡족해하시겠습니다."

"그래서 금대가 위험을 무릅쓰고 여길 지키고자 한 게야."

화산 일대를 훑고 다니던 이가환이 괴한들에게 쫓기다가 절벽 아래로 구른 것이 지난해 5월이었다. 때마침 약초를 찾아 화산으로 와있던 정약종에게 발견되어 목숨을 건질 수 있었다. 그의 보살핌 덕분에 찢긴 상처는 금세 아물었지만, 다리 골절상이 심해서 운신하기까지는 꽤 시일이 걸렸다. 이가환은 채제공에게 보내는 서찰과 지도를 정약종을 통해 한양으로 보냈다.

그 지도가 지금 이산이 보고 있는 지도다. 이가환은 어떤 설명도 적지 않고 붉은색 물감으로 이곳을 둥글게 표시했고, 화살표로 한 번 더 강조하고 있었다. 화살표가 가리키고 있는 둥근 원 안의 땅이 아버지의 묏자리라는 것을 이산은 단박에 알아보았다. 그 즉시 이곳 땅을 확보하라며 채제공을 수원부로 급파했다. 대신들을 편전으로 불러들여 영우원의 천장과 신읍참의 조성 계획을 공표한 것은 그다음이었다.

정적들은 기를 쓰고 반대했다. 이산은 고모 화평옹주의 부군 금성위 박명원을 내세워 벽파의 반대를 차단했다. 장헌세자의 묘를 화산으로 천장해야 한다는 상소를 박명원에게 올리도록 한 것이다. 박명원은 영우원의 띠가 말라 죽는 것, 청룡이 뚫린 것, 봉분의 뒤를 받치고 있는 곳에 물결이 심하게 치는 것, 영우원 뒤쪽의 석축이 천작이 아닌 것 등의 이유를 들며 천장을 강력히 주청했다. 생전에 선왕이 총애했던 종친이 팔을 걷어붙이고 나서자 극렬히 천장을 반대하던 정적들도 더는 어쩌지 못하고 임금의 손을 들어줬다. 채제공 대신 금성위를 내세운 것은 묘수였다.

장헌세자의 천장 문제가 해결되자 수빈과의 가례를 앞둔 직전부터 정적들이 끈질기게 요구해온 사안을 이산은 가납했다. 이가환을 정주 목사에 제수한 것이다.

"너를 지키자면 이리 할 수밖에 없구나. 네가 저 추운 지방에서 지낼 생각을 하니 억장이 무너진다."

정주로 떠나기 전날 밤. 이산은 막대를 짚고 다리를 절뚝이며 집무실로 들어서는 이가환의 모습을 보고 대성통곡했다.

"망극하옵니다, 전하. 뼈야 시간이 흐르면 저절로 붙을 것이고, 북쪽 지방의 추위 또한 곧 몸에 익을 것이옵니다. 그러니 소신의 걱정은 내려놓으시고 강건하시옵소서."

하직 인사를 마친 이가환은 여한이 없다는 듯 환하게 웃었다.

항검은 정약용에게 새 도성 얘기를 들었을 때만 해도 설마 했다. 가성직제도 문제로 분주하여 새 도성 얘기는 잊고 지내던 참에 항검은 영문도 모른 채 도성으로 끌려오듯 올라왔다. 이윽고 운종가 낯선 기루에서 임금을 만났다. 그리고 《기기도설》의 필사본을 빌려준 적이 있다던 신경호와 위백규를 순창과 장흥에서 데려와 정적들이 모르는 은신처에 머물게 하며 필사본을 새로 엮으라는 밀명을 받았다.

항검은 곧바로 양근으로 넘어가 권철신 형제에게 밀명을 전했다. 어렵사리 두 사람의 동의를 받아낸 항검은 양근 일각에 은거처를 마련했고, 순창과 장흥으로 달려가 끈질기게 설득한 끝에 신경호와 위백규를 그곳으로 데려올 수 있었다. 이후 이들은 필사본 작업에 매진해오고 있었다. 그런 중에 부름을 받고 화산에서 임금을 뵙게 된 것이다.

이산은 《기기도설》 필사본의 진척 상황을 물었다.

"삼분지 일 가량 끝내놓은 것을 보고 올라오는 길입니다."

"생각보다 더디구나. 7월 말까지는 일을 끝내야 한다. 지원이 필요하거든 뭐든 말하거라. 보안에 각별히 유념하고, 제작이 끝나는 대로 네가 직접 가져와 번암에게 전해라. 이걸 줄 테니 궐문을 통과할 때 써라."

이산은 붉은 술이 달린 표를 건넸다. 궁중 출입증인 신부^{信符}다.

그즈음, 노론이 몰려 사는 북촌 거리는 설빔을 차려입고 정초 인사를 나온 사내들로 북적거렸다. 요직을 꿰찬 벼슬아치가 사는 집은 인사 청탁을 하거나 얼굴도장을 찍으려는 사람들로 문전성시를 이뤘다. 수어사 김종수의 사저 앞도 마찬가지였다. 영의정 김치인의 조카인데다 임금의 세손 시절 세자시강원의 필선으로 충실히 보좌한 공적이 있는 김종수였다. 게다가 외척들의 정치 개입을 철저히 배제하고, 능력 있는 인재라면 붕당에 상관없이 등용해야 한다는 탕평 의리를 펼쳐 임금의 신임을 받고 있었다. 그런 그가 이제 곧 형조판서에 제수될 것이라는 소문이 공공연히 나돌고 있었다.

"승직을 감축드립니다. 형판 대감!"

먼저 도착해 큰사랑에 든 심환지를 비롯한 십여 명의 노론 사내들이 굽신거렸다.

"어허! 형판이라니? 말씀들을 조심하시오. 자고로 말은 앞서는 것이 아니라 하였소."

김종수가 못마땅한 기색으로 입방정을 떠는 사내들을 꾸짖었다. 호조에서 이조로 자리를 옮겨 앉은 박철오가 미리 정보를 흘린 탓에 김종수의 형조판서 내정 소식은 조정에 파다했다. 그러나 김종수는 신중했다.

"성상께서 교지를 내리시기 전까진 누가 그 자리에 앉을지 장담할 수 없는 것이 중신의 자리요. 전날까지 물망에 올랐다가 하루아침에 후보자에서 밀려나고, 승직과 좌천이 국본의 뜻에 따라 좌지우지되는 곳이 조정이란 말이오. 시파 이성원이 우상에 오른 것을 보고도 모르시오?"

김종수의 말끝에 한숨이 딸려 나왔다.

"그래서 우리가 정초 인사를 핑계로 이리 대감을 찾아뵌 겁니다. 이제 우리가 비빌 언덕은 대감밖에 없습니다. 대감이 흔들리는 벽파를 바로 세워주십시오."

심환지가 절박하게 말했다. 박철오에게 새해 덕담을 건네러 먼저 들렀다가 금상이 사부로 존중하는 김종수를 안가의 일원으로 포섭하라는 명을 받고 김관주 형제와 이곳을 찾은 터였다.

"벽파가 흔들리다니?"

김종수는 전혀 모르는 일이라는 듯 시치미를 뗐다. 심환지나 김관주 형제와는 말을 섞고 싶지 않았다. 왕대비의 혜안을 흐려놓는 자들이었다. 늑대와 같은 저자들과 가까이하면서부터 왕대비는 벽파 원로들의 의견을 번번이 배제했고, 점점 더 극단으로 치달았으며, 벽파 내부의 극렬한 반대에도 불구하고 외척인 김관주 형제를 조정으로 불러들이기까지 했다. 온건한 김종수가 저들을 멀리하는 까닭이었다.

"조만간 시파가 크게 휘청할 겁니다. 그 일로 우리 벽파는 잃었던 위상을 회복할 수 있게 될 터이고요."

심환지의 말에 김종수는 불안했다.

"무슨 일을 또 획책하고 있는 것이오?"

"벽파가 무너지도록 이대로 둘 수는 없질 않습니까? 급기야 삼의정 모두를 저쪽에서 차지하고 말 거외다."

"탕평을 중시하는 성상께서 그리 하실 리가 없소!"

"정말 그럴까요?"

심환지가 박철오에게 받아온 정사책을 꺼내 건넸다. 과연 남인에 크게 기울어 있는 인사 예고였다.

"벽파가 이 지경까지 오게 된 건 다 수어사 같은 사람들 때문이오."

"형님 말이 맞아요. 성상의 총애 좀 받는다고 거기 홀딱 넘어가서 성상이 하자는 대로 내버려 두는 바람에 이리된 것이란 말이오."

심환지의 제지에도 아랑곳없이 김관주 형제가 그새를 못 참고 김종수를 긁어댔다.

"허!"

말도 안 되는 타박에 김종수는 헛웃음을 토했다.

"말 한번 잘 꺼내셨습니다! 우리 벽파를 누가 이 지경까지 내몰았는지 어디 시시비비를 가려봅시다!"

열에 받친 김종수가 붉게 달아오른 얼굴로 씩씩댔다.

"좋소! 어디 잘잘못을 따져봅시다!"

김일주는 소매를 걷어붙이며 한바탕 대거리를 벌일 기세로 악다구니를 떨어댔다. 방 안에 고성이 난무하자 심환지의 속에서도 열불이 났다.

"왜들 이러십니까? 지금은 우리끼리 다투고 있을 때가 아닙니다! 벽파를 살릴 방도를 모색해야지요!"

좀처럼 인내심을 잃지 않던 심환지가 그예 참지 못하고 버럭 고함을 질러댔다. 심환지의 노기에 김종수는 적이 당황하여 입을 다물었다. 김관주 형제에게 대거리를 해봤자 득이 될 것이 하나 없었다. 어찌 됐든 저들은 왕대비의 인척이 아니던가.

"조만간 비변사 당상 회의가 소집될 겁니다. 수어사의 숙부이신 영상대감께서도 비변사의 도제조를 겸임하고 계시니 당연히 그 자리에 참석하실 테고요. 그때 영상께서 우리 쪽 힘이 되어주셨으면 합니다. 수어사께서 영상대감을 만나 말씀을 좀 잘 해주셨으면 합니다."

김종수의 흥분이 가라앉길 기다려 심환지가 정중하게 부탁했다.

"대체 뭔 일인지 알아야 청을 들어드리든 말든 할 것이 아니겠소?"

한풀 꺾인 김종수가 물었다.

"천주교도들과 관련된 일입니다."

거기까지 말한 심환지는 자신들의 계획을 김종수에게 귀엣말로 알려주었다.

"어, 어찌 그런 일이!"

이야기를 끝까지 듣고 난 김종수는 부들부들 떨면서 반촌 쪽을 노려봤다.

되었다!

심환지는 속으로 쾌재를 불렀다.

"벽파를 위해서, 그리고 종묘와 사직을 위해서 수어사의 도움이 꼭 필요합니다. 영상대감을 부디 설득해 주십시오."

"걱정하지 마시오. 숙부님께서도 그런 일이라면 적극적으로 나서주실 게요."

"그럼 그리 믿고 저희는 이만 가보겠습니다. 조만간 다시 찾아뵙지요."

김종수의 사저를 나온 심환지가 일행과 헤어져 집에 다다랐을 때였다.

"오랜만에 뵙습니다, 부교리 나으리. 그간 강녕하셨습니까?"

대문 앞을 서성이던 도포짜리가 심환지를 보더니 달려와 조아렸다.

"우리가 전에 본 적이 있던가?"

심환지는 머리를 갸웃했다.

"소생, 김원성입니다. 을사년에 뵌 적이 있는데⋯."

김원성이 연신 조아렸다.

"아! 그래. 자네⋯ 명례방 일로 우릴 도운 적이 있었지?"

심환지는 그제야 김원성을 알아봤다. 성균관 유생인 홍낙안과 이기경 그리고 또 한 명의 남인 선비가 김범우의 집에 괘서를 숨겨놓는 임무를 맡았다. 그러나 그때 이후로 김원성을 다시 본 적이 없다. 그러고 한참 후에 목만중이 넌지시 김원성의 근황을 알려왔다. 권철신의 주변을 얼쩡거린다는 얘기였다. 그 뒤로 심환지는 그의 뇌리에서 김원성을 완전히 지워버렸다.

"뜬금없이 들리시겠지만⋯ 나으리께 새해 인사를 드리고 싶어 이리 왔습니다. 들어가도 되겠습니까?"

"⋯⋯."

심환지의 눈매가 가늘게 찢어졌다. 한번 배신한 사람은 또 배신하게 마련이었다. 저 김원성만 해도 권철신을 버리고 목만중한테 붙더니 이제는 내게 붙으려고 하질 않는가.

"예까지 와줘서 고맙네만 세배는 받은 것으로 치세."

심환지는 싸늘히 돌아섰다. 다급해진 김원성이 심환지의 옷자락을 잡고 늘어졌다.

"제가 올리는 세배를 받지 않으시면 후회하실 겁니다, 나으리!"

"허허! 날 겁박하는가?"

심환지는 실소를 터트렸다.

"소생의 절 한 번에 사람 여럿이 사느냐 죽느냐 판가름이 나니까요. 전부 벽파에서 죽이고 싶어 혈안이 되어 있는 사람들이지요."

김원성은 음흉하게 웃으며 심환지에게 물었다.

"어쩌시겠습니까? 제 절을 받아주시겠습니까?"

"들어가세."

심환지는 김원성의 손을 덥석 잡아 사랑으로 이끌었다.

"무슨 얘긴지 소상히 말해보게."

"절을 먼저 올려야지요."

김원성은 느긋했다.

"어? 그래. 그래야지."

심환지는 언제 냉대했냐는 듯 맞절까지 하며 비위를 맞췄다.

"자, 이제 속 시원히 털어놓게."

"녹암이 뭔가 일을 벌이고 있는 듯합니다."

"일이라니?"

"우연히 녹암의 뒤를 밟다가 수상쩍은 낌새가 있어 알아봤더니, 외딴 빈집에서 녹암을 비롯한 여러 명이 모여 무슨 책을 만들고 있었습니다. 소생은 처음 보는 낯선 사내 둘과 백발이 성성한 노인들도 함께

였습니다."

"뭐라? 노인?"

"거기 드나드는 사람들이 신경호 선생님, 위백규 선생님, 하고 불렀습니다."

"!!"

심환지의 안색이 샛노래졌다.

"책이라고 했는데 무슨 책이던가?"

"그것까지는 모르오나 사교를 따르는 이들이니 교리서 같은 거 아닐까요?"

심환지는 고개를 저었다. 신경호와 위백규는 서양문물에 관심이 지대한 실학자로, 천주교인은 아니었다. 그렇다면….

"자네, 그곳이 어딘지 안다고 했지?"

"예, 알다마다요."

"내 긴히 부탁함세. 그대로만 해주면 자네 훗날은 내가 보장하겠네."

"말씀만 하십시오."

김원성은 자신만만하게 웃었다.

• • •

올해도 어김없이 성균관에서 인일제가 치러졌다. 인일제는 정월 7일에 성균관 유생들이 치르는 시험이다. 인일제에서 장원을 하면 초시가 면제되어 복시 응시 특전이 주어졌다.

"상순윤차에 응시한 유생들은 입실하시오!"

관각들의 문묘 참배가 끝나자 성균관 당상이 큰 소리로 고했다. 긴장한 기색이 역력한 여느 유생들과는 달리 홍낙안은 여유작작했다.

맨 먼저 일필휘지로 시권을 완성한 홍낙안은 고시관에게 제출하고는 시험장을 나갔다.

'썼구나….'

이기경은 홍낙안의 뒷모습을 바라보며 입술을 깨물었다. 일 년을 기다려온 오늘이었다. 그분이 원하는 내용의 친책문을 제출하면 등수 안에 드는 것은 물론이요, 전시도 통과시켜주겠다고 그분은 약속했다.

그런데도 이기경은 쉽사리 시권을 채워나가지 못했다. 그가 갈등하는 사이, 시험장을 나가는 유생들이 하나둘 늘어갔다.

"후유…."

백지를 괴롭게 내려다보던 이기경은 결심을 굳히고 단숨에 시권을 채워나갔다. 감독관이 시험 종료를 알렸다.

"다들 결과 발표가 날 때까지 밖에서 기다리게."

정월 7일, 사람의 날에 시행되는 인일제와 삼짇날에 시행하는 삼일제, 7월 7일 칠석제와 9월 9일의 구일제에 행해지는 절일제는 단 한 번의 시험으로 급락이 결정되었다. 격이 높은 삼일제와 구일제는 의정부와 육조 그리고 제관의 당상이 성균관에서 시취한 뒤 시권을 거둬 입궐하여 옥당이나 춘당의 관원에게 차제를 대독하게 한 다음 합격자를 발표했다. 하지만 그보다 격이 낮은 인일제와 칠석제는 시험관인 관각들이 성균관에서 바로 시권을 확인한 뒤 합격자를 발표했다.

"자, 시작하세."

각관들이 수십 장의 답안지를 한 장씩 들어올렸다. 신중하게 시권을 읽어나가던 홍문관의 시관이 문득 안색이 파랗게 질렸다.

"보던 시권을 당장 내려놓으시오!"

홍문관의 시관이 벌떡 일어서며 각관들에게 외쳤다.

"왜 그러십니까?"

"이번 시험은 우리 선에서 급락을 결정할 수 없게 됐소이다! 속히 시권을 챙겨서 나를 따르시오!"

문제의 시권을 움켜쥔 홍문관의 시관이 자리를 박차고 나갔다.

번쩍!

어두컴컴한 하늘에서 푸른 섬광이 번쩍이더니 천둥이 울부짖었다.

"속히 가마를 대령하라!"

여러 대의 가마에 나눠 탄 관각들은 급히 대궐로 향했다.

"전하! 반궁의 유생 홍낙안이 올린 친책문을 봐주시옵소서! 국법으로 금지한 천주교가 백성에게 전파되고 있다 하옵니다!"

홍문관의 시관은 떨리는 손으로 임금에게 시권을 올렸다.

"!!"

반촌에 사는 김석태의 집에서 천주교인들이 비밀집회를 열고 있다고 고발하고 있었다. 지난해, 그러니까 정미년에 그 사실을 처음 알게 되었다면서 홍낙안은 정약용을 걱정하는 글까지 적고 있었다. 교우인 정약용이 대과 공부는 소홀히 한 채 밖으로만 맴도는 것이 염려되어 뒤를 쫓았다가 반회의 천주학쟁이들과 교리를 논의하는 장면을 목격하게 되었노라 고발하고 있었다. 교우가 잘못된 길로 빠진 것을 바로잡아주어야 함이 마땅하나 한 번 버렸던 천주교를 정약용이 다시 믿고 있다는 사실이 천하에 밝혀지면 벗의 처지가 난처해질 것이 분명하기에 누구에게도 말 못 하고 해를 넘기도록 가슴앓이를 했다고도 적고 있었다. 그러면서 천주교의 금지령을 재차 반포할 것을 강력히 요청하고 있었다. 문책과 같이 가벼운 벌로는 천주교인들의 잘못된 종교관을 바로잡을 수 없을 것이며, 천주교를 뿌리째 뽑지 않으면 두고두고 임금과 국가의 근심거리가 될 것이라고 홍낙안은 주장했다.

이른바 '정미반회사건'이었다.

"으음…."

친책문이라기보다는 상소에 가까운 시권을 앞에 두고 이산은 신음을 토했다. 명례방 사건 당시 배교를 선언했던 남인 천주교인들이 반촌에서 비밀리에 집회를 열고 있다는 사실은 정약용을 통해 이미 보고 받은 바였다. 그런데도 지금껏 쉬쉬해온 이유는 이가환과 정약용이 세례를 받은 천주교인이었기 때문이었다. 나라에서 엄금한 집회가 은밀히 봉헌되고 있다는 사실이 백성들에게 알려져서 좋을 것이 없었다. 천주교인들의 활동이 공공연히 화제가 된다면 정적들은 이가환과 정약용을 집요하게 물고 늘어질 터였다. 그 여파가 채제공에까지 미칠 것은 불을 보듯 훤했다.

'서둘러 다오…. 어떡하든 너희를 지켜줄 것이니 부디 필사본 작업만 무사히 마무리해다오….'

이산은 양근 방향을 애타도록 바라보았다. 그때 사간원 간관들이 상소 무더기를 들고 임금을 찾았다.

"전하, 천주교의 폐단을 고하는 상소들이옵니다."

"이것들이 전부 다?"

"황공하옵니다."

"……."

홍낙안의 친책문이 올라오길 기다렸다는 듯 때맞춰 등장한 상소들을 기가 막히다는 표정으로 쏘아보던 이산이 그중 하나를 집어 들었다. 사간원 정언 이경명의 상소였다. 천주교가 한양에서부터 시골까지 극성을 부리고 있다고 고발하고 있었다. 농사밖에 모르는 순진한 촌부들까지 언문으로 번역된 교리서를 돌려 읽으며 사교에 빠져들고 있으니 속히 대책을 강구할 것을 주장했다. 나머지 상소들도 짜 맞춘 듯 같은 내용이었다.

"잠시 혼자 있고 싶다. 다들 물러가라."

이 문제는 또 어찌 풀어야 한단 말인가….

후원으로 나서니 겨울비는 그새 그쳐 있었다. 이따금 세찬 바람이 부는 후원 뜰을 임금은 한참을 거닐었다. 뒤따르던 내시감이 아뢰었다.

"전하…. 유시가 넘었사옵니다…."

"……."

봉모당이 저만치 보였다.

어쩌면 할바마마께서 나를 이곳으로 이끄셨는지도 모른다….

할바마마가 신하들과 나눈 논의와 백성들에게 내린 훈유가 간직된 곳이다. 그 모훈을 찬찬히 읽다 보면 이 난관을 해결할 실마리를 혹시 얻을 수 있지 않을까. 이산은 천천히 봉모당으로 걸음을 옮겼다.

"숙직에 불을 밝혀놓으라 이르겠사옵니다."

"놔두거라. 번거롭게 할 필요 없다."

봉모당으로 통하는 운한문을 지나 행각의 섬돌에 올라섰을 때였다.

"낄낄낄! 이거 진짜 골 때리는구만! 농탕질이 아주 가관이야. 낄낄낄!"

봉모당의 분합문 안쪽에서 키득대는 소리가 들려왔다.

'아니 이 밤에 누가….'

이산은 거칠게 분합문을 열어젖혔다.

"헉! 저, 전하!"

촛불을 밝혀놓고 서책을 들여다보며 낄낄대던 신료 둘이 소스라쳐 일어나 조아렸다.

"너희는 어디 소속의 누구냐?!"

"소, 소신은 홍문관에 재직 중인 부수찬이옵니다."

"직제학 김병찬이옵니다."

"홍문관 사람들이 봉모당에서 뭘 하는 게냐?"

두 사람을 바라보는 이산의 눈매가 매서웠다.

"주합루에 일을 보러 왔다가 잠시…."

부수찬이 기어드는 목소리로 아뢰었다. 그 순간 바닥에 떨어진 서책들이 이산의 눈에 띄었다. 모두 야담집이요, 패관잡기다.

"네 이놈들! 예가 어디라고 이따위 잡서를 보며 낄낄댄단 말이냐!"

"죽을죄를 지었사옵니다, 용서하시옵소서, 전하!"

부수찬과 직제학이 바들바들 떨며 납작 엎드렸다.

"이게 용서가 될 일이더냐! 예문관의 사달을 그새 잊었단 말이냐!"

지난해, 노론 신료 이상황과 김조순이 예문관에서 숙직하며 패관소설을 읽다가 발각되어 파직된 일이 있었다. 이번엔 홍문관 신료들이 들킨 것이다.

"이 책을 기다리는 사람들이 많아서 빨리 읽고 돌려주려다 보니 그만 봉모당을 범하는 죄를 저질렀나이다. 다시는 이런 일이 없도록 하겠나이다."

임금의 진노에 사색이 된 부수찬이 손이 발이 되도록 빌며 변명을 늘어놓았다.

"뭐라? 너희들 말고도 이 책을 돌려본 자들이 더 있다는 말이냐?"

"아, 아니옵니다! 그것이 아니오라…."

부수찬은 아차 싶어 제가 한 말을 거둬들이려 했다.

"방금 네 입으로 기다리는 사람들이 많다고 하질 않았느냐! 썩 사실대로 고하지 못할까!"

"실은 요즘 노론 신료들 사이에서 이 책들이 대단히 인기라서…."

"!!"

이산은 컴컴했던 머릿속에 환한 불빛 하나가 번쩍 켜진 느낌이었다.

"너희는 홍문관으로 돌아가 처벌을 기다리라!"

곧장 밖으로 나온 이산이 궁인들에게 명했다.

"호조로 갈 것이다! 너희는 나를 따르고, 내시감은 당장 번암을 호조로 데려오라!"

비변사의 당상 회의가 긴급 소집되었다. 임금의 정적들이 기세등등하게 속속 도착했다. 홍낙안의 친책문으로 정세의 흐름이 그들 쪽으로 기울고 있었다.

"이른바 서학의 학설이 성행하고 있는지라 소신이 이마두가 지었다는 《천주실의》라는 책을 구해 보았사옵니다. 하오나 책의 내용이 심히 불쾌하여 끝까지 읽을 수가 없었사옵니다."

"소신도 도중에 책을 덮었사옵니다. 인륜을 손상하고 파괴하는 정도가 이루 말할 수 없을 지경이었사옵니다. 거기에 실린 천당과 지옥에 관한 설은 어이가 없다 못해 헛웃음이 다 나왔습니다. 이런 말도 안 되는 설로 혹세무민하니 그 해독이 홍수나 맹수보다도 극심하다 할 것이옵니다. 마땅히 사교의 금지령을 강화해야 하옵니다!"

"전하! 저들의 사악한 교설이 백성들 사이에 더는 전파되지 못하도록 엄벌하시옵소서!"

비변사 청사가 당상들의 노한 음성으로 들썩거렸다. 극악을 떠는 그들 앞에 천주교 관련 서책이 수북이 쌓였다.

"사람들의 귀를 현혹하는 것이 어찌 서학뿐이겠는가? 하물며 유생 홍낙안이 친책문으로 고발한 사교의 설은 이미 을사년에 크게 유행했던 적이 있고, 김화진이 형조판서로서 대략 수색해 다스렸으니 이 일은 유사의 신하에게 맡기는 것이 옳을 것이다. 다시 큰 사건으로 만들어 조정으로 밀어 올린다면 어찌 방만하게 되어버리지 않겠는가?"

이산은 냉정하게 일갈했다.

"인륜과 강상의 도를 어지럽히고 사교는 근절되는 것이 마땅하옵니다!"

비변사 도제조 김치인이 다시 강하게 주청했다.

"소신의 생각도 영상대감과 같사옵니다! 필시 선봉이 되어 일을 이 지경까지 끌고 온 괴수가 있을 것입니다! 반드시 적발하여 극형으로 다스려야 하옵니다!"

비변사 제조가 가세했다. 그런데도 이산은 침묵했다. 임금의 긴 침묵이 당상들은 불안했다. 정미반회사건을 이용해서라도 조선의 근간을 뒤흔드는 천주교를 척결해야 한다는 결의로 똘똘 뭉친 그들이었다.

"괴수만 처벌하자는 말씀이오? 천부당만부당한 일이오! 앞에서는 배교했다 하면서 뒤로는 비밀집회를 다시 연 자들이오! 반회에 참석한 죄인들은 말할 것도 없고, 사교에 잠깐이라도 발을 들여놓은 자들 또한 모조리 잡아들여 철저히 조사해야 할 것이오!"

김치인은 동의를 구하는 눈빛으로 좌중을 훑어보았다. 그러자 제조를 비롯한 당상들이 벌떼처럼 일어나 말을 보탰다.

말없이 듣고만 있던 임금이 대전 내시감에게 눈짓을 보냈다. 이윽고 내시감이 책 보따리를 들고 와서 천주교 서책의 무더기 옆에 풀어 놓았다.

"이것들은 패관소설들이 아닙니까?"

"그렇다. 너희 노론 신료들이 끼고 읽던 것들이다."

이산은 제목을 읽고 난 소설을 한 권씩 천주교 서책 위에 내던졌다.

"이 책들은 형판의 집무실 서랍에서 찾아냈다고 하는구나."

이산이 형조판서를 노려보았다.

"저, 전하! 그, 그 책은 소신의 것이 아니라…."

형조판서의 말을 끊은 이산이 나머지 책들을 당상들 앞에 하나씩 내던졌다.

"이 책은 어영대장, 이것은 총융사, 여기 금위대장의 것도 있구나. 아, 이것들은 비변사 낭청들이 소지하고 있던 것들이다."

"끄응…."

임금이 던진 책이 제 앞에 떨어질 때마다 노론 당상들의 입에서 신음이 터졌다.

"이따위 짓을 하면 파직에서 끝나지 않을 것이라고 경고했거늘! 감히 국법을 어기고도 살기를 바랄 것인가?"

"……."

"묻겠다. 이 책들의 주인을 어찌 처벌하면 좋겠는가? 저 천주교 서책을 읽은 자들과 마찬가지로 국법을 어겼으니 모조리 죽음으로 그 죄를 물어야 마땅하지 않겠는가?"

"저, 전하! 그것과 그것은 다른 문제이옵니다!"

"아니, 전혀 다르지 않다. 정학이 밝아진다면 상도를 벗어난 이런 책들은 없애려 하지 않아도 저절로 없어지게 마련이다. 천주교 또한 마찬가지다. 사학이 종식되면 사람들이 그것들을 담은 책들을 연초의 잡담만도 못한 것으로 볼 것이다."

당상들은 임금에게 뒤통수를 맞았다는 것을 그제야 깨닫고는 사색이 되었다.

"과인은 정학을 밝혀 근본을 바르게 할 것이다. 그 첫 조치로 잡문

체부터 엄금한다."

이산은 호조에서 가져온 시권 뭉치를 신료들 앞에 내던졌다.

"경들도 눈이 있으면 똑똑히 보아라. 이번 인일제에서 올라온 시권의 반 이상이 신문체를 사용하고 있다. 이후로 시행되는 모든 과거에서 신문체의 사용을 엄금한다."

"……."

비변사 당상들이 당혹해하는 가운데 임금이 오금을 박았다.

"만일 응시생이 제출한 시권에 조금이라도 패관잡기 내용이 섞이면 하고로 처리하고, 과거 응시 자격을 박탈할 것이다."

그리고 시권뿐 아니라 사대부들의 글쓰기까지 검열하여 처벌하겠다고 하자 신료들이 반발했지만, 칼자루를 쥔 임금은 단호했다.

"패관을 멀리하면 되는 일. 더는 왈가왈부하지 말라!"

이른바 문체반정이다. 조선에 만연한 잡문체와 천주교 서적의 유통을 금지함으로써 유교의 위치를 더욱 공고히 하겠다는 정책이다. 비변사의 당상들은 임금의 의도를 알면서도 대꾸할 말을 잃었다.

"과인은 이 일을 계기로 의정부의 인사를 쇄신하여 문란해진 조정의 기강을 바로잡고 신하들의 해이해진 태도를 일신하는 계기로 삼고자 한다. 허니 경들도 사기를 배양하여 폐습을 변화시킬 방도를 생각하라."

"삼사의 편제를 새로 하시겠다는…?"

김치인이 당황하여 말을 잇지 못했다.

"오냐. 채제공을 우의정에, 이성원을 좌의정에 제수한다."

"전하!"

당상들은 아연실색했다. 임금의 반격은 예상보다 거셌다.

당상 회의가 끝나고 임금이 지리를 뜨자 벽파 신료들이 낭패감으로 우왕좌왕했다.

"우상과 좌상을 시파가 꿰찼으니 이를 어찌하면 좋소?"

"어찌하긴 뭘 어찌합니까? 어서 왕대비께 고하고 대책을 마련해야지요."

벽파 신료들이 허둥지둥 비변사 문을 나섰다.

물밑 작업

서학서를 샅샅이 색출하여 모조리 소각하라는 어명이 덕산까지 날아들었다. 완숙은 그 즉시 교리서들을 전부 모아 집 뒤편의 토굴에 숨겨놓았다. 무 배추를 저장해두는 작은 구덩이였다.

"그딴 곳에 숨겨놓으면 못 찾을 줄 알고? 다들 날 너무 뜨문뜨문 보는 경향들이 있는데 말이야. 천주쟁이 마누라를 둔 덕에 나도 좀 변했거든. 여기저기서 하도 구박을 받았더니만 없던 눈치랑 감이란 게 생겨버렸다, 이 말이지. 이딴 거 찾아내는 건 이제 일도 아니라 이거야."

한 무더기의 교리서 필사본을 마당 한가운데 내팽개친 홍지영은 들기름이 든 통을 들어 교리서 위에다 뿌려대며 이죽거렸다. 부엌에서 저녁을 준비하던 완숙이 그 소리에 빼꼼 부엌문 밖으로 얼굴을 내밀었다가 혼겁하여 튀어나왔다.

"그만둬요!"

부싯돌을 꺼내 드는 홍지영에게 달려들며 완숙이 외쳤다.

"저리 비켜! 처맞고 싶지 않으면."

"안 돼요! 죽어도 안 돼요!"

부싯돌을 빼앗아 멀리 던져버리자 홍지영이 완숙을 패대기치고는 무자비하게 발길질을 해댔다.

"네년이 뭔데 나를 막아? 얼마나 잘났다고 나를 무시해?"

홍지영은 미쳐 날뛰며 발길질을 멈추지 않았다.

이 고통… 이 비참함… 이 분노… 낯설지 않아….

몸을 동그랗게 말고 두 팔로 얼굴을 가린 채 막쇠의 발길질을 받아내던 점례의 모습이 떠올랐다.

싫어! 난 그렇게 살지 않을 거야! 난 엄마랑은 달라!

휙 고개를 쳐든 완숙이 홍지영의 다리를 붙들고 늘어졌다. 홍지영은 급기야 완숙의 쪽 머리를 그러쥐고는 언 흙바닥에다 찧어댔다. 완숙은 꺽꺽 울었다. 고통보다 슬픔이 앞섰다.

으아앙!

어미의 고통이 순희에게도 전해진 걸까. 방에서 자고 있던 순희가 자지러지게 울었다.

"아범아!"

손녀의 울음소리에 방문을 열고 내다본 정 노인이 버선발로 뛰어나와 아들을 말렸다.

"아버지!"

방에서 공부하던 필주까지 사색이 되어 뛰어나와 뜯어말렸다. 사랑에 군불을 때다가 한달음에 달려온 염 서방이 말리려다가 홍지영의 서슬에 압도되어 주춤 물러났다.

"제발 이러지 마라, 아범아! 에미가 뭘 그리 잘못했다고?"

"어머니 좀 때리지 마요! 차라리 절 때려요!"

정 노인과 필주가 홍지영을 붙잡고 매달리며 울부짖었다.

"저 화상이 나라에서 없애라는 책을 집구석에 숨겨놨어! 근데도 가만있으란 말이야? 저리 비켜!"

홍지영은 고래고래 악을 써대면서 정 노인과 필주를 뿌리쳤다.

"이딴 책 놔뒀다가는 우리 집안이 모조리 끝장이라고! 잠자코 보고나 있어!"

아궁이로 달려간 홍지영이 불붙은 장작을 가져와 책 무더기에다 푹 꽂았다.

화락!

거뭇하게 내려앉았던 어둠이 삽시간에 치솟은 불빛을 받아 환해졌다. 완숙은 체념한 듯 눈을 감고 천주를 불렀다. 눈물이 비 오듯 쏟아졌다.

정월에 시작된 천주교 서책의 단속은 봄을 지나 초여름까지 이어졌다.

정약전 형제의 부친 정재원은 아들들을 마재 본가로 불러들여 천주교를 다시 믿는지 집요하게 추궁했다. 정약용은 모호한 말로 아버지의 압박을 빠져나갔다. 정약전은 천주교를 신봉한다고 솔직히 고백했다가 불같이 화를 내는 부친의 기세에 눌려 스스로 교리서를 소각해 보였다. 일단 부친을 진정시키고 보자는 심산이었다. 양근에서 행해지는 은밀한 필사를 보호하자는 뜻이기도 했다.

"…물건은 저기 있습니다."

이승훈의 집 뒤쪽 숲, 이승훈은 심야의 어둠을 뚫고 최창현이 다가오자 곧장 바위 앞으로 이끌었다. 상자에는 해주 정씨로부터 넘겨받은 이벽의 유작 《승례의설》과 교리서들이 들어 있었다. 한 차례 돌려가며 필사를 끝낸 원본들을 이승훈이 보관 중이었다.

 "내일 아침 저는 제 입으로 천주님을 부정할 겁니다."

 이승훈이 침울하게 말했다.

 "거짓 배교를 하시겠단 말씀입니까?"

 최창현이 걱정스럽게 물었다.

 "계명을 어기는 꼴이 되겠지만, 지금으로선 달리 방법이 없습니다. 이 책들의 필사본을 가지고 문중 어른들에게 가서 태워버릴 생각입니다."

 "그전에 원본을 안전한 곳에 보관해놓겠다는 말씀이시군요."

 "내가 갖고 있으면 아무래도 위험합니다. 이미 한 차례 천주를 부정한 적이 있는지라 문중에서 이번에는 내 말을 쉬이 믿으려 하지 않을 겁니다."

 명례방사건 당시에도 벽이문을 짓고 배교를 선언한 바 있던 이승훈이었다.

 "십중팔구 문중에서 예고도 없이 들이닥쳐 집안 뒤짐을 할 거예요. 교리서가 없는 걸 확인하고 나서야 내 말을 믿으려 할 겁니다. 그전에 이 책들을 안전한 곳으로 옮겨놔야 합니다."

 "달리 생각해 둔 곳이라도?"

 이승훈이 고개를 저었다.

 "아무리 궁리해도 마땅한 데가 없어요."

"혹여 저를?"

"내키지 않으면 거절하셔도 좋습니다."

양반 신분은 아니었으나 그렇다고 최창현이 정부의 색출령에서 자유로운 것은 아니었다. 김범우가 유배를 떠날 때 그의 아우들과 함께 압송행렬을 막아섰었다. 약방에 온 손님들 가운데 그때 일을 기억하고 김범우와는 어떤 사이인지 묻는 이들이 종종 있었다. 더구나 이웃 사랑을 강조한 천주의 말씀에 따라 가난한 환자들을 찾아다니며 의술로써 전교 활동을 펼치고 있는 최창현이었다. 명성이 높아진 대신 고발을 당할 위험에 항상 노출되어 있었다. 이러한 사정을 모를 리 없는 이승훈이지만, 달리 방도가 없었다.

"제가 가져가지요."

최창현이 선뜻 상자를 들어 올렸다.

서둘러 산 아래로 내려온 최창현은 곧장 약방으로 향했다.

둥, 둥, 두웅….

약방문을 잠그고 책 상자를 내려놓기가 무섭게 통행금지 종이 울렸다. 최창현은 캄캄한 진료실에 우두커니 앉아 종소리가 그치기를 기다렸다.

밖의 동태를 살핀 최창현은 다락 천장에 구멍을 내 책 상자를 밀어넣고는 감쪽같이 구멍의 흔적을 지웠다.

제아무리 지엄한 명일지라도 작정하고 교리서를 숨긴 백성들의 집을 일일이 찾아다니며 적발할 수는 없는 노릇이었다. 사학 관련 서적을 색출하라는 정부의 명령에도 불구하고 각 고을의 관아가 조용한 까닭이었다. 물을 끼얹은 모닥불처럼 척사 분위기가 꺼져가자 매의 눈을 하고 집안의 교인들을 단속하던 문중 사람들의 경계심도 하루가 다르게 무뎌져갔다. 심장이 말라가는 듯한 불안과 긴장감 속에서 하루하루를 보내던 교인들은 정미반회사건이 박해로 번지지 않은 것을 다행스럽게 여기며 안정을 찾아갔다.

일단의 관졸들이 양근의 거처를 기습한 것은 5월 어느 날 저녁이었다. 샘가에 쭈그리고 앉아 먹물 묻은 손을 씻다가 항검은 그들을 보았다.

"저, 저이들은…?"

창칼과 육모방망이를 치켜든 이십여 명의 관졸이 사립 사이로 건너다보였다. 날래게 샘가를 벗어난 항검은 뒤꼍의 작업장 문을 열어젖혔다.

"어서 피하십시오! 단속이 떴습니다!"

머리를 맞댄 채 뭔가를 의논하다 말고 권철신과 권일신은 사색이 되었다. 《기기도설》이 교리서는 아니지만, 비밀작업인지라 관졸들에게 발각되어 좋을 게 없었다.

"서둘러요!"

서양식 기구들의 설계 도면이 그려진 종이를 차곡차곡 정리 중이던 이총억과 권상학은 종이 뭉치를 부리나케 안아 들었다. 이존창은 저녁 당번이라 부엌에 있었고, 신경호와 위백규는 저녁상이 차려질 동안 방에 들어가 쉬고 있었다.

"파지는?"

"저것들도 챙겨야지!"

권철신과 권일신은 작업장 한쪽 구석에 모아두었던 파지 뭉치를 향해 달려갔다.

그때였다.

쾅당! 쾅당!

거처의 방문들이 난폭하게 열리며 벽에 부딪는 소리가 안채 쪽에서 들려왔다.

"왜들 이러시오!"

"이거 놓으시게!"

"선생님들!"

노학자들이 마당으로 끌려 나오며 내지르는 고함에 이존창의 외침이 섞여들었다. 하지만 그들을 도와줄 틈이 항검에게는 없었다.

"이쪽입니다!"

항검은 작업실 안쪽의 바닥에 깔린 거적자리를 한쪽으로 치웠다. 전주에서 본 예원의 지하화고를 기억해내고 비상시에 대비해 지하 창고를 뚫어 놓은 것이다.

덜컹!

항검은 나무 문짝을 열어젖혔다.

"너희부터 들어가라, 어서!"

권철신이 도면 뭉치를 품에 안은 이총억과 권상학의 등을 밀었다. 두 사람이 차례대로 지하 창고로 통하는 계단을 내려가자 권철신과 권일신이 뒤를 따랐다. 문을 여느라 잠깐 바닥에 내려놨던 종이뭉치를 가지고 항검이 좁은 통로 속으로 발을 막 내디뎠을 때였다.

우지끈!

잠가두었던 출입문이 부서지며 대여섯의 관졸들이 작업장 안으로 뛰어들더니 항검의 목덜미를 휘감아 그대로 바닥에 내다 꽂았다.

"으으…."

항검은 신음을 쏟으며 고개를 들었다. 작업물이 바닥에 어지럽게 흩어져 있었다.

"오, 안 돼…."

바닥의 필사 종이를 끌어모으는 항검을 제압한 관졸이 종이 한 장을 들어 올렸다.

"됐어! 그분이 말했던 그거야! 저 안에 들어간 놈들도 빨리 끌어내!"

상투를 잡힌 권철신 일행이 이윽고 창고 밖으로 끌려 나왔다.

"멈춰라, 이놈들아! 저건 교리서가 아니다!"

관졸들에 의해 마당 가운데로 옮겨진 종이들이 불길에 휩싸이고 있었다.

"끝났군."

마지막 남은 종이까지 재로 변한 것을 확인한 김원성이 솔개를 불러 '完'(완)이라 적힌 쪽지를 매달았다.

"그분께 전하거라."

커다란 날갯짓으로 포물선을 그리며 허공을 날아오른 솔개가 저녁 하늘 위로 솟구쳐 올랐다.

신부를 내보이고 궐문을 통과한 항검은 빈청의 채제공을 찾아가 저간의 사정을 알리고 임금의 알현을 청했다.

"그자들이 어찌 알고 급습한 걸까요?"

이산도 그 지점이 궁금했다.

"명하신 대로 녹암의 가족들까지 출입을 막는 등 철저히 보안을 기했사옵니다."

본격적인 모내기 철이었다. 항검은 잠깐이라도 시간을 내어 전주에 다녀오고 싶은 마음이 굴뚝같았다. 동생 관검에게 모심기를 맡겨두자니 미안함과 더불어 걱정이 앞섰다. 초남이로 향하는 대신 항검은 권상연과 윤지충에게 편지를 보냈다. 관검을 도와 모심기를 무사히 끝내달라는 청을 적은 서찰이었다.

"양근의 거처에 대해서는 일언반구 아니 했습니다. 다른 사람들도 마찬가지입니다."

"신 선생과 위 선생은 지금 어쩌고 계시느냐?"

채제공이 물었다.

"고향으로 돌아가셨습니다."

"붙잡았어야지! 그래야…."

채제공은 불같이 화를 냈지만, 이산은 생각이 달랐다.

"기밀이 새어나간 이상 그 작업은 중단하는 것이 맞이요. 화성 축조 계획 역시 당분간 접어두지요. 그 일로 천봉사업까지 차질을 빚을 순 없소."

이산의 시선이 항검에게 향했다.

"저들의 감시가 촘촘해졌다는 뜻이다. 그러니 당분간 자중자애하도록 이르거라."

항검은 임금도 자기들을 보호할 수 없다는 얘기에 서운했지만, 상황이 그러니 어쩔 수 없는 일이었다.

"저들이 우리 약점을 또 하나 잡은 셈이 되었소. 그 약점을 저들이 악용하지 못하도록 우상이 남인 교인들을 철저히 감시해주시오."

임금이 채제공에게 일침을 놓은 소리를 항검은 등 뒤로 들으며 오금의 힘이 빠져 휘청거렸다.

● ● ●

"금상이 우릴 너무 얕보는구나. 번암을 우의정에 앉히는 일은 맘대로 할 수 있었는지 모르나 그 자리에 계속 앉혀두는 일은 뜻대로 되지 않을 것이야."

임금의 집무실에서 엿들은 이야기를 고자질한 궁녀를 대전으로 돌려보낸 왕대비는 박철오와 심환지를 경복전으로 불러들였다.

"필사본 제작에 참여했던 유항검이란 자가 성상을 만나고 갔다는구려. 행궁 건설을 당분간 보류하기로 한 모양이오."

왕대비는 대전의 궁녀가 날아온 소식을 전했다.

"하하하! 소신들의 예측이 제대로 맞아떨어졌군요."

박철오는 가슴을 들썩이며 통쾌하게 웃어젖혔다.

"성상의 최대 약점이 천주쟁이들이란 사실도 이로써 입증이 되었사옵니다."

심환지의 입가에도 흡족한 미소가 걸렸다. 김원성이 날려 보낸 솔개가 그의 사저에 도착하자 곧바로 박철오를 만나 양근의 일을 고했다. 그러자 박철오는 그곳의 교인 중 누군가가 반드시 임금을 만나러 올 것이라 내다봤다. 그 즉시 대전의 궁녀를 매수해 염탐하도록 했다.

"이판이 간만에 큰일을 해내셨소. 부교리도 수고 많았구려."

봄날의 햇살처럼 부드러운 눈길로 측근들을 바라보던 왕대비가 돌연 목소리를 낮추고 은밀한 명을 내렸다.

"양근에서 필사본 제작에 참여했던 교인들의 뒤를 캐보시오. 남인 교도 중에서 핵심인물들이 누군지도 추려내야 하오. 그자들의 주변 사람들 가운데 관계가 돈독한 자들도 알아내시오."

"감시를 늦추지 말라는 뜻이옵니까?"

한시름 났다는 표정으로 허리의 힘을 풀던 심환지가 뜻밖의 분부에 등을 도로 꼿꼿이 세웠다.

"그렇소. 집회를 중단하라는 성상의 명이 있었지만, 저들은 그 명을 절대 따르지 않을 것이오. 그자들이 어디서 집회를 열고 무슨 작당을 하는지 우리가 전부 꿰고 있어야 다음번에도 성상을 공략할 수 있소. 그러자면 우리의 귀와 눈이 되어 움직여줄 사람들이 필요하오."

"척사단을 결성하시겠다는 뜻이로군요."

심환지의 늙은 얼굴에 화색이 돌았다.

"사교를 척결하는 데에 쓰일 자들이니 척사단이라고 해도 무방하겠구려."

왕대비는 척사단이라는 말이 꽤나 마음에 들었다.

"핵심 교도들의 주변 사람들까지 밀착 감시하려면 적지 않은 인원과 비용이 필요할 것이옵니다."

박철오였다.

"몇십이 되든, 얼마가 들든 상관없소. 성상과 번암을 나락으로 끌어내릴 수만 있다면."

깊은 밤, 목만중의 침소에 촛불이 꺼질 줄 몰랐다. 문틈으로 들어온 바람결에 흔들리는 촛불을 응시하는 목만중의 눈동자가 덩달아 흔들렸다.

말복이 윗방에서 건너오자 목만중은 탁자 너머를 가리켰다.

"앉아라. 할 얘기가 있다."

"예."

"저쪽에서 명이 떨어졌다."

"뭐든 시켜만 주십시오, 나으리."

스윽.

목만중이 탁자에 올려둔 호적부와 호패를 건넸다.

"어쩐 겁니까?"

"안동 권씨 호적부다. 거기 갈피를 해놓은 곳을 열어보면 권상훈이라는 이름이 있을 게야. 앞으로 너는 말복을 버리고 권상훈으로 살아야 한다."

"예? 안동 권씨라면 양반 가문이 아닙니까? 저더러 양반이 되라는?"

말복은 믿기지 않았다.

"그래. 아까 점심나절에 저쪽 안가에 다녀왔다. 그 호적과 호패를 네게 주라더구나."

그동안 말복이 보여준 활약을 높이 산 때문이라고 박철오는 말했다. 그러면서 박철오는 전주로 말복을 급파하라는 명을 덧붙였다. 전주부의 신부직을 맡은 항검과 그의 주변 인물들을 감시하는 임무가 말복에게 주어졌다.

"이 은혜, 백골난망이옵니다, 나으리!"

호적부와 호패를 와락 품어 안은 말복이 감읍했다.

"따로 명이 내려갈 때까지 전주를 떠나면 안 된다. 네 신분이 발각 되지 않도록 조심 또 조심해야 할 것이야."

"명심하겠습니다요!"

"이건 활동비다."

목만중은 은전 꾸러미를 집어 말복에게 건넸다.

"이, 이렇게나 많이요?"

말복은 묵직한 은전 무게에 당황했다.

"전주에서 지낼 집을 장만하고 새 의복도 몇 벌 사 입거라. 양반 신 분에 맞춰 살려면 그만한 돈은 필요할 게야. 앞으로도 필요한 돈은 얼 마든지 보내주마."

"예, 나으리!"

입이 귀에 걸린 말복의 가슴이 풀무질하듯 뛰었다.

"시급을 다투는 일이니 날이 밝는 대로 떠나거라."

"예, 나으리!"

말복은 호적과 호패, 은전 꾸러미에서 시선을 떼지 못했다. 그런 말 복을 보고 있자니 목만중은 심란했다.

"그리 좋더냐?"

"암요! 쇤네가 양반이 된 걸요!"

"⋯⋯."

목만중은 말복의 얼굴을 빤히 보았다.

"이리 가까이 오너라. 얼굴 좀 자세히 보자꾸나."

"예? 쇤네의 얼굴은 왜⋯?"

문득 불길함을 느낀 말복은 도망쳐야겠다고 생각했다. 그러나 목만중이 더 빨랐다. 목만중은 말복의 뒷덜미를 움켜 얼굴을 뒤로 젖히고는 촛불로 왼쪽 눈을 짓이겼다.

"으아악!"

비명이 온 방을 뒤흔들었다.

"이벽의 집에서 네가 종노릇을 했기 때문이다. 그 바람에 정약용 형제들이 네 얼굴을 알고 있어. 그자들 말고도 너와 마주친 교인들이 적지 않다. 저들을 속이려면 이 방법밖에 없단다."

환갑이 넘은 노인의 몸 어디에서 그런 힘이 나온 걸까. 목만중은 사지를 버둥대는 말복을 완력으로 찍어 눌렀다.

"얼굴을 바꿔야 저들도 널 못 알아보지 않겠느냐?"

목만중은 말복의 왼쪽 눈에 눌러 꽂았던 촛불을 그대로 턱까지 끌어내렸다. 뜨거운 촛농이 말복의 얼굴을 타고 내려가며 피부를 짓이겼다.

● ● ●

정적들의 동태를 알 리 없는 가성직단이 이승훈의 집으로 모여들었다. 조선교회의 바람막이를 약조했던 임금이 집회를 다시금 금지했다는 이야기를 항검으로부터 들은 뒤였다.

"성상께서 어찌 이러신단 말인가? 달면 삼키고 쓰면 뱉는 심보가 아니신가!"

권일신이 분기탱천했다.

"뒷간 들어갈 때 나올 때 다르다더니, 차마 성상이 그러실 줄 몰랐습니다."

항검이 붉으락푸르락 목청을 높였다.

그런 항검을 걱정스럽게 바라보던 권철신이 차분히 말문을 열었다.

"앞날은 누구도 장담하지 못하는 법. 나라에서 금한 종교를 믿는 이상 교회에 위기가 닥치면 어떤 식으로든 외부에 도움을 청해야 하네. 그러니 흥분을 가라앉히게."

천주교가 조선에 뿌리를 내리려면 위정자들의 비호가 절대적으로 필요했다. 정부의 조치에 대한 정보를 사전에 입수하려면 더더욱 그러했다. 천주교에 조금이라도 호의를 지닌 조정의 신료를 찾아내 우호 관계를 유지하고 있어야 그 일은 가능했다.

"종교는 개인의 자유이지만 그 개인이 국가를 벗어나 살지는 못하는 법이네. 이번에 전하께서 우리를 저버리신 것은 참 안타까운 일이야. 허나 그분께서 천주교에 그나마 호의적이어서 오늘까지 우리 교회가 무사할 수 있었다는 점을 잊진 말게. 천주교를 배척하는 성향이 강한 임금이었다면 교회가 설립되도록 내버려 두지도 않았을 걸세. 벽파나 공서파도 그걸 아니까 전하의 행보를 막는 수단으로 천주교를 이용하려고 저리 미쳐 날뛰는 게야."

공서파는 천주교를 배척하는 남인들이 형성한 당파였다. 반면 천주교를 신봉하는 남인들은 신서파를 결성하여 공서파와 대립각을 세우고 있었다. 천주교를 사이에 두고 남인이 공서파와 신서파로 갈라진 것이다.

"그러니 너무 전하를 미워하진 말게. 그분도 우리 천주교로 인해 고통이 많으실 게야."

권철신의 말에 항검은 고개를 저었다.

"우리가 그런 사람들까지 걱정해야 합니까? 우리도 살아남기 힘든 판에요. 우리 교회도 살아남기 위해 일대 개혁이 필요합니다. 지난날의 전폐를 지금이라도 청산해야 한단 말입니다. 그리 하지 않으면 머지않아 자멸하고 말 겁니다."

"할 소리가 있고 안 할 소리가 있네! 우리가 어떤 죄를 지으면서 교회를 지켜오고 있는데 그런 악담을 해대는가!"

이승훈은 버럭 역정을 냈다.

"예, 말씀 한번 잘하셨습니다. 3년입니다! 독성죄를 범하고 있다는 걸 알면서도 성사를 집전해온 세월이 3년이에요! 그런 대죄를 짓고 있으면서 천주님께서 우리 기도를 들어주시길 바라십니까? 교리서 소각령도 그렇고, 이번 필사 작업 실패도 우리가 지은 죄 때문에 생긴 일만 같습니다. 우리가 올바른 신앙생활을 하질 않으니 천주님께서 이런 시련을 주시는 것 같단 말입니다."

"……."

누구도 아니라고 반박하지 못했다.

"허나 어쩌겠나. 성사를 행하지 않으면 교중 일이 서질 않는 걸. 가성직제도를 대신할 만한 대안을 찾기 전까진 어쩔 수 없네. 죄인으로 살아가야지."

권일신이 긴 한숨을 내쉬었다.

"독성죄를 범하지 않고 칠성사를 집전할 방법이 아예 없는 건 아닙니다."

항검이 조심스럽게 말을 꺼냈다.

"묘안이라도?"

이존창이 기대감으로 물었다.

임금에게 실망하고 돌아온 항검이 며칠을 고심한 끝에 얻은 생각이었다.

"사제를 파견해 달라고 북경교회에 청원을 넣는 겁니다."

"북경에서 신부님을 모셔온다고?"

가성직단은 한 번도 생각해 본 적 없는 제안에 적이 놀란 표정이었다.

"쉽지 않은 일입니다."

최창현이 고개를 저었다.

"그렇지만 해봐야지요. 언제까지 독성죄를 범할 순 없잖아요."

항검의 의견에 공감하면서도 이승훈은 어쩐지 마음이 놓이질 않았다.

"내가 그라몽 주교님한테 영세를 받고 온 게 5년 전입니다. 그 후로 북경성당과 어떤 연락도 취하질 않았어요. 조선에 교회가 세워졌는지도 그쪽에선 모를 겁니다. 거기다 무턱대고 사제를 파견해달라면 얼마나 당황스럽겠어요."

"그래서 필요한 게 밀사입니다."

"밀사라…."

권철신이 항검의 말을 되뇌었다.

"우리 교회를 대표해서 주교님을 만날 밀사를 보내는 겁니다. 그 밀사가 주교님께 이곳의 사정을 전하고 사제 파견을 요청하면 됩니다."

이존창이 동의의 뜻을 밝혔다.

"항검 형제님의 말씀대로 하는 것이 좋겠습니다. 언제까지 대죄를 범할 수는 없잖아요."

"예. 저도 그렇게 여깁니다. 가성직제도를 중단할 때가 온 것 같아요."

최창현이었다.

"저 또한 신부님을 모셔오자는 의견에 찬성합니다."

"저 역시 그렇습니다."

"동감입니다."

"그렇다면 저도…."

여기저기서 찬성을 표하자 이승훈도 한 표를 더했다.

"중론이 그렇다면야 따라야겠지. 형님 생각은 어떠십니까?"

권일신이 권철신의 의중을 물었다.

"밀사를 파견하여 북경 주교님의 처분을 기다리세. 그래야 우리 교회가 새로 태어날 수 있을 거야."

권철신의 결정에 항검이 환한 표정으로 물었다.

"사제를 모셔오려면 국경을 넘어야 할 텐데 그 문제는 어찌 해결하지요?"

"올 10월에 동지사행이 북경으로 떠나질 않습니까? 수행 자리 하나를 얻어 사행단을 따라 북경으로 가는 건 어떨까요?"

"좋습니다!"

최창현의 제안을 모두가 받아들였다.

"교회의 운명이 달린 만큼 밀사로 파견할 교인을 신중하게 뽑아야 할 걸세."

권일신은 벌써부터 고민이라는 표정이었다.

"이 신부님이 밀사 물색을 좀 도와주세요."

이승훈이 이존창에게 부탁했다.

"그분은 안 됩니다. 농번기라 손이 열 개라도 모자랄 거예요."

항검이 펄쩍 뛰었다.

"이런! 미안합니다. 내가 미처 거기까진 생각하지 못했어요."

이승훈이 미안해하자 이존창이 나섰다.

"교회를 위한 일이 아닙니까. 없는 시간을 만들어서라도 내야지요. 중요한 소임을 맡겨주시니 오히려 영광입니다."

이존창은 진심으로 기뻐했다.

"그리 말해주니 우리가 더 고맙네. 이제 성사 집전을 어찌할지 결정하세."

권일신이 좌중을 둘러보았다.

"우리 스스로 살을 파먹는 행동은 그만둘 때가 되었어."

권철신의 말에 모두가 동의의 뜻으로 고개를 끄덕였다.

"그동안 교계 유지를 위해 시행해온 가성직단의 해체를 선포합니다. 오늘 이 시간 이후로 성사 집전을 금하십시오."

가성직제도가 시작된 지 3년 만인 1789년의 일이다.

부딪친 벽

북경으로 파견할 밀사를 정하기까지 5개월이 걸렸다. 이존창이 주도하는 물색 작업에 윤유일이 가세했다. 천진암 강학 때부터 뜨거운 열정으로 교회 일에 동참했으나 세례식을 앞두고 건강이 악화되는가 싶더니 결국 김범우가 유배를 떠날 무렵에 쓰러지고 말았던 그였다.

그런데 최종 후보자로 낙점된 덕산 출신의 황심이 부친상을 당하는 바람에 북경으로 떠날 수 없게 되었다. 그러는 사이에 북경으로 출발할 동지사행은 출국 채비를 마쳤다고 했다. 보다 못한 윤유일이 밀사를 자원하고 나섰다. 윤유일의 신심이야 믿어 의심치 않지만 큰 병을 앓고 난데다 물색 작업에 진을 뺀 윤유일이 과연 그 험로를 견딜 수 있을지 걱정이었다.

정작 윤유일 본인은 자신감에 차 있었다. 기도 중에 천주님의 기운이 제게 와 닿는 것을 느꼈다고 했다. 그 은총이 내려진 뒤로 기운이 샘솟고 머리가 맑아졌다고 했다. 아닌 게 아니라 윤유일의 얼굴에서 빛이 났다. 무엇보다 윤유일은 세례식을 앞둔 예비자였다. 북경에 가서 서품을 받은 정식 사제로부터 세례성사를 받으면 그보다 더한 영광은 없을 터였다. 윤유일의 수행원으로는 한때 궁중 악사를 지낸 예비자 지황이 뽑혔다.

윤유일과 지황을 밀사로 선정한 지도부는 다음 작업에 착수했다. 동지사 일행을 수행하는 사지마에 빈자리가 있는지 알아보기 시작한 것이다. 그러는 사이 창덕궁 궁인들은 이어 준비로 분주했다. 즉위 후 12년간 창덕궁을 떠나지 않은 임금이 창경궁을 너무 오래 비워두었다는 신료들의 간언을 받아들여 이어를 결정한 것이다.

창경궁으로의 이어가 있고 얼마 후에 수빈 박씨가 용종의 회임을 알렸다. 수빈 박씨는 상기된 얼굴로 왕대비에게 회임 소식을 고해왔다. 왕대비는 너무 기쁜 나머지 수빈을 끌어안고 눈물을 쏟았다.

영우원의 천봉을 준비하느라 바쁜 나날을 보내던 임금도 수빈의 처소를 친히 방문해 손등을 토닥여주었다. 효의왕후와 혜경궁 홍씨는 하루가 멀게 수빈을 찾아가 그녀의 몸 상태를 확인했다. 왕대비가 들인 사람이 용종을 잉태했다는 점이 마음에 걸리기는 했으나 왕통이 끊기는 불행보다는 그편이 낫다고 위안 삼았다.

정주 목사로 있던 이가환이 임금의 부름을 받고 조정에 복귀한 것은 그즈음의 일이었다. 외삼촌이 한양으로 돌아온 것을 축하하고 그간의 안부를 물을 겸 이가환의 사저를 찾았다가 이승훈은 뜻밖의 말을 듣게 되었다.

"우리 조선교회의 신자들은 천주교의 기본적인 일조차 몰라. 정식으로 사제 수업을 받은 천주당 주교에게서 가르침을 받은 연후에야 천주교 교리를 자세히 알 텐데 말이다. 그 가르침이 무엇인지 모르고 억측으로 천주교의 일을 행하니 어려움을 겪는 게 당연하지. 그러니 북경으로 밀사를 파견하여 주교를 한 명 모셔오도록 해봐라. 그런 다음에야 교중 일이 바로 설 것이야."

그동안 교인들과 담을 쌓고 지냈던 사람의 입에서 나올 말은 아니었다. 더구나 밀사 파견이라니···. 이승훈은 심장이 오그라드는 기분이었다. 밀사에 관한 생각이 이가환의 것인지, 아니면 다른 누군가의 입을 통해 듣게 된 건지 이승훈은 캐묻지 않을 수 없었다. 임금이 교회 안에 첩자를 심어두었다면 큰일이었다.

"내 비록 피치 못할 사정으로 교회를 떠나 있지만, 추후에도 교회로 돌아갈 생각은 없다만, 그렇다고 천주님을 믿지 않는 건 아니다. 내 마음 속엔 여전히 그분이 계시고, 그 분의 가르침이 옳다고 여기고 있어. 교회가 올바로 성장하기를 또한 바라고 있지. 그런 마음에서 한 말이니 괜한 의심은 하지 말거라."

이가환의 말에서 진심을 느낀 이승훈은 집회 참석을 부탁했다.

"교회에 꼭 나가야만 신자고, 집회에 불참하는 사람은 신자가 아니더냐? 장소는 중요한 게 아니야. 형식도 마찬가지지. 나처럼 교회 밖에서 믿음 생활을 하는 사람으로선 그렇다. 하지만 교회에 나가서 적극적으로 활동하는 사람들은 또 얘기가 달라지지. 그래서 신부를 영입해오란 거다. 교회를 제대로 이끌어가려면 정식으로 교육을 받은 사제가 상주하는 것이 좋을 것이야. 너도 같은 생각을 할 것 같은데··· 내 짐작이 틀렸느냐?"

이승훈은 밀사 파견 계획을 털어놓았다. 그럴 줄 알았다는 표정으로 조용히 이야기를 듣고 난 이가환은 은전 50냥을 내놓았다.

"사제를 모셔오는 일에 보태거라. 내가 해줄 수 있는 게 이것뿐이구

나. 네가 이 방에서 나가는 순간 나는 너와 나눈 이야기들을 내 머리에서 지워버릴 거다. 너한테 나는 여전히 교회를 떠난 사람이어야만 한다. 당연히 그 돈은 내가 아니라 네 주머니에서 나온 것으로 해야 한다. 내 말 명심하거라."

"걱정하지 마세요, 외삼촌. 함구하겠습니다."

항검이 내놓은 은전 500냥에 50냥이 더해졌다.

● ● ●

현륭원이 완공되었다. 화려한 기치와 수많은 궁인을 대동한 어가행렬이 현륭원에 제사하기 위해 창경궁을 떠나 수원부로 향했다. 장엄한 어가행렬이 지나는 곳마다 백성들이 까맣게 몰려들었다. 어가행렬을 구경하던 백성들은 한강을 가로지른 수백 척의 배를 보고 경탄을 금치 못했다. 큰 배를 가운데에 배치하고 강변에 이르는 양쪽으로 작은 배들을 일정한 간격으로 늘어놓은 다음, 그 배들에 일일이 귀틀을 건너지르고 우물마루처럼 청판을 꼼꼼하게 깔아 상판을 마련한, 이른바 배다리였다. 식년문과를 갑과로 통과하여 관직에 들어선 정약용의 작품이었다.

이 무렵, 윤유일과 지황은 무사히 북경으로 떠났다. 조선에 천주교의 복음이 전파된 과정과 조선교회가 처한 현재의 상황, 자신들의 무지로 인해 가성직제도를 운영하다가 중단한 사연, 영신을 지도해 줄 사제를 조선에 파견해줄 것과 조선교회에 부족하다고 판단되는 전례양식을 보내 달라는 청을 적은 서찰이 그들에 의해 북경으로 향했다.

두 통의 서찰은 권일신과 이승훈이 쓴 것이었다. 조선교회의 성사 집전이 독성죄에 해당한다는 사실을 처음으로 지적한 유항검도 그라몽 신부에게 하고 싶었던 이야기를 적어 보냈다.

그로부터 6개월이 흐른 어느 날.

"가신 일은 어찌 됐습니까? 어떤 처벌을 내리신답니까?"

버선발로 뛰어나간 항검은 윤유일과 지황을 붙잡고 조바심을 내며 물었다. 북경으로 떠났던 밀사가 한양으로 돌아온 날이었다. 그들의 귀국 예정일에 즈음하여 상경한 항검은 이승훈의 집에 머물며 이 순간을 학수고대 기다렸다.

"하하하! 숨 고를 틈은 주셔야지요. 거기서 그러지 말고 어서 들어오세요."

이승훈이 대청마루에서 너털웃음을 터트렸다.

"오, 이런! 미안합니다."

항검은 멋쩍게 사과했다.

"먼 길에 고생 많으셨습니다. 어서 안으로 드세요."

이승훈과 항검의 얼굴이 기쁨으로 환했다.

"그라몽 신부님이 답신을 보내셨군요."

"그라몽 신부님께선 이미 북경을 떠나셨더군요."

이승훈에게 세례를 주었던 그라몽 신부가 소속된 예수회는 1775년에 해산령이 내려졌다. 교황청의 해산 명령에도 불구하고 10년 가까이 북당에 머물며 선교를 펼친 그라몽 신부는 지난해 광동성 광주로 떠났다.

"그래서 저희가 만나 뵌 분은 지난해 후임으로 오신 로오 신부님입니다."

"프랑스에서 오신 로오 신부님이 저희를 구베아 주교님께 데려가 주셨고요."

"주교님은 어떤 분이셨나요? 조선을 알고 계시던가요?"

"알다 뿐이겠습니까? 로마 교황청도 조선을 알고 있던 걸요."

"그게 정말입니까?"

"북경의 신부님들도 내내 조선을 주시하고 계셨대요."

"진짜요?"

놀라워하는 두 사람에게 더욱 놀라운 소식이 전해졌다.

"주교님의 말씀에 따르면 조선에 선교사를 파견하려는 시도가 계속 있었는데, 매번 실패했답니다."

아시아의 성인 프란체스코 자비에르가 일본에 상주하며 복음을 전파한 뒤로 여러 선교사가 일본에 입국하여 선교를 펼쳤다. 그들은 일본과 가까운 조선에 건너가 포교활동을 벌일 수 있기를 고대하고 있었다.

그 무렵에 조일전쟁이 터졌다. 일본 파병군 중에는 신자도 다수 포함되어 있었다. 그들의 신앙생활을 돌보기 위해 그레고리오 데 세스페데스 신부와 일본인 수사 레옹 후칸이 조선에 파견되었다. 두 예수회원은 조선인들을 개종시키기로 작정했다. 그러나 조선말을 전혀 알지 못한 데다가 침략군에 대한 조선인들의 증오가 극심하여 조선인과는 접촉하지도 못하고 일본으로 떠나게 된다. 조선인들은 일본군과 함께 들어온 서양 신부들도 경계했다.

그런데도 일본의 예수회 선교사들은 조선을 향한 관심을 접지 않았다. 오히려 전쟁포로로 **일본**에 끌려왔다가 개종한 뒤 성품까지 받은 조선인 출신 권 빈첸시오 수사와 이탈리아 출신의 예수회 선교사 장 밥티스트 졸라 신부에게 조선으로 건너가 포교할 것을 지시했다. 하지만 조선 정부는 외국인의 입국을 철저히 금지하고 있었다. 그것은 중국 국경도 마찬가지였다. 1612년에 중국 국경을 넘어 조선에 들어가고자 시도했던 두 사제는 삼엄한 감시에 막혀 결국 발길을 돌렸고, 훗날을 기약하며 일본으로 돌아갔다.

불행히도 2년 뒤인 1614년에 일본 천주교는 최악의 상황을 맞는다. 도요토미 히데요시에 이어 정권을 잡은 도쿠가와가 일본 내의 모든 선교사에게 강제 출국령을 내린 것이다. 조선을 선교지로 삼으려던 예수회의 사제들도 일본 밖으로 쫓겨났다.

일본을 통한 입국이 좌절되자 중국을 통해 선교사들을 보내려는 시도가 이뤄졌다. 조선은 사대교린에 따라 매년 사신들이 중국을 방문해 조공을 바쳐야만 했다. 정치적인 목적으로 중국에 들어가기는 했으나 조선의 사신단은 북경의 성당에 들러 그곳에 머무는 예수회의 선교사들과 서양 학문 및 과학기술 등에 관해 대화했고, 이러한 접촉이 거듭되면서 북경의 선교사들은 조선의 존재에 눈뜨게 되었다. 북경의 선교사와 천주교인들은 과학 기구들과 천문학 서적들, 한문으로 번역한 천주교 서적들을 조선 관리들에게 선물하며 천주교를 알리고자 노력했다. 한편으로는 조선에 선교사를 입국시켜 포교를 벌일 기회를 엿보았다. 중국인 대학자이자 국무대신이며 천주교 신자였던 서광계 바오로도 그중 하나였다. 그는 조선에 복음을 전파하기 위해서는 조선 임금을 천주교로 개종시키는 것이 최선책이라고 판단했다.

그는 청나라의 사신이 되어 조선에 입국하려고 시도했다. 하지만 다른 신료들의 반대에 부딪혀 그 시도는 실패하고 만다.

조선의 소현세자가 청의 인질로 끌려온 것은 북경의 선교사들에게 절호의 기회였다. 당시 북경에 주재 중이던 아담 샬 신부는 소현세자와 친밀한 관계를 유지하다가 세자가 조선으로 돌아가게 되자 천주교 서적을 비롯하여 서양의 과학과 수학을 알리는 서적들, 성화와 천구의 등을 선물로 주었다. 소현세자는 자신과 조선 사람들이 천주교 예절에 무지하다는 점 등을 들며 성화를 정중히 돌려주는 대신 과학 관련 책과 도구는 사양하지 않고 받았다. 그리고 사제와 함께 조선으로 갈 수 있도록 조치해달라고 부탁했다. 천주교를 제대로 배우고 싶다는 것이 세자의 뜻이었다.

하지만 당시 청나라는 자국 사람이 조선에 들어가는 것을 막고 있었다. 따라서 마카오에 있는 서양인 신부를 조선에 입국시키는 방법을 쓰는 수밖에 없었다. 중국의 선교사 장상은 이 내용을 마카오에 전하며 예수회 선교사를 조선에 파견할 것을 요구했다. 그러나 그 청은 거절당하고, 결국 소현세자는 천주교 사제와 동행하지 못한 채 귀국했다.

이 소식을 전해 들은 프란치스코회의 안토니오 데 산타 마리아 신부가 조선 선교를 자처하고 나섰다. 안토니오 신부는 육로로 입국을 시도했지만, 국경의 방비를 뚫지 못하고, 해상을 통해 입국하려던 계획마저 병에 걸리는 바람에 이루지 못했다. 그 뒤로도 예수회 소속 사제들이 입국을 시도했지만, 강희제의 반대로 번번이 좌절되고 말았다. 조선 정부 또한 외국인의 입국을 철저히 막고 있는 터라 북경의 선교사들은 조선을 지척에 두고도 헛되이 150여 년의 세월을 흘려보내고 있었다.

"이리 중요한 얘기를 저는 어째서 듣지 못했을까요? 제가 북경에 있을 때 그라몽 신부님은 비슷한 얘기조차 꺼낸 적이 없어요."

"형제님이 개인 자격으로 북경을 방문했기 때문일 겁니다."

"맞습니다. 그런 이유였을 거예요."

윤유일이 북경의 반응을 전했다.

"예수 그리스도라는 이름을 들어본 적도 없는 평신도들이 스스로 교리서를 찾아 읽고 모르는 걸 서로 물어가면서 신앙을 키워나갔다는 얘기를 들으시고는 주교님이랑 신부님들이 엄청 놀라셨어요. 교회까지 설립했다는 걸 아시고는 경이롭고 감격스러운 일이라면서 눈물까지 흘리셨답니다."

"동서양을 불문하고 조선이 처음이래요. 선교사 없이 자생적으로 천주교회가 세워진 경우가요. 천주교회 역사상 단 한 번도 없던 일이래요."

윤유일과 지황이 앞서거니 뒤서거니 북경의 소식을 전했다.

"천주님께서 우리 조선을 각별히 사랑하셨기에 그런 은총을 내려주셨다고 믿습니다."

항검이었다.

"예. 구베아 주교님께서도 천주님의 은총이 없었다면 불가능한 일이라고 하셨어요. 우리 교회의 신도 수가 4천이 넘는다고 알려드렸더니 천주님께 감사기도를 올리셨답니다."

"그 모습을 보고 있자니 우리 신자들과 조선교회가 어찌나 자랑스럽던지 저희도 눈물이 났습니다."

두 밀사는 그때의 감동이 떠올라 가슴이 벅차올랐다. 북경에서 세례를 받을 때의 기쁨과 환희도 생생히 떠올랐다.

"우리가 범한 독성죄에 관해서는 뭐라 하시던가요?"

항검은 이것저것 묻고 싶은 것이 많았다.

"주교님께서는 우리가 지은 독성죄에 대해 어떤 벌도 내리지 않겠다고 하셨답니다."

"우릴 용서해주신다고 했단 말이지요?"

항검과 이승훈은 믿기지 않는다는 표정이었다.

"예. 틀림없이 그리 말씀하셨답니다. 제가 증인이에요."

지황은 그 사실이 뿌듯했다.

"무지하여 범한 실수이니, 문제 삼지 않겠다고 하셨어요."

"오, 천주님! 감사합니다!"

"이제야 발 뻗고 잘 수 있을 것 같습니다."

항검과 이승훈은 안도감으로 가슴을 쓸어내렸다.

"대신 천주님께 늘 감사하고, 믿음에 항구하며, 계명을 준수할 것을 당부하셨답니다."

구베아 주교의 당부를 전한 윤유일이 서한을 꺼내 이승훈에게 건넸다.

"주교님께서 보내시는 사목 서한입니다. 읽어보시지요."

"알겠습니다."

첫째, 우리 선교사들은 조선교회의 독성죄에 대해서는 무지의 소치로 알고 책망하지 않겠다.

둘째, 조선에 사제가 파견될 때까지 조선의 신도들은 상등통회에 의지하여 구원을 얻도록 하라.

셋째, 조선교회는 성사의 은혜에 참여할 수 있는 방법을 강구하라.

이승훈이 읽기를 마치자 윤유일과 지황이 부연설명을 곁들였다.

"주교님께서는 조선교회의 딱한 사정을 아시고 어떡하면 조선 신도들을 도울 수 있을까 다른 신부님들과 여러모로 상의하셨어요."

"그 회의 끝에 서양인 선교사든 중국인 선교사든 조선에 파견해서 조선 신도들을 지도하는 쪽으로 의견이 났지요."

"오, 맙소사! 꿈은 아니겠지요?"

항검은 뛸 듯이 기뻤다.

"그때가 언제쯤일지 말씀은 없으셨나요?"

이승훈이 물었다.

"국경 감시가 원체 삼엄한지라 당장은 어렵다고 하셨습니다. 그래서 우선 사목 서한을 보내신 겁니다."

"확답을 줄 수 없는 대신 신심이 깊고 명민한 청년 몇을 북경으로 보내달라고 하셨습니다."

"우리 쪽 신자는 왜요?"

항검이 의아해했다.

"마카오에 사제를 양성하는 신학교가 있대요. 주교님께서는 우리 조선인 중에도 신부가 배출되어야 한다고 생각하고 계셨어요."

"오! 그런 일이 있었군요."

"우리 쪽 교인을 신학교에 입학시키려면 교황청 승인을 받아야 하나 봐요. 조선에 교회가 설립되었다는 사실도 포교 성성에 보고해야 한답니다. 주교님께서 조만간 서한을 로마로 보낸다고 하셨어요."

조선의 존재를 인식한 로마 교황청은 1660년에 중국 남경에 대목구를 설치하면서 조선의 재치권을 남경 교구에 포함했다. 재치권은 교회를 운영하는 권한이다. 그 권한을 로마로부터 부여받은 주교는 교황을 대신해 대목구를 운영할 수 있었다. 남경의 관할이던 조선을 북경 교구에 편입해달라고 로마에 건의한 이가 프란치스코회 소속 선교사 베르나르디노 델라 키에사 신부였다. 조선이 남경보다 북경에 가깝다는 것이 이유였다. 로마 교황청이 1702년에 그 요청을 받아들여 조선은 북경 교구에 속하게 되었다. 북경 교구의 주교인 구베아 신부가 로마의 포교 성성에 서한을 보내게 된 배경이다.

"조선인 신부님이 탄생하면 그보다 더 영광된 일은 없지요. 하지만 그러자면 시간이 너무 오래 걸립니다."

사제 파견 얘기에 들떠 있던 항검이 시무룩해진 이유였다.

"천주님께 귀의하는 신학 공부가 쉬운 일도 아닐 테고, 한두 해로 끝나지 않을 수도 있습니다."

일단 언어가 다르니 그것부터 익혀야 할 터였다. 신품을 받기까지 거쳐야 할 과정도 녹록지 않을 터였다. 중도에 포기하고 돌아올 수도 있었다. 언제 끝날지 모를 그 시간을 마냥 기다리고 있을 수는 없었다.

"신부님을 보내달라고 북경에 청원을 다시 넣어야겠습니다."

항검의 말에 지황이 반색했다.

"그렇지요."

"형제님도요?"

묻는 항검에게 지황이 답했다.

"주교님의 지시대로 상등통회가 가능하도록 회개는 하겠지만 그 회개가 완전한 통회인지, 정말 구원을 받았는지 우리 능력으로 알 길이 없잖아요."

"제가 하고 싶은 말이 바로 그겁니다! 신품을 받으신 신부님께 고해성사를 하고 그분이 우리를 용서해주시면 우리 죄는 확실히 용서를 받게 되지요. 여러모로 볼 때 조선인 청년을 북경으로 보내 사제 교육을 받게 하는 것보다 신품을 받은 신부님을 북경에서 조선으로 모셔오는 게 나을 것 같습니다. 주교님께서도 우리 조선에 신부를 파견해주겠다고 하셨으니 그 시기를 조금만 앞당겨 달라고 부탁드리면 들어주시지 않을까요?"

항검은 이승훈과 윤유일을 쳐다봤다.

"저는 적극 찬성입니다. 사실 지황 형제님하고도 돌아오는 내내 그 얘기를 했어요. 하루라도 빨리 신부님을 모셔 와야 한다고요."

"하긴 언제까지 성사 집전을 미뤄둘 수는 없으니까요."

이승훈이었다.

"신부님과 함께 귀국하지 못한 것이 종내 아쉽고 여러분께 죄송했던 차였습니다. 왜냐하면, 세례를 받은 신자는 반드시 보례, 즉 보충 예식을 받아야 하는데 그 일은 정식 인호를 받은 신부님만이 해줄 수 있다고 하셨거든요."

"보례 때문이라도 신부님을 빨리 모셔 와야겠네요."

"그러게요."

윤유일이 조심스럽게 제안했다.

"저희를 다시 북경으로 보내주십시오."

"예?"

이승훈과 항검은 놀란 눈으로 서로를 보았다. 뜻밖의 요청이었다.

"이 얘기를 해야 하나 말아야 하나, 지황 형제님이나 저나 고민이 많았습니다."

윤유일과 지황이 한숨을 내쉬었다.

"무슨 얘긴데 그러십니까? 말씀해보세요."

"놀라지 마십시오. 북경 신자들은 제사를 지내지 않는다고 합니다."

"예? 그게 무슨 소립니까?"

"저희 짐을 날라주던 중국 교인이 툴툴대더라고요. 전날이 마침 자기 아버지 기일이었대요. 헌데 젯밥도 못 올리는 불효자가 되었다면서, 천주교는 다 좋은데 그게 마음에 안 든다고 속상해하더라고요."

"예수회가 떠나고 북경의 사목을 맡게 된 프란치스코회와 도미니코 수도회가 제사는 미신행위라면서 엄격히 금지하고 있대요."

"!!"

항검은 적잖이 당황스러웠다.

"허면 우리는 어찌 되는 겁니까? 독성죄에 이어 또 큰 죄를 지은 겁니까?"

"저희도 뭐가 뭔지 몰라 조선으로 돌아오는 내내 심란했습니다."

"그래서 저희를 다시 북경으로 보내주십사 부탁드린 겁니다."

윤유일과 지황은 자못 비장했다.

"제사 금지령이 정말로 내려졌는지 확인해봐야 하질 않겠습니까? 그런 명이 내려진 게 사실이라면 제례를 지키는 우리 교인들은 앞으로 어째야 하는지 그것도 여쭤봐야 할 테고요."

"우리 쪽에서 신부님을 빨리 모셔오고 싶다는 얘기도 전해야지요."

"이번에 길을 익혀두었고, 북당의 신부님들과도 안면을 터놨으니 다른 분이 가는 것보다 우리가 밀사로 떠나는 게 여러모로 나을 것 같다는 게 저희 생각입니다."

"형제님들이 나서준다면야 더할 나위 없이 고맙지요. 마침 8월 13일이 청국 황제의 생일입니다. 조정에서 성절단을 파견할 테니 그때를 이용하는 것이 좋을 듯합니다."

이승훈은 제사 금지령 얘기를 듣고 나서부터 어찌할 바를 몰라 하고 있었다.

"베드로 형제님의 생각은 어떠십니까?"

항검은 슬그머니 이승훈의 속내를 떠봤다. 이승훈이 마지못해 입을 열었다.

"그 문제는 좀 더 생각해봅시다. 여기서 우리끼리 결정할 문제는 아닌 듯합니다. 일단 서찰로 사목 서한의 내용과 제사 문제를 가성직단에게 알려야겠습니다. 2차 파견 문제도 상의하겠습니다. 비밀회합 날짜도 정해서 적도록 하지요."

• • •

열 살이나 되었을까. 까만 피부에 자그마한 체구의 계집아이였다.

완숙은 계집아이의 **뼈**만 남은 손목을 움켜쥐고 강제로 끌어당겼다.

"아파요! 나갈 테니까 놓으세요!"

사랑방 툇마루 밑으로 숨어든 계집아이가 버팅기며 새된 소리를 질러댔다.

"용녀야, 무슨 일이냐? 아니, 자매님께선 어인 일이십니까?"

일단의 소란에 마루 끝으로 튀어나온 이승훈이 완숙을 보고 다시 한번 놀랐다.

"이게 누구야? 언제 올라왔니?"

뒤따라 나온 항검이 반갑게 완숙에게 다가왔다. 계집아이가 도망치지 못하도록 꽉 움켜잡은 완숙이 알렸다.

"이 아이가 여러분 얘기를 엿듣고 있었어요."

"억울해요! 전 걸레질만 했어요! 진짜예요! 저 아줌마가 뭘 잘못 본 거라고요!"

표독스러운 눈빛으로 완숙을 쏘아보며 용녀는 발악했다.

"아니에요. 저희도 봤어요. 쟤가 걸레질하는 척하면서 그쪽 방을 염탐했어요."

"정말이에요, 나으리!"

소명과 정임이 용녀의 염탐을 증언했다.

"용녀는 들어오너라."

완숙을 째려보던 용녀가 한숨을 쉬고는 마루로 올라섰다. 난데없는 소란에 밖으로 튀어나온 윤유일과 지황도 용녀를 따라 방으로 들어갔다.

"완숙이 너는 나랑 얘기 좀 하자."

사랑채 뒤편으로 완숙을 데려간 항검은 어찌 된 영문인지 캐물었다.

"집을 나왔어요."

완숙은 침통한 표정으로 말했다.

"뭐? 저 어린 것을 데리고 가출을 했단 말이냐?"

"네. 더는 그 사람이랑 못 살아요. 이혼할 거예요."

"뭘 하겠다고?"

항검의 심장이 철렁 내려앉았다.

"이혼이요."

"말이 되는 소릴 해라. 천주교에서는 이혼을 금하고 있어."

"알아요. 하지만 아브라함도 이혼했잖아요."

완숙의 지적처럼 창세기에 등장하는 아브라함은 이혼했다. 부인 사라의 요청이 있자 그의 소실 하갈을 집에서 내보낸 것이다.

"그건 얘기가 다르다. 아브라함이 살던 당시에는 여자를 재산으로 취급하던 때였어. 그래서 아브라함이 하갈을 버리는 것도 재산 중 하나를 버리는 것과 같은 의미로 받아들여졌단 말이다. 더구나 문제를 일으킨 아내와 이혼하는 것은 교리에 어긋나는 일이 아니었어."

"지금 조선도 그렇잖아요. 조선에서 여자는 남자의 소유물이에요. 물건이랑 같은 취급을 받고 있고, 자기 뜻에 순종하지 않으면 문제가 있는 여자라고 몰아세우며 내쫓아요."

이른바 소박이었다.

"하지만 천주교인끼리의 혼인은 성사다. 성사로 맺어진 관계는 절대 깰 수 없어."

"저는 아직 세례를 받지 않았어요. 순희 아버지는 신자도 아니고요. 그러니 우리 결혼은 성사가 아니에요."

"이혼은 평생을 함께하기로 약속한 부부가 서로를 버리고 남으로 돌아서는 일이야."

천주교는 그렇게 남이 된 남녀가 서로 다른 짝을 만나 동침하는 걸 간음으로 여겼다. 그래서 이혼을 금지한 것이다. 교회법이 정한 혼인 무효의 조항을 알 리 없는 항검이었고, 그로서는 이혼에 관한 원칙론을 강조할 수밖에 없었다.

"저는 절대 재혼하지 않을 거예요. 순희 아버지가 아닌 다른 남자와 잠자리를 하는 일은 더더욱 없을 거고요. 그럼 간음하지 않는 게 되잖아요. 제 얘기를 듣고 나면 다른 신부님들도 허락해주실 거예요."

짐을 싸서 이승훈의 사저로 곧장 올라온 까닭이었다. 이승훈에게 먼저 이혼할 생각을 밝히면 그가 다른 지도부들에게 그녀의 결정을 통보할 터였다. 그들이 이혼을 승낙해주면 한양에 거처를 마련한 뒤 그대로 눌러앉을 속셈이었다.

"대체 무슨 일이냐? 갑자기 왜 그런 맘을 먹은 거야?"

"갑자기 이런 게 아니에요. 오래 고민하고 결정한 거예요."

완숙은 저고리 소매를 걷어 올렸다. 맞아서 온통 푸른 멍이 든 팔을 보여주며, 일상이 된 남편의 폭력을 일러주었다. 어린 순희까지 두들겨 팬다는 얘기에 항검은 아연실색했다.

"관아에 고발도 했지만, 지아비를 음해하는 부도덕한 여자라는 비난만 돌아왔어요. 이건 아니잖아요."

"그래. 오죽하면 이혼 결심을 했겠니. 하지만 교회법을 어길 수는 없잖아."

"그깟 교회법이 뭐 그리 중해서요? 사람 목숨보다 중한 것이 교회법인가요?"

"네가 얼마나 힘든지 잘 알았다. 하지만 이혼은 아니야. 그러니 일단 덕산으로 내려가 있거라. 어떡하면 널 도울 수 있을지 내가 베드로형제님하고 의논을 해보마."

"간음하지 말라는 계명보다 위에 있는 것이 '살인하지 말라'는 거잖아요. 헌데 저는 하루에도 수십 번씩 마음속에서 살인을 저질러요. 이럴 바에야 이혼하는 게 낫잖아요."

완숙은 무릎에 얼굴을 묻고 통곡했다.

그런 완숙을 바라보는 항검은 착잡했다.

● ● ●

맏형 정약현의 딸, 그러니까 조카 명련이 창원 황씨 가문의 도령과 혼례를 올렸다는 소식을 뒤늦게 접한 정약종이 삼각산에서 서둘러 하산했다.

이름이 황사영이라고 했다. 열다섯 어린 신랑이지만, 제 의견을 분명하게 말하는 모습이 심지도 깊고 제법 의젓해 보였다.

정약종은 삼각산 토굴에 좌정해서도 멍하니 잡념에 빠질 때가 많았다. 영원불사가 가능한 종교가 무엇일까 고민하는 시간이 길어졌다. 정약전이 증광별시에 장원급제하여 승문원 부정자 보직을 받았다는 소식과 명련이 황사영과 혼례를 올렸다는 전갈을 차례로 전해 받은 것은 그러던 와중이었다. 정약종은 수련 중이던 토굴을 미련 없이 나와 도성으로 향했다. 산 아래 사람들이 새로운 인생을 시작한 것처럼 자신도 새로운 뭔가를 찾아보아야 한다는 생각에서였다.

정약종이 정약용과 논쟁을 하다가 타이르듯 말했다.

"궁핍한 사람이 내게 뭔가를 달라고 하면 아끼지 말고 그 사람이 원하는 것을 주어야 하지 않아. 그런 일이 선행이고, 선을 행한 사람이 복도 받는 거야."

"거참 희한한 일이로구나. 성서는 손에 댄 적도 없다면서 네가 어찌 그 구절을 아느냐? 방금 네가 한 말은 신명기 15장에 나오는 구절이야."

정약전의 말에 정약종이 호기심을 보였다.

"저랑 생각이 같다니 갑자기 궁금해지네요. 신명기란 거, 저도 한 번 읽어봐야겠어요. 빌려주세요."

"안타깝게도 그 경전은 조선에 없어."

"예?"

"승훈 형제님이 6년 전에 북경에 가서 세례를 받았지. 그때 그곳 사제께서 신명기 5장부터 26장까지 필사를 시키셨다는구나. 신명기가 천주님의 두 번째 법이라고 할 만큼 영향력이 큰 경전인데 그중에서도 5장부터 26장까지는 하느님의 법이 적혔대. 그 필사한 거라도 빌려주랴?"

"예, 좋습니다!"

정약종은 화색이 되어 진심으로 청했다. 그때 정약용이 황사영에게 사과했다.

"미안하네, 조카. 저런 얘기 관심도 없을 텐데 듣고 있자니 힘들지?"

"아닙니다, 숙부님. 그렇잖아도 궁금하던 차였습니다."

"천주교가 궁금했다고?"

정약전의 귀가 번쩍 뜨였다. 그렇다면 전교를 마다할 이유가 없었다.

"정미반회사건으로 떠들썩했잖습니까? 사교라고들 하던데 궁금할 수밖에요."

사교라는 말이 정약전의 신경을 건드렸다.

"천주교는 사교가 아니라네. 천주교를 박해하는 자들이 지어낸 말일세. 천주님을 믿고 그분 말씀대로 살면 구원을 받아 천당에 오르고 그곳에서 영생불사하게 된다네."

"!!"

묵직한 충격이 정약종을 강타했다.

"영생… 불사라 하셨습니까?"

심장이 두근거렸다. 캄캄한 길을 오래도록 헤매다가 밝은 빛을 만난 기분이었다.

"오냐. 이승의 생이 다했을 때 육신과 이별한 영혼은 하늘나라에 가게 된단다. 주님의 자녀만이 갈 수 있는 곳이 하늘나라인데, 바로 천국이란다. 고통도 없고 질병도 없고 평안과 행복만이 있는 낙원. 주님을 섬기는 자녀들은 칠성사를 통해 이승에서 지은 죄를 모두 용서받기 때문에 천국의 자리를 받는대. 그곳에서 영원토록 죽지 않고 살 수 있게 되지. 영생을 누리는 거란다."

정약종과 황사영이 탄성을 질렀다. 정약용의 심사는 더욱 불편해졌다.

"더는 못 듣고 있겠네요. 약종 형님이랑 조카사위가 잘못되면 다 약전 형님 때문인 줄 아세요. 형님도 어렵게 얻은 관직을 지키려면 천주교에서 그만 나오시는 것이 좋을 겁니다."

정약용은 대답도 기다리지 않고 밖으로 나갔다.

"얘, 약용아! 점심이 다 됐을 거야. 같이 밥 먹자고 모인 자리니 들어가자."

허둥지둥 따라 나온 정약전이 아우의 소매를 잡아당겼다.

그때였다.

사색이 된 최인길과 김현우가 헐레벌떡 마당을 뛰어오다가 정약용을 발견하고 흠칫 멈춰 섰다.

"오랜만에 뵙습니다."

"그간 평안하셨습니까?"

최인길과 김현우는 난처한 표정으로 정약용에게 인사를 건넸다.

"가려던 참이었네. 다음에 찾아뵙겠습니다, 형님."

정약용은 찬바람을 달고 자리를 떴다.

"거참…."

아우의 뒷모습을 응시하는 정약전에게 최인길과 김현우가 용녀 문제를 귓속말로 고했다.

"뭐야? 우리가 그동안 사찰을 당해왔단 말인가?"

정약전은 놀라 사방을 살피며 목소리를 낮췄다.

"배후는 알아냈는가?"

"어린 것이 끝까지 함구해서…."

"벽파나 공서파, 둘 중 하나겠지."

생각할수록 괘씸해서 정약전은 피가 솟구쳤다.

"어쨌든 조심하시고, 주변 분들에게도 조심하라고 전해주세요."

"승훈 형제님께서 이르시길, 집 안에서든 밖에서든 절대 천주교 얘기는 꺼내지 마시고 수상한 자가 있는지 유심히 살펴보라 하셨습니다. 상의할 일이 급하면 심부름꾼을 통하지 말고 손수 서찰로 주고받으라고도 하셨어요."

"알겠네."

그날 밤이었다. 사랑채 후미의 창고에 횃불이 밝혀졌다. 낮 동안 가둬둔 용녀를 이승훈이 추궁했다.

"누가 시켜서 한 짓이냐?"

"……."

용녀는 허공만 응시한 채 입을 닫았다.

여러모로 추궁했지만, 용녀는 이승훈을 오히려 비웃었다. 흥분한 이승훈이 용녀의 저고리 앞섶을 우악스럽게 그러쥐었다.

"네 눈에도 내가 우습게 보이느냐?"

그때였다.

"멈추거라!"

창고 문이 벌컥 열리더니 이승훈의 아버지가 들이닥쳤다.

"아버님…."

"창피한 줄 알라! 천주쟁이들과 어울려 다니더니 고작 한다는 것이 이런 짓이냐?"

"그것이 아니오라…."

"듣기 싫다! 이 아이에게 볼일이 있으니 너는 물러나 있거라!"

"이 아이에게 무슨 볼일이…?"

이동욱이 용녀에게 다가섰다.

"네가 들은 얘기를 내게 말해보아라. 내 아들이 천주쟁이들과 방에 모여서 무슨 얘길 하드냐?"

"아, 아버님이 그걸 어찌 아십니까?"

이승훈의 낯빛이 파랗게 질렸다. 부친과 문중 사람들 앞에서는 여전히 천주교인이 아닌 척 행동해온 그였다. 배교를 번복한 사실이 밝혀지면 모진 수모를 겪을 것이고, 신앙생활을 지속할 수도 없을 터였다.

그런데 아버님이 오늘 일을 어찌 아셨단 말인가…. 설마 저 아이를 사주한 이가…?

이승훈은 부친과 용녀를 번갈아 보았다.

"그래, 내가 시켰다. 너 하는 짓이 하 수상하여 내가 저 아이를 이 집에 들여보냈어."

"아버님!"

아들을 무시한 채 이동욱이 용녀에게 말했다.

"내 입으로 네 정체를 밝혔으니 이제 두려워 말고 말해보렴. 나리들이 모여서 무슨 비밀 얘기를 하드냐?"

"북경에 가서 신부님을 모셔오자고 했습니다."

또박또박 아뢰는 용녀의 목소리가 맹랑했다.

"아닙니다! 저희는 그런 말을 한 적이 없습니다!"

"듣기 싫다!"

이승훈의 말끝을 단칼에 자른 이동욱이 용녀를 향했다.

"좀 전에 네가 했던 말을 다시 고해 보아라. 어딜 가서 누굴 모셔온 다고 했다고?"

"주교라는 분이 신부님을 조선에 보내주겠다고 약속했대요. 그래서 오늘 모였던 나으리 중 한 분이 북경으로 가겠다고 했어요. 그 신부님 을 모셔오려고요."

용녀는 술술 고해바쳤다.

"더 들은 게 있느냐?"

"교인들은 제사를 지내면 안 된다고 했어요."

"뭐, 뭐라?"

이동욱은 심장이 쿵 내려앉았다.

"제사를 지내지 말라 시켰다고…."

순간, 이승훈이 뒤에서 용녀를 입을 틀어막았다.

"읍! 읍!"

숨이 막힌 용녀가 창백해지면서 몸부림쳤다.

"무슨 짓이냐! 이 손 놓거라!"

놀란 이동욱이 이승훈에게 달려들었다.

"이 아이가 하는 말을 듣지 마세요! 부자간을 이간질하려고 거짓을 말하고 있습니다!"

"그래! 알았으니 그만 풀어줘!"

"싫습니다!"

이동욱과 이승훈은 용녀를 가운데 두고 밀고 당겼다. 함부로 휘둘 리던 용녀의 작은 몸이 어느 순간 벽 쪽으로 날아갔다. 둘 중 누가 손을 놓친 것인지, 둘 다 그런 것인지, 용녀가 그들의 손을 뿌리쳤는지 알 길이 없었다.

"용녀야!"

"애야!"

이동욱과 이승훈은 황급히 용녀를 향해 손을 뻗었지만, 소용없었다.

쩍!

하필 창고 구석에 처박아둔 맷돌에 용녀의 머리가 부딪쳤다.

"오! 안 돼!"

이동욱과 이승훈은 하얗게 질려 쓰러진 용녀에게로 달려갔다.

"의원을! 어서 의원을 불러오거라!"

이승훈은 용녀의 머리통을 감싸 지혈시키며 창고 밖에다 대고 소리쳤다.

• • •

노인은 합죽선을 활활 부쳐댔다. 젊은 사내가 그 곁에 좌정하여 노인의 잔에 술을 채우고 있었다. 두 사내에게 감히 가까이 가지 못하고 홍낙안은 활짝 열린 문 앞에 꿇어앉아 있었다.

"저 노인네는 전 판돈녕부사 홍수보가 아닌가?"

기루 별채로 들어서다 말고 목만중은 주춤 멈춰 섰다.

"예. 홍수보 대감과 그 영식인 홍의호 승지 나리입니다."

목만중을 뒤따라 걷던 이기경이 고개를 빼고 방안을 건너다보며 아는 척을 했다. 어렵사리 대과에 급제하여 사헌부 지평에 제수된 이기

412

경이었다.

"낙안과는 먼 친척뻘로 압니다만 동석한다는 얘기는 듣지 못했습니다. 다른 사람이 합석할 자리였으면 미리 언질을 주던가 할 것이지…. 낙안이 이 사람, 막무가내인 건 여전하네요."

이기경은 불만스럽게 투덜댔다. 식전 댓바람부터 홍낙안이 인편을 보내왔다. 긴히 상의할 일이 있으니 신시에 기루에서 보자는 연락이었다. 기루 앞에서 목만중과 마주치고 나서야 홍낙안이 목만중도 함께 부른 걸 알았다.

"그나저나 저 친구는 왜 저러고 있는 걸까요?"

이기경은 죄인처럼 조아리고 있는 홍낙안이 의아했다.

"들어가 보면 알겠지."

목만중은 멈췄던 걸음을 옮겨 별채로 향했다. 이기경이 서둘러 뒤따랐다.

"공사가 다망한 사람들을 예까지 불러 미안하네. 어서 앉게."

홍수보는 살진 얼굴을 들어 능글맞게 웃었다.

"그간 강녕하셨습니까?"

장마루를 지나 방으로 들어선 목만중과 이기경이 홍수보를 향해 마지못해 예를 올렸다.

"그간 잘 지냈는가, 여와? 이런 데서 자넬 보니 기분이 색다르구먼. 아, 이쪽은 내 아들. 인사드리지 않고 뭐하느냐?"

그때까지도 뻣뻣이 앉아 시선조차 주지 않던 홍의호가 부친의 타박이 있자 느릿느릿 일어나 고개를 숙여 보였다.

"처음 뵙겠습니다. 홍의호라고 합니다."

억지 춘향으로 인사를 받은 목만중은 탁 소리가 나도록 도포 자락을 젖혀 앉았다.

"낙안이 자네는 무슨 약속을 이따위로 잡는가? 보아하니 자네도 편한 자리는 아닌 듯하고 저기 홍 승지도 우릴 그닥 반기는 것 같지 않은데 어쩌자고 이런 자리에 우릴 초대해?"

홍수보가 돈녕부를 떠난 마당에 조심할 것이 없다는 태도였다. 불쾌감을 감추지 않고 앵 돌아앉는 목만중을 건너다보며 홍수보는 냉소를 지었다.

"초대라니? 여와 자네가 뭔가 단단히 착각한 모양이구먼. 이 자리는 자네들이 초대를 받은 자리가 아니라 문책을 받으러 온 자리일세. 저기 낙안이 꼴을 보고도 모르겠나?"

"문책이라니요? 알아듣도록 말씀하십시오."

이기경이었다.

"일단 한 잔씩 하게. 너도 이리 오거라."

홍수보가 술병을 들며 홍낙안에게 명했다. 꿇어앉아 있던 홍낙안이 몸을 일으키다 말고 다리가 저린지 털썩 주저앉았다.

"쯧쯧, 하는 꼬락서니하고는⋯."

홍수보는 체머리를 흔들며 목만중과 이기경의 잔을 차례로 채웠다.

"우리 풍산 홍씨가 지금 꼴이 말이 아니야. 내 하도 답답해서 안동에 있는 시조 묘까지 찾아뵈었네. 우리 시조께서 어떤 분인지는 알고 있지?"

홍수보는 술병을 내려놓으며 이기경을 건너다봤다.

"고려 공민왕 때 국학직학을 지내신 홍지경 어른이 아닙니까?"

술잔을 입으로 가져가려다 말고 이기경이 대답했다.

"잘 알고 있구먼. 그분께서 안동에 있는 풍산현에 정착하신 뒤로 우리 홍씨가 풍산을 관향으로 삼게 되었지."

그 홍지경의 9대손 홍이상은 슬하에 아들 여섯을 두었다. 그들 모두가 문과에 급제하여 관직에 오르고 열한 명의 아들을 두어 가문을 번성시켰다. 넷째아들 홍영의 차남 홍주원은 선조의 딸 정명공주와 혼인하여 부마에 오르며 영안위에 봉해졌다. 홍주원의 큰아들 홍만용은 중시에 장원급제하여 대사간을 거쳐 예조판서를 역임했다. 홍만용의 손자 홍현보 또한 예조판서를 지냈으며, 그의 큰아들 홍봉한은 의정부 영의정에 올랐다. 홍봉한의 딸 혜경궁 홍씨는 장헌세자와 혼인하여 왕실의 외척이 되었고, 홍봉한의 아우 홍인한은 좌의정에 올랐다. 이렇듯 풍산 홍씨는 명문대가를 이루었다.

그러나 열흘 붉은 꽃 없고 십 년 넘기는 권세 없다던가.

천하를 호령하던 풍산 홍씨는 장헌세자가 뒤주에 갇혀 아사한 임오화변을 계기로 크게 위축되었다. 엎친 데 덮친 격으로 선조의 부마에 오른 홍만형의 5대손 홍국영이 중전을 독살하려다 발각되고 말았다. 게다가 홍국영의 사촌 홍복영까지 역모를 꾀하다 들통이 났다. 풍산 홍씨의 위상이 땅에 떨어진 것이다.

"허나 언제까지 그리 살란 법은 없지. 자고로 권력이란 돌고 도는 법. 내 아들 의호가 승지에 제수되었고, 낙안이까지 가주서가 되어 승정원에 입성했으니 다시 권세를 되찾아올 날이 머지않았어."

"말씀 잘하셨습니다. 승정원의 가주서씩이나 지내는 사람을 어이하여 어린애 벌주듯이 무릎을 꿇리셨습니까? 우리 보라고 부러 벌을 주고 계신 겁니까?"

술잔을 단숨에 들이켠 목만중이 탕 소리가 나게 잔을 내려놓고는 홍수보를 노려봤다.

"벌 받을 만한 짓을 했으면 벌을 받아야지. 자네들도 마찬가지야."

목만중의 잔을 채우는 홍수보의 태도가 여유작작했다.

"정녕 하고자 하시는 말씀이 뭡니까?"

"벽파에 빌붙어 끄나풀 노릇을 할 바에야 우리한테 와서 힘이 되어 달란 얘길세."

순간, 목만중의 희고 긴 눈썹이 꿈틀했다.

"저희더러 풍산 홍씨의 하수인이 되라고요?"

"허허허! 조력자라는 좋은 말을 두고 하수인이라니…. 여와가 입이 걸구먼."

목만중의 이죽대는 말투에도 홍수보의 여유 있는 태도는 여전했다.

"어이하여 저희입니까? 풍산 홍씨 가문 사람을 쓰시는 게 훨씬 수월하고 믿음도 가실 텐데요."

"자네들이 괘서사건을 벌인 진범이기 때문일세."

"그 무슨 가당치도 않은 모함입니까! 그 일은 홍복영이와 이율이 역심을 품고 저지른…."

안색이 새하얘져 발끈하는 목만중을 향해 홍의호가 피식 웃어 보였다.

"저도 그런 줄 알았습니다. 헌데 낙안이 얘기를 들어보니 범인은 따로 있더군요."

"두 사람 덕분에 복영이가 역적으로 몰려 참수를 당했다고 하더군.

어디 그뿐인가. 여와 자네가 벽파와 짜고 낙안이더러 괘서를 쓰라고 하는 바람에 저 아이는 금부에 끌려가기도 했어."

홍수보는 별일 아닌 이야기를 하듯 사사롭게 말하며 부채질을 계속했다.

"낙안이, 자네! 대체… 대체 어디까지 얘기한 건가?!"

홍낙안의 어깨를 잡아 흔드는 이기경의 손길이 공포로 부들부들 떨렸다.

"전부 다 말했네. 부사께서는 전부 다 알고 계셔."

홍낙안이 고개를 푹 떨궜다.

"자네가 죽고 싶어 환장했군! 죽어서도 함구하라던 그분의 명을 듣지 못했나!"

목만중은 불같이 화를 냈다.

"죄송합니다. 제가 혹시 그 일로 잘못될까 봐 나중을 위해 유언 형식으로 적어놓은 글이 있었는데 그걸 아버님께 들키고 말았습니다."

아들이 저지른 엄청난 일을 뒤늦게 알게 된 홍낙안의 부친 홍복호는 고민 끝에 홍수보를 찾아간 모양이었다.

"이제 어찌할 셈인가? 자네가 그 일을 발설했다는 게 저쪽 귀에 들어가면 우릴 가만두려 하질 않을 게야!"

목만중이 핏대를 세웠다.

"그래서 우리한테 오라는 걸세. 자네들이 우리 집안에 한 일을 생각하면 법대로 처분하고 싶지만 만회할 기회를 주는 걸세."

홍수보의 온화한 말투에는 칼날이 서렸다.

"낙안이의 유언장이 지금 제 품 속에 있습니다. 만약 아버님의 제안을 거절하면 그 즉시 형조로 갈 겁니다."

홍수보의 아들 홍의호는 날카로운 인상만큼이나 차가운 음성으로 목만중과 이기경을 옭아맸다.

"…원하는 대로 하겠네."

"…제가 무얼 어찌하면 됩니까?"

억지로 한 배에 올라탄 목만중과 이기경에게 홍수보는 환영의 뜻으로 부채 바람을 보냈다.

"자네들도 알다시피 내가 번암한테 감정이 좋질 않아. 내가 번암한테 갚아야 할 빚이 아주 많단 말이지."

홍수보가 대사간으로 재직할 당시 채제공을 탄핵한 일이 있었다. 홍수보와 뜻을 같이하는 신료들이 채제공의 세 가지 잘못을 지적하며 파직을 요구하고 나섰다.

하지만 임금은 신료들이 지적한 채제공의 잘못이 이미 지나간 과거의 일이며 그 잘못이란 것 역시 증명하기 모호한 혐의에서 비롯되었다는 이유를 들며 채제공의 파직 요청을 윤허하지 않았다. 이 일을 가슴에 박아두었던지 우의정 채제공은 현륭원의 묘역이 완공되고 정조가 수원으로 행차를 나간 그해에 선창 축조가 부진하다는 책임을 물어 홍수보를 탄핵했다. 경기 관찰사에 재직 중이던 홍수보는 결국 파직되어 유배되는 수모를 겪었다.

"그때 일만 생각하면 내가 자다가도 벌떡벌떡 일어나."

홍수보는 짐짓 정색하며 분통을 터뜨렸다.

"장수를 잡으려면 장수가 탄 말부터 쏘아 넘어뜨려야 하는 법. 번암을 치려면 번암이 부리는 금대와 사암을 먼저 쳐야 해. 둘의 약점이 뭔가? 천주교 신자였다는 사실일세."

홍수보는 본색을 드러냈다.

'앞으로 골치 꽤나 아프겠는걸.'

목만중은 끄응, 앓는 소리를 냈다. 목만중은 자신이 처한 난감한 상황 앞에서 목이 탔다.

속이 타는 것은 이기경도 마찬가지였다.

'약용이 때문에 결국 이런 일까지 당하는군. 그 녀석이 천주교를 믿든 말든 상관하지 말 것을 공연히 끼어들었다가 이게 뭐람.'

그러나 이제 와 후회한들 무슨 소용이랴.

그렇다면 이제 나는 어찌해야 하는가….

천주교가 조선에 해로운 종교라는 생각은 변함이 없었다. 왕대비를 비롯한 벽파 무리가 임금을 제압하기 위해 천주교를 정치적으로 악용하고 있고, 홍수보 또한 천주교를 통해 사사로운 욕심을 채우려 하고 있지만 이러한 사람들로 인해 천주교가 이 땅에서 사라지게 된다면 불행 중 다행이라는 생각도 들었다. 같은 목적이라면 남인 편에 서는 것이 오히려 낫다 싶었다.

"무슨 일이 생기면 즉시 대감께 알리겠습니다."

이기경은 체념한 듯 말했다. 홍수보가 비곗살이 늘어진 목을 좌우로 돌렸다.

"내가 아니라 우리 의호에게 하게. 내가 전면에 나서면 번암한테 앙심을 품은 늙은이가 복수심에 겨워 치졸하게 약점이나 캐고 든다고 사람들이 수군댈 게야. 가뜩이나 망신살이 뻗친 집안인데 내가 추태를 보탤 필요는 없지. 명분 있는 일로 번암과 맞선다면 남 보기에도 꼴사납지 않을 것이야. 우리 의호를 따르는 공서파가 꽤 많아. 아직 젊지만 일 처리가 노련하고 추진력이 남다르네.”

“과찬이십니다, 아버님.”

홍의호가 예의 무표정한 얼굴로 목만중을 보았다.

“자전 쪽에서 천주교인들의 동태를 파악할 요량으로 정보원을 하나씩 붙여두었다 들었습니다. 여와께서도 자전의 명에 따라 심복 하나를 전주로 내려보내셨다지요?”

“그랬네.”

목만중은 순순히 털어놓았다. 다 알고 묻는 데야 방법이 없었다.

“기경이 자네는 사암과 그들 형제를 감시하는 일을 맡았다 들었네.”

“맞습니다.”

홍의호의 하대에 이기경은 존대로 답했다. 나이는 어렸지만, 품계가 더 높은 까닭이다.

“판단은 내가 할 것이니 모든 정보를 거르지 말고 내게 보고하게. 여와께서도 소식이 있으면 즉시 제게 알려주십시오. 낙안이 자네도 마찬가질세.”

왕대비의 벽파로도 모자라 홍수보가 속한 풍산 홍씨마저 신서파의 토벌에 사활을 건 줄도 모른 채 교인들은 놀란 가슴을 쓸어내리고 있었다. 용녀를 사주한 이가 다름 아닌 이동욱이라는 것을 이승훈으로부터 전해들은 교인들은 교회의 내밀한 기밀이 벽파 쪽으로 흘러들어가지 않았다는 사실만으로도 다행이라고 여겼다. 안도의 숨을 내쉬는 그들에게 이승훈은 차마 용녀의 죽음을 전하지 못했다.

이동욱은 용녀를 잘 묻어주고 그 아비를 노비에서 놓아주었다. 용녀의 아비는 이동욱에게는 연신 조아리며 고마워했으나 이승훈에게는 원수 대하듯 하며 저주를 퍼부었다.

이승훈은 용녀의 아비에게 용서를 빌었지만, 죄책감에 시달린 나머지 하루가 다르게 비쩍비쩍 말라 갔다.

윤유일을 북경으로 다시 파견하는 안건이 만장일치로 의결되었다. 제사 문제서는 워낙 민감한지라 평신도들에게는 당분간 비밀에 부치기로 했다. 구베아 주교의 뜻을 물은 뒤에 지침을 내려도 늦지 않다고 판단한 것이다.

건륭제 탄신 축하 사절단이 떠나는 날짜가 점점 다가오면서 밀사 파견을 준비하는 지도부도 분주해졌다. 그러던 어느 날, 진산의 권씨 부인이 불덩이처럼 펄펄 끓는 고열로 몸져누웠다.

● ● ●

정초 무렵에 원인 모를 통증을 호소하며 혼절한 노모가 약을 먹고 쾌차하는가 싶더니 몇 달 만에 다시 열이 오르며 의식을 잃은 상태였다. 윤지충과 윤지헌 형제는 노모의 손을 붙잡고 간절히 기도를 드렸다.

"전능하시고 영원하신 하느님 아버지…."

아들 형제 못지않은 열성을 보이며 신앙생활을 해온 노모는 조선교회와 신자들을 보살펴달라고 기도하는 일이 일상이었다.

"아버지께서는 앓는 사람에게 강복하시고 갖가지 은혜로 지켜주시니… 주님께 애원하는 저희 기도를 들으시어 어머니의 병을 낫게 하시며 건강을 도로 주소서…."

"저기…."

노모를 간호하던 윤지충 형제가 방문을 돌아봤다.

"형님들 오셨어요."

연안 이씨가 밖에서 나직이 알렸다. 상연이 먼저 얼굴을 보였다.

"고모님은 좀 어떠시니?"

"열이 더 높아졌어요."

항검은 지충의 아내에게 약재 꾸러미를 건넨 뒤 방으로 들어갔다.

"열을 잘 잡는 의원이 고창에 있대서 지어온 약재다. 효험이 있을지도 모르니 달여드리거라."

"고마워요."

항검이 방문을 활짝 열어놓았다.

"날이 좋아. 고모님도 바깥바람을 쐬면 좋아하실 거다."

화단에 꽃이 만발한 싱그러운 오월이었다.

"이모님, 얼른 털고 일어나셔서 꽃구경하셔야죠."

"……."

권씨 부인은 가쁜 숨만 내쉴 뿐 여전히 의식을 차리지 못했다.

"고모님도 다 들으셨을 거야."

항검의 눈치를 보던 상연이 도포 앞섶에서 성물들을 꺼내놓았다. 항검이 가성직자로서 성사 집전 당시 사용한 것들이었다. 영성체와 성수 그리고 성유였다.

"상연이 형!"

"이것들은…!"

항검과 지충은 적이 당황한 눈치였다.

"설마 그것 때문에 초남이로 넘어왔던 거예요?"

"고모님께서 병자성사를 받으셨으면 해서…."

"하지만 성사 집전은 금지됐어요. 형님도 아시잖아요."

"야소께서는 병자를 보면 외면하지 않고 몸소 고쳐주셨다고 들었다. 그뿐이냐? 제자들을 파견하실 때도 앓는 이를 고쳐주라고 당부하셨다잖아. 그러니까 항검아, 네가 병자성사를 집전해다오."

항검에게 매달리는 상연을 지충이 제지했다.

"그만둬요, 형님. 교회법을 어기는 건 어머니께서도 원치 않으실 거예요."

"하지만 병자성사를 받으면 병이 치유되는 은혜를 입는다잖아. 고모님도 은총을 받게 될 거다. 간절하면 통한다고 하잖니. 우리의 간절한 뜻이 천주님께 가닿을 거야, 분명히. 난 믿는다."

"형님, 저도 마음 같아서는 열 번이고 백번이고 해드리고 싶어요. 하지만 제겐 자격이 없어요. 저는 평신도잖아요."

"우리 경우는 좀 특별하잖아. 신부님이 안 계셔. 성사를 받고 싶어도 받을 수가 없다고. 우리 조선교회의 병자들은 그냥 앓다가 다 죽어야 해. 이건 좀 너무하잖냐. 교회법에 막혀서 은총을 못 받는 게 말이 되냐고!"

상연의 말이 비수가 되어 항검의 심장에 꽂혔다. 가성직제도가 교회법에 어긋났기에 기를 쓰고 반대했던 그였다. 그때도, 지금도 자신의 행동에 후회는 없었다. 하지만….

항검은 권씨 부인을 처연하게 바라보았다.

"교회법도 중요하지만, 천주님의 사랑이 우선이야. 천주님은 너그러운 분이시니 우리 상황을 이해해주실 거다. 그러니 항검아, 제발 고모님을 위해 병자성사를…."

"교회법은 지켜야 해요. 그러니 그만두세요."

지충은 상연을 말렸다. 그런 지충을 이번에는 항검이 저지했다.

"아니다, 지충아. 형님 말씀이 옳아. 천주님의 사랑이 제일이야."

항검이 밖에다 대고 일렀다.

"지헌아! 너도 제수씨랑 조카 데리고 들어오너라!"

약을 달이던 지헌이 무슨 일인가 싶었다가 항검이 성수 병을 들어 보이자 얼굴이 환해졌다. 그러나 연안 이씨 모녀는 걱정스러운 표정이었다.

"괜찮아요, 형수님! 일단 사람은 살리고 봐야지요! 걱정하지 마시고 이리 오세요."

모두 들어오자 항검이 방문을 닫았다.

그로부터 얼마 뒤, 누군가 햇살이 노랗게 부서지는 마당으로 들어섰다.

"불을 지펴놓고 어딜 간 게야?"

흰 도포 차림에 백발수염이 성성한 노인이 끌끌 혀를 찼다. 권씨 부인의 와병 소식을 듣고 해남에서 올라온 지충의 종조부였다.

"안에 있는 모양입니다. 잠시만 기다리세요. 헉!"

지충의 숙부 윤증은 방문을 열었다가 소스라쳐 황급히 닫았다. 그러나 이미 방안의 일을 지충의 종조부가 보고 난 뒤였다.

"네 이놈들! 네놈들이 정녕 집안을 말아먹으려고 작정을 했구나!"

무릎을 꿇고 기도를 올리던 방 안 사람들이 얼음 동상처럼 굳었다.

"어르신…. 저, 저희는 그저 고모님이 편찮으셔서… 빨리 쾌차하셨
으면 하는 마음에…."

성물들을 다급히 챙겨 들며 상연이 더듬거렸다.

"날 바보로 아는 것이냐? 조선 땅끝에 산다고 사교가 뭔지도 모를
줄 알아?"

쩌렁쩌렁한 고함에 마침 사립 밖을 지나던 사내 둘이 무슨 일인가
하고 집안을 들여다보았다.

"상연이 형님! 이리 와요!"

상연의 일가인 권상희가 상연을 알아보고는 사립 밖으로 끌어냈다.

"상희야. 날 좀 살려다오. 제발 모른 척해줘."

"그렇다고 될 일이 아니잖아요! 지충이네 종조부님은 어찌하고요?"

"저 분은 항검이랑 지충이 어떡하든 설득할 거다."

"저 친구는 어쩌고요?"

권상희가 서너 걸음 뒤쪽을 가리켰다.

"내 걱정은 말게나."

낯선 도포짜리가 빙긋이 웃으며 다가왔다. 목만중의 명을 받고 진
산으로 내려온 말복이다.

"자넨 누군가?"

상연은 불안한 얼굴로 말복을 노려보았다.

"상희에게서 말은 많이 들었는데 뵙기는 처음이네요. 권상훈입니

다. 형님과 같은 추밀공파랍니다."

깍듯이 인사하는 말복은 한쪽 눈에 검은 안대를 두르고 흉터가 뺨을 따라 길게 나 있었으나 한껏 차려입어서인지 귀티가 풍겼다.

"나랑 같은 항렬인데 왜 이리 낯설지? 자넬 본 기억이 없어."

이제껏 문중 제사에 불참한 적이 없던 상연이었다.

"어려서부터 몸이 약해서 부모님이 지리산 스님께 보냈다나 봐요. 그곳에서 스님들과 무예를 익히며 병을 이겨냈다고 하네요. 저 상처들도 수련하다 생긴 거래요. 작년에 모친상을 당해서 하산했다는데 덕분에 제가 살 수 있었어요."

권상희는 예사롭지 않았던 첫 대면이 떠올라 경외감 어린 눈빛으로 말복을 보았다.

도성에 볼일이 있어 상경하던 길이었다. 에둘러 가는 시간이 아까워 지름길인 산길을 택한 것이 잘못이라면 잘못이었다. 갑자기 몰려든 비구름이 억수같이 비를 쏟더니 금세 날이 어두워졌다. 게다가 발목을 삐끗해서 걸음을 뗄 때마다 너무 아팠고, 길까지 잃고 말았다.

정신없이 헤매다가 느닷없이 튀어나온 화적떼를 만나 가진 것을 빼앗기고도 죽을 위험에 처했다. 그때 어디선가 불쑥 나타난 사내가 화적떼를 때려눕혔다.

사내는 모친이 위독하다는 전갈을 받고 진산으로 가던 중이라고 했다.

"어머니께서 얼마 못 사신다고 생각하니 가슴이 찢어지더군요. 형님도 같은 심정이었을 겁니다. 듣자 하니 고모님을 각별하게 여기시는 모양이던데, 어떡하든 낫게 해드리고 싶었겠지요. 오늘 일은 함구할 테니 염려 마세요. 그럼 이만…."

"아니, 이보게!"

말복은 무슨 말인가를 하려는 권상희를 잡아끌 듯 그곳을 벗어났다.

"방금 한 말 진심이야? 천주쟁이들은 나라를 망치는 사람들이라고
했잖아, 나한테는!"

엉겁결에 끌려오며 권상희는 따져 물었다. 말복이 히죽 웃었다.

"듣기 좋으라고 한 말이었어."

"뭐라고? 나 듣기 좋으라고 한 말이라고?"

"설마."

"그럼 상연이 형한테 빈말한 거야? 왜?"

"다 그럴 이유가 있지."

"무슨 이유?"

"더는 캐묻지 마시게나. 두고 보면 알게 될 테니…."

(3권에서 계속)

〈참고 문헌〉

김규남·이길재, 《지명으로 보는 전주 100년》, 신아출판사, 2002.

김동욱, 《실학 정신으로 세운 조선의 신도시, 수원화성》, 돌베개, 2002.

김영수, 《천주가사 자료집》, 가톨릭대학교출판부, 2000.

김용숙, 《조선조 궁중 풍속 연구》, 일지사, 1987.

김진소, 《천주교 전주교구사》, 천주교전주교구, 1998.

김진소 외, 《한국사회와 천주교》, 디자인 흐름, 2007.

마테오 리치, 《천주실의》, 서울대학교출판부, 2001.

변기영 개역, 《뜨리덴 공의회 간추린 교리문답》, 한국천주교중앙협의회, 1983.

샤를르 달레, 《한국천주교회사》(전3권), 한국교회사연구소, 1990.

양선아 외, 《조선 후기 간척과 수리》, 민속원, 2010.

유중림 지음, 윤숙자 엮음, 《증보산림경제》, 지구문화사, 2007.

이기석·한용우 역해, 《신역 대학·중용》, 홍신문화사, 2011.

이덕일, 《사도세자의 고백》, 휴머니스트, 2004.

이재기 지음, 여진천 번역, 《눌암기략》, 부산교회사보, 2022.

정약용, 《다산 산문선》, 창작과비평사, 2013.

조광 역주, 《역주 사학징의 1》, 한국순교자현양위원회, 2001.

조광·장정란·김정숙·송종례, 《순교자 강완숙, 역사를 위해 일어서다》, 가톨릭출판사, 2009.

조현범 외, 《한국 천주교회사의 빛과 그림자》, 디자인 흐름, 2010.

최영미, 《복자 강완숙 골룸바》, 하상출판사, 2016.

최해율·백영자, 《한국의 복식문화》, 경춘사, 2000.

하남오, 《너희가 포도청을 어찌 아느냐》, 가람기획, 2001.

한국천주교 주교회의,《성경》, 한국천주교중앙협의회, 2005.

한국천주교회,《가톨릭 기도서》, 한국천주교중앙협의회, 2013.

한국카톨릭편찬위원회,《한국카톨릭대사전》, 한국교회사연구소, 2006.

한옥공간연구회,《한옥의 공간문화》, 교문사, 2004.

허경진,《조선의 르네상스인 중인》, 랜덤하우스, 2008.

황사영 저, 김영수 역,《황사영 백서》, 성·황석두루가서원, 1998.

〈참고 및 인용 논문과 기사〉

김규성(2003), 〈한국천주교회의 기원에 대한 제 학설에 관한 연구〉, 인천가톨릭대
　　학교 대학원.

김민영(1986), 〈조선 후기 광업경영형태의 발전에 대한 연구〉, 전남대학교 대학원.

김은미(2007), 〈조선 시대 문서 위조에 관한 연구〉, 한국학중앙연구원 한국학대학원.

김정자(2009), 〈정조대 통공정책의 시행에 관한 연구〉, 국민대학교 대학원.

김정환(2012), 〈조선 후기 천주교의 내포 이해〉, 내포교회사연구소.

김종하(2012), 〈여와 목만중 기행시 연구: 경세의식을 중심으로〉, 성균관대학교 대
　　학원.

김진희(2004), 〈조선 시대 복식에 나타난 색채 연구〉, 충남대학교 교육대학원.

김성식(2006), 〈전북지역 논농사 민요 연구〉, 전북대 대학원.

박기서(2003), 〈조선 후기 천주교 여성 활동 연구〉, 경희대학교 교육대학원.

방상근(2015), 〈立聖母始胎明道會牧訓과 조선 천주교회의 명도회〉,《교회사연구》46.

방상근(2020), 〈전주의 재지사족과 유항검 가문의 사회적 위상〉, 제5회 진산성지
　　교회사 학술 발표회.

방상근(2006), 〈조선 후기 천주교회의 신분관〉,《경희사학》24.

배봉한, 〈전주교구 초남이 성지를 찾아―젖빛 안개 자욱한 초남이 들녘에서〉,《천
　　주교 경향잡지》(2002년 3월호).

백성호, 〈삭발한 정수리 덮어주던 주케토, 진홍색은 순교자의 피 상징〉,《중앙일
　　보》(2014년 2월 24일자).

백승호(2004), 〈18세기 남인 문단의 시회―채제공 목만중을 중심으로〉, 서울대학교

국어국문과.

서동찬(2004), 〈샤를르 달레의 한국천주교회사에 나타난 순교자들의 진술에 따른 신앙 이해와 영성〉, 수원가톨릭대학교 대학원.

서종태(1998), 〈성호학파의 양명학과 실학〉, 《조선시대사학보》 7.

서종태(2010), 〈천주교의 수용과 전파의 토대를 구축한 권철신과 권일신〉, 《한국천주교회 창설주역의 천주신앙 2》, 천주교 수원교구 시복시성추진위원회.

서종태 외 지음, 리길재 정리, 〈서학에 대한 학문적 관심을 일깨운 성호 이익〉, 평화신문 643호(2001년 9월 9일자).

서종태(2011), 〈주어사의 실체와 권철신의 강학 장소〉, 《발로 쓰는 한국 천주교의 역사》, 마백락 선생 교회사 연구 50주년 기념논총간행위원회.

신사순(2004), 〈조선시대 조세제도와 사상에 관한 연구〉, 조선대학교 대학원.

아카기 진베에(1995), 〈주문모 신부의 조선 입국〉, 《교회사연구》 제10집, 1995 주문모 신부 선교 200주년 기념 심포지엄, 한국교회사연구소.

이동욱(2005), 〈초기 한국천주교회 교리서에 나타난 토착화〉, 광주가톨릭대학교 대학원.

이유리(2002), 〈이혼에 대한 사목적 제안〉, 《사목》 280호, 천주교주교회의.

원우재(2003), 〈초기 한국천주교회의 평신도 지도자와 단체에 대한 연구〉, 수원가톨릭대학교 대학원.

임동욱, 〈정조의 효심과 정약용의 지혜가 만든 '수원 화성'〉, 《과학향기》 제2574호 (2016년 1월 27일).

장유승(2014), 〈1791년 내포(內浦): 박종악과 천주교 박해〉, 한국교회사연구소 발표 논문 수정본.

정민, 〈정민의 다산독본 47 - 주문모의 피신과 다산의 배교 문제〉, 《한국일보》 (2019년 1월 24일자).

정민, 〈정민 교수의 한국 교회사 숨은 이야기 - 23. 주머니마다 쏟아져 나온 예수 성상(聖像)〉, 《가톨릭평화신문》 제1585호(2020년 10월 25일).

정윤섭(2011), 〈조선 후기 해남 윤씨가의 해언전 개발과 도서·연해 경영〉, 목포대 대학원.

천주교 서울대교구, 〈교리 톡톡 신앙 쑥쑥 - 부활초의 상징과 의미들〉, 부활 제2

주일(하느님의 자비 주일), 《서울주보》 (2020년 4월 19일) 4면.

홍기용·박영규, 〈조선 시대의 회계 및 조세 관련 사건 연구〉, 《회계 저널》 제11권
　제4호(2002년 12월).

홍승재(2007), 〈전라감영의 시대적 변화와 건물의 구성〉, 전주시.

〈전주대사습놀이 관련 참고 및 인용 문헌〉

박황, 《판소리 이백년사》, 시사연, 1987.

임미선, 《전북의 음악, 그 신명과 멋》, 국립민속박물관, 2008.

전주대사습놀이보존회, 대사습의 유래, www.jjdss.or.kr.

전주문화사랑회 편집, 《전통문화도시 전주: 아하! 그렇군요》, 전주시, 2007.

〈전국 대사습대회 전주서 9월 22일〉, 《경향신문》(1975년 8월 23일자).

전라북도 공식 블로그 '전북의 대발견', 〈전주대사습(大私習)놀이 부활〉(1975년 9월 21
　일), http://blog.jb.go.kr/130094629296

〈전주의 '수릿날 민예' '대사습'〉, 《동아일보》(1976년 5월 27일자).

〈판소리의 정수 전주대사습의 부활〉, 《동아일보》(1975년 9월 18일자).

홍현식, 〈남도의 민속 '대사습'〉, 《동아일보》(1965년 7월 17일자).

〈횡설수설〉, 《동아일보》(1976년 5월 25일자).

〈노동요 관련 인용 자료〉

산야타령 – 국악방송, '국악특강, 한국음악시리즈: 민요의 현장을 찾아서' 녹음 파
　일 중 2009년 1월 9일 방송분, 최상일 프로듀서 진행, 김제군 광활면 옥포리 유
　판선 옹 소리.

물 푸는 소리 – 한국민요대전 전라북도 편, 1995년.

＊ 예비자에 관한 설명은 굿뉴스의 가톨릭 사전에 수록된 내용을 인용했다. 굿뉴스
　에서 밝힌 참고문헌은 '최루수, 회장직분, 1923년', '한국가톨릭지도서, 서울교
　구 출판부, 1954년'이다.

〈그 외 참고 사이트〉

굿뉴스 http://help.catholic.or.kr/mobile/

국사편찬위원회, 조선왕조실록 http://sillok.history.go.kr

네이트 사전 http://alldic.nate.com

네이버 백과사전 http://100.naver.com

우리소리연구소 http://blog.daum.net/sichoi2/74

엠파스 백과사전을 비롯한 다수의 인터넷 사이트.